多彩的生活碎片

李志石 著

图书在版编目（CIP）数据

多彩的生活碎片 / 李志石著 . -- 北京 : 五洲传播出版社， 2024.1

ISBN 978-7-5085-5077-0

Ⅰ . ①多… Ⅱ . ①李… Ⅲ . ①散文集 – 中国 – 当代Ⅳ . ① I267

中国国家版本馆 CIP 数据核字 (2023) 第 158743 号

多彩的生活碎片

出 版 人：关　宏
作　　者：李志石
责任编辑：王　峰
出版发行：五洲传播出版社
地　　址：北京市海淀区北三环中路 31 号生产力大楼 B 座 6 层
邮　　编：100088
发行电话：010-82005927，010-82007837
网　　址：http://www.cicc.org.cn，http://www.thatsbooks.com
印　　刷：北京市房山腾龙印刷厂
经　　销：新华书店
版　　次：2024 年 1 月第 1 版第 1 次印刷
开　　本：710 mm × 1000 mm　1/16
印　　张：24.625 张
定　　价：98.00 元

目　录

梧桐树下的雨中散步

人生，也是一本存折

真正的美是不褪色的

你简单,世界就简单

做自己的太阳

梧桐树下的雨中散步

梧桐树下的雨中散步

前天晚上，我从衡山路上的一家宾馆看完艺术展出来，潇潇微雨中略带几分轻寒，撑着伞从衡山路到高安路，再经过湖南路、武康路到复兴西路，漫步在这些马路上，听到两旁古老的梧桐树不断发出沙沙落叶的声音。

梧桐树大批落叶的季节几乎过去，叶子的颜色也从金黄变得焦黄了，那少许的残叶时而在空中翻飞，时而又在原地回旋，一张张叶子随风散去。每片叶子的图案各不相同，让我想起了老家的文蛤贝壳上的花纹，也是一样，每个都长着不同的面孔。梧桐树一动不动地在雨中站着，默默地看着从自己身旁悄悄走过的人们。

那是一个周末的夜晚，因为下雨，路上的行人很少。我走的那几条马路，是那么的安静，静到几乎可以听到自己心跳的声音，再看看眼前轻轻旋转着的梧桐飘叶，更是无比的寂静。

这几条马路临近欧美一些国家较为集中的领馆区，平时马路上公交车也相对较少。我在那个区域生活了多年。那一片，是原来的法租界，建筑极具法式韵味，道路两侧都种上“法国梧桐树”，一路风情，一览无余。

温情脉脉的马路，安静自在，环境很独立，周边虽然有几条大马路包围，但这里却是独自的幽静。在这里的马路上以最闲适的心情和步调走走，别有一番风味。这里虽然不是罗密欧与朱丽叶的家，但却洋溢着古老欧洲的典雅与浪漫。

在复兴西路上，开了几家门脸不大的店铺，因为价格很贵，平时光顾的人不多，我看到有一些老外常常在这里出入。我的一位家住原来闸北区的朋友谈起梧桐树特别激动，他说那一片才是上海的上只角

(旧上海时期的上海法租界和上海公共租界的西区大部分与中区)。

我也很喜欢这里的梧桐树。我住的复兴西路那一带,前些年近边没有地铁,乘公交车去地铁站还需要等候,有时候干脆走上二十来分钟。出门忘了带雨伞也不要紧,特别是春、夏两季,马路两边的梧桐树大伞一直帮你撑着呢。

知名作家蔡珠儿曾在香港报纸上刊登过《法国梧桐》,文章是这样提到法国梧桐和上海的:"有法国梧桐的地方,就适合走路和停驻。春夏有亭亭青伞,足以庇荫思绪,秋冬有沙沙落叶,踩出满地韵律。巴黎、上海、纽约、南京、伦敦、墨尔本,都因这树而有种气派。"

上海市民对梧桐树的热爱无以伦比。

近几周以来,上海持续降温。人们纷纷换上了厚重的冬装,迎接冬天的到来。而在陕西南路、南昌路附近的几棵梧桐树,也被爱心人士穿上了毛衣,它们穿着五颜六色的毛衣,准备过冬。

武康路、余庆路设为"落叶景观路",对路面上梧桐树落叶从原本的"随落随扫",现在改为"只捡不扫"。上海人始终懂得从细节去体现一种温情与柔意。

梧桐树,是上海城市美丽的轮廓,也是这座城市风景里温暖的底色,因为马路两边静默又茂盛的梧桐,使得人们的视野里始终笼上了一层淡淡的壮丽。

但是,我去南京出差,最怕的是春天,那里的梧桐树上会纷纷扬扬不断地掉绒絮,有时候像下鹅毛雪一样,那绒絮从领子里掉下去,浑身痒痒的,严重时眼睛都不敢睁大,鼻窦炎也容易发作。不知道是否是树的品种不同还是别的什么原因。相比之下,上海的梧桐树要安静许多。

我在雨中慢慢地走着,看看飘落在地的梧桐树叶,想想繁华的都市里也有得幽闲之境,冷静的思考不见得要去深山老林;洗刷自己的喧嚣和浮躁可以随时随地。

(写于 2015 年 12 月 7 日)

国庆假日的寻根问祖之旅

今天是国庆旅游假期第五天了。

我也要出去旅游一趟。昨天一早,请我堂哥李陈领路,带着侄儿李华做了一次不寻常的旅行。

这是一次寻根问祖之旅。

三年前的一天,一位长辈问我,你知道你爷爷叫什么名字吗?我说当然知道,我还知道我父亲的爷爷叫李砚云,我见过他的字迹,毛笔字写得漂亮极了。“那你能说出你爷爷的爷爷叫什么名字吗?”我摇摇头,“不知道.”那位长辈点了点头,“你已经算是不错了。”言下之意,我对祖先还是了解不够。

人活着最好要知道自己从哪里来的?我只知道我的祖籍是海门万年,但出生在如东。现在我父亲包括他以前的祖辈都先后离开了。我从哪里去寻根问祖呢?

先去上网查资料吧。哇!终于找到了。了解到李氏的起源。中国李姓人口已超过1亿,大约占全国人口的7.94%,为世界第一大姓。如果加上少数民族中的李姓和海外华裔李姓,李姓总人数达1.2亿多,是当代世界上最大的同姓人群。为此,我感到很骄傲!

光有这种骄傲和冲动是远远不够的。我的先祖到底在哪块土地上生活?我爷爷的爷爷又叫什么名字呢?他们又有着怎样的经历?……几年的愿望今天终于要实现了。

一早,我们驱车赶到了海门万年的万盛村,接待我的是同辈的李志高,他今年82岁了。论年龄他跟我父辈差不多。他身体不太好,由儿子搀着,领着我去看老宅的地方,转了一圈又一圈,这是一个很有故事的土地。

如今,还是在这块土地上,竖起了一排排欧式别墅,成为万年乡美丽乡村建设的一个缩影。在别墅群里,李志高讲述了一个又一个我从不知晓的故事……我听得津津有味。

我很不好意思地问他:“你能告诉我,我爷爷的爷爷叫什么名字吗?”他沉思了片刻,说叫李三省!一个多么有文化的名字!

我说你是怎么知道的?他回答说,儿时他从家里祖上传下来的板凳的背后看到的,并问了他爷爷得到证实。顿时,我的血压升高了,有些激动。我能搞明白上四辈先祖的名字,是多么的不容易啊!

接着,他又告诉我,几代祖辈先是从浦东迁移到崇明,又从崇明搬迁海门。实际上我们的祖先是上海人。啊!原来我们的根在上海!难怪祖辈留下的土话跟上海话很接近。

我与李志高老人越谈兴致越浓。虽然从未见过面,但因为是一个老根上的人,所以显得无比的亲切。他所说的这里的一草一木,一沟一坝,我都很想听。因为老家是游子的根,祖籍也是生命的根。这里的每一个故事,都好像对自己的生命发出铮铮的回音,烘托出旷久古朴的意境。这一次,我的兴奋度要超过以往任何一次旅游。

我们要离开老宅了,我侄儿的小汽车突然点不着火了,怎么也通不上电。老人的小儿子也算是个业余汽车修理高手,搞了半天也没有法子,只好到几十里外的市中心 4S 店去修理。我脑子里突然冒出了一个奇怪的想法,是不是我们还不应该走?应该听到更多的与始祖相关的故事,包括字辈的排列,家族的搬迁史等。后辈无法寻根该怎么办?

因为修车一时走不了,我们索性留下来,和老人的后辈们一起继续讨论,大家感到,寻根问祖不是一件容易的事情,虽几十本的家谱被毁了,但还是要千方百计多了解自己的家族史,多搜集一些地方史志的记载,对自己的先祖负责,对自己的族人负责,要对那些口传信息进行多方面的考察,尽可能地达到准确无误。

临走时,我们拿出塑料袋装上了老宅地上挖的一把土,并恭恭敬敬向先祖的老宅三叩首。

之前,每当看到小学生开展寻根活动的报道我总感到脸红,我们怎么连小孩子都不如呢？我们要补上这一课，作为炎黄子孙，应该不忘始祖，爱家乡、爱祖国！

要了解炎帝神农的有关历史知识，了解我们与祖先血脉相连，了解祖先曾经的苦难与辉煌，作为一名炎黄子孙，就应不忘始祖。

（写于2015年10月5日）

我的乡愁

这又是一个秋天。

在乡下老家时,看着高高的天上那悠闲的云,再看看那刚刚收获留在地里的玉米秸秆和树木上五彩的各种叶子,彩色世界让人有多么的喜欢和迷恋。我是土生土长在这个地方、在这里生活过的农家子弟,当然有着一种不一样的视觉和感受。

前两年,我利用改造妈妈危房的机会,帮我妈在老宅基地上盖起了三间平房,并砌起了透明的围墙,四周长了一些花花草草、树木和蔬菜。

老宅东侧四十年的柳树像往年一样,开始掉叶了,它是我们一家几代人岁月记忆的年轮。围墙外矮壮的"一串红"在绿树和黄色菊花的映衬下,显得格外耀眼夺目。再走几步,邻居家的桂花香扑鼻而来,令人神清气爽。又是一个十多亩的养虾池,池里的增氧机呜呜作响,水面上泛起朵朵浪花,这是在大城市的公园和高档社区才能看到的人工喷泉。再朝远处看,一群白鸟在虾池的水面上,一会儿翱翔,一会儿又像中了子弹一样直落水面,再过一会儿又扬起翅膀飞了上去。这是谁给我留下的诗歌和绘画!

我家前面就是一条水泥路,乡亲们开着卡车、拖拉机、电动三轮忙碌地穿梭不息,他们将收获的果实运回家里,运向远方。他们似乎在唱歌,在唱自己的善良和欢乐。我看着他们远去的背影感到,老家的面貌变化太快了,变得多么的模糊而让人怅惘。

尽管我小时候那些明沟和水潭不见了,但孩提时的生活仍难以忘怀。

那时,无论是明沟还是横河里的水都清澈见底。我们可以在那里游泳、捞鱼摸虾。有一次我在河里打猛子,水面上泛起一个个泡泡,比我小十三岁的妹妹站在岸上突然大哭起来,她以为我死了。我也经常到老宅的池塘里用脸盆取水,放在水缸里沉淀,供父母烧饭用。白天蜻蜓随处乱飞，我们总是追不到它。夏夜纳凉时，最好看的是黑夜中的萤火虫，飞来飞去，闪闪烁烁。一下雨，那农田里的蛙声彻夜不停。秋风起，蟹脚痒。我和小伙伴们穿着棉衣躺在河边的草丛里“听蟹”，夜深人静时能听到螃蟹的叫声，这时用手电一照，螃蟹不动了，一捉一个，那才叫开心。那时候我们孩子们的游戏，就是在草堆里“躲猫猫”和“捉鬼子”。没事就和玩伴们踩肩膀，爬上树去掏鸟窝。上世纪五十年代后期，我第一次看到从国营农场开出来的大型拖拉机。好家伙，这么威风啊！拖拉机朝前开，我们一群孩子跟在后面追，直到拖拉机开得很远很远。那时一个月能看上一次露天电影就很满足了，我们早早吃好晚饭，带着板凳，来到学校操场先抢占有利地形。等中间换片时，小孩们在操场上乱窜，找不到爸妈了，会引来一片哭声和笑声。大人用水牛耕田，小孩也跟在田里，休息时去拖牛尾巴，被甩得像个泥人儿似的，但还是很开心。

三天三夜也说不完儿时我心中那美好的惬意。这种美感，那些城里生城里长的人们是无法体会到的。

这两天，老家社区的书记趁我在妈妈这儿的机会，邀请我参加社区精神的讨论，我认真回顾历史，展望未来，心潮澎拜，有说不完对家乡的爱。

夜深人静，我苦苦地思索着，别看那平平常常的田园生活，对我来说，那才是回归自然真正意义上的人生，具有无限的生命力。

现在有些孩子虽然出生在农村，但在城市生活时间长了，不想回农村了；有的人偶尔回一次乡下，也很少与老农们交流了；还有些人打着建设新农村的幌子，将农村的大树移走了，将八仙桌、石磨、织布机、箱柜等收走卖高价去了；大片的粮田被任意的所谓开发；一天也没有种过田的专家教授给农民上有机课来了，等等。这些都让我陷入了从乡愁到愁乡的痛苦之中。

现在，乡下的河水虽然被污染，中小学撤并也不少，村子里剩下的老弱人群多，娱乐除了玩纸牌还是玩纸牌，偷窃扒拿的事也时有发生，我家就被偷了四次贵重的树木。但在我的心目中，我们农民身上的那种厚重、质朴、善良、不作秀的特征，是永远磨灭不掉的。

（写于 2015 年 10 月 27 日）

吃中饭为何叫吃点心

乡愁乡愁,过去人都愁吃。

从我记事开始,到了中午,大人们就说吃点心了。当时也不懂为什么这么说,当然我们这些农村的孩子也不知道什么叫点心。

后来才听祖辈们说,我们是从海门移民过来的。崇明、启东、海门一带的人大多是沙地人。沙地人就是海涂沙土上的拓荒者。沙地人称吃点心,不是吃糕点的意思,是将吃早餐叫吃“早点心”。一般地方,在家吃早餐,总是备上一些咸菜,加上稀饭就可以了。但是,沙地人的习惯不一样,那时候的早饭,也吃干饭,还像模像样烧上几个菜。

快接近中午时分了,这个时间点,沙地人称作“点心浪”,这个浪可能是指海浪,不知道是不是指海里涨潮的时间。所以吃中饭被称作吃点心。其实,那个时代,哪个农户家吃得上糕点一类的点心啊?只是一个叫法而已。据说,上海宝山、嘉定一带也有人这么说。

这样的叫法有什么来历吗?后来我才了解到,这与我们沙地人治沙垦殖的生产方式有关。

解放以前,我的祖父母他们移民到海涂来拓荒时,一开始都是“先走田”,走上很多路,才走到自己租来的地里劳作,因为中饭回家吃太浪费时间,早饭必须吃得饱饱的,否则干不动活计,而中午只能在田头用芦苇和茅草搭个小窝,祖辈们都叫它“环洞舍”,在这里吃些饭锅巴之类的所谓点心充充饥。我小时候,还看到爷爷和父母肩挑泥箩担,一头挂着农具,一头挂着饭箩和一壶开水,中饭就在田间地头吃点心,天很黑了才回家。

语言产生于劳动,沙地人这样劳作,才把吃中饭叫作吃点心,早上叫吃早饭,晚上叫吃夜饭。

老家那边原先都是大海，是一代又一代人经过围海造田、开垦种植，才使之逐步演变成现在这样的美丽乡村。

那是1972年，我在县围垦指挥部办油印小报，采访了父老乡亲们许多可歌可泣的事迹，让我终身难忘。回想起那千军万马肩挑手拉波澜壮阔的场面，滩涂上一串串脚印记载着老家人民多少风雨与沧桑，记载着无数当地人艰苦卓绝的奋斗历史。

围垦中最惊心动魄的要数“闭龙口”，一段海堤，到了最后合龙叫作“闭龙口”，必须在涨潮前几十分钟内一次闭上龙口，否则大堤就会被潮水冲垮，劳而无功。关键的一刹那，人们纷纷肩挑手扛，用草编袋装着泥，用网袋装着石块争分夺秒往下抛。人们的精心准备有时还不敌汹涌残酷的潮水。一次，就差那么一点点了，乡亲们手拉手跳下去用人墙去挡狭小口子的潮水，也没挡住。一次又一次的失败，让乡亲们不仅锻炼了意志，而且也积累了经验，尽管这样，还是牺牲了一些民工。想到这里，心里总是酸酸的。那时候技术没有现在这样发达，从上世纪八十年代开始，搞围垦才不搞人海战术，只要少量的人靠机器吹沙就行了。

在围垦指挥部，那时的一个大冬天，我要去围垦工地采访，总指挥见我身穿着棉大衣、脚穿皮鞋出门时，把我叫住了，“你看你像话吗？人家踩冰挑泥，你还穿着皮鞋去采访，让民工们怎么看你，赶紧把皮鞋脱了，赤着脚去！”

我又不挑泥不用力气，光着脚在冰水里走着，犹如踩在碎玻璃上，揪心的痛，不一会儿脚冻得像胡萝卜一样，又坚持了一会儿，好像失去了知觉，麻木了。开始我很恨那位领导，后来慢慢想到了，这不是领导为难我，而是对我体验疾苦的励志教育。从某种意义上说，文章不是手写的，有时候是需要脚去写的。

那时候，工地上的指挥不仅动嘴，而且动手。有的还在脚上绑上裹腿，和民工们一起挑泥。

解放后，我老家那里先后有几十次滩涂围垦。要不是先辈们的辛勤劳动和无私奉献，哪来老家现在多出的几十万亩农田，哪来这么丰富的水产养殖和各种经济作物的种植。

现在人当然不愁吃了,但是,我们永远不能忘记创造“吃点心”名词的先辈们拓荒垦殖造福人类的善举。

(写于 2015 年 10 月 28 日)

车 子

我爷爷的爱车是木制的没有轮胎的手推车。

爷爷扎着长辫子，手推车上一边坐着我奶奶，一边装着货物。从祖辈的老宅到迁移的新宅，110 里路，只用三个多小时就到了，完全是一个急行军的速度。清朝末年，当地的男士都必须扎长辫子。我想要没有辫子的阻力，可能速度会更快。我祖父一辈子就没有用过其他车子。手推木轮车陪伴他度过了大半生。

上世纪五十年代后期，我父亲花了一二十块钱，买了一辆二手的自行车，当地人将自行车叫作脚踏车。一次，我放学回家，脚踏车不见了，说是被西宅朱爷爷家借走了，因为有人给他大儿子相亲，家里放一辆脚踏车体面一些。

邻队的曹伯伯买了一辆崭新的自行车，平时舍不得骑，用旧的床单把它罩起来，挂在堂屋的二架樑上，走亲戚时才骑一趟。后来村上人家的自行车多起来了，曹伯伯爱车的故事被大伙儿作为段子取乐。

那时，虽然通了长途公共汽车，但我们很少看到小汽车。1966 年“文化大革命”前夕，县委唯一的一辆小轿车也被地委收走了。1972 年的冬天，我跟当时县革委会一位副主任下乡检查水利工程，没有办法只好向银行借了一部被称为“兔儿头”的机动三轮车前往，半路上老领导吐个没完，差点晕过去。我们前脚到，地区军管会秘书长后脚到，他坐的是一辆草绿色的军用吉普车，令在场的人羡慕不已。

后来机关被允许购置小汽车了，但要经过集团控购审批。机关有了几台小车，派车成了难题。虽说按职务区别，按轻重缓急派车，但很难用一把尺子量到底，谁坐谁不坐的矛盾让机关里人与人之间摩擦不断。

一次,一位同事乘坐小车陪领导下乡。他告诉我,等路过他家所在的公社时,他特地把车窗玻璃摇下来。我问为什么?他说想让熟人看看,我也坐上小汽车了。

八十年代,乡下人开始骑摩托车了,以后自行车渐渐不吃香了。单位里来了年轻人,他东借西凑几千元去买摩托车,我问他,你干嘛这么心急?他说,像他这样的年轻人再骑自行车太土了,谈个对象谁看得起啊。

九十年代后期, 在城市少数人中开始出现私人购买小轿车了,而农村大部分在跨入新世纪之后开始购买私人小车。城里售楼处开始时车位卖不掉,后来不够卖。现在一家几辆车,地下车库爆满,只好停在路面上。短短几年,乡下也是一户人家不止一辆车了,现在哪家里请个客,停车成了大问题。15 年前,我在上海的展会上看到"立体停车库",心想这个市场还早吧。最近,老家一位制造企业的老总跟我说,这么多工人开着小车来上班,停车成了公司的一大难题。

上海每年有二百多个展会,要数国际汽车展最为热闹。买车的不买车的都会挤去看。还有人不为别的,只图与艳丽的车模拍个照。

车子多了,堵车成为常态。从上海回老家,原本只要 2 个多小时,放长假最长的一次竟花上 13 个小时,比蚂蚁爬还慢。被长时间堵过车的人,可能心态会好一些,变得更有耐心了。

回到乡下,许多年轻人喜欢谈车子。有的甚至说什么,现在看人不是看你有没有车,而是看你开什么牌子的车。

社会上车辆多了,交通事故自然也多起来。每年全国死于车祸的人数超过 10 万人,连续 10 年为世界之最。机动车成为"马路第一杀手"。现在交管措施越来越严厉,人们期待有一个明显的好转。

最近,我发现一个奇怪的现象,在上海走不多远路,就能随便找到自行车修理铺,说明还有不少人是骑自行车的。但我到了老家找不到人修自行车了。乡亲们除了老弱病残,不是开汽车,就是开摩托车电瓶车,就连下田干农活也会开电动三轮车,只剩下老弱病残的不会开车。有老人对我说,现在这里的年轻人除了上厕所不开车,其他哪怕只有二三百米都会开着车去,好像连路都不会走了。人变得越来越看不懂了。

是的,时代确实在变。变得我也有点看不懂了。

交通工具的变化,也从一个侧面反映了人们的消费观念,出行方式、价值观的重大变化。

(写于2015年10月30日)

我忘不掉外婆的祭日

我这个人平时很健忘,很多事情的日子我往往会记错,但我能记住我外婆的祭日,没错！就在今天,农历九月二十七!

我2岁多一点,妈妈就去世了,我从小就是外婆带大的。经常赖在舅舅家不肯回家,已经好几岁了,还愿意跟外婆睡一头。

我不知道我妈长什么样子, 可我能清晰地回忆起我外婆的容貌、个子和说话的声音、口气。小时候,真羡慕别人家孩子一口一个"妈"地叫着,可我没有亲妈叫,我真想对着外婆说,外婆啊！您能不能也让我喊你一声"妈"？……

在过去几十年工作的年代里我疲于应付,没有留点时间和外婆好好说说话,留下了不少的遗憾。但我从记事起连续好多年,每逢外婆祭日,我和父亲都会去舅舅家磕头。后来舅舅家搬去了南通,我和我爱人每年清明节和过年,都会去外婆外公的坟上跪拜烧纸。再后来,外婆外公的坟也被迁移到南通唐闸了,我也就没有去祭拜了。但我常常在半夜里梦见外婆。我不相信世界上有什么鬼神的,但人死了为什么会经常出现在梦里,我无法讲清楚这里面的科学道理。有一点却让我深信不疑,那就是外婆的爱在我生命中已深深地打下了烙印。什么事情都可以忘记,外婆对我的爱是刻骨铭心的。小时候,我外婆常对别人说,她看到我,就好像看到了我妈！我也感受到外婆就好像是我妈。这种爱、这种牵挂浸染我的一生。

都说没妈的孩子象棵草,那个孩提时代,我这可怜的小草还有人浇水、培管和护着,这个人就是我的外婆。她是我心灵的慰藉、情感的依靠、精神的家园。我无法用语言表达出我对外婆这种最深沉、感激、思念的心情,我知道,任何语言对于这份感情都是苍白的。

几十年前的今天,外婆离开了这个世界。但我感觉外婆她好像没有走,她永远活在我心里。今天,我只能在微信里短短说上这段话,以寄托哀思,祭奠外婆的在天之灵,以表达我对外婆深切的思念。

(写于2015年11月8日)

舌尖上的“玉米糁饭”“老麦饭”

在上海与朋友聚餐，很多人喜欢点“五谷丰登”，名字叫得好听，“五谷丰登”就是五谷杂粮。城里人那么稀奇，但这对于我这个土生土长的农村人来说并不稀罕，倒有回忆的兴趣。

央视“舌尖上的中国”摄制组也忙不过来，也难怪他们，国家那么大啊！要不然，拍一下我老家过去人吃的“玉米糁饭”“老麦饭”也很有意思。

儿时，我记得大人等锅里的水烧开后，一只手握持“搂饭筷”，一只手将玉米糁徐徐扬入沸水里，用搂饭筷在沸水边搂动，搅搂必须均匀，否则煮粥就会结块，如果煮饭将会成为半生不熟的“马蜂窝”。这时候，灶堂里的柴火是不能一下子熄灭的，等饭熟了才能慢慢熄火。孩子帮大人煮饭，不小心常常会被烫伤了手。

家家都用的“搂饭筷”无需去买，就用宅后小竹园里的小竹子，把它锯成两段，保留两端的竹节，然后打滑用开水煮一下就能用来搂饭了。

煮老麦饭则是用元麦糁，煮法也跟煮玉米糁饭差不多。

我们沙地人都是海涂的拓荒者，盐碱地上长不出水稻，因此早期吃不上大米，平素吃的不是玉米糁饭，麦饭，就是喝的玉米糁粥、麦粥。当地农户习惯了“一熟玉米一熟麦，头发胡子做来雪雪白”的日子。

20世纪六十年代初，村上好多人得了“浮肿病”，那时遇到了自然灾害，玉米和麦子收成少了，粮食不够吃。碗里的粥薄得能照见人，吃起来根本不需要用筷子，捧着碗，噘起嘴，凑在碗边，“扑噜扑噜”三下两下一碗粥就喝完了。末了，还用手指将碗边剩余的粥刮净，伸长舌头“吧嗒吧嗒”舔得干干净净。如果锅底还有积淀的“粘夹粥”，那更是孩子们争夺的美食。

沙地人不喜欢吃大米吗?完全不是。是没有办法吃到大米,因为自己种的就是粗粮,调剂的大米数量很有限,所以,当地粮站工作人员很吃香,走后门或许能批上十斤八斤的草粮换大米的条子。后来,我舅舅也从学校调到了粮站,批换大米的条子也很难。有的家里老人小孩生病了,为了求得一点大米,在粮站磨上几天也解决不了。

家里要是来了亲戚,偶尔也会在同一个锅里将少许的米放在一边,大部分还是玉米糊或麦糊,让客人吃米饭,自己吃粗粮。

小时候,我们真的吃粗粮吃腻了,一见到大米,两只眼睛就发光。平时,总是掰着手指头算啊算,还有多少天过节了过年了,能吃上一顿白米饭。

改革开放了,流通也活跃了,沙地人再也不需要求人用粗粮去换大米了。

现在人正好反过来了,能吃上一些粗粮是幸事乐事。有人花重金聘请明星或专家代言做广告,演说吃粗粮的好处。粗粮能改善脑部功能,提高记忆力;能改善神经衰弱和失眠;能预防和改善心血管病、糖尿病;能助排毒,瘦身减肥、抗衰养颜等等。

万万没有想到,现在人想要的健康养生,我们这些农村长大的沙地人在几十年前就享受过了。

说到这里,让我想起了最近网上流传很广的一个帖子,几位富人在一起喝茶聊天,说是钱再多也没多大意思,要是有一天,到农村找块地,盖三间平房,周边种点树、种点花、种点菜,再养上点土鸡,朋友来了就吃自己种的菜、自己养的鸡,那才叫好日子呢!

在一旁的农民工听了暗暗一笑,心想原来这就是好日子,城里人就这点追求,这样的好日子我早就过上了。早知道这样,我也用不着吃辛吃苦到城里来打工了。

(写于 2015 年 11 月 12 日)

我的乡村童趣

前不久,我的朋友邀请我去他家作客,一踏进门,差点把我绊倒。天哪!这哪里是客厅,这分明是个武器库,什么枪支、飞机、大炮摊了一地。此时,朋友的脸上露出了尴尬的表情,朋友介绍说,这是他孙子的最爱。每次出差,他都要买一大堆玩具,差不多各种武器、各式飞机、各样大炮应有尽有。我说:“没什么,小孩子嘛,玩是天性啊!”有一次,朋友给他孙子打电话问:还要什么玩具?孙子的回答是,不要少的,只要多的。家家都一样,现在发达地区的孩子不缺玩具,就少让长辈们把天上的月亮摘下来。

每个人都有童年。回忆起我的童年,虽然没有现在这样奢华,但同样也有快乐。

我孩提时,最早的游戏就是我们沙地人称为“叛夜摸”的,后来被称为“躲猫猫”。那个时代,几乎所有的孩子都玩这个。几个小朋友先集中在一起,然后通过“手心手背”方式,决定将其中一个孩子的眼睛用布蒙上, 躲到最不容易找到的地方, 其他小朋友嘴里喊一声:“叛好么?”躲藏的小朋友回答“叛好了”。这时,一群小朋友就转过来转过去寻找,找着了为胜,找不到为败。有一次,让我去躲,我尽可能躲到让人想不到要找的地方,老半天也没有人来找我,我好像在草堆里要睡着了,这时候小朋友的脚步声把我弄醒了,我开始憋住气,一动不动,突然大喊一声,“在这儿哪!”把大家吓一跳。这时有一位大人在场,凶凶地说,不许吓人!人吓人会吓死人的。我们根本不管,大家还是追啊、喊啊,累得满头大汗,还是蛮开心的。

小孩的模仿能力是很强的。

有时候几个孩子在一起玩,也会扮演起家庭的角色,爸爸、妈妈、哥哥、姐姐、弟弟、妹妹等，模仿家庭生活。有一个小朋友等大人不在家，也去淘米学烧饭，招待“客人”，结果饭烧糊了，薰得满屋子焦味，就在那里哭鼻子。

有一次，我和另一位小朋友在路上学着大人祭祖的样子，在几个贝壳里放些切碎的青草，当“菜”，在另外几个贝壳里放上烂泥，当“饭”，然后朝着这些“饭”和“菜”磕头。我们正认真地玩着，从背后走过来的大人叫了一声“你们在干什么？”这时我们的脸一下变红了，觉得很不好意思，但心里直犯嘀咕：我们玩得好好的，你捣什么乱啊！

再大一点的时候，就玩打弹子、滚铁环、跳绳、踢毽子、造房子、拔茅针、焖草堆等，女孩子喜欢玩挑花绷、折纸等。

开始上学了，那时候最大的家庭作业就是打羊草。有一次，我和小朋友打了一会儿羊草就去玩耍，玩到天黑了看不清羊草了，只好弄虚作假，在篮子底下放些草，中间用芦苇撑起来，上面再放些草，假装很沉的样子，父亲也看到我将“满篮的草”送去羊窝。谁知晚饭吃到一半，该死的羊子使命叫了起来，让我挨了一顿揍。

我比其他几位一起打羊草的小朋友年龄大一些。打着打着就想玩一会儿。我说，我们玩个游戏好不好？在路上画一条线，用自己打羊草的斜刀瞄准对方的斜刀扔过去，谁扔倒谁的斜刀，就赢一把羊草。结果，我常常不用打羊草，但回家时篮子里却是满满的。看到输了羊草的伙伴噘着嘴、耷拉着脑袋，老大不高兴，拿着小半篮羊草懒洋洋地回家了，这时我的心里也不那么好受。但一会儿功夫又忘得一干二净。那时也不懂得这是不道德的，只知道玩得好开心啊！

有一个比我大两岁的伙伴真有本事，他用一小段麦管，把稍稍揿扁的一端放在嘴里，能吹奏出各种歌曲来，开始我觉得很神奇，跟在他屁股后面，手舞足蹈地行走在田间小路上。后来大家都会吹麦管了，排着队一起朝前走，像似一个乐队，很神气地在大人面前表演。

我们家离新垦区不远，垦区的土地还没有成熟，开始只能长些茅草，那里到处是草堆，是我们一些男孩子天然的“练兵场”。我们几个孩子经常遛到那里，学着电影里的样子，有人扮演解放军，有人扮演鬼子，拿着长枪短棍，泥块就是子弹，在那里打“鬼子”、抓“特务”，扮演坏蛋的孩子没有少吃苦，挨了一次又一次揍。大家浑身上下都是泥，全然不顾衣服被撕破了，脸上被抓伤了。冬天里，一个个小手冻麻了，冻红了，可没有人叫冷，没有人喊苦，只是你看看我，我看看你，互相笑一笑，搓搓手，再呵呵热气，又喊着、笑着，热火朝天地在那里准备下一场“战斗”。

这场面要是能拍摄下来保存到现在那太有意思了。那时，我们有时候玩得常常忘记了回家吃饭，免不了遭大人一顿臭骂。

那个时代，没有听说有人拐卖儿童；连脚踏车也很少，哪来的交通事故；放学回家很少有作业，只要家长没有布置家务，就可以尽情地玩耍；孩子身上没有钱，也不知道这个世界上还有牛奶和面包，饿了口袋里能掏出几根萝卜干就是很奢侈地享受了。我们经常这样想，大人你们忙你们的，我们能照顾好自己，只要不掉到河里被淹死就没事的。

儿时，我们确实很穷，但穷也有穷的快乐。我的乡村童趣就是穷孩子的快乐。

大家都知道，最纯真、最没有烦恼的时候，那就是小时候。我很幸运，有那些童趣留给我回忆，还能在经济如此发达的今天，大胆用这些甜蜜点滴跟大家分享。

请别瞧不起我那个时代那么的土不啦叽，那时的童趣，都是我的瑰宝，它伴我一生，无论什么时候，都是属于我的最美的回忆。

（写于 2015 年 11 月 13 日）

沙地人的祭祖

我在上海一个旧式小区里，看到水泥地上有一堆纸灰，外圈还有粉笔划过圆圈的痕迹。

这是怎么回事？噢！原来是一些在城里打工的人没有时间回家，在自己亲属逝世的日子，在住宅的楼下地上画一个圈，写上死者的名字，烧上少许几张冥币，算是对死者的祭奠。

为了纪念，在死者的忌日，搞一些祭祀活动，寄托一下哀思，这是我们中华民族的习惯。各地有各地的风俗，祭祀的方式各不相同。

我在一篇文章中提到，孩提时学着大人的样子"烧经"，因为从小就看到大人们那样做的。沙地人的操作方法我太熟悉了，因为我现在还每年回老家好几次，要去请阴灵，烧纸钱。当地人叫做"烧庚饭"，俗称"烧经"。

平素日子，桌子的摆放是有规矩的，台缝要垂直正对门户，而到了"烧经"的时候，桌子就不能那么摆了，必须旋转90度，台缝横向对门，桌子的三面各放置一张长凳，正面空着，供人叩头和烧纸钱之用。

桌上摆放的菜还挺有讲究，不管你摆放再多的鱼肉酒菜，有一道菜是不能少的，这就是清白的豆腐，因为死者是"吃豆腐"而去的。我老家早先是有人做豆腐的，后来失传了，很小的市场上有时候有，有时候没有。有时为了这豆腐，没让我少跑路。

祭祀的桌上一般摆六个菜或九个菜，荤素搭配，鱼还不能少，鱼头必须朝里。除此之外，还要放上米饭和圆子、馒头之类的糕点。菜肴端上桌后，再根据阴间死者的来客数量放置碗筷，斟上酒，点上香烛。按照惯例，一般请到自己已故的父母，岳父母，祖父母，外祖父母，曾祖父母，再往前的祖宗也就顾不上了。

好了，祭祀可以开始了。给先祖们倒上三次酒后，在桌子正面的空地上,放置一个草垫,论资排辈地上前庄重地叩头,拜四拜。叩头时当家的还要说一声,今天是谁的祭日,化的纸钱,他一半,其他的大家分分。烧经的时候,忌讳小孩子靠爬桌凳,大声嬉笑喧哗。这个过程,沙地人叫做“烛像”。

“烧经”最后一道也最重要的程序就是烧纸。烧的纸现在越来越“现代化”了,过去一般的是印有百元、千元的冥票,现在居然还印上美元,什么“金元宝”、“银元宝”、万元大钞等应有尽有。

现在人家里生活条件好了,再在家里烧纸灰尘大,污染实在让人受不了,有时烧一次“经”,几天的烟雾散不尽,因此许多人家化纸时,用一个元宝型的铁皮盒子放在门口场地上,一点一点慢慢地烧,不让烟雾进屋。

每逢逝者头周年、十周年、二十周年……整周年,有的人家还要做法事,请僧、道设坛施食、颂经拜忏,超度先灵。

在我老家,现在人“烧经”似乎有些变味了。“烧经烛像”之后,人们立即把桌子方向调整过来,将祭祀的饭菜撤下,稍后一场较有规模的宴请活人的活动就开始了。

少的人家一两桌,多的有十来桌,一吃就是中午、晚上两顿,花费少则上千元,多则上万元。吃完饭,大家都坐着玩牌,顾不上帮忙收拾,没法只好去找人“烧菜、端菜、洗刷一条龙”服务。你家办得体面,我家更上档次。互相攀比,没完没了,让人实在受不了。有亲戚跟我说,这哪里是祭祖,分明是活人聚餐,一年到头田里这点收入,还不够烧几个经的。

烧经,本来是对逝者的纪念,也是孝心的一种体现。我们不要等人死了再去大操大办,在他们活着的时候,对他们好一点是真的。有的老人活着的时候,没有吃过一顿像“烧经”时那么好的菜肴。人死了,装那种孝顺给谁看?利用纪念死者的机会去大吃大喝,让那些在天堂死者高兴得起来吗?

让我们回归自然吧,祭祖只是一种纪念,纪念就是纪念。在亲人的忌日里,冷静地回忆往事,多念念他们活着时对我们的好!

(写于2015年11月14日)

大海啊！我爱不够你

我出生在海边，但我不是渔民的子弟，因为爷爷、奶奶和父母亲都是种田为生的。

现在大海离我们越来越远了，因为每年都朝外长。五六岁的时候，我家离海边只有七八里路，我经常跑到海堤上坐坐，在那里发呆，看看大海，过一会儿就回家了。

大人说，在海滩上不能跑远，否则会不认识路回家的。我很想试试，于是就光着脚在海滩上走着走着，是的，一会儿功夫，真的分不清什么是天，什么是海了。所幸还没有走远，回家吧。但是，大海的神奇一直留着我的脑海中。

那时候，只见一些大人们挑着沉甸甸的装满鱼虾的担子，“嘎叽嘎叽”地从我家门口经过。他们下海回来了！沙地人管下海叫做跑海、挑鲜。

这些人没有钱造海船，不去深海，跑上十来里路，到近海滩涂上，网起小鱼小虾和勾拾贝类。他们也不是专业渔民，只是亦农亦渔，跑几潮海，换取点购买油盐酱醋的“零用钱”。

有一天，我跟着大人去海边，到刚进港的船上吃海鲜。当地人一般不欢迎女人上船，所以我这样的男孩就可以享受了。

一上船，就看到活蹦乱跳的鱼虾，把我高兴坏了，我用手去抓那梭子蟹，不小心被咬出了血，还哭了鼻子。不一会儿，他们就煮好了鱼和虾，炝好了蟹。他们煮鱼，根本没有那么讲究，没有放什么葱、姜、蒜泥、白酒等调料，就放点酱油，也没有味精，因为是离水鲜，吃起来味道也挺好。下海的人酒量很大，喜欢大声说话，大碗喝酒，大海让他们养成了宽广的胸怀。他们待人一点不小气。按照船上人的规矩，吃鱼不能随便将鱼的脊骨弄断,吃完后还要将其完整地放进海里。从此,我也养成了这个习惯,每吃完一条鱼,还能完整地保持一条鱼的脊骨。

我爱人的生父一生就靠跑海、挑鲜,养活了十来个子女。他对在近海作业中的"拾、趟、钩、掘、扒"的十八般武艺样样精通。据他生前介绍,在这么多的近海作业中,钩沙笋技术难度最大,用一根二三十厘米长的铅丝,在其头上扳个钩,面对海葵、沙笋,以极快的速度将铅丝从其中心捅下,然后轻轻拉起,在弯钩的带动下,海葵会束手就擒。外行的人到了海滩上什么也看不到,我岳父朝那里一站,会敏锐地一眼就看到竹蛏的气眼,用专用工具一钩一个准,因为竹蛏的价值高,几个小时的劳作,也有不少的收入。

到了夏天,特别是雷阵雨的天气,老家那边男男女女、老老少少都喜欢去海滩捉蟛蜞。潮水一退,滩涂成了蟛蜞、火刀片们的世界,好好的,刚刚还看着它们在泥沙上戏水、赛跑,一受惊吓,它们就会迅速钻进洞穴逃命。这时候人们动作更快,有的用脚踩,有的在洞口等着去逮,还有的用网铺在海滩上,一头固定,等它出洞穴时将其网住。那个场面,不仅有大人的投入和尽心,还有孩子们你追我赶,互相嬉戏,玩得可开心啦,大家顾不上一身泥水,整个海滩成了乐园,洋溢着欢乐的气氛。

我老家沿海盛产文蛤,文蛤古时是给皇上的贡品,味道鲜美独特,上世纪五十年代,在上海的餐馆里就有这道招牌菜,称为"天下第一鲜"。八十年代初,我和省报一位记者采写的通讯《访"天下第一鲜"的故乡》第一次刊登在《文汇报》上。

过去,到了文蛤收获的季节,老家的人就肩背锄头,腰挎竹篓,手拿小钉耙来到了海滩,将锄柄系在腰间,左手握锄柄,右手执钉叉,弓着腰,将锄头紧贴沙面,慢慢地向后拖行,仅凭感觉就能找到隐身的文蛤,小钉叉一拉一挥,文蛤就落进竹篓。那是过去采野生文蛤的方法。

后来不用那样了,滩面都让人承包养殖文蛤了。沙面上的文蛤密度大了,来这里旅游的人们体验踩文蛤更是别有一番情趣。八十年代,我采写的《海上迪斯科》一稿被新华社向国内外播发。

“海上迪斯科”具有较强的参与性，风格奇异，特色鲜明，是全国第一个海上生态旅游项目。人们来到海滩，按照当地渔民的踩蛤方法，在松软的海滩上，两脚分开，晃动腰肢，均匀移动，待沙土踩活之后，脚板底下那泥乎乎的文蛤便一只只露出滩面。洗去泥沙，壳上精美的花纹便显露出来，令人爱不释手。太平洋彼岸来的客人们一边扭动腰肢，有的双手叉腰，有的挥动双臂，按着歌曲的节拍不停地踩踏。这种动作被人们称为跳海上迪斯科。

“海上迪斯科”的黄金季节在每年的 5 月至 10 月，也就是文蛤的生产采集时期。而此时的海岸风景秀美，也是愉悦心情、旅游观光的好时节。

在老家，我也是听渔民号子长大的。小时候隔河对面有一条马路，傍晚时分，赶着牛车从海上回家的人老在那里哼着慢悠悠的曲子，唱的什么词我也听不懂，他唱着唱着，有时候把我唱睡着了。

离我家 200 多米的地方有个渔业队。“鱼货回来啦！”人们奔走相告，他们手上拿着筷子，等着拣鱼货。人们喊着接潮号子、挑担号子：“吭哟吭哟啊来，哟吾喔里来”；“哼哟喂里嗨嗨！哼哟喂里嗨嗨……”把一筐筐鲜活的鱼虾抬进村里。货拣完了，渔民们一边哼唱着，一边把高高翘起的秤梢抹住，将鱼虾倒进顾客篮子里。此时，卖鱼小调、报价声、欢笑声交织在一起，多么美妙的交响曲啊！

老家人祖祖代代跑海、挑鲜，生活也离不开海鲜。当地人没有鲜味不习惯，不管什么菜里头，宁肯不放味精，也要放点海鲜。前几年，日本核爆炸，说是海水污染，海鲜不能吃了。老家人说，熬了一个礼拜，实在憋不住了，死就死吧，没有海鲜不下饭啊！老家的人还有一个习惯，买海鲜，喜欢买本港货，价格贵就贵一点，因为本港货味道独特的鲜美是无法替代的。

现在，很多海里的鱼、虾、蟹也可以人工养殖了，有的喂饲料，有的使用一些抗菌素药物，也有的拿外地货以次充好。健康专家也反复提醒，海鲜不宜过多食取。

我老家地处南黄海，那里没有蔚蓝的海水，也没有岩石。出了渤海海峡,海面骤然开阔,深度逐渐加大,这就是黄海。黄海因为古时黄河水流入,江河搬运来大量泥沙,使海水中悬浮物质增多,海水透明度变小,故呈现黄色,黄海之名因此而得。

这些,都不会让我忘记对老家大海的一片深情。每次回老家,路过海边,我对那迷人的大海总是一往情深看不够,爱不够!

(写于 2015 年 11 月 15 日)

祖籍的“四汀宅沟”让人回味

儿时，老听我父亲说，曾祖父原来的住宅有“四汀宅沟”，在宅旁开成环护四周的宅沟，叫做“四汀宅沟”。宅正南面的沟上，用吊桥供人进出。到了晚上，将吊桥一拔，闲人进不来了，可以防盗。

这里的宅沟通到南北的横河，横河的水又通江达海，确保农田灌得进，排得出。一条条支流的沟河与涌动的黄海、奔腾的长江连到了一起，江海的恣睢与旷达养成了沙地人豪放的气概，沙地人把水的韧性与细密凝聚在血液之中。勤劳朴实的人们在这块土地上精耕细作，养活了一代又一代人。

有“四汀宅沟”的这种住宅，虽然没有北京的“四合院”和福建的“土楼”历史那么久远，那么具有价值，况且也不能使土地集约化，但是如果能保留几处，我想也是很有研究价值的，可惜现在只能留在长辈们美好的记忆之中。

那是什么样的生活？祖辈们那个时代享受的就是现代人所希望的那种慢生活。

上次我去寻根问祖时，特地采访了此事。

据老辈人回忆，有“四汀宅沟”的农户当时还算普遍。解放前，在当地最有名的是“三进两场心”的庄园，有的庄园有 100 多间房屋，住二三十户人家，院落里，南北四座，每座一进三堂，即有门堂、穿堂、正堂的“四合院”，房屋飞檐翘角，青砖碧瓦，雕梁画栋，磨砖照墙，又高又大，宽敞明亮，在那里摆上几十桌酒席根本不成问题。这种大户人家毕竟是少数，遗憾的是这些建筑现在已不见了踪影。

解放前，我的祖辈们搬出了拥有“四汀宅沟”的住宅，搬到海涂垦区后，按照张謇请荷兰水利专家特莱克规划设计的“簝”建造住宅，每

“䆉”土地长 333 米，宽 67 米，在南北 200 米与 133 米处规划居民住宅。那时候虽然大多是茅草房，但多数人家都在自己的住宅后面开挖一个约 50 米长、20 米宽左右的宅沟，所挖的土正好用来垫高宅基地，沟还好用来养鱼，日常的饮用水就用宅沟里的水。宅沟的四周围种上桃树、柳树，桃红柳绿；在宅后面种上小竹园，竹报平安；在宅的东侧种上果树，硕果累累；宅的西侧种上榆树，“榆”谐音“余”，向往富裕。

美丽乡村建设，实际上从那个时代就已经开始了。

儿时，太阳从东边冉冉升起，雾也渐渐消失，村子里屋顶上飘着袅袅炊烟，我站在宁静的宅沟旁，看到一群小鱼在水里欢快地游着，听到远处传来小鸟的歌声，我和童年的小朋友们尽情地享受着这里的宁静和神秘。

我走过那一座座房、一户户窗，迈步在乡间弯曲的小道上。我和小伙伴们经常在田间你追我赶，穿过五颜六色的果园和菜地，跟着嗡嗡作响的小蜜蜂后面嬉戏。在我的心中，那时的乡村就很美丽。

如今，各地都在进行美丽乡村建设，为了节约土地，盖起了一排排农民住宅楼。我老家那里盖的几乎都是清一色的欧式别墅，看上去挺有气派，很多人家也是豪华装修。

但是，那是我们沙地人的家吗？

不！有一位欧洲朋友到老家工厂考察，一路上看到这里的农民住宅一边夸个不停，一边又扔下一句话，让人很有回味：“到了这里，我好像有了回家的感觉。”

是啊！我们沙地人建筑的影子完全没有了。我们看不到屋脊的两端砌成栩栩如生的“步鸡”，那“步鸡”，有的叫“开口”，也有叫“杨叶子”，还有叫“龙口”。屋脊的中部向阳一面有的塑有“松鹤延年”、“狮子踩绣球”、“鸳鸯戏水”等图案，沙地人居住在这样的屋子里有一种“飞檐翘角”的美感。沙地人的建筑布局也很有讲究，什么“三关厢房子”、“一颗印房子”，等等。

在村庄拆迁中，政府投入了大量的资金进行规划，设计了美丽的图纸，可是，有的地方摒弃了延续整个乡村的灵魂，留下了“千篇一律”

的外来模式。我们可以吸收一些外来文化，但没有必要切断地域的传统文化命脉，去摒弃自己优秀的文化成果。我们虽然看到了乡村似乎华丽的转身，但因缺少了具有地域特色的住宅风貌而留下了遗憾。

我们当然也希望建设好美丽的家乡，但要保护好原有乡村的“古”身份，修缮好古建筑，包括古桥、古牌坊、古井等具有年代感的地标性建筑。

上次回老家，社区书记领着我看了镇上一棵200多年的古树和一口刻有民国时期建造字样的古井，还有几处新四军进驻时的房子，东进路几号、几号的门牌还保留在那里，他希望能够修旧如旧，保护好这批历史建筑。

这位书记是有眼力的，在新农村建设中，尤其需要保护现存的生态环境与历史资源，不能什么都推倒重来。老百姓希望既能看到保护古建筑，又能看到融入现代建筑技术的具有当地特色的民俗房屋。

我们沙地人的“四汀宅沟”虽然回不来了，但我们还是希望尽量用淳朴的民风来展现乡村最美的一面。

（写于2015年11月16日）

我的"北京蓝"罩衣

上初中了，我老是穿"北京蓝"罩衣，有同学问我，你就这件罩衣吗？我说不是，同一块布料做了两件，轮换着穿的。因为我穿的是土布，有些同学常常取笑我。

那个年代，土布染的"北京蓝"，稍稍带有政治色彩，因为北京是首都，是政治中心。

我们老家是全国著名的棉花产区。沙地人有句老话叫做"一囊棉花做到头"。看一个女人是不是聪明灵巧，就要看她有没有从纺纱到浆纱、过纱、织布、染布、成衣的全套本事。

我继母能做到织布为止，织好了坯布送到染坊染色，再请裁缝制衣。我的"北京蓝"罩衣就是这么来的。

小时候，东方刚刚露出一点白光，就看到继母坐在"布机扁担"上，双脚踩着踏板，在经线纬线分档时，左手将梭子掷过来，右手再将梭子掷过去。脚板不止一块，根据色织布的不同确定脚板数，最多时有十几块。只见她一手推动"洋筘夹"，一手通过"仙人跳"拉控梭子，梭子在梭箱里来来去去，梭子像鱼跳，扣押格格响。她目光随着梭子来回移动，多次的一来一去，布幅也一寸寸地延长。

从纺纱到织布，经过很多次手脚，从棉花轧成皮棉，从皮棉拉成棉条，从棉条再做成纱绽，再到浆纱，做成筒管，光这些织布的前道就有一堆程序。那些老一辈的妇女们虽然没有读过多少书，但做起纺纱织布的事来，总是有条有理，忙而不乱。

最关键的要数"经布"了，我说它像一场热闹的游戏，必须有多人参加的协同动作。有时邻居家阿姨没空，我父亲也去上阵。八九岁的我也去"帮忙"，因为程序太复杂，我笨手笨脚的，搞得不知所措。这时，大人会吼上一声“下去吧，你是郭呆子帮忙，越帮越忙。”我只好乖乖地待在一旁，看着他们做。

只见他们麻利地将葫芦瓢砸成碎片，钻上洞眼，用筷子穿过，一字儿摆开，等距离插遍场心，再套上“筒管”，那上百米的纱攀了一场心，“哗啦哗啦”地牵过来，又“哗啦哗啦”地牵过去，我的眼睛也随之转来转去，一会儿功夫，把我的头都转晕了。好吧！你们忙吧，我去玩一会儿。

在“经布”的现场，要是有人要跨过纱条，大人们会叫起来，“不要从上面跨，当心纱条”。是的，因为经错一根纱，织出来的布花纹会全乱。

听祖辈人说，春天里织出来的布最好，因为那时候，东南风不急不缓，天气温和湿润，织的布又紧又密。所以，在那些年的春天里，我不仅能听到远处传来布谷鸟的欢唱，还能听到自己家连续不断的织布声。

据说，民国初期，沙地人就开始织土布了。张謇创立大生棉纺厂，当时也引进了百余台德制纺织机，但主要的还是民间纺纱织布。

那个时代，女儿出嫁时，陪嫁的嫁妆中就有手艺精巧的土布段，看新娘的人往往还自己动手在新房里开箱解包，看看土布的花色品种有哪些，数量有多少。

农耕文化时期，沙地人的纺纱织布成为多数劳动妇女的立身之本。

江南战乱之后，松江的土布技艺过江北上，传到了我的祖籍海门，那里的土布生产迅速崛起，行销各地。这种土布与洋布相比，门幅小些，故称为“小布”。后来，沙地人的小布外销东北三省和南洋各地。

祖籍的老辈人告诉我，自古以来，流传在当地民间的芦扉花、竹节布、条格布等色织布有上千种之多。后来，这种特产名气越来越大，前些年，沙地人的土布还成了非物质文化遗产。

参加工作了，我有时出差去北方，每次看到那里农民的屋檐下挂了一串串玉米棒子，就会联想到老家人过去在芦笆墙上挂的纱绽，觉得这些都是我们南、北方农村最美的风俗图画。

我爱人的养母和我的继母都是快九十岁的人了。前不久回老家，我还见他们在那里忙碌地晒他们的宝贝“芦扉花布”。这些布段是他们几十年前自己或请人织造的。他们不怕麻烦，每年都要晒上几次，将其视为珍宝。现在的年轻人对此并不稀罕，可在这些布段里曾经流淌过老一辈人辛勤的汗水。

过去的沙地人从内衣到出门穿的礼服，很喜欢选用“芦扉花布”。直到上世纪七十年代，我还看到有人穿这种土布。

五六十年代，我也穿过“芦扉花布”衬衫，因为它没有经过后处理，相对粗糙些，说实话，穿在身上也没有想象的那么舒适，但它是一种时代的产物，像我这样穷人家的孩子不穿它，又能穿什么。况且这些土布也抒发了我们沙地人憧憬美好未来的理想和信念。

我看看两位老人晒在院子里的“芦扉花布”，心里很是感慨，虽然我们也不用再穿它了，但从某种意义上说，它已经不是单纯的布料，是家里的精神财富，它让我看到了两位不识字的老人，有着一种特殊的文化和艺术的积淀。

农家土布，纱粗不匀，而且产量低。但近些年，祖籍海门那里的一批批优秀的传承人，将粗纱粗织改为精纱细织，按照传统工艺和纹样织出了细布。以原棉为主，加入了少量竹纤维等天然原料，织成适合不同季节人们需求的产品，如新开发的芦扉花布就有了布薄滑爽的手感，不仅制成了男女上装、女裙、手绘服等土布服装，有的还制成了工艺包、壁挂、钱包、玩具等数百种日用工艺品，云南、贵州、四川等地的少数民族也前来采购这些土布，打扮自己。

这些又让我高兴地看到了沙地人传统土布的魅力，它已经融入了当代人的时尚生活。

（写于 2015 年 11 月 17 日）

过去用的筲箕、汏篮哪里去了

小时候,我们老家人用筲箕淘米,用汏篮洗菜是再普通不过的事了。当然,那时也不会有人说这样做低碳环保,只知道世世代代就这么流传下来的。

如今,这些竹编制品已经成为稀罕物了,只有在工艺品市场能偶尔见到,但也很难见到那种既美观又实用的筲箕、汏篮了。

沙地人用的筲箕、汏篮、藤盘、筛子等竹编制品中,要数汏篮最有讲究,这种篮子方底圆口,篮口稍掩拢,篮眼个个滴角展方,大小一样,式样十分美观。

汏篮的种类很多,有去镇上买菜用的,有洗菜用的,还有的是到亲友家送礼时装物品用的。小时候,我跟外婆去走亲戚,只见送礼的小篾篮上口用一条老蓝布毛巾罩上,美观雅致,朴实大方。怕相互拎错,有人还在篮筐上用毛笔写上"某某某办用"的字样。工整的楷书与漂亮的汏篮相得益彰。

听父辈人说,不是所有的竹子都可以用来做篮子的。竹子有淡竹、水竹、慈竹、刚竹、毛竹等 200 多种。做篮子的一般选用上乘的水竹,劈成蔑片编织而成,这样的篮子美观、精致、顺手、耐用。

那个时候,小镇上专门有竹器店铺。竹匠编织汏篮很有讲究,从选材到破蔑、起底、撬底、占筐、倒蔑、做脚、锁口、锁脚、上细、成品,每一道工序都追求精益求精。我看到外地人用的下河篮那么粗糙,跟我们用的汏篮相比更是相形见绌。

如今,我们淘米、洗菜、买菜、跑亲戚很少有人再用筲箕、汏篮了。有一次朋友给我送的水果篮倒是用的竹篮子,水果吃完了,我舍不得扔掉那竹篮子,准备用来到超市买东西。但是每次去超市,都想不起拿那个惹人喜爱的竹篮子。说起来都喜欢低碳环保的生活，但真正做起来还是很难，去市场还不是空着手去，拎着塑料袋回？现在家庭的日常用具完全被塑料世界覆盖了。在我们乡下，竹编篮子不容易买到了。难怪有着好手艺的竹匠师傅也只好纷纷改了行。

现在，我们很难见到用竹丝蔑片，用挑和压的方法构成经纬交织的竹器皿；也很少看到有人将竹节车成一定形状的装饰品和玩具；更难看到老一辈的竹匠精巧地用竹的表面或断面，或经过穿结翻簧，或拼成各种花型的工艺品。

在“城市让生活更美好”的理念指引下，人们在城市的公园里见到了不少的竹子。在上海，我们小区里底楼也有一些人家分别栽上了紫竹、孝顺竹、凤尾竹等。

苏轼曾说过，“宁可食无肉，不可居无竹。无肉令人瘦，无竹令人俗。人瘦尚可肥，士俗不可医。”苏轼很喜欢竹子，宁肯不吃肉也要有竹子作伴，对居住环境有相当高雅的品味，这是对竹子的高度评价。

我乡下的老家宅后有一个小竹园。竹子繁殖很快，只有几年功夫，小竹园已经很茂盛了。

人们喜爱竹园，喜爱竹子。因为竹子无论在什么季节，它都有乐观的心态，四季常青。

眼下，已进入冬季，我回到老家，到宅后翠绿幽美的竹园转转，听听鸟叫，闻闻清香，在这天然氧吧里做着深呼吸，慢慢地品味着。作为“岁寒三友”的竹子，在秋风拂去、寒冬降至时，依然青翠不惊寒。这，是一种朴素的美。竹子，就是这样的坚强、正直和谦虚。具有竹子品质的人，才是受社会尊重的人。

（写于 2015 年 11 月 21 日）

姐姐七十生日静悄悄

今天,是我爱人的二姐七十岁生日,她不宴请宾客,只是家里人吃一碗鸡蛋面,静悄悄地庆生。

不知从什么时候开始,我们老家乡下做生日的习惯也在悄悄地变化着。

有人家过生日,不燃放喜炮了,因为村上走了人也放炮仗,以免误会,就改为燃放烟火。

一些年纪大一点的人也不愿意做生日了。我回家,老人们给我列举了好多例子,说是老人做寿大庆以后,身体反而不好了,有的甚至提前走了。他们还有理有据,说是人到了60岁,已经是六十甲子轮回一次,故而,从60岁到80岁,最好不要大张旗鼓地过生日,因为怕“提醒阎王爷,早早将过生日的人一笔勾走”。这当然也没有科学依据,但是老家人做生日的习惯好像真的变化不小。

小时候,我很喜欢跟大人去亲戚家“送面”,我们沙地人称送寿礼统称为“送面”。有句俗语叫做“请吃喜酒耐吃面”,耐,谐音替代词,意思是主动的。整句话是说,喝喜酒需要主人邀请,你不请我,我不来;但祝寿的事不需要邀请,自己可以主动前往,可以做不速之客。因此,过去那个时代,只要听到做寿的爆竹声响起,不要说亲戚,就是近邻也要带上长寿面和几瓶老酒不请自到。

我小时候,看到曾祖父那一辈的人做寿,感到很有趣。做生日的人家前一天就在家里设起寿堂,张灯结彩挂上寿幛,进行“暖寿”。近亲也会先住到做寿人的家里去暖寿。生日那天,一般在上午十点左右,我看到做寿人家的客厅里点上一对寿烛,通红透亮。两根很粗很高的寿香吐出清香,沁人心脾。朝外的墙上挂着红绸被面,上面贴着一个大大的

“寿”字，两边辅之以仙鹤、松柏之类的吉祥图案。有的还画上一个慈眉善目的南极仙翁，两边写上“福如东海长流水，寿比南山不老松”之类的吉庆对联。寿幛下面依墙而摆的案桌上，则放置着祝寿用的寿糕、寿桃、寿面，还有茶食、糕点、果品等。我觉得寿桃很有意思，是用糯米粉捏成桃子形状，涂上粉红色，既好吃又好玩。这时，亲朋好友都来了，只见寿星穿着礼服在椅子上朝外坐着，厨师用铺了大红纸的托盘端来寿汤，递上碗筷调羹，摆上寿酒，嘴里说着一堆吉利的话语。寿星马上拿出红包赏给厨师。这时候，厅堂外面喜爆声声，厅堂里按规矩向寿星行拜寿大礼，晚辈们跪拜后，都会得到一个红包，红包的钱不管多少，一定会是偶数，以示好事逢双。大人们不好意思当场打开红包，我们小孩一定会立即打开，然后一边嘴里喊着是多少钱，一边冲出去玩了。

儿时，我常听父亲说，有些人家做生日宴请很讲礼数，有的人自出请帖邀请客人，写上某月某日贱子几十初度，治筵敬请；有的是子孙出面请客，写上家严或家慈几十寿辰，桃觞敬请；有的不出帖子，亲友知道的，会自觉前往庆贺。

做生日也有讲究。过生日一般吃红蛋，剥蛋壳意味着剥壳重生的开始；吃面时，把面夹进碗里最好不要随意弄断，拉得越高越长，寿星会越高兴，因为代表主人的寿命很长；有的人家逢十不庆祝，比如50岁生日，49庆祝，因为9代表天长地久，生命长久；蜡烛要一次吹熄，代表许下的愿望能一次实现；还有的人希望蛋糕不切成对半，也不要一切到底，因为有一刀两断不好的含义；有农历七月生日的不张扬过生日，因为七月十五、七月十二、七月二十七、小年夜、除夕夜、正月十五等都是鬼节，一般不过生日，有人这天过生日不是提前就是推迟。

有人说，提前过生日好，预祝他生日快乐，也有老人说，不能提前，过日子不能捞着过。到底好不好，自己认为好就好，别人说的只能当参考。

我家的人过生日一般都不庆祝，我女儿从满月开始，周岁抓鸡，正数生日等从不庆祝。各人有各人的喜好，亲戚朋友中有庆生需求的，我也会去随礼，只要大家开心就行。

现在,不管是老年人、年轻人还是孩子都时尚过生日,这说明生活条件好了,亲戚朋友在一起热闹热闹还是挺开心的。但过生日的方式不像过去那样繁琐了。大家吃生日蛋糕,唱生日歌,开生日舞会,到宾馆酒楼宴请宾客,已成为生活的一部分。

有一次,我去一家宾馆住宿,看到大宴会厅里的背景墙上写着某某庆生晚宴的字样,据说这位先生 49 岁,摆 49 桌。我与一位同事打趣说,要是他 80 岁,那时候会摆 80 桌呢。

乡下庆生的频次也越来越多,周岁、十岁、二十、三十……逢十必搞,场面越搞越大。有的居家场地小,客人的轿车没法停,只好停到几里路之外。

我还参加了一位老人的 80 岁生日,家里请了 40 多桌人,非常热闹,结果寿星也没有能坐上桌子,在灶门口烧了一天的柴火。

你搞生日我也搞,而且礼金也越来越重。一些只靠种"一亩三分地"的农民反映说,谁没有个生日,我们这点收入,一年到头光送生日礼就差不多了。

我有位亲戚对儿子说,你真有孝心帮我过生日,人家来了,你不要收礼,花点钱我心里踏实,否则就不要搞,那样会让我不安的。

做不做生日,没有对和错,只要开心就好。当然光有自己开心还不够,还需要顾及别人的承受能力。用欢喜心过生活,以清净心看世界总是没有错。

(写于 2015 年 11 月 22 日)

儿时看到的“照新房”“看新人”

今天，我爱人最小妹妹的儿子结婚了，我和亲戚们都喝喜酒去。

这让我回忆起儿时“照新房”“看新人”有趣的事。

在上世纪五十年代，沙地人喝喜酒叫“吃花烛”，用两张八仙桌子对靠，一对新人面门南坐，俊俏的姑娘和活络的帅小伙成双成对站在两侧，新人对面放满了佳肴和一对大红花烛。整个厅堂往往摆成“梅花桌”，那花烛酒自然居中，成为喜宴的焦点。红红的烛光下，宾客们欢声笑语，一派喜气洋洋。

那时的宾客座席虽然没有像现在这样，摆上写有名字的席位卡，但谁坐头位、二位，还有三、四、五、六、七、八位都有讲究。一般大家都喜欢谦让，谁都不肯坐在重要位置上，拉拉扯扯总要花上不少时间。我还听说，一般头位都是让给舅舅坐的。

喝喜酒，最好玩的要数送房仪式。在吃过合卺酒后，新娘由男方女眷陪同进入洞房。客气的人家还要摆上“贺房酒”，进行古老的贺新郎送房。桌上摆着八碗大菜，点上一对花烛，桌上系着龙凤大红台围，还挂着两只灯笼。人们搀扶新郎坐头位，姨兄表弟分坐三面，亲朋好友围坐听歌。

歌唱结束了，就要举行“撒喜果”和翻床仪式了，以免冷落了洞房中的新娘。这时候，又会唱起送给新娘的赞歌，直到把房门唱开。这时，歌手们用灯笼“照新房”“看新人”，说些逗人发笑的风趣话。大家在欢乐中逐渐散去。

最热闹的就是“吵亲”。沙地人流传一句话，就是在结婚的日子里，“三天无老小，太公太婆也可以”。从结婚之夜起，连续多天，东邻西舍亲戚朋友纷纷涌进新房吵亲。大家打破尊幼辈分，出节目、找难题、做游戏、说笑话，插科打诨逗新娘，语言或幽默或粗俗，大家也不计较。

有些人家吵亲比较文明，有些却比较庸俗。特别是那种叫做扒灰的吵亲，又称爬灰，是一个形容乱伦的词语，而且是专指公公和儿媳之间发生性关系的乱伦。在吵亲的场合，让公爹高举爬灰榔头推搡着在新房内走动，引逗“看新人”的亲友欢笑。稍微文明一点的，就是让新娘为公爹点香烟火，吵者故意吹灭，让新娘反复点燃。那个时代的人觉得很好玩，现代人很讨厌这样的闹法。

有人吵亲吵得出格的，在新郎新娘入洞房前，就躲进了他们的床底下，时间长了，有的甚至睡着了，突然听到呼噜声，把他们吓一跳。

后来，人们物质条件不同了，文明程度也逐步提高。对那些以闹洞房为名义的下作、猥琐、淫秽的准性骚扰、侵犯行为开始抵制。那些繁琐的程序也开始改变了不少。

在上海，我参加过多次年轻人的婚礼，有些是西式的，比如草坪婚礼，庄园婚礼，以童话、海洋、电影为主题的婚礼等，有的婚礼场面浩大，现场用上几台摄像摇臂，就像重大庆典的现场直播，主持词也不逊色于一场晚会。

在城市举办婚礼，最难的是订酒店，因为要考虑到亲友中更多的是上班族，必须利用节假日和大礼拜。所以，在上海，办婚礼不要看日子，礼拜六礼拜天，天天是好日，为了选中意的酒店，许多人家一年前就订了。

工作在城市、家住农村的年轻人结婚也有为难的事，因为他们的亲戚和长辈大部分在农村，似乎无法避免要办一场农村婚礼，所以他们只能选择在多地举办，有的先后隔了几个月。

有些家住农村的孩子办婚礼，既按照父母那些农村风俗的要求，又有自己的选择，省得两代人之间意见不统一。那些孩子在乡下办也注意婚礼的现场布置，总要体现一点浪漫和自己的氛围。在喜棚里，有唯美浪漫的鲜花、漂蜡，有精致的口布，也有精美的小回礼，有的请节目主持人串场，也有的找一些同学或音乐爱好者演出一些小节目，还有的与亲友们合影留念，拍摄婚礼录相等，提升自己的婚礼格调，体现出热闹喜庆的气氛。

我结婚前，托人找了军用布票，那时外地布票在上海不通用。我请卡车司机帮忙到上海买衣服，结果钱和布票都被搞丢了，没法子只好在镇上买了一件七块五毛钱的内衬是帐纱布的沙卡棉袄。结婚了，单位里同事们凑了30元钱，给我买了一个26元的收音机和一本精装的《毛主席语录》，这些珍贵的礼品我也珍藏了很久。

我的体会是，办什么样的婚礼，要根据自己的实际情况而定，不要去攀比，也不要在乎别人怎么看。别人说什么都不重要，只要自己满意就行。

（写于2015年11月23日）

老家的银杏树落叶了

昨天,我刚从浙江回到江北老家,同样的银杏树,江南一带的树叶黄黄的,在其他绿叶树的映衬下尤显富贵。

今天早晨起床后,我站到宅后的银杏树旁,痴痴地望着那光秃秃的树干,心里空洞洞的,一阵莫名的失落,说不清为什么,只是心里不停涌起阵阵的疼。人家江南的银杏树叶那么的美,而我老家的银杏树叶早前就掉光了。

根据气候、土壤和树种以及管理水平的不同,银杏树的落叶时间也不太一样。一般银杏树 11 月开始落叶。在 10 月份,银杏叶的边缘已经开始泛黄,慢慢地

,树叶就会变成金黄,特别好看。如果期间没有大风,金黄的色彩会一直持续到 11 月中上旬。然后北方的西北风刮起,银杏树就像披金甲圣衣,树叶开始陆续飘落,地上也是一片金黄,甚是惊艳。度过寒冷的冬天,大概要到来年的 5 月份左右才开始发出嫩嫩的绿芽。这是大自然的轮回。

银杏树本来就是落叶树,我老家的银杏树虽然落叶早,但她没有死,只要到了春天,会依然芳华。关于银杏树美丽的传说有很多很多,尽管老家的银杏树落叶早,但我从心底还是很喜欢。

人生也一样,人活着就没有绝望,整个冬天,树叶虽然掉了,但我们可以让自己的心在平静中积蓄力量。

风裹着落叶纷沓而来,我们可以拾一片摊在掌心,怀想它由嫩绿到枯黄的生命旅程。

树叶从树根生发出来,凋落后最终还是回到树根。事物总有一定的归宿。作客他乡的人最终还要回到本乡。

江南的银杏树再美,只能去欣赏,我没有理由要在那定居,因为生我养我的老家不在那儿,人的家就是树的根。树的叶子掉了不要紧,只要树根还在,叶子就会长出来。有了家,人生平常的没落也无关系,因为家才是避风遮雨的港湾。

若是冬天过了,春天还会远吗?心若累了,就让它休息,灵魂的修复是人生永不干枯的希望。

人心如水,利万物而不争,湿润着每一段根茎,春天来的时候,万物开始复苏,根深叶茂,年复一年,无数次的反复,不断地接受风雨的考验,不断地融入土壤,发挥能量,唤醒新的活力。每个人都在承载自己梦想的新土壤,并且会源源不断地散发出新的生机。

(写于 2015 年 11 月 30 日)

水也醉人

到过浙江桐庐的人都知道这里有个瑶琳仙境，近日，我也去那里欣赏曲折有致的洞势地貌和瑰丽多姿的群石景观，看到了造型奇特的钟乳石配上如梦如幻的彩色灯光，也看到了狮子、青蛙等动物奇石，还在洞里看到了难得一见的石柱华表……

但是，我对那些并没有像有的人那样的激动，边走边看，而对当地静静流淌的河水发生了兴趣。

我问宾馆的服务员，市中心离富春江有多远？她说，走走也就十多分钟。我又问她，“你们这里的水很干净吧？”“是的，我们这里不仅是富春江的水好，新合乡的松山溪，合村乡的麻溪，江南镇的青源溪，条条溪流都很干净。”

后来我们路过了富春江，又路过了一条条河道和山上流下来的潺潺小溪，这里确实让人有着小河清清大河净、碧水青山入画屏的美感。

富春江是千岛湖的组成部分，十多年前我曾乘船游千岛湖，水清澈到一眼能看到十多米的深处，这里的水达到国家二级饮用水的标准。那是一个夏天，捧起水来就能直接喝，但谁也不舍得将手随便伸进湖里，更舍不得吐一口痰。我有咽喉炎，连咳嗽都是轻轻的。

这么多年过去了，想不到这里的人爱水、亲水、恋水、依水、治水、护水、用水的好习惯没有变。他们把水的钟灵毓秀当作生命之脉的心灵没有变。唯一变化的是河道形态直线化了，河道断面规则化了，护岸材料硬质化了，变得越来越水清、岸绿、景美、鱼跃了。

水渐开了笑靥，多么地惹人喜爱。尤其是看到多处一路从山上蜿蜒而来的小溪，弯弯的白水闪着绿色的眼眸，清悠而曲折，拥着怀里溪水绵延而来的山峦，静静地披着翠绿的外衣，连绵起伏，静静幽幽，默默地承载着游人的脚步,滋润着淳朴的当地人。

酒,可以醉人,水,也可以醉人。

和我一同前往的同乡们看到了这里的一湾碧水,一条石径,看到了一幢幢粉墙黑瓦的老屋里透出的一股股仙气,我陷入了沉思之中。

如今我们老家清澈见底的小河不见了。原来三五成群的孩子在河里嬉戏、打闹,现在谁也不敢了。那种水的友好只能留在美好的记忆之中。

有的河里被污染得不成样子,变成了黑乎乎、臭烘烘的。有时候我站在老家东边的桥上往下看,这哪里是河水,颜色倒有点像煮花生米的水,红褐色的。

最近,我也欣喜地看到,有的地方开始在河边建设污水收集池,据说池中一套24小时运行的电絮处理设备,在化学凝聚剂的协助下,可以除去废水中的污染物;有的在河道的中央开始安置微纳米曝气机,这样,可以消除有机物污染;还有的在水域投放黑藻、伊乐藻、苦草、睡莲等水生植物,以改善水质,等等。当然,这些都需要有物质基础作支撑。

我们老百姓多么期待地方政府的作为,我们当然也深感自己的责任。

从我做起,人人献出一点爱心,从乱扔东西的坏习惯改起。大自然也是有生命的,你对他好,他也会无私地回报你。

我们要用善良的心去爱护与自己息息相关的每一片水域,还清水的本来面目,让老家每一条河道里能够醉人的水,与这里的空气、树木、花草和小鸟一起,自由地呼吸,自由地吟唱。

(写于2015年12月1日)

酒也醒人

前几天,我参加一个团体的绍兴历史文化之旅,一踏上这片土地,有人急着要去买正宗的绍兴黄酒。

十多年前,我来这里采访,就写过“绍兴黄酒经济”的报道。

绍兴自古以来无处不酿酒,无处没酒家,不论山区和平原,不论城镇与乡村,在旧时,又无论官宦之家、缙绅达士,还是市井小民、贫困百姓,都与酒结缘,与酒为朋。酒成了绍兴人生产活动的重要内容,生活的必需之物。

仔细观察这里的酒俗与酒习,我们见到的不仅仅是酒,更多地看到的是色彩艳丽的民族文化,是人们善良美好的祝愿,是这块土地上的主人那种真善美的品格。酒能醉人,也能醒人。

当地的小金给我们介绍了“女儿红”酒的来历。我们在绍兴市中心的一家酒铺里看到了用红绸布系着瓶口的“女儿红”,这种酒的酒坛十分讲究,经过烧制的酒坛上,彩绘着各种山水亭榭、飞禽走兽、仙鹤寿星、嫦娥奔月、八仙过海、龙凤呈祥等民间传说及戏曲故事。

那天,我们去的时候恰巧画匠不在现场,店主说,要不然会当场给客人写上个性签名和吉祥祝语,以寄寓对客人的美好祝愿。生女儿的人家等孩子一出生就酿酒,女儿酒原是加饭酒,因为装入花雕酒坛,因此又有了一个新的名称——花雕酒。这种酒存放时间长达 20 年左右,等女儿出嫁时启封,异香扑鼻,满室芬芳,故称“女儿红”。

我不太会喝酒,一喝就脸红。劝酒者说,脸红没事的,说明你心肠软,容易上脸。医学专家说,脸红就不能喝了,许多数据证明,喝酒脸红,就是已经中毒了。

我虽然不能喝酒,但每次到了绍兴,就能感悟到绍兴黄酒的魅力,心中就会荡漾起一股醇厚芬芳的味道，那不单单是酒的味道，更是文化的味道、风物的味道，让人迷得无与伦比。在周恩来当总理时，绍兴黄酒就贴上了“国宴酒”的标签，黄酒的味道之美，历史之美，文化之美，故事之美，在这里融合发酵。

酒有酒的品牌，人也有自己的品牌，人叫什么名字不重要，人名也就是一个记号而已，但是这个名字所带有的信任感，精神寄托就是个人品牌。

我问绍兴有没有假酒？导游小金回答说，那么多人家酿酒，质量差别肯定是有的。真正的品牌好酒也就那么几家，他们对酿酒的工艺十分讲究。有一句酒谚很能说明问题：“倪(儿)子要亲生，老酒要冬酿”，“做酒靠酿，种田靠秧”，“人要老格好，酒要陈格好”，“陈酒味醇，老友情深”。

是的，朋友也得慢慢交啊！做酒不能假，做人更不能假。交朋友得交心，餐桌上的酒肉朋友不一定可靠，深交的朋友很难得，必须珍爱。绍兴人爱说，“壶里有酒好留客”，“酒逢知已千杯少”，“人逢喜庆喝老酒”，“沏茶要浅，斟酒要满”，“将酒待人，并无恶意”。质朴的酒文化，让人醉，让人醒。

酒有多少种味道，人就有多少种味道，苦、甜、香、辣，全在其中，皆由自品。酒，是历史，也是时代变迁的象征，是生活，是人生。

酒，是雅是俗，是福是祸，见仁见智。男人好酒的不少，我自己不喝酒，因为一不小心就会喝醉，所以常常担心别人也会喝醉，总是劝人少喝一点为好。但有朋友批评我说，你不会喝，就没有这样的感受，喝酒，追求的是一种心情，达到的是一种感觉，品味的是一种记忆，缓解的是一份轻松，留住的是一份感动。他们还经常拿“李白斗酒诗百篇”的案例教育我，想想也有道理。

但我也有一位朋友，他有一定的酒量，平时也好酒，但不酗酒。我觉得，他人未醉，酒先醒。这是醒悟，是清醒。做人多么需要这样的醒心。

但是，现在的餐桌上劝酒的力量也太过强盛了，对饮酒无节的事人们似乎不太在意。

绍兴人喜欢的谚语:“酒多人病, 书多人贤”,“酒行大补, 多吃伤神”,“酒不可过量,话不可过头”,“酒能成事,酒能败事”,“吃酒误事”、“过量酒勿可吃,意外财勿可领”,“饮酒千杯勿计较,交易丝毫莫糊涂”等,这里的酒文化里透视出人们的善良。与人为善才是本分。

我们到了绍兴,就开始滴滴答答下起了雨。文化人到了绍兴都不能不去兰亭。这里交通很顺畅,从城里过来只有30分钟路程,就到了兰渚山下东晋著名书法家王羲之的寄居处。绍兴城里名人名居面积都不大,而这里却是“崇山峻岭,茂林修竹,又有清流激湍,映带左右”,是山阴路上的风景佳丽之处。相传春秋时越王勾践曾在此植兰,汉时设驿亭,故名兰亭。在兰亭,我们听到了王羲之饮酒作序的美丽传说。在这里,我们还看到了有趣的酒具、酒器。绍兴古代酒具以陶瓷器为主,而辅以青铜器和其他材料。如:商周的鸭形壶、春秋战国的盉、晋朝的鸡头壶与觞、唐朝的盏托与执壶、明朝的犀角觥、清朝的套杯、近代的锡瓷酒壶与量酒器等。绍兴酒具是当时人们审美意识的记录,具有较高的美学欣赏价值。

每一个地域的文化,都有其独特的色彩。我和一群朋友在雨中散步,浮想联翩,以梦为马,诗酒趁年华……

(写于2015年12月2日)

剧也照人

绍兴的文化之旅少不了观看越剧。那天,我们吃过晚饭,冒雨来到市中心延安路与鲁迅路之间的沈园。

这里,孤鹤轩、双桂堂、闲云亭、半壁亭、放翁桥等仿宋建筑,堆置了假山,栽植桃、梅、柳、竹,冷翠亭临水而筑。我们去的季节晚了,虽然看不到夏天时的一池荷花,但听着冬雨,坐在冷翠亭对面的剧场里,静静地观看越剧演唱《钗头凤》,诗人的悲哀便会慢慢走入我们的心底。演唱诉说着陆游与唐婉同样的情怨和无奈,浸润着一个凄婉的爱情故事。

那天是周六,前来观看的孩子比较多,刚进门时闹哄哄的,我想也许这次看戏来得不是时候。但演出一开始,剧场里却是静悄悄的。我的一位朋友为了拍剧照,他干脆在舞台前的左侧站着,边拍边看,一直站到演出结束,不知不觉,一个多小时过去了。

我出生在江北农村,小时候很难有机会看戏,对越剧更是了解很少,所以更谈不上喜爱。

剧场里,坐在我旁边十来岁的小男孩边看边跟着剧情和唱词缓缓地吟、轻轻地哼,他没有打扰到我。

外面的雨虽然不大,但还是把我们带到浸在婉转花香润在朦胧烟雨的意境之中。这么年少的孩子也能哼上几句,令人敬佩。细碎的哼唱,反映了温静的底蕴,少年也能沉浸在古老的旋律里多么难得。我想,看越剧是否也能帮助人克服浮躁的心态。

诗情画意的舞美,抒情优美的格调,婉转缠绵、如泣如诉的音乐旋律……一场越剧演唱以其独特的艺术魅力赢得了参加历史文化采风之旅的我们每个人的喜爱,有几位女士甚至为之洒泪。

很难想象，近100年前，诞生于江南的越剧，是怎样的一种奇迹。也许是因为江南之水太多清丽柔美的滋润，才使得越剧曲调和唱腔如此的委婉柔美、深沉哀怨。越剧，淋漓尽致地演绎着江南之水的本质和特性。

长江以北的南通市也有个越剧团，离我的老家1小时车程。那个越剧团早在1955年就建立，文化大革命期间撤消，1976年恢复至今。1958年，他们应邀赴京演出，曾受到周恩来、朱德、陈毅等中央领导的接见，《人民日报》等主流媒体还发表了报道和评论。最近，我与这个剧团的老师有交流，他们告诉我，剧团的演员基本上都是从浙江绍兴一带引进。因为越剧起源于浙江嵊县，由当地民歌发展而成，主要流行于浙江一带，解放以后流行面扩大。

老师告诉我，越剧讲究的是字正腔圆，字重腔轻，先字后声，千斤念白四两唱。

我们沙地人方言似乎与浙江绍兴一带差不多，其实差距很大，为什么我们这里的人唱越剧没有那样的原汁原味，很大程度上受语言的字调所制约，直接影响到演唱风格和韵味是否浓厚，有些人尽管有很好的嗓音和演唱技巧，可是因为字念不准，它的风味大打折扣。

越剧与水文化也密切相关。我知道，下雨对绍兴来说是家常便饭，这里的水资源太丰富了。当地人小金告诉我们，绍兴城的地下不远处就是水，陆道网络和水道网络共同编织了绍兴城乡的整体，演绎了极为丰富的水乡环境空间，白墙黑瓦的民居依水而建，人们划着乌蓬船，行则轻快，泊则闲雅，或独或群，独则独标高格，群则浩浩荡荡。这里处处是一幅幅散发着古朴人文气息的水墨画，让人惊叹之余，又流连忘返。我先后来过有着5000年建城历史的绍兴5次了，每一次来这里都会有不同的体会。这一次对越剧的体会要多一些，我认为，水乡的自然条件，水的细密特征，养成了这一地域人的性格的细腻，也是越剧所体现的最大特色。

我不懂戏剧艺术。那天在沈园看越剧演出，我边看边悟。唱词的单纯、明快，也有跳跃性，听起来如潺潺流水在山间流淌。有时候，旋律在下行，节奏舒展了，风格柔和深沉，表达了人复杂的内心活动和悲伤、沉思、忧虑的情绪，被塑造的人物音乐形象也有多种功能，更有戏剧性。那悠扬的拖腔，显得唱腔比较自由。我也没有专业水平去评判那场演出，但留在我脑子里更多的是"委婉细腻"四个字。

委婉细腻的表达，这正是我的短板。我这个人说话喜欢直来直去，这既是优点，也是缺点。有时候说话过于直爽，特别是给人忠告的时候，像钉钉子那样，直接钉下去效果肯定不会好。像螺丝钉那样婉转曲折地表达，效果会更好。硬碰硬，总是容易伤和气，往往也是好心办坏事，生活也变得不那么和谐。这样的道理我是懂的，但真遇到事情又忘记得一干二净，话到嘴边，一不留神就溜了出去。回顾过去，我的教训很多。

像越剧那样委婉地说话，不仅是一种策略，也是一门艺术。含蓄委婉地说话，也并不是待人圆滑的表现。当然，有些事情不需要转弯的，省得人家更多的猜想，还是直说为好。

作为一个现代人，应当有一种文明的意识，需要掌握更多有利于人际交流的语言表达方式。我从一些智者身上学到了不少。最近，我与一些年轻人交流，也学到了很多。他们给了我不少营养，让我享受到现代文明带来的喜乐。

但是，我也经常在网上看到，有些人的做法实在是无法让人恭维，有的近乎于暴力的发泄，逮谁骂谁，年轻人称之为"喷子"。有些本来没有什么大不了的事情，甚至人家表达的也不是这个意思，有人却跟帖放大了去说，甚至于骂大街。我看到这样的人，一般也会拉黑。

有些人的网上帖子，属于毫无逻辑的人身攻击，也许有的人没有太认真看，随手点个赞，那他就更来劲了，让人看了心里酸酸的。

还有的人为了搏人眼球，在网上说出所谓"金句"，故意说出那些让人感到特别惊讶、特别难受的言语，等等。

社会为何变得这样的喧嚣？

有人喜爱看越剧，说是多看看，对自己的素质养成有好处，一些苦恼也少了，人也变得轻松了。我想，可能也有道理，人生如戏啊。

看戏,可以放松心情,也可以引发思考,剧也照人。

有机会多到江枫渔火、烟柳画桥、阴柔为美的江南走走,看看那温柔缠绵、轻灵动人的越剧,走进那片观美、享美的疆域,也许会被那上善之水的磁场所吸引,净化一下自己的心灵,不失为一件好事、乐事。

(写于2015年12月3日)

彩 色

前几天,我在小区苏州河边上的公园里散步,走着走着,只见在树叶飘零的树丛中,一株直立的牡丹树上,鲜红的花朵怒放了,让我有一种意外的惊喜。

春天里,我曾见过它向我们露过笑脸,然而,冬季里又能与我们见面,这是什么力量的支撑?除了园艺师们的精心培育,能让这些冬季一般在热带地区开花的花卉在此争奇斗艳,与这里的温润、暖和的气候条件也是分不开的。

我看到的不知是否叫“松红梅”,叶子有点像松叶,开的花有点像红梅,树上挂满了重瓣花朵,形状像牡丹,也有人叫它“松叶牡丹”。它的旁边有几棵香樟绿叶树,还有一棵金黄叶子的银杏树陪着,他们友好地站到了一起,煞是好看。

我们小区的河滨公园里,处处洋溢着人与自然亲近的氛围。这里的各种树木花卉层次分明,在起伏不一铺着草皮的地上,落叶乔木和常绿灌木在这里轮流披着绿装上岗,下层次还有一些惹人喜爱的观花观果类小灌木,时尚的花卉也舒展着各色花瓣,一片片滋润的花瓣在微风中欢笑着。在松软的泥土中,一根根娇嫩的小草在微风中、在雨雾中,伸长了它们那柔软的身体,随着风的吹拂微微摇摆着。

优雅的自然美让人流连忘返。在这里散步,我的情感也常常被它们所调动。有几次我的好友来家里做客,我干脆带着茶水和瓜子来到这里的小亭里,愉悦舒适地聊起天来。

这里,不同的树姿、线条、色彩,将常绿和落叶的乔木、灌木、花卉及草坪组合在一个舞台上,绘成了一幅高低错落、层次参差、色彩艳丽的画卷,孤立树、花地、岩石小品等各种景观应有尽有,让人有着四季有景、富于变化的享受。

每株树木花卉都有着自己的生命，每个生命也有着不同的性格，人也一样，公园是彩色的，社会也是彩色的，因为社会是由各种不同性格的人组成的。

人在江湖，难免与各色人等打交道，不管自己是否愿意，谁也无法逃避。

在社会交往中，有时候我们会遇到不友好的人，甚至是令自己反感的人，如果在同一个单位里，可能会更让自己添堵；有的人说话办事根本不考虑别人的感受，也听不进别人半点意见；还有的人能争善辩，明明是黑的，他能说成白的；有的人言不由衷，说一百次的事情，一百零一次也不会兑现；还有的人心胸狭小，明明不是说的他，他非要朝自己身上拉，让空气变得稀薄，等等。

在同一个单位工作，同一个屋檐下生活，谁也不能开除谁的球籍。唯一的办法只能是用耐心和智慧去感化对方，用良好的心理品质面对那些不友好的人。就算我们的肚量不够大，也要耐心地等待，期待冬季里牡丹花的再一次开放。

色彩艳丽的花朵往往是带刺的，但毕竟给我们的生活带来了享受，我们可以不去计较刺的扎人，我们要去感恩彩色的恩赐。

看懂了看透了纷扰的凡尘和灯红酒绿背后的虚无，我们只能心存一份干净，坦然、淡泊，守护着自己内心深沉的宁静。

工作中我们自己就算毫无球刺，也总有人看我们不顺眼，这是人性的微妙。

最近，我与几家单位的精神家园工程师交流，有人提到人的性格色彩的识别，并提出了一些很好的解决之道，让我受益匪浅。

用“红、蓝、黄、绿”四色代替人的性格类型，借助一幅幅美妙的图画来解析多变的人生；通过对“性格色彩密码”的解读，帮助自己学会以“有‘色’眼镜”洞察人性，增强对人生的洞察力。但是，我们不能只用“有色眼镜”去看别人，更要看看自己有哪些性格缺陷。我也常常这样去反思自己，确实有许多毛病需要克服。

每个人都离不开彩色的社会，每个人也都喜欢彩色，但彩色也是复杂的，是一个完全主观的认知经验。我们需要在纷繁复杂中，守住内心的色彩，不要让它早早地褪色。

（写于 2015 年 12 月 11 日）

我看圣诞节

前两天,我底楼邻居家的天井里多了一棵美丽的圣诞树,吸引了许多人驻足观看。

这家的女主人小李是一位园林设计师,她心灵手巧,把小天井打造得特别温馨和有品位。她家的那棵圣诞树放在天井的中央,五颜六色的小彩灯在树干上缠绕着,像小星星一样,在翠绿的松叶间闪闪发光。树枝上挂着各种各样的装饰品,还挂着礼物包,我不知道礼物包里给孩子藏了什么东西。

平安夜,上海细雨蒙蒙,虽然看不到满天星,但看到邻居家小院里的这棵圣诞树,仿佛看到了圣诞老人给大家的祝福。当每一丝星光接触到自己的眼光,都好像化作轻柔的情呵护自己甜梦到天明,会让自己度过一个安静又快乐的圣诞节。

昨晚,有几位年轻人原本邀请我去酒店欢度平安夜,我想要静一静,婉言谢绝了。

二十年前,我在一个地方的外经贸部门工作,同事去给一位区委书记送圣诞节的邀请函,说是外商有欢度圣诞的习惯,这个活动也是亲商的举措。这位书记沉思了片刻,说,我只知道我们中国人有中秋节、春节、元宵节等,不懂什么圣诞节。中国人好好的,为什么要去过外国人的节?

不能说这位书记的话有什么错。圣诞节是一年当中西方最隆重的节日,因为那一天是耶稣诞生的日子,自己又不是忠实的基督教徒,似乎没有理由要过这个节。

如今,随着改革开放的逐步扩大,特别在一、二级城市里,每到冬天,人们都会自觉不自觉地想起圣诞节。的确,圣诞节这个美好又布满幻想的节日,确实让人神往。

特别是小孩,总是怀着一个隐秘的愿望,静静地等待着圣诞老人给自己的礼物。小孩们总是盼望到了平安夜那一天晚上,妈妈会来到自己的床边,说:“只要你马上睡觉,圣诞老人一定会来送礼物的。”一觉醒来,真的收到了自己期盼已久的礼物。

有些城市的小朋友还有一个美美的梦, 盼望着明年的圣诞节,圣诞老人也给贫困山区的小朋友送去他们喜爱的一份礼物。

是的,圣诞节的圣诞树,把一棵平常的树挂上了意外的礼品,就让人浮想联翩、充满梦想,给亿万人带来希望、带来故事……

昨天,我女儿从远方给我微信,她正在去作短暂旅游的路上。圣诞节也算是对一年辛苦工作人们的一个小小的奖励。也可能她在这一年里有了新的收获,有了心情放自己的假,看得出来,她和许多年轻人一样,在过一个轻松快乐的节日。

我不是基督徒,我的很多亲友也不是基督徒。乡下的亲友对圣诞节好像印象不深,但在城里的亲友,这些年似乎越来越接受圣诞节了。

一个民族的文化也不是一成不变的,而是要不停发展的。我们当然不能全盘地接受西方文化,这个底线是不能动摇的。我国有各种传统的节日,有各种家庭团聚,但多一个圣诞老人这样普世民众都愿意接受的形象也无妨。

在这圣诞节里,除了送上“圣诞快乐”的祝福之外,大家对做慈善很赞赏。昨天,我陪爱人去医院看医生,看到戴着志愿者袖章的人士忙碌地穿梭在人群之间,时而搀扶老人,时而帮助体弱的人去排队,时而又耐心地接受人们的咨询,我从他们身上似乎看到了圣诞老人的那种慈爱和关怀。

圣诞节里,我看到有人穿上圣诞老人的大红袍子,安上假胡子,戴上圣诞帽,背上邮包送上快递的时候,享受了这份欢笑。

(写于 2015 年 12 月 25 日)

重拾童趣

我不太爱看那些说了上句就知道下一句的无聊的电视剧，我爱看一些儿童节目。东方卫视有个节目叫作《潮童世界》，这个节目安排在中午时间，它常常误我的事，让我进入情况后就忘记了吃中饭。

那些四五岁小朋友说出来的话，千奇百怪，大人无论如何也想不出来，让你常常笑得合不拢嘴。

莫名的喜悦一次又一次涌进了自己的心田，我心仿佛荡漾在春水里。我爱人有时也陪着一起看，她也是满脸甜蜜的微笑，活像一朵盛开的玫瑰花。

是的，每个人都有着自己的童真童趣。

回想起我四五岁的时候，当然，那时候的生活很苦，根本就没有什么玩具，也没有什么好去的游乐场所，但我也有着无忧无虑、天真烂漫的生活。

太阳快要下山了，我和玩伴们都想着要回家，但我看那些飞来飞去的鸟儿，它们好像还不想回家，还是飞得那么的快活。他们的家住哪儿？我想，不知道他们愿不愿跟我回家，如果我们同住一个被窝该多好啊。比我大一点的孩子等大人劳动歇息时，偷偷地赶着水牛在田里玩，我也想去试试。想骑上它，到我姑妈家去玩，那里树上有很多鸣蝉可以捉，我踩在牛背上就可能捉到它吧，可是刚刚拖住牛的尾巴，我就被掀了个四脚朝天，浑身上下都是泥浆，回家挨了一顿骂。蝴蝶很漂亮，花纹也各不相同，我和其他小朋友都很喜欢，争着去追，但它太狡猾，追着追着，一会儿突然不见了，它躲进了菜花里。我想下次跟其他小朋友躲猫猫，要是也变成蝴蝶那该多好，躲进菜花里你就找不到我了。夏天的夜晚，在外面乘凉，我看到萤火虫像天上的星星那样，一闪一闪的，很有趣。慢慢盯着看,时间长了有点累,我想睡觉,但又一想,要是我睡着了,嘴巴张开,萤火虫会不会钻进我的嘴里,然后又生出很多小萤火虫,我呼吸时,又从我鼻子里飞出去,到了明天晚上,是不是就会有好多好多萤火虫啊!……

这些天真烂漫的想法也不知从哪里冒出来的。每个人都来自儿童世界,都有自己那样的童年生活。

但是人很怪,自己长大了,特别是当上了父母,就跟自己的孩提时代越来越远了。忘记了自己童年时熟悉的一切,用自己现在看到的世界、获得的思想、自己的情趣、生活习惯和社交需求等来教育下一代,他们很少了解孩子的心理,跟孩子也说大人话,剥夺了他们慢慢成长的权利,总是幻想他们能一步成材。

在游戏中,孩子们扮演医生,最好能去引导他同情和爱护病人,学会对人要体贴;想扮演解放军战士,就启发他勇敢,相信自己一定可以打败一切敌人,树立自信心;想扮演老师,就引导他怎么把话讲得让大家听得懂。

孩子是被表扬大的。他们总有一种积极向上、追求美好的心理倾向,我们要在不同的阶段,去满足他们不同的需求。

最近, 邻居要我给他家刚上小学的儿子班上的兴趣小组谈谈写作,这可是一个不轻的任务。这让我想起了过去认识的一位朋友,他是一位儿童文学作家, 他经常和孩子们一起玩, 最熟悉儿童的语言、心理、兴趣和爱好,所以,他的作品能走进儿童的心里,深受孩子们喜爱。我得好好向他学习。

对那些童真童趣、那些奇特的想象、离奇的作为、荒唐的结局,我们成人都不要去笑话,不要认为那是幼稚,更不要去扼制他们的好奇心,孩子最怕的就是小时候受到的打击。我知道有一个孩子小时候被邻居长辈随意说一句,这个孩子不会唱歌,唱得都走调了,后来她再也不愿意唱歌,现在都快四十岁了,我也没有听到她唱过一句。孩子身上有许多优点和潜力是可以挖掘的,我们还是多一点耐心,多一点正面引导为好。

鲁迅先生曾经提醒我们："要学学孩子，孩子是可敬服的，他常常想到星月以上的境界，想到地面以下的情形，想到花卉的用处，想到昆虫的语言；他想飞上天空，他想潜入蚁穴……"

童真童趣是一本教材，也是我们的一面镜子。孩子们不会说谎，应该去学习他们待人的真诚；孩子们童言无忌，我们的生活也应该多一点幽默，多一点乐趣，开心也不只是孩子们的专利；孩子们成天无忧无虑，想哭就哭，想笑就笑，我们何必要想那么多，背负那么重的精神负担，不去享受更多轻松的生活？孩子们那么有好奇心，我们为什么不去像他们那样，发挥自己无限的想象力，去创造更加美好的世界？

老年人追求童真童趣更是一件有意义的事。老了，空闲的时候就去看看儿童电影、儿童的现场演出，找回失落的童真童趣，让自己进入散淡平和的忆旧状态，那些抑郁、孤寂、无助、烦躁、紧张等不良心理情绪就自然会减少。保持精神年轻，童心不老，也能乐而忘忧，忘记自己的年龄，无意中也就延长了自己的青春和生活，还能使自己与儿童沟通感情，活得轻松愉快，实现返老还童的梦想。

有一年，我和已经工作十多年的女儿一起回老家，我们父女俩专门在乡下那块熟悉的土地上去放风筝，湛蓝的天空中飘着朵朵白云，风筝就像展翅高飞的雄鹰自由地翱翔。我们怕风筝被高压电线碰到，来到更为广阔的田野上奔跑，不知不觉几个小时过去了，父女俩各自回忆起儿时放风筝记忆里的珍藏，放飞着属于各自的梦想。这是两代人充满色彩和欢乐的童趣回忆。无忧无虑的时光，不同的时代，不同的人生，有着不同的酸酸甜甜，但都有一个共同的感受，那么的纯真和美好。

（写于 2016 年 1 月 4 日）

白雪凝成的思绪

昨晚,我们几个一起从上海回乡下老家,那时候雨夹雪虽然很大,但不是雪花漫天卷地落下来,也没有像鹅毛一般纷纷扬扬,不过高速路两旁已有少量积雪。回到家,田里虽然白了,因为路上有车辆行走,雪的感觉还不太明显。

但今晨起床,推窗看去,好像换了一个世界,房顶上、家前屋后的树上、菜园里一片雪白,好像整个世界都是银白色的,闪闪发光。地上的白雪,那么晶莹,本来我一早准备起床铲除天井里的雪,但有些不忍心踩上去。

我家院墙外的每棵树上都披上了白色的纱衣,树的根部四周的地上像铺上了一层厚厚的白棉被。大地变成了粉装玉砌的世界。这银装素裹的世界让人陶醉。

银白覆满大地,天地连成一线,模糊了边界,模糊了天地,只有那早起人们的一串脚印,如细碎的花缀在地的一角,成为静谧的注释。

上海的朋友有太多的遗憾,为什么老天总是不眷顾自己,雪下得太小,让这么大雪的美景从自己的身旁悄悄地溜走。下雪对他们并不稀奇的南京朋友却发帖说, 年关岁底, 回家过年路上的压力本来就大, 这个节骨眼上下这么大的雪, 不是给准备回家过年的人们添堵吗?北方的朋友谈起下雪,他们对雪灾带来的伤害却是记忆忧新。可是我们乡下邻居中上了年纪的,嫌雪下得还太小,回想起小时候堆雪人、打雪仗的情景,这点雪又算什么,想玩根本就玩不起来。更多的人们,想到的是雪后空气的清新,至少在春节期间,再也没有那难熬的雾霾日子。

不管怎么样，农民对瑞雪还是喜欢的，他们有着“瑞雪兆丰年”的信念。

雪，很白很白，白得那么纯洁，把大地变得也很纯洁、很美丽。雪，不仅仅使万物变得纯洁，也使我们的心灵变得像它一样美丽、纯洁。

（写于2016年2月1日）

过　年

明天,就是除夕了,羊年的喜庆气氛似乎尚未散去,猴年的钟声将又要在耳畔鸣响了。

时间过得真快啊。

忙忙碌碌中,一年的光阴不知不觉地又跑到了尽头。

像候鸟一样,在外的儿女都盼望着早一点回到老家。此时此刻,路远的有的已经到家,还有的仍在路上。许多人一年当中哪怕其他时间都不赶,要赶就是除夕晚。

每逢春节,回家就会汇成一股滚滚的春潮,无论路途远近,无论寒风暴雪,更无论富贵与否,都挡不住人们团圆的脚步。

村上的老人们温馨而又急切期待的就是这一刻的到来。每当汽车喇叭一响,老人们总是探头看一看,是孩子回来了吗?

“爷爷、奶奶!爸爸、妈妈!我们回来了!”

孩子们还没有走进家门,眼尖的忠实老黄狗早已一路跑到跟前,轻叼裤角,摇头晃尾。它们以特殊的礼节迎接回家过年的亲人。每一声车鸣,带来的是一串欢快的笑声,涌动的是一阵暖暖的亲情。在农村过年,要比城里热闹多了。

之前几年,我在上海过年,一比较就有体会。这两年,我们那个小区在城里过年的人越来越少了,大都市几乎成了空城,要么去南方暖和的城市或者去国外旅游,要么就回老家过年。

我在老家农村过年,那种快乐城里人也许体会不到。一到家,就像田野上吹来的那缕春风,那么的清新和自然。

今年,我看到村里的人们还像往年一样,做豆腐、蒸馒头、蒸米糕、酿米酒,杀鸡宰羊、炒花生、炒瓜子……大红的对联贴起来,喜庆的灯笼挂起来,雪后村里的天空特别晴朗,飘荡着香喷喷的年味。

我爱人兄弟姐妹多,大部分在农村,今年春节的几天假期排得满当当,相互串门喝年酒是一件头等大事。家人们坐在一起,在外工作的聊趣事、乐事、新鲜事;居家的谈家事、农事、琐碎事;大家都谈孩子的事、老人的事、好事、美事,说不尽道不完,说几句吉祥的祝福,喝几口村里人酿造的米酒,吃几口刚从自留地里挑出的新鲜蔬菜,长辈的殷殷祝福,年轻人的创业信息,会比那澄黄透明的米酒还要醉人,点点滴滴温暖心田。

上海从今年起,外环线以内严禁燃放烟花爆竹,但是在我们老家,估计明天除夕子夜,震耳欲聋的鞭炮声、五颜六色的烟花仍会映红夜空。不知道今年是否有所改进,因为放烟花、点爆竹,毕竟有噪声及空气污染。

现在过年在乡下团聚,有两点困惑,一是忙饭忙菜的人太辛苦,大家都过年,厨师也不好请;二是几乎家家有汽车,有的一户人家有几部,停车成了难题。

团圆饭,忙得团团转,为了亲人再辛苦也乐意。一大桌的饭菜,都是老做法,都是老味道,但浓浓的味道,却是对过去的思念,亲人们要的就是这种老味道,城里的厨师是无论如何也烧不出这样老味道的。

汽车再扎堆,也要挤着去,因为这顿饭,不在于吃什么,有人赶了几天几夜的路,图的就是亲人团聚,这种团聚就是对吉祥、喜庆、幸福的向往,可以让人记取在旧时光里的浪漫,这是亲眷凝聚的力量。

欢欢喜喜过大年,现在人有了很多的改进,边看春晚边守岁。自从"群发的短信我不回"唱响春晚,也改变了传统拜年的形式。很多人将拜年祝福"搬"到了微信上,取代了短信。上了年纪的人也会忙着"按住说话",和群里远方的亲朋好友互道新年好;小孩们也会抢着父母的手机,说是要帮着抢新年红包。估计今年春节拜年,这股"微"风将让这个猴年更有年味儿。

过年,也不是每个人都高兴得起来的。有的人谈到过年,甚至想到躲一躲。送年礼、请年酒、给孩子压岁钱,都是不小的负担,尤其在乡下,收成不好,真的过年如过关。有人在城里打工已经好多年没有回家过年了,想想这么大一笔开支,实在吃不消,只好等一等,等有了钱,再还上这笔亲情账。对他们,需要更多的理解和宽容,要体谅到他们那种失意、惭愧、惆怅交织的心情,年关越是临近,他们的压力越大。岁月是多么的残酷和催人啊!

一位70后跟我说,自己长大成家以后,好像过不过年无所谓了,自己心中的年味越来越淡,感觉也越来越累,回一趟老家简直像逃难一样,大包小包转车走路拎回家。回到家,也只是比谁挣的钱多,谁挣的钱少,不管这钱是偷来抢来的,只要是钱多,人们就认为是成功人士,否则就是失魂落魄的失败者,感觉灰溜溜的抬不起头。过年了,钱也不值钱了,花钱如流水,造成了多大的浪费,光压岁钱就是普通工薪阶层两三个月的工资,最终花了许多钱,有时可能因为谁多了、谁少了;谁给了、谁没给而得罪了人。

“年年岁岁花相似,岁岁年年人不同。”这位熟人说,过年,小孩很开心,大人却很累。过年过年,对有些人来说,就是坐在家里收钱,对穷人来说,就是过关!

在外打工的回家过年,乡下的亲戚总有问不完的问题。你在哪儿上班?做什么工作?能挣多少钱?有对象了吗?买房了吗?什么时候准备结婚?因为有些问题很难回答,所以有人就不想回家过年,有人没有谈对象,家里追得很急,只好出高价租个“对象”回家过年。

我与一位亲戚聊起过年,他说,过年不仅是吃喝,而且是一种礼仪,也是教育孩子最好的课堂。

他说要注意这样一些教育:过年了,家里来客人多了,孩子见人要有礼貌,要知道怎么称呼长辈,有些年轻人自己都有了孩子,也不知长辈的称谓;小孩接过红包要说谢谢,不要当面拆红包,更不要嘴里还喊着是多少钱,如果对方给的红包钱不多,会觉得很尴尬;好吃的东西不要让孩子独享,要养成尊重长辈、请大家吃的好习惯;大人说话,小孩多听少插嘴;走亲戚,不要去乱动人家的东西。我想,他说得很对,给孩子补上这些课,长大了就会懂得怎么做人。

这些天来,村里许多在外工作的年轻人都陆续回家过年了,他们有的忙着帮助爸爸妈妈做家务;有的放下手机,陪亲人们聊天;有的与儿时的玩伴玩起了纸牌;还有的到邻居家串串门,给长辈们送上一些小礼物等。我看他们既开心又充实。有邻居说,孩子们长大了,也懂事了,看到他们的成长,心里比吃蜜还要甜。

一年又一年,过年,年年过。人生中,一根根旧烛燃到了尽头,就有一根根新烛重新耀亮。让岁月捡回曾经的笑脸,让欢乐把疲惫冲淡,让信念托起新年的祝愿!

(写于2016年2月6日)

迟开的梅花

我家居住的上海小区河滨公园里的梅花春节前就开了，可是，乡下老家的两棵梅花树迟迟不开花。

等待的心情总是复杂的。

也许是品种的不同，已经是第四年了，那两棵梅花树从未见过在地冻天寒时开着朵朵美丽的花。

也许是春节前的那场几十年不遇的冻灾害的。梅花虽有不惧风雪、坚韧不拔，傲雪欺霜、不屈不挠的品格，但梅花对温度也有一定要求，它也喜爱适度温暖而稍湿润的气候。

这两天，我老家那两棵梅花树，让我喜出望外。

只见那细长的小枝上，超凡脱俗的梅花终于露出了笑脸。花朵虽然有的小，但小巧玲珑，憨态可掬；有的袅袅娜娜，似乎有些羞羞答答。我估计，再过几天，它们会端庄大方，秀美十足的。清晨，叽叽喳喳的鸟鸣，加上梅花的奇香，惹人喜爱。

迟开的花朵也许更可爱，美过田野上初绽的蓓蕾。它们勾起愁绪万千，使自己的心辗转低回。

多么希望迟开后梅花花期延长一些，不要一见面就有难舍难分的离别，等到桃花、梨花、油菜花全面盛开时，再作伴一回，那时甜蜜的相逢更让人心醉。

我老家的梅花开出来的花朵是粉红色的，猛一看像是桃花，那是粉色的红梅，它像是被颜料染过似的，鲜艳夺目。靠近它，发现大部分红梅还是含苞待放的，有的像羞涩的小女孩红着脸；还有的是探头露脸的花骨朵儿。

但它虽然不能像桃花一样结出累累果实供人享用，但它坚忍，很有欣赏价值。

一朵朵玲珑的梅花，无论从哪个角度看，都是一幅美丽的画。它傲然怒放时，会浑身充满生机，它是给人力量、给人深思和勇敢的花，一种使人肃然起敬的花。

回想起去年秋冬以后，那两棵梅树落光了叶子，只剩下树枝孤零零地裸露在外面，没有叶子的树显得无精打采，让人有点遗憾。没有了翠绿的叶子和鲜艳的花朵，死气沉沉的，缺少了春天的气息。光秃秃的树枝在风中挣扎，显得那样单调。为了给它解闷，我试着在树枝上系上一些红绸带，迎风飘扬，也让这两棵梅树略显一点生机。

如今，梅花虽然迟开了，但在春天里，人的嗅觉更灵敏，闻到那粉色如霞梅花的花蕊散发着一阵阵清香，令人心旷神怡。那香气不是其他花能媲美的，那香味别具神韵，清逸幽雅，别有一番风味。

春天，虽然是花的海洋，但迟开的梅花仍是一名春的使者，为我们送来春的讯息。而当寒冬逝去，春光遍野的时候，梅花却隐逸在万花丛中发出欣慰的欢笑。梅花，在通报春天的来临之后会退去，并不抢夺春天的美景。

做人也一样，我们也需要这种大公无私、默默奉献的精神。

我老家的那两棵梅花树虽然也有两三米高，但其貌不扬，外表并不娇艳，它们似乎很谦虚，花谢了，树干也呈古木色，它们不想用鲜艳的色彩去吸引人，讨好人，求得人们的夸奖，只愿散发一股清香，让它留在天地之间。

人要是有了这种神清骨秀、高洁端庄、幽独超逸的内在气质，一定会受到社会的欢迎。

梅花开放，有早有迟，迟开的梅花在春风中更展现着自己完美无瑕的姿态，让人看着目不转睛，怎么也看不够。那两棵红梅树的周边有黄杨围护着，树下绿绿的草儿探出头来，衬托着花朵，把来来往往的乡亲们深深吸引。

我的继母和我爱人的养母都快九十岁了，她们闲着没事，也会走到梅花树前，一会儿盯着含羞待放的花朵看个不停，一会儿凑上去轻轻抚摸那鲜嫩的花苞;一会儿又去闻闻那粉红柔嫩的花瓣。看得出来,她们喜欢那梅花,也许她们在想,活在这个世界真好,能看到这花花世界,开开心心,自由自在。

我的一位邻居也来凑热闹,驻足观看那迟开的梅花。

他很风趣地说,革命不分先后,你家的梅花虽然是开迟了,但迟开的花朵更鲜艳。他打了一个比方,很多年前,村上有个孩子七八岁时说话也不利落,有人认为他是迟开的花朵。后来他付出了比常人更艰辛的努力,终于考上了名牌大学,毕业后进了国家科研机构工作,事业上很有成就。他说,对迟开的花朵一定要有耐心啊。

一边听着邻居富有哲理的话语,一边品着迟开的梅花把美丽和清香献给世界、把寂寞留给自己的精神。此时此刻,又有谁不想把梅花永远装在心里,让自己的心和梅花的品格一起跳动呢?

(写于 2016 年 3 月 7 日)

想起儿时学着舔泥螺

我老家地处长江口与南黄海的交汇处，滩涂上有一种爬行小动物挺好玩，长得圆头圆脑的，头盘还特别大，而且很肥厚，圆形的贝壳很薄很脆，一不小心就会搞破，外表还有纹路，内面光滑，外皮黄褐色的，它好像没有肚脐。大人们从海滩上抓回这一只只小家伙，把它浸泡，清洗，再用盐、烧酒、酱油等腌制成小海鲜，会吃得津津有味。这就是肉质丰满爽口独特的“醉泥螺”。我们小时候，它是咸鲜下饭的家常菜，现在吃的人多了，物稀为贵，吃得没有以前那么多了。

我三四岁的时候，看到餐桌上的大人们吃泥螺是那么好吃，很是嘴馋，也想吃吃它。可是我不会舔，吃饭的时候眼睛直盯着我父亲，父亲好像看出了我的心思，他说，你想吃，那你就自己学着吃，反正，我不会舔好了给你吃的。

当时，我心里对父亲充满了恨意，人家父母都舔泥螺肉给孩子吃的，为什么你却那么心狠。

你不给我舔，我就自己吃！因为不会，开始总是吃了满嘴的沙泥，我急得哭了。

邻居也批评我父亲说，孩子母亲去世早，你应该既当父亲又当母亲才对。而我父亲却说，“棒头出孝子，筷头出逆子”，小孩必须从小学会自己的事自己做。

自己做就自己做！我吃泥螺虽然吃得满嘴沙泥，但坚持漱口水再来，一次次的失败，我不灰心，慢慢学会了把泥螺放入嘴里，用上下门牙将泥螺舌头咬住，用嘴唇及舌尖一顺，将泥螺壳轻轻朝外一推，泥螺的壳、沙和内脏就自然分离了。开始嘴里还是带有少量泥沙，慢慢地就没有了，那泥螺肉是又脆又鲜，太好吃了。我还拿这件事在小伙伴面前炫耀了好久。现在城市超市里卖的罐头泥螺都是吐过沙的,所以谁都会舔。但吐过沙的泥螺,虽然好舔,但缺少了不吐沙泥螺原汁原味的鲜美。我老家的人仍然喜欢吃不吐沙的泥螺。

几十年来,每当我回想起儿时学舔泥螺的事,我不但不会记恨父亲,心里反而充满了感激。对“棒头出孝子,筷头出逆子”那句话的理解也一次比一次深。

我的父亲常常给我讲他自己和他的祖辈遭受过战争的苦难,遭受过很多的折磨、很多的坎坷,讲了他读私塾时先生用戒尺教育他的故事。我父亲说,他上学堂时,私塾先生用戒尺对学生进行体罚。他看到戒尺就很敬畏。先生的桌上放着一根两指阔的竹板,如果学生一想不起来就要挨一下打,半本书背下来,有时候右手掌被打得发肿,陪在一旁的家长还要陪着笑脸说“打得好”。

全国解放以后废除了有千年历史的科举制度,私塾制度与塾师也退出了历史舞台,但在我父亲的心里却无法忘怀那戒尺的作用。所以在他看来,对孩子的教育只能是严格。

我读小学那时,虽然没有山区孩子翻山越岭那么苦,但几岁的我最远的时候每天来回也要走上二十来里路,一路上说说笑笑,也是很开心的。刮风下雨,家里根本没有大人接送,在半路上到草堆里或附近人家躲躲雨也就过去了。特别是冬天,小手小脚冻得像胡萝卜一样,自己也不知道什么是疼,因为父亲教育我,只有吃苦,才能成人。

“望子成龙”是人之常情,但教子有方,才有达成愿望的可能。我的父亲很有智慧,他对我教育绝对没有任何的溺爱,在我幼小的时候,我没有少挨打挨骂,现在每当我回想过去,总有一种对父亲的感恩之情,他的严格要求,对我后来的成长帮助很大,也是他给我的加福。

对“百善孝为先”、“父权至上”、“棒头上出孝子”的中国传统教养方法,有的人很信奉,也有人相信西方的“爱的教育”、“儿童本位”、“自由发展”的教育理念。

我想, 我们既不能对传统观念 “食古不化”, 也不能对西方学说“不求甚解”,更不能觉得自己想怎么样就怎么样的“自以为是”。

我曾作了一些调研,现在年轻的父母能接受传统教育方式的比例较小,相反,对西方的教育理论接受得多一些。

我与一位80后交流,他说,你不懂,现在时代不同了,你们上一代人的那一套教育方法早就过时了。父母打骂孩子会造成不可弥补的严重后果,会使孩子产生不良心态和心理偏差;容易造成孩子说谎,有的父母一旦发现孩子做错事就打骂,孩子就会说谎;如果孩子经常挨父母的打骂,时间一久,孩子从心里对父母就会产生恐惧和疏远,甚至会离家出走;经常挨打骂的孩子会感到自尊心受到伤害,会怀疑自己的能力,自认为"低人一等",容易造成性格孤独、沉默;父母动不动就打骂孩子,会使他们产生对立情绪和逆反心理,有的孩子还会用故意捣乱以示反抗,存心让父母生气;孩子的模仿性很强,在家里挨父母打,到外面他就打别的孩子,特别是比他小的孩子;有的父母打了孩子之后,硬要孩子"认错",只能促使孩子思想的"排他"倾向加剧,久而久之,使孩子产生怪癖心理;有的父母对孩子期望过高,超过孩子的实际能力,会加重孩子的心理负担等等。

听起来,这些似乎很有道理,但是从实际效果看,完全相信这套理论,效果并不是很理想。

现在年轻的父母自己也没有受过什么苦,有的虽然成家了自己还像个孩子,糊里糊涂地做了父母,对"棒头出孝子"、"不打不成材"等观念,也不会去琢磨和反思;有的甚至全然不顾自己的语言和行为,也不会去想,教育会不会在孩子的身上留下什么样的烙印;有的家长干脆对老师说,孩子交给你们了,拜托了!自己好像一点责任也没有;有的孩子在幼儿园里磕破了一点皮,家长就到学校大吵大闹,在孩子幼小的心灵里留下了不良的暗影;也有不少父母过多地关心孩子学习,只要考出好成绩,什么要求都答应,什么愿望都满足,而品德低下却不被关注,有些孩子说谎,拿家里东西或别人的东西,以自我为中心,不考虑别人感受,家长不管,反而认为孩子还小,长大了自然会明白的等等,这些都是家庭教育的误区。

我从小受家长严格教育,也没有像西方教育所形容的那样会落下很多心理疾病。现在看来，对孩子一味地溺爱，确实没有多少好处。

父亲当年不给我舔泥螺，我现在舔泥螺比谁都快，一只泥螺刚放进嘴里，几秒钟就会把泥沙、内脏和泥螺壳吐出来，很多人跟我开玩笑说，专业水平高。几十年来，我享受了父亲严格教育的福报，让我懂得了做事做人的许多道理，让我对“养子不教如养猪，自古桑条从小育”的老话有了很深的理解和感动。

（写于2016年3月15日）

我至今忘不了语文老师们

前不久，我上海的邻居要我帮个忙，给他们家读小学一年级孩子的“课外兴趣小组”的同学们讲讲怎么写文章。我虽然写了几十年的文章，但给小学一年级的孩子讲写文章，这个题目有点难，但这件事让我想起了两点，一是现在国家越来越重视语文教育，以后高考语文成绩提高了比重，说明国家导向正在发挥作用，家长们懂得语文教育要从娃娃抓起；二是让我想到我的老师，尤其是语文老师，他们给了我许多值得珍藏的启蒙教育。

他们不仅教我们识字，教我们听写、造句、连句，教我们标点、修辞、段落大意、中心思想、文章修改等，还教会了我一些学习方法。

在读小学四年级的时候，我写了一篇《注意夏令卫生》的作文，被杨敬老师拿到班上读了，老师作了点评，那次对我的鼓励很大，因为孩子是被表扬长大的。杨老师说，你既然对写文章有兴趣，就要多看书，多练习。这“两多”的教育让我终生受用。

后来中学语文老师陈淑英、陈之伟等教我更多，不仅传授语文知识，还讲了文如其人、如何做人的道理等，这样的回忆几天几夜也说不完，每次回忆，心里充满了无限的感激之情。

我要感谢语文老师们给自己生命的旅途中点燃了一盏明灯，让我一辈子捧上了靠写写东西混口吃的饭碗；我要感谢语文老师们让我学会了把自己要说的话，说得让人听懂，结识了许许多多的高人和朋友，拓宽了视野，积累了经验；我要感谢是语文老师们的教导始终陪伴自己，学会体察身边的人、事、物，让自己领悟和品味命运的馈赠和生命的激情，懂得了表达，也乐意与别人分享。

但是，较长时间以来，语文教育不太受重视。到了中学，我们就听到“学好数理化,走遍世界都不怕”一说,后来,情况更严重,有的学校语文课甚至让数学和外语课给占了。双休日和假期,在大街小巷里到处张贴的都是数学、外语的补习班广告。有个别老师在社会上甚至不敢承认自己是教语文的,在社会上许多人的眼里,好像在小学阶段需要学一点语文,到中学就没有必要了,语文就是让人认字的。在有的企业里很少招聘学中文的,秘书等文员一类员工的收入要比其他人低许多,而这些年本科扩招,偏偏扩招的就是文科的多,形成了女生和文科学生的就业难。

80 年代,我亲戚的一个孩子在大学读的是中文系,我也怕他毕业后工作不好找,就建议他在四年本科就读期间进修一门英语,最好是拿到双学历,并取得较高等级的证书。结果他经过努力,达到了目标。所以一毕业,就被热门的单位抢走了。后来他说,所幸我当时听了你的话,要不然我只能去学校教语文。现在看来,这件事值得反思,不过现实就是如此。

其实,语文对每个人都很重要,在实际工作中,语文水平的高低对一个人的工作能力会是一个检验。

有一次,一位企业家邀请我去讨论一个产品推介的材料。对这个材料议论了半天,老板总觉得不对劲,他对撰稿人说,你要说给谁听?重点说什么?客户会怎么想?要么词不达意,要么逻辑混乱,要么文法不通,笑话百出,难道我们这一代人真的老了?什么代沟都可以有,把话讲得让人听懂总不是代沟所应该抛弃的吧?别看你们都本科、硕士毕业了,语文课还得补一补。

这件事,对我触动很大,更激起了我对小学、中学语文老师们的崇敬之情,联系到我后来学新闻的经历,有了更加切身的体会。

不重视语文教学,说严重一点,就是对传统文化的亵渎,就是对中国华夏文明的漠视。现在的应试教育体制真的害人。一些理工科毕业的学生连基本的表达都不会,说了半天,不知道他在说什么,因而让用人单位感到头疼。当然,不是所有学数理化及外语的学生都这样,这要看每个人的造化,有的人虽然文科毕业,也有连一般应用文和公文也不会写的。这是时代的缺失。

我想起了五十年代初手把手教我们的那几位小学语文老师陆老师、杨老师、范老师,他们不光教我们识字,还很乐意和我们相处,帮我们寻找学习语文的途径,给我们提供各式各样的读书机会,帮助我们提高品赏名著的能力。想想现在一些年轻人缺失的一些能力,好像我们读小学的时候,老师们都教了。

最近,我老家的实验中学举办了一场青春仪式,仪式上我一位同事的女儿作了一场演讲,非常精彩,在网上热传,引起了社会的广泛关注。她叫左晗,毕业于清华大学,现在团中央工作,是一位杰出青年。她演讲了三个故事,故事引人入胜,思辨富有哲理,又很幽默。左晗学的是经济学和法学专业,这不仅是演讲能力,更说明她的语文功底好,整篇演讲时间不长,却体现了"准确、鲜明、生动"的水平。她有个宏大的十年读书计划,最近完成了,书读得很杂,有些看来无用的书也读了。她不断地坚持写作,在上学期间就出版过多部著作。她的演讲让我汗颜,我看到了自己与她的差距,我想,我是否有点辜负了当年语文老师们的期望?这位年轻人指点江山、激扬文字,切入时代的脉搏,融入时代的大潮。真是后生可畏啊!

爱好语文的人,总是希望对中国灿烂的文化有大致了解。现在有些家长喜欢让孩子背诵唐诗宋词,他们因为年龄太小,有的只有两三岁,连字都咬不准,更不懂是什么意思,家长们却认为能背出来了就能在亲友面前晒一晒了。其实,学国学,比如四书五经,比如唐诗宋词是要学习,关键要理解、要去悟,而不光是背,也不是通读了四大名著之类的几部小说就算学好了。

网络时代是给我们的生活和工作带来了方便,但网上新推模式,写一部小说,只要输入关键词,把时间、地点、人物和部分情节改一下,作品即可完成了。我不想评论这样的作品方式,但这至少也不能成为今后就可以不重视学习语文的理由。我仍坚信中小学语文老师们的教诲:学好语文,对做人做事一辈子都有好处。

文、史、哲都是一家,读书学习是一辈子的事情。我们读书不是为了装门面,也不能追求“立竿见影”。

在校期间,按照课程规定阅读;出了校门,根据工作需要看书。看一些与本专业无关的书籍也有用,当然学一些文学、艺术、宗教、哲学、历史等更好。有的事情不是用简单的公式就能解决的,我们读的书,一时没有实际用途,但对养成人生经验、文化品位和精神境界却有重要意义,综合认知能力强了,处理一些实际问题的能力也会变强。

我们这些普通人不可能都成为专家和精英, 但是有了语文的基础,也会让自己变得聪明、博雅、视野开阔、能读书、有修养、善表达,也会影响自己一辈子。

走出学校多年了,为什么语文老师更容易被追怀?我想,上述这些都应该是我们的理由吧!

(写于2016年5月14日)

做梦也很有趣

昨夜今晨,我连续做了好几个梦,使劲地去回忆,许多东西都是模模糊糊,90%以上记不清了,都是些碎片,而且前后都不连贯。

几天前,我在上海作家协会听一位散文作家作《阅读与写作》的报告。他说,一个人在全部的睡觉时间里,差不多有六分之一的时间在做梦。我也无法知道这个数据的准确性。有一部英国纪录片《人类足迹》里面有很多有趣的数据,人一生做多少梦?104390次!因为这个纪录片是英国人拍的,所以生活习惯上的不同也许会造成很多数据的差别。纪录片想说的是睡眠是需要的,梦是一定会做的。

据有关资料,一个人通常在睡眠状态,平均要做100分钟左右的梦,梦的数量在4到5个。

心理学家认为,人的智能有很大潜力,一般情况下只用了不到1/4,另外的3/4潜藏在无意识之中,而做梦便是一种典型的无意识活动,通过做梦能重新组合已有的知识,把新知识与旧知识合理地融合在一起,最后存入记忆的仓库中,使知识成为自己的智慧和才能。梦境可帮助你进行创造性思维,许多著名科学家、文学家的丰硕成果,不少亦得益于梦的启迪。

我听那位作报告的作家说,他写的诗歌和散文,许多灵感也来自梦。他说,往往最后一个梦,记忆最清晰一些,获得的灵感也多一些。一旦有了灵感,他会马上拿起床头的笔和纸写下来,留给写作时参考。我也身同感受,每天早上写微博、微信的原创,写起来比较顺手,有些灵感也来自梦。

有人对英国剑桥大学卓有成就的学者进行调查,结果有70%的学者认为,他们的成果曾在梦中得到过启发。瑞士日内瓦大学对60名数学家也做过类似调查,有51人承认许多疑难问题曾在梦中得到解答。

如果人不会做梦,则有可能在某种程度上导致心灵及个性上的紊乱，甚至影响思维灵感的发挥。

许多朋友与我聊起过做梦的事。

有人说，做梦不好，做梦属于浅睡眠状态，睡觉的质量不高。特别是夜里做到不好的梦，白天精神不好，总有恐惧感，有的甚至还会去求人破梦。我小时做了可怕的梦，父亲会安慰说，孩子，不用怕，梦是反的。我至今都不知道这话对不对。

也有人说，人睡眠时不做梦，说是睡眠的质量不好，而且还是大脑受损害或有病的一种征兆。

真的，假的？反正我是个科盲，也说不清楚。

有临床医生发现，有些患有头痛和头晕的病人，常诉说睡眠中不再有梦或很少做梦，经诊断检查，证实这些病人脑内轻微出血或长有肿瘤。医学观察表明，痴呆儿童有梦睡眠明显地少于同龄的正常儿童，患慢性脑综合征的老人，有梦睡眠明显少于同龄的正常老人。

也有医生朋友是这样跟我说的，做梦并不是坏事，但如果长期恶梦连连，也常是身体虚弱或患有某些疾病的预兆。

梦，确实是一种有趣的现象，有欢快的，也有让人害怕的，有荒诞的，还有很多奇奇怪怪的。不管是什么样的梦，只要是自己做的梦，也许对自己的生活有一定的积极意义。

梦，一般都和人的情绪有关。

我们有时会梦到正常的、正面的事物，有时候也许会做异常的、消极的梦，不管怎样，我们不能让那些导致负面情绪的梦境主导自己；梦中的人，大都是真实存在的。有些人是自己过去见到的模样，包括死去的人的模样，自己也许忘记了，但是你的大脑却没有忘记。做到这样的梦，也没有什么可怕，不要去想更多，如果想睡，可以继续睡自己的觉；如果梦和灵感结合到一起，那是再好不过的了，不光是文学艺术的创作，对任何工作都有意义，因为在梦中，大脑会存储和处理信息、数据，解决难题。

做梦，是有趣的，每天都会冒出很多念头。哲学家说，那些不死的才叫做梦想。

（写于 2016 年 5 月 29 日）

人生，也是一本存折

人生，也是一本存折

小金大学毕业后来到一家民营制造企业集团工作，他从一线操作工做起，后来担任上市子公司技术员，技术部经理，总工程师，副总经理，总经理，一干就是十多年，这些年收入增幅不小。最近，他自己也没有想到，又获得了股份公司一笔股权激励。公司宣布，在公司工作十年以上，担任重要职务并作出了重大贡献的均获得此项奖励，并在今后将成为一项制度坚持下去。

和小金一起进公司工作的一位同学干了一年多就离开了。那位同学有着广泛的人脉，凭着那样的优势，不断地跳槽，哪里工资高、工作轻松就往哪里跳。头几年收入与小金相比是要高一些，但他跳来跳去，也没有学到什么。最近，他所服务的公司破产了，这个月到处奔波找工作。收入高的岗位他干不了，收入低的工作又不想干，陷入了尴尬的境地。

当小金还在车间当工人时，他的那位同学却经常出没于灯红酒绿的场合，并且拿着比自己高的工资，要说小金一点想法没有也不现实。但他冷静地思考未来，决定不去东张西望，而从手头上所做的每一件琐碎小事做起，沉心下来慢慢成长。他想，也许那位同学的命运比自己好，自己不可能有那么好的人脉，只能靠自己静下心来苦干，把事情干漂亮了，也许将来有翻身的那一天。自己还年轻，对明天也不要去考虑太多，重要的是干好今天。而他的那位同学却是十分焦虑，忘记了自己还在本该拼命去努力的年纪，而脑子想得太多，手上的功夫太少。

人生，其实也是一本存折，在平凡的生活中，不能轻易去透支，只有积淀越多，生活和事业才会越顺利。

在车间劳动做“三班倒”是辛苦的，八个小时里重复做几个动作，是有些枯燥。但是,这是人生的必修课,这不仅是完成产量的劳动,也是对自己意志的一种磨练。

我认识一位90后大学生,他在车间劳动两三个月就觉得受不了,打电话回家说:太苦了,我一天也待不下去。他的母亲在电话里还陪着流泪,说什么,父母再苦也不能苦着你,你实在受不了这份苦就回来吧,有爸妈吃的,就有你一口。那孩子已经回家两年多了,整天东逛西逛,不干什么事。

我们每个人默默的付出,看起来是为单位、为别人,实际上都是对自己的一种沉淀和积蓄,在为自己的今后铺路。一个人学会了在苦难中成长,就会产生自信,就会产生独特的内涵、气质和魅力,也会做出不一样的精彩。一个人有了自信,就会不怕吃苦,不怕挫折。

生活中,我们经常遇到一些人在诉说自己的怀才不遇,觉得整个世界都亏欠了他;有的人也梦想有朝一日自己坐在高级写字楼里听手下给自己汇报工作,可是自己却在工作中从来不努力,多少年如一日的在同一个岗位上重复机械式的工作,总是幻想着未来生活的安稳和优越;有的人对未来感到焦虑和迷茫,总是质疑自己的付出是否值得;有的人不懂得如何让自己委曲求全,年龄虽然在不断增长,但成熟很慢,做起事来总是那么任性,三句话不对,就来一句"老子不干了行不行",彰显自己说走就走的魄力。

我们要敢于承认自己,比如自己家里穷就是穷,自己长得丑就是丑,自己的能力差就是差。但是,不要怪别人比自己富有,不要嫉妒别人比自己长得好看,不要恨别人的能力比自己强。嫉妒和怨恨一点用也没有,只有自己做好了,做了别人做不到的事情,别人才会瞧得起自己,自己才有资格对着别人自然地微笑。但是要做到让别人尊重自己,也不是一天两天的事,需要坚持不懈地努力,有长期的积淀才行。

在我们的身边,那些才华横溢、有所作为的人,没有一个不是享受和利用孤独的人,他们在孤独的时候积蓄能量,所以在不孤独的时候爆发和绽放。而当我们看到他们成功的时候,往往不会去追踪他们孤独的那一面,总有一种错觉,为什么成功总是偏爱他们而冷落自己。那些成天在饭桌、酒桌、歌厅里寻找存在感的人，他们也是因为害怕孤独。有时孤独并不是坏事，虽然有些不合群，但会让自己变得出色。因为，生活中没有多少人会关心你付出过多少努力，撑得累不累，摔得痛不痛，他们只会看你最后站在什么位置，然后羡慕或鄙夷。想过什么样的生活，全看自己付出什么样的努力和代价，取决于人生存折里积蓄能量的多和少。

人生存折里沉淀的能量，不仅是自己的努力和事业的成果，还包括真正的朋友多和少，因为只有真正的朋友在自己生活的低潮和困境时，才会伸出温暖的双手拉你一把；人生存折里沉淀善良也很重要，只有自己善良了，才会在不经意间收获人间的美好；人也需要积淀爱好，人有了一点爱好，自己的生活才有滋味；人不能没有承受的沉淀，有些苦痛和烦恼需要自己默默地去承受，不要指望别人的怜悯和同情；我们还要积淀感恩，人生路上，很多人帮助过自己，感恩的心一定要时时保留，存在人生的存折里，并及时支出感恩。

回想起来，我的人生存折里积淀的能量并不多。但我想对年轻人说，不要像我一样，等自己老了才去回顾自己，整理自己。年纪大了，发现人生存折里积淀的能量不多，那就晚了。更不要在自己年轻气盛的时候在人生的存折里随意挥霍自己，透支自己。人生的存折是自己的，趁早学着思考人生，学着沉淀自己，学着完善自己，你就一定会更好地走好以后的人生。

（写于 2016 年 4 月 7 日）

孤独不是用来害怕的

有一位年轻人今天一早给我发微信说,国庆节不回家了,他要利用这段假期学点技术。虽然宿舍只剩下他一个人了,有些孤独,但没什么,是自己愿意的。我回复说,每个优秀的人都是从孤独中熬出来的。

现在社会虽然许多人都希望自己优秀,但很少有人愿意去孤独。

八十年代初的一天,我出差路过某高校,去看望一个亲戚的孩子。我第一次去那个学校,找了老半天没找着,结果一个热心的同学把我领到他的宿舍。哇!这么热闹,你们是不是要把屋顶给掀了,笑啊喊啊!他们玩得真开心。可我瞪大了眼睛怎么也看不到他。

那位热心的同学又让我去他的教室看看。那是一个冬天,外面的西北风呼呼地叫着。一进教室,只见他穿着旧的军大衣,一个人在看书。他本科学的是中文。在完成本科学业的同时,他自学的英语也获得了文凭。在一个计划经济的年代,大学生分配有双文凭的都沾光啊!后来他成了一位出色的电视制片人。周围有一批年轻人跟着,他再也不孤独了。

说到孤独,有一位大学生说,她用了几年的时间尝尽了孤独,直到大学即将毕业的现在,她由心地敬佩那些在整个人生中承受孤独的人,那些能够坦然地做一个不同于别人的人。想到这些,自己觉得很惭愧。

孤独是一个人的狂欢,狂欢是一群人的孤独。有网友说得好,看一个人优秀不优秀,其实只要看他在孤独的时候做什么,是手足无措还是镇定自若,是折腾还是享受。优秀的人往往在自己的心中有那么一段或几段孤独的时光,可能并不愿意再去重复,但却愿意让那种回忆停留在记忆的某一处,不轻易说,但却是自信的根基。

其实不管你是优秀还是不优秀,每个人都孤独过。在前进的道路上,你究竟选择什么?如果觉得自己太孤独了,就会选择放弃;如果选择了随大流,也就选择了远离优秀。因为,优秀诞生了思考,思考又常与孤独为伴。

有人说,年纪大了,就害怕孤独了,这也有一定道理。日本东京的老人公寓经过反复听证,选址在闹市区。因为老年人也喜欢热闹。有一次有个朋友和我一起去旅游,走到安静的山脚下,他说等我老了,要是在这地方盖个房子养养老,该多好。接着他又说,这只是幻想,年纪越大,会越害怕孤独的。

人多的地方自然是不孤独的,但不能一辈子都在聚会中度过。一个人的时候,跟两个人在一起相比,肯定是孤独的。

可是在一个人的时候,可以更多地关注自己的感受,自由空间多了很多,所以又是快乐的。孤独和快乐相随,从这个意义上说,孤独也是快乐的。

不能和自己所爱的人在一起,内心是痛苦的。但要善于从孤独的生活中得到自己的幸福。上了年纪,不要想那么多了,该放手的就放手吧,儿孙自有儿孙福。他们不来看自己,因为他们很忙,各人都有各人的事。自己做自己喜欢的事,同样能摆脱孤独找到幸福。

我有些老年朋友,他们的生活过得有滋有味的。他们虽然也不和子女居住在一起,但他们不害怕孤独。他们写书、作画,脑子一刻也停不下来,有时好像比上班人还忙。因为不害怕孤独的人是喜欢静悟的、是善于思考的。他们不需要别人的理解与认同,他们有自己的独特见解。孤独的人内心很丰富,他有着别人没有的空间,他懂得独处的乐趣。这些乐趣在喧嚣环境中是体会不到的。

我有一位老师是令人尊敬的智者。他说,人生很多感悟和真理就产生在孤独中,懂得品味孤独才懂得品味人生。老年人爱回顾,在静静的回顾中,有无穷的乐趣,这就是享受孤独。

现代人越来越感受到远离喧嚣的重要,忙里偷闲,闹中取静,是一种享受。这无论对哪个年龄层次的人都很实用。孤独,会让我们找到真实的自己;孤独,不会让你淡忘亲情、爱情、恩情、友情。

(写于 2015 年 10 月 1 日)

你究竟喜欢哪种性格的人

有一位同龄人从小就不爱讲话,后来参加工作了,也是这样。有一次单位里让他去给几户人家发材料,他甚至明明看到有人在家也不搭腔,将材料朝人家屋里一扔就走了。这些举动遭到了人家一次又一次白眼。

开会了,主持人多次要求大家发表意见,别人总是说这说那,但他总是一言不发。家里来了亲戚,他除了热情招待,也没有多话。

对这样的人,你喜欢吗?

大部分人的回答估计是一致的。但是,有领导却非常喜欢,他一次又一次地得到了提拔。官场的人告诉我,这样的人性格沉稳,办事牢靠,信得过。

也许在官场是这样,他沾光了。但在平时的生活中,与这样的人打交道不是很没趣吗?是的,退休以后,他的朋友很少,显得更"沉稳"了……

四十多年前的一天,有一位领导要做报告,要求办公室至少通知500人参会,当时机关人很少,又是农村"四夏"大忙,很多人下乡了。为了完成任务,只好把不是参会对象的人也通知来了,总算完成了任务。领导在会上越讲越来劲,临场发挥也很好,赢得了一次又一次掌声。平时与他接触,也没觉得他有多会讲,而这一次为什么发挥得这么好呢?是不是像大人批评小孩经常用的一句话叫做"人来疯"呢?哈哈,当然这样的比喻不恰当。细细一想,人多的场合容易引起激情,表演的效果肯定会好。而平时这位领导却不爱讲话。

当然,这种状况也不奇怪,据说像周星驰这样的幽默大师,也是一个性格内向的人。

我生活里也有这样一位朋友，他上台演讲时幽默风趣，粉丝很多。生活中，他平易近人，不管是老人还是小孩，不管你是高管富商，还是平头百姓，他都很热络，好像总有说不完的话。对这样的人，也有人在背后评头论足。悲哀啊！你到底让人怎么活呀？当然，人家不管你怎么评论，我就是我！只要自己开心就行。

有一个亲戚的孩子大学毕业了要去工作，家里人千叮咛万嘱咐，要尊敬领导，和同事处好关系。过了一段时间，我去他单位问问他的情况，都说他表现很好，人家不愿意做的苦脏累的活儿他都主动去做；别人有事请假，他都乐意去顶班。唯一的缺点就是死不开口。

对这样的人应该是受人欢迎的。但因为他的内心很封闭，人家进不去，不知道葫芦里卖的是什么药，所以他少了知心朋友。

人与人相处，就是这样，你不理我，我也不理你。后来，我对这位孩子说，人说话太多可能言多必失，容易犯错误，但不能成为一个“无趣的人”。有人说，宁可喜欢一个有趣的坏人，也懒得搭理那些无趣的好人。这句话可能有点绝对，但还是对人有启发的。后来，这孩子有了很大的好转，家人和同事更看好他了。看来，人的性格不是不可以转变的。

我的一位好友说得好，说话与不说话，是一种权利；喜欢与不喜欢，也是一种权利。那些不说话或话少者，与他的成长经历、家庭背景、心理原因等存在很大关联，很多也属无奈，是否可以放过？而对那种势利、冷漠、阴沉、故作深沉的话少者，则可以归入无趣的行列。

无趣的人总让人敬而远之。微信里“开心一刻”的贴子为什么让人爱转，因为我们这个时代需要幽默和欢乐！

（写于 2015 年 10 月 2 日）

去找自己合适的鞋子

人走路谁都喜欢随脚的鞋子。但是人生的道路上,不可能穿的鞋子双双都合脚。

老家有一个姓季的男孩从小就好学上进,学习成绩好是远近闻名的,从小学到初中年年是“三好生”,高中三年又进入全校前十名。他终于以高分考上了名牌大学,学的是计算机工程与科学,专业方向偏热,这方面的人才又是社会急需的。

小季品学兼优,在读大学期间,曾获得两次国家级奖学金。他热爱该专业,在读大三时就有一项成果获省部级奖。一家有实力的民营企业集团人力资源部的负责人慕名赶到学校并找到他,当面表示,集团正在筹备成立软件公司,等他毕业后以优厚的待遇聘请他。

这可把小季乐坏了,立即把这好事告诉了父母。父母不但不支持,并表示坚决反对。理由是,小季舅舅已经托人找好了关系,只要毕业后小季就可以进一家全民所有制事业单位,虽说收入少一点,但“旱涝保收”啊!

无奈之下,小季毕业之后,带着一肚子的不高兴来到一家很清闲的全民事业单位。工作确实很安逸轻松,单位给他的任务是负责电脑维保,兼资料保管。几年下来,他成天觉得没事干,越干越没兴趣。几次想跳槽,都被父母挡住了。

如今,小季快四十岁了,他也觉得如今知识更新很快,自己也跟不上趟了,再跳槽也没什么优势了。他看看很多同专业的同学在企业干得风生水起,不是年薪几十万的高管,就是互联网企业的老板。几次同学聚会,害得他都不好意思参加。

当然,小季父母亲的出发点是好的,但他们难免有世俗观念。

在这种情况下,作为经济独立、思想独立的青年,就要懂得鞋子是穿在自己脚上的,是否舒适只有自己知道。如果把自己的真实想法说出来，也许会少了许多不必要的后悔。

老李姨子的女儿大学毕业了。去哪儿工作呢？

孩子的父母没有更多的想法。因为他们知道，家里没有什么靠山，到哪儿也说不上话。孩子能干什么，自己也说不清楚。他们的事还是他们自己决定吧。

这是许多“贫二代”家长无奈的选择。

在上大学期间，老李姨子的女儿就与班长成为一对恋人。双方的家庭都在农村，家境平平。但两个孩子有个共同的想法，到大城市去闯世界，去摩都上海吧！

在上海，当然比小城市有更多的优越性，教育资源多，只要你肯于学习，眼睛一睁，到处是进修和培训的广告；想干兼职的活儿，到处是招聘广告。晚上还有灯红酒绿的夜生活。

但在这里生活，节奏太快，工作压力大，生活成本高。他们看到了一篇又一篇的报道，由于在上海买不起房，许多大学生只好转到二三线城市或直接回到乡下另谋职业。

工作三年后，那两个孩子在上海结婚成家了。

他们没有被这样那样的说法所左右。他们承认现实，不畏困难。那么多农村来的孩子都能在这里生存，为什么我们就不能？

有一天，他们在上海的街头散步，很憧憬：那么多的高楼大厦，总有一天，会有属于自己的空间。家里穷，拿不出钱给我们买房，没关系！我们已经长大了，合脚的鞋子得自己找，路得自己走。

经过多年的打拼，如今他们在上海房子也买了，孩子也有了，两人年薪也有几十万，有了自己的一片天地。

当然，不是所有的孩子都能混成这样的。到哪里工作在哪里生活，没有对错之分。存在的都是合理的，只要穿上合脚的鞋就是好的。

鞋子合不合脚，你不试怎么知道？

有些鞋子开始是合脚的，穿着穿着就不那么跟脚了。如果修理了还不行，这时就不要舍不得丢了，因为我们还要走很长的路。

（写于2015年10月8日）

鸟儿不信细树枝会断

我老家前排邻居家的大树长成了四层多楼房高，越朝上树枝越细，但每天早上总有鸟儿在那树梢上叽叽喳喳，叫个不停。风很大，它们也不怕摔下来。为什么？因为他们相信自己翅膀的力量。

我喜欢看央视《挑战不可能》节目，开始为这些挑战者揪心，看到结尾又为他们有惊无险而赞叹！想想也是，人为什么往往不相信自己呢？

开播之前，作为评审之一的董卿就曾表示过："《挑战不可能》这个节目的名字本身就是自相矛盾的，不可能？还怎么挑战？不过，就是越不可能越要挑战，还要成功，这也正是人类最大的魅力。"

能上电视《挑战不可能》节目的毕竟是少数，但生活中的普通人也都有足够的潜能可以挖掘。老家香台小镇上有一名残疾人一个人开了家手机门店，他腿部残疾，手指也残疾。门店好开，手机是卖出去了，宽带也替人装了，售后服务越来越麻烦。他又没有专门学过这方面的业务。他每天靠家里人驮他到店里上班，他那不灵活的手指被熟练的技术顶替了。生意越来越火。自食其力的经济条件超过了本地一些农户。当然，残疾人要做出一番事业需比常人更加艰辛地努力。他们又为什么能够做常人做不到的事？这在于他们知道自己身处逆境，生活坎坷。但他们选择了不走自暴自弃的路，相信自己有足够潜能。

村干部给我曾讲过这样一件事：村里给某户的补助费现在不一次性给了。我开玩笑说："你们克扣啊？"他说，哪里话！这户人家是有些困难。两位老人六十开外，也有几亩田，由于种得不如人家，田里收入不多。但农村像两个老人种上两三亩田的户头还不少，六十来岁干农活的也很普遍。可是他们平时懒得下地干活。家里困难，拿了补助不是去安排生活，而是“今日有酒今日醉”，有了钱就去摸牌赌钱。到没钱买粮买菜时就干等着救济。所以村里也是没法子，补助只能细水长流地给。谈起这件事，村上的人都叹息：但凡有点脑筋的人都不愿意过那平平庸庸的生活，你换了谁都不肯。要强的人也不会浑浑噩噩度日的。有自信心的人也不会躺在那里等救济的。

当然，那个等救济的农户是个案，但责怪自己运气不好的人不在少数。

把困难和不利都归于运气是没有道理的。困难和不利也不应成为自己不想努力拼搏的理由。我们要静下心来，用内心的安宁去看待自己、别人和事件。在这个世界上，自己是独一无二的。相信自己，欣赏自己，这是一种智慧，也是力量的来源。

鸟儿能相信自己的翅膀，作为人就更应相信自己的力量。

（写于 2015 年 10 月 10 日）

我所遇到的精力达人

中秋、国庆节到了，精力疲惫的达人们也需要休息调整一下了，祝你们双节快乐！

年轻人工作压力大，有时搞得累瘫、心塞，也是没有办法的事，作为父母哪有不心疼的……

但是，我也发现有些事情是可以避免的，无须要累成这样。不要让一些无关事项扰乱自己的工作、学习和生活节奏。有些事情好像与自己过不去，放弃了，自己就会轻松一些。有些场合，可以不去的，而自己生怕漏了什么，再忙再累也得挤进去，一扎进去就是几个小时。早上一醒过来，就上微信，有时弄得上班迟到。到了地铁、公交车上还是看手机。工作时间上网聊天刷淘宝、聊办公室政治、关注领导喜好和同事八卦、讲与己无关的人际关系……这时才想起，孩子还没有接，菜还没有买，领导要的材料还没有完成。带回家去加班到凌晨。新的一天又开始了，照此办理，日复一日，年复一年。这哪是过日子啊！

人的精力总是有限的，我们不能让时间给碎片机切割了。时间最怕的是不能整块利用。刷淘宝、评杂事、收快递、想心事、唠闲嗑，一定浪费自己的不少时间。也许我的担心是多余的，因为看上去，那些人精力还是很充沛，不愧为精力达人，年轻注定是资本。

资本再多也会有耗尽的一天，趁着拥有资本的时候，多看几本书，好好规划自己的未来。人的一生其实也做不了几件事，我回忆自己觉得很惭愧。现在老了，想起来也没有做出什么像样的事。

等年纪大再去总结就晚了，期待精力达人们趁早总结，趁早努力，做出几件像样的事情，因为每个人都有年轻的经历。

（写于 2015 年 10 月 12 日）

脑袋不要长在别人的肩膀上

二十多年前,乡下老家那边见大蒜卖到五块钱一斤,第二年,很多人家不种其他作物了,承包地里全部种上大蒜,结果那一年,大蒜卖一毛钱也没人要,我亲眼看到,许多人家将大蒜朝河里倒。有人甚至发誓,今后打死我也不种大蒜了。第二年,种大蒜的人家少了,市场紧俏到五块五一斤还买不到。

今年,由于雨水偏多,西瓜不仅产量少,还不甜。加上气温比常年低,市场上西瓜销量不大。这一熟,又让广大农户吃了不少亏。

明年还种不种西瓜?许多农户摇头了。我的一个亲戚说不!他告诉我,我跟其他人想法不一样,今年不好卖的东西,明年我就种,物以稀为贵,价格肯定会上去。凡事得自己想一想,我的脑袋又不长在别人身上,何必都听人家的?

这是一个朴素的生活哲理。说明现在的农民经过这么多年市场经济的考验,不再人云亦云了,开动自己的脑筋去思考、去实践,在实践中增长了才干。

人与其他动物的区别在于人有思想。其实,动脑思考问题是很有趣的活动。

一个夏天的傍晚,4 岁的我在放于屋外的桌上躺着, 等父母放工回来吃饭。我头抬起朝天上看着看着,突然想到一个问题,我们家上面的天怎么那么高,朝远处看去,我二姑家那边的天好像要矮很多,上去很容易吧。如果哪天我让我二姑借上邻居家的好多张桌子叠起来,让我爬到天上去看看该多好啊!

这虽然是个幼稚可笑的想法,但说明从有记忆开始,孩子就会想一些简单的问题。

人长大了,有时候反而不太愿意独立思考了。

村上顾伯伯第一天生病住院,他老伴心慌去医院送饭,不小心路上摔了一跤,晚上又吐血了。一连串的不幸从天而降。

怎么办?有人说赶紧转院求专家。有人说,不要慌,先去求仙问道,看看问题出在哪儿?求仙问道又耽搁了一些时间再去问诊,还好是慢性病,否则差点儿闹出大事。

有些人要么不爱独立思考,不相信科学,即使有了自己的主张,也只是自身价值观倾向对外在的一些认同而已。

我们在书上见到的伟人的警句,在会上听到大师们的演讲,与亲戚朋友的聊天,他们有许多闪光的语言会让我们感奋,但他们的每句话,或许都带有价值倾向,有倾向,也会有偏颇。我们都要学会独立思考,在自己感到快乐、欣慰或者是孤独、寂寞甚至是悲痛的时候,听到或看到一句自己爱听的话,往往会引起感同身受的共鸣。这时候,我们需要特别当心,不要让自己被那种先入为主的情感所淹没了,要冷静地想想怎么找回自己,也要对自己的感受和主见进行反思,带着疑问与思考去读书、听演讲、聊天、观察自然,找到能够启迪自己帮助他人真正有用的东西。

像我这样的凡人也不可能成为高深的理论家和思想家, 但作为人,如果将自己的生命与大脑直接植入这个世界,让大脑直接感受到大自然的奥秘,我们就能消除自己生命中的困惑,就会产生许多独立思考、独立感悟的东西。

科学家的重大发明都是经过独立思考,是一种独创精神。但这些人毕竟是少数,而我们大多数人不大可能成为科学家。但我们可以学习他们的精神,培养自己独立思考和独立判断的习惯和能力。一个人有了自己的思想,就好比有了坚固的城墙,就不会受到外来的侵略。有了思想上的隔音,也可以隔绝外部世界的喧闹。

小时候听大人最多的一句批评就是:不动脑子。

肯动脑子,会有不一样的精彩。一次我在上海的书店里看到一本书,是一位领导在主管城市建设时的讲话汇集,照理说这些说教类的书本来是没有多少人喜欢的,但是我细细一翻,发现这位领导的讲话虽然围绕一个主题,五年里几十次的讲话,每次讲话有不同的内容,不同的戏说,倒也别有一番风味,说明他是经过独立思考的。书稿是根据录音整理的,里面确实是他的真实思想和见解,相比那些领导代读秘书起草的稿子要让人舒服多了。

不动脑子当然人要省力多了。但人活着,总是无法逃脱艰苦的思索。很多人不喜欢写东西,他们中有些人又最瞧不起写东西的人。在他们眼里,一个写写东西的人能值几个钱。是的,我也喜欢写写,但写不出多少有价值的文章,天天写是不值多少钱。但我懂得,一个人多动脑子比不动脑子要好,至少有益于身心健康。

我也和许多人一样,喜欢看《头脑风暴》一类的电视节——不管他说得有没有道理。因为思想会在激烈的碰撞中,不断产生新的火花,有可能会产生一种新的思想。

有人会说,现实生活中谁不动脑子?不动脑子我们怎么会长大,不动脑子我们怎么会活到今天?是的,生活中每个人似乎天天都在独立思考、独立说话、独立做事,但是不是真正的独立思考那就另当别说了。有的人也说一些道理,似乎很有思想和见解,但这些思想和见解,只是自己当了一个翻译和传达员,去介绍、注解和解读别人的理论或思想。

独立思考,是一种可贵的品格,不是在他人面前显摆,也不是自以为是的偏执,或者故意让自己与众不同,而是对那些书本里、研讨会议上、网上交流中有见地的思想,退到更为隐蔽的根子上去挖掘、论证和阐发,不断形成自己的思想,让我们对问题的看法更透彻一些,行动更自觉一些。这样,我们的脑袋就自然不会长在别人的肩膀上了。

(写于 2015 年 10 月 23 日)

何必绕这么大的弯

人的名字本来就是一个符号,可现在越搞越复杂,为了与众不同,为了兼顾各方,为了显示文化底蕴,起的名字孩子读二年级了也写不对,外人不会读常常闹笑话。

老家乡下有一个叫何必多的,刚上小学时,他带的零食被小朋友抢着吃了,蹲在地上哭,有小朋友上前劝说,别哭了,你就少吃点吧,你不是叫何必多吗?

最近,有一个网友加入微信群,他的名字叫李拜天,有人在群里开玩笑说,你来群里好,我们可以天天休息啦!

这两个人的名字不仅给我们带来了欢乐, 还让我们一下子记住了。

简单会让人愉悦,生活何必复杂。有网友说得好:想念谁,打电话;想见面,约;想被理解,解释;有疑惑,问;讨厌什么,说;喜欢什么,说;喜欢谁,告白;饿了,吃;困了,睡;没衣服穿,买;没钱用,赚。大家都这样活着,这个世界该是多么的美好。

可是,有些复杂也是人制造出来的。有两个地市要举行一项合作协议的签约仪式,主席台的座席怎么安排?在常人看来是一个简单的事务,可官员们的想法太复杂了。

一方签约地的办公室办事人员先排了个初稿,处长看了半天反复修改,办公室主任来了还是觉得不妥,索性把市长请来定夺,市长左琢磨右琢磨,老觉得这样排不礼貌,那样排又显得不对等。一个晚上折腾来折腾去,到了东方露出了鱼肚白的时分才算最后敲定。

不就坐个位置吗?何必搞得这么复杂,即使坐错了也不影响到升迁。

这个世界本来是简单的,只是人心复杂了,世界就变得复杂了。人与人之间的关系越来越复杂,主要是利益矛盾引起的。尔虞我诈、勾心斗角是人人讨厌的,但有些人却还是一往情深地把它当作臭豆腐食用,总觉得闻闻是臭的,吃起来是香的。

人的心里没有那么多弯弯绕,活得就敞亮了。我乡下有一位朋友,说话喜欢直来直去,他大声说话,大碗喝酒;你需要他做什么,他总是第一个赶到;他让你做事,你慢了,他会当面骂你,到了第二天,好像什么也没有发生过,还是跟你说说笑笑;他也常说笑话,也喜欢自嘲,让人感觉到没心没肺;人家说三道四,他不要听,你说你的,他在边上头一转两三分钟就打起了呼噜。在清凉的宁静中他一家人日子过得很简单,但其乐融融。因为我的这位朋友心灵已经纯净到不复杂的程度,太让人喜欢和敬佩了。

但我也发现,社会上有些人云山雾罩,看起来很复杂,总让人琢磨不透,是他们有深度吗?不是的,这是城府,不是他灵魂有多深,是人性的复杂。遇上这些人,我心里总是怕怕的。但害怕没有用,世界是由各式各样的人组成的,人是无法逃离现实世界的。对这样的人,办法只有一个,你复杂你的,我简单我的。活着,就要尽量不被各种复杂的心情左右自己。我们这些人虽然很普通,没有多少耀眼的光芒,但只要有自己的原则,自己的信仰,自己的活法就行。

人生的复杂化往往都是自己造成的。今天的事还没有做好,又去想过去我是多么的不容易,还要担心自己的儿子、孙子今后怎么办,满脑子的浆糊,人生只能是一片拖泥带水。不用那么累地活着,还是单纯一些好。张爱玲说,爱情也只有三个字,不是“我爱你”,就是“我恨你”。其实人生只有两个字,生和死。我们需要单纯地活在当下。

普普通通的人,就是简简单单的人,没有必要花那么大的气力,绕着那么大的弯子去过日子。

(写于2015年10月24日)

幸福也能变得实体化

老吴一贯谦虚低调,是个从不张扬的人。但是,最近他连续在微信的朋友圈里晒出了一组又一组他刚出生孙子的视频。你看这小家伙虽然很小,脸圆圆的、红红的,睡得多甜啊!从有的画面上,看到两只眼闭得紧紧的,像两条线,那两根眉毛像两只弯弯的新月,都惹人喜爱。有时小嘴巴一动一动的,那动作有点像在吹小喇叭……

老吴在干什么?他学着年轻人晒幸福。

幸福,本来是一种内心的感受,是一种没有办法用语言表达的快乐。但在网络时代,通过文字和图片的组合,幸福好像变得实体化了,几乎成了让所有人都能感到的一种共同认可的语言。

有的人吃饭还没有动筷子,先把几道菜拍下来放到微信朋友圈,立即会有人跟帖:“这么多好吃的,都让我流口水了。”也有人会说:“这不是折磨我吗?我在加班吃盒饭。”

有人在朋友圈晒出一组眼镜的照片后说:“各位亲,这几款是淘宝今天新出炉的,我买哪款好?大家参谋参谋。”她老公立马说:“我挣钱就是给你用的,你只要喜欢,就都拿下。”

有人在市场上出高价买了一只小狗,立马发朋友圈:“我想叫它依沙,各位亲帮忙取个名吧!”有朋友会说:“你在考验我们的智商吧?”

有的在网上晒旅行照片,有的晒深夜读书的照片……网络让生活精彩无限、幸福满满。

晒幸福起初是一些女孩子,现在男孩、阿姨、老人都加入了这个汹涌澎湃的行列。因为现在已进入了人人都想做女神、男神的时代,无论是男人还是女人,都会认为晒朋友圈是一种无比的幸福,有时候觉得自己像个演员,有时候觉得自己像个宠物,也有时候觉得自己像个评论家,还有时候觉得自己像个小孩。不管像什么,只要自己开心就好。

你晒幸福,就一定会有人出来点赞,除非你一个朋友也没有。大部分点赞是真心的,但也有的出于面子附和一下。

幸福是属于自己的独家记忆和私人财富, 没有必要全部晒出来。我想,特别是个人取得的成绩如果过于炫耀,似乎不太好。有些幸福晒一晒没关系,有些幸福还是藏着掖着的好。

对你晒出的幸福有人能正面理解的还好, 有人会觉得不如你,就想好好干,自己也要活出个人样来。但是,有的人看了你晒出幸福,总是“羡慕嫉妒恨”。所以,幸福不是你存了多少钱,而是有身心自由,能做自己喜欢的事;幸福不是你官有多大,而是你走到哪里,都有人说你是好人;幸福不是你听到有多少甜言蜜语赞美你,而是在你伤心落泪的时候对你说,没事的,有我在;幸福不是你的房子有多大,而是房子里的笑声有多甜。在朋友圈里晒幸福要适当,歇斯底里地晒幸福,多少有一点不自信,甚至有点装面子,本来是想让人刮目相看,结果却让人瞧不起。

有人说,他在朋友圈发状态传照片,不是为了告诉谁,我吃什么了,做什么了,和谁在一起,更不是要得瑟给谁看。而是有一天自己真的老了,搬着凳子无事可做晒太阳的时候,能拿出自己的流水式日记看一看,回忆一下那年那月和好朋友在一起的点点滴滴,看看自己年轻时的容颜……

我觉得这种心态也挺好,因为我们这些凡人,不可能都成为名人要人,但我们的人生也有比童话故事还精彩的地方。我们虽然也曾经遇到过困难和曲折,但我们知道在河的对面总有一条路可以走。

(写于 2015 年 11 月 24 日)

脑子累了腿再累累

三十多年前，我去广电部写材料，部里的老秀才跟我说，你第一次来北京吧？写东西要有灵感，写不出来的时候不要硬写，脑子累了，到风景区转转，腿再累累。

这句话对我来说正中下怀。我是想好了趁这次出差的机会转一下北京的名胜古迹，于是在写材料的中间去玩了两天。

旅行途中，我边走边想，老前辈的这句话跟小学老师说的一个理，老师说："做数学作业累了吧？""嗯！""那就看看语文放松放松吧。"人做腻了一件事的时候，不吵不闹，听听音乐，放松心情，美美地睡上一觉，然后接着做，效果会好很多。

那次的旅游对我来说不是去找目的地，因为我写材料的任务毕竟还没有完成，重要的是放松心情，是去邂逅心灵，找到灵感。

腿累累，不是逃避动脑子，也不是去艳遇，更不是炫耀，而是为了洗一洗身体和灵魂。有时候会给自己换一种新的眼光，往往能看到新的问题。这些问题坐在办公室里是没有办法想到的。有时候出去旅游，我跟在导游后面边听讲解边思考，听参观者的自由交流，也引发很多的联想，回去记下来，对写作也很有帮助。

我写给网络的文章，没有人逼我，写多与少，写长与短，全由自己做主，因为没有挣钱的压力。有些朋友约我在网上开专栏，我感到压力太大，便放弃了。因为有时候确实写不出来，就可以停一停，静一静，顺其自然。天下的文章是写不完的，不必那么急，缓一缓，漫步人生，往往会写出撞击到人的心灵的文字来。文章写好了，如果条件许可，不要急着改，放一放，再去改，有时会喷发出些许的火花。开专栏，有压力，必须按要求写多长，什么时候交答卷。

有朋友跟我说："你每天写长微博累不累？"我说："累倒不是累，只是萝卜快了不洗泥，文化快餐啊。"人在没有办法的情况下吃一下快餐，感觉还好，顿顿吃快餐会倒胃口的。

我在写作没有灵感的时候，偶尔走出空气污浊的房间，走到大自然中去，放松心情，体会大自然带给自己的智慧启迪，也找到了新题目、新快乐。

一些年轻人很能写，我细细品读他们的文章，很值得学习。我与这些文艺青年交流，问起为什么很长时间见不到第二篇，回答是，偶然写几篇玩玩可以，长期坚持谁愿意吃这个苦？是的，写作是个苦差事，而且是个体劳动，有时会让人感到很孤单，很疲惫。但写出来了，就会感到如释重负，比什么都轻松，比什么都快乐。当然这种滋味对不写文章只看文章的人来说是体会不到的。

旧社会有人称写文章的人为穷秀才。现在的土豪也瞧不起写文章的人，他们总是认为"有钱就能任性"。在浩瀚的宇宙里，舞文弄墨的人也只是漫天漂浮的宇宙尘埃和星河光尘，甚至比这些还要渺小。我们的文字可能被嘲笑、讽刺、讨厌、怨恨、放弃，但是我们只要保留着不甘心放弃的跳动的心，再小的星辰也会有人关注的。

我在网上看到有高手每天早晨写完 8000 字才去上班，我自愧不如。天下之大，能人无奇不有。我没有这个水平和能力。但是，我也不想去和这些达人攀比获得成功的速度，我会合理安排，会咬紧牙关跑一段，也会放松心情走一会儿，因为这样也可以到达目的地。感觉累了，就停一停；心情闷了，就静一静；苦了倦了，就放一放；走得急了，就缓一缓。最美的风景也许在后头。

有一年，我天天写微博，每天早上五点起床写，发出后才上班，后来集结出版了。今年我开始玩微信，有一段也是天天写原创。我的文章没有水平让大家都喜欢，有几天因为出差的原因停发了，有些从不点赞的网友私信我："怎么啦？为何不见你的原创了？……"我想，这些网友也许不是喜欢我的文章，而是在乎自己的心情，看看有没有说到他自己心里面的事情。不管怎么样，有人瞧一眼也是好的，这也可能成为我继续写下去的理由。

最近,我在帮助策划一批文字材料,脑子是有点累,从今天开始腿也去累累,停一段写作,去快乐地看看外面的世界,会给自己带来新的收获。

(写于 2015 年 11 月 27 日)

听得懂孩子的哭泣，却不会听成人的讲话

昨天，我参加一家企业的董事长专家咨询会，专家们讲述的纯技术，没有理工科背景的人是很难听明白其技术原理的，我这个科盲听了自然衰减度很大，可这位也不是技术出身的董事长却听得津津有味，他很耳聪，他有倾听的专功。

有一次，他和一位老专家去咨询一项新技术，对方讲完了，他说，我能不能这样理解，他用自己听懂了的话复述了一遍，对方频频点头说是，让陪同去的老专家大吃一惊，说，有些事情我还没有搞明白，他却听懂了，不得不让人佩服。

这家公司是一个现代企业集团，旗下有几十家子公司，每季度子公司都要开董事会，董事长都要参加。一个董事会至少两个小时，连续的会议，要耗费多少时间去倾听，但他每次都会耐心地听讲，认真地记笔记，而自己的指示项又是那么的简精、明了，把95%的时间留给了作报告的人。

这么一位上了年纪的董事长不知哪来这么好的坐功，当我看到他倦眼在侧耳倾听的神态时，我的心在颤抖，作为一个同龄人，我是不是在虚耗自己便宜的生命？

谁都知道，来到世界的小宝宝一般在半岁之后就能明白大人的喜、怒、哀、乐，只是不会跟你交流，一般到十个月以后，我们大人说话的意思他们基本上都能听懂了。

而在现实生活中，我们有时候似乎失去了孩子的天性，反而不会听别人说话了。我们能听懂孩子的哭泣，却听不懂成人的说话。

倾听是需要时间、精力和耐心的，在快节奏的社会里，我们不缺耳朵，缺的是一双能够倾听他人说话的耳朵。

我有时候见了相投的人也愿意说话。有人说话,只要不是废话,就会有人听,如果只愿意自己说话,不愿意听别人说话,这也是一种自私,这种自私不经意就会流露出来。有的人本来话就不多,想说上几句,肯定是酝酿已久的,人家还只说了半句,就被人打岔了。这顿饭再是美味佳肴,他吃了也会觉得没滋味。

有几次和一些院士等高端人士一起吃饭,我虽然听不懂他们的高深学问,但我从他们的言语、身体的姿势和语调上,体会到了内在感受的匹配,他们那种和谐、平衡、平静和自我价值,像是温柔甜美的天籁之音,穿透了我僵硬的灵魂。倾听有思想、有创意的高人谈话,是最大的人生享受。

与高人交流机会毕竟不是很多,他们没有那么多的时间和精力陪我们玩。

我们普通人之间交往的机会很多。如果能够忘记自己,能走进别人的心里,他一开口,我就能听得懂,那朋友肯定能处得长。

是好朋友,就会自然听他说话。他说话,我不插嘴,只是听着,静静地听着,让他吐槽,让他抱怨,尽量体会他的痛苦、孤独、挫折,让彼此的心进行深层的联结。在友谊里,当然有时候也不需要说太多的话,朋友的思想、愿望和希冀,也许会在无声的喜乐中发生而共享了,这无声其实是有声的,这声就是心声。

我记不得从哪部影视剧中曾经看到过,从未见到过火车的几个农村娃,躺在刚刚铺好的铁轨上倾听遥远的汽笛声,他们渴望能听到铁轨是什么样的声音。

其实,我们生活中也需要听到各种不同的声音,倾听别人的实践和经验。哪怕是只言片语,哪怕是过时的旧事物,哪怕是古怪的想法,哪怕是情绪的发泄,只要用自己的心去倾听了,就会有自己的醒悟。

有时候,你觉得自己的观点很独特,对一些问题判断很精准,去开拓一件事很有创意,对一些问题的看法很有哲理,不妨先抛砖引玉说出来,给别人一段时间的思考,再去倾听他们的意见,就会有更独特、更精准、更有创意、更有哲理的收获。

可是现在人包括我在内，倾听的能力远远不够。

心理学家的实验统计表明：一般人思考的速度为每分钟 1000 到 3000 字，说话的速度为每分钟 120 到 180 个字，而听话的速度要比说话的速度快约 5 倍。如果一个人能在 1 分钟内讲 150 字，那么，他就可以在 1 分钟内听 750 字。《哈佛商业评论》说："听，其实是我们有待开发的潜能。"

我们需要去开发自己的这种潜能，多听别人说话，听得懂别人的话。

（写于 2015 年 12 月 13 日）

到什么山上唱什么歌

一天,小张带领几个年轻人组成的慰问小分队,带着礼品去慰问老人,小张见了老人就按自己的惯性思维说,祝老人家身体健康,长命百岁!一些老人听了心里也是暖洋洋的,心存感激。慰问小分队来到王爷爷家,这一家洋溢着一派热闹喜庆的气氛,原来是亲友们给王爷爷拜寿来的。小张握着王爷爷的手说,祝你寿比南山,长命百岁!这时候让场上的空气一下子变得不对劲了,王爷爷的小孙女自言自语起来:什么人哪!今天是我爷爷九十九岁庆生,这说的是什么话。

说话要看对象,对不同的人说不同的话,对不同的人用不同的表达方式。有些人说话似乎有个固定的套路,对老人怎么说,对领导怎么说,就那么几句,总是固定不变的,效果往往不好。

当然同样是长辈、是领导、是同龄人,每个人的个性也不一样。有人喜欢委婉地交谈,就可以说得含蓄些;有人性格率直的,就可以说得爽快些,不用弯弯绕地表达,否则对方也不舒服;遇上做学问的人,话说得有哲理,会让对方感到遇上了知己;有人喜欢谈一些家庭琐事,我们也不妨把话说得通俗些。

有一位教授级高工在本专业领域非常有名,第一天用他的技术和经验在行业论坛上做演讲,赢得了一次又一次的掌声。第二天,单位要接待政府官员,领导让他去介绍科技创新的情况,他还是讲一大堆的专业术语,一大堆的技术参数,把官员们听得云里雾里,不知所云。

听讲的对象换了,我们所说话的内容和表达方式也要变,否则,自己吃再多的苦,再认真的准备,人家也不领情,就更谈不上什么效果了。

到什么山唱什么歌,也不是什么见风使舵或阿谀奉承,而是说,我们所说的话要让人对胃口。

有人不分场合、不分对象乱说话，也有丢掉饭碗的。一天，办公室郑主任在市总工会开了组建企业工会的会议。投资老板王董平时不在公司办公，那天正好开会，晚上一起用餐，餐桌上，郑主任自以为跟老板们混得很熟，平时说话都很随意，酒过三巡之后突然冒出一句："你们这些老板今后要注意点，如不注意，我当了工会主席，会带领工人跟你们造反的。"工会是有这个权力的，但是这样的表达让人一下子很难接受。这时，在场的王董的眼角眉梢好像冷不防被针猛刺了一下，刺出了一股伤感的表情，餐桌上热闹的场面一下子被怏怏不悦的尴尬气氛所替代。事后占大股的王董要求辞退这位主任，不然他就撤资。他还说，用这样的人我有点怕。

什么场合该说什么话，不该说什么话，也没有什么绝对真理。但是，即使是正确的话，也要看场合，也要注意分寸，不要以为相互很熟，就可以口无遮拦，随心所欲。在许多时候，人与人之间得意的交谈，很容易忘掉自己的身份，满嘴跑火车，忘却了"言出如箭，不可乱发；一入人耳，有力难拔"的古训，很多谈话中途吵架或不欢而散就出于这样的原因。

到什么山唱什么歌，也就是见什么人说什么话，见什么风使什么舵，到什么山上砍什么柴，到什么火候使什么锤。

当然，说话能看场合、看对象是最好的。场合，有自己人的场合，也有外边人场合；有正式场合，也有非正式场合；有庄重场合，也有随便场合；有喜庆的场合，也有悲痛的场合；有可以多说的场合，也有适当少说的场合。在不同的场合，说与不说，说多说少，有时也由自己决定。话说多了，有时会得罪人；歌唱错了，有时会惹麻烦。

到什么山唱什么歌，出自毛泽东《反对党八股》："俗话说：'到什么山上唱什么歌。'……我们无论做什么事都要看情形办理，文章和演说也是这样。"又说："看菜吃饭，量体裁衣。"

不同时机、不同场合，以不同的方式说不同的话。我的体会是道理并不深奥，但说起来容易，做的时候往往会忘记。但再难，也要去做。

（写于 2015 年 12 月 14 日）

站到人群中间，更能看清自己

几十人外出旅游要拍一张团体照，大家都会随意地去站队，总有人被摄影师叫出来，或者说你个子高，朝后站一点，不要挡住他人；或者说你个子不高，要朝前站，不然你会被遮住了脸。

生活中也一样，只有站到人群里，才能有比较，才能清醒地认识自己。

有一个朋友的女儿在乡下读小学，年年都是“三好生”，各门功课的成绩在年级不是第一也是第二。她是班上唯一考上了县里重点中学的学生。然而，上中学后一个学期下来，掉到了班上的倒数第三名。

这件事对这位小朋友和全家都打击不小。后来，他们渐渐意识到，在那个小地方排在前面，就觉得自己很了不起，那是坐井观天，但是，天外有天，山外还有山。一个人，唯有认清了自己，明白了自己的长短所在，才能解开内心的限制，从而释放无穷的心灵潜能。

现在的孩子，无论是成功还是受挫，都能反映出他们的性格和能力，反映出他们的优点和劣势。所以，家长能在孩子的黄金教育期，重视教导孩子正确认识成败，让孩子学会自我评价和自我调节，孩子就会更健康地茁壮成长。

那位小朋友和全家人都懂得了这些道理，孩子的缺点和弱项也很快被转化，不久，又成了班上的尖子。

我们成人的很多迷惑和苦难，其实也都是没有自知之明的结果。比如人类眼睛演化的结果是只能朝外看，看得见别人身上的瑕疵，却看不到自己身上的斑点。

一旦自我感觉太好，小则不知道自己几斤几两，大则胡作非为、为所欲为而不知收敛。

网上说，一位局长直到退休才知道原来自己棋艺平平，所谓“下遍单位无敌手”，不过是人家让着；一位爱拉二胡的县委书记和省交响乐团一起登台演奏，其真实水平让网民笑掉大牙；还有一些领导被群众冠以“×拆拆”、“×多多”等绰号，自己却浑然不觉，还以为群众对他感恩戴德。

有评论说，这些人就好比是“炫耀新装的皇帝”，群众中虽不缺说实话的人，唯独他听不见，想来确实是一件挺悲哀而可笑的事。

生活中有很多人，每天吃苦受累，做了许多实事、好事，确实有贡献的，得到人们的认可、社会的认可，这是无可厚非的。但是，那些过度的自我感觉良好，就没有必要了。

有的人对自己要求甚低，眼里只看到自己好的地方，全然看不到自己的不足，认为自己就是最正确的。他们听不得别人持相反的意见。有的人，爱追求完美，无论说话、办事，他们都希望自己能高人一等，超越大众，自我感觉很好，非常爱自己，有自恋感，他们喜欢被人膜拜的感觉，总是把自己想成高高在上的神；有的人，从内到外，从上到下，爱自己的一切，就是在穿衣打扮上也格外花心思，能让自己出众、鹤立鸡群更好，沾沾自喜于满足内心的欲望。

人去照镜子，是为了看见自己，但能照出自己的外貌，却看不见自己的内心。这是一件让人痛苦的事情。

我这个人有时也有些虚伪，特别是在年轻的时候，几次岗位转换时，领导找我谈话，提醒最多的是，个性不要太强，不要自我感觉良好，要多向他人学习。

这些刻骨铭心的教导，真真切切的批评，让我在擦亮眼睛之后看到的确是另一个自己。人生虽然有些支离破碎，却依然开心舔舐着伤口，一心要把错过的点滴汇聚。

后来，我常常请教一些长者、前辈和智者，有些话语让自己常忆常新：世界上最困难的事情就是认识自己；要想真正了解自己，最好去问最愿意跟你说知心话的人，吹捧你的话听得越少越好；你不要老是自己给自己唱赞歌，真正的听众没几个，他们表面在听，心里却在想，你这个人为什么会变成这样;一个人能足够地看到自己的缺点,让他不谦虚也很难;愚蠢的背后,就是那些自以为是或者满足于微不足道的知识在支撑;自鸣得意的人,最容易暴露被人讥笑奚落的短处;在雾霾的天气里,看不见自己脸上的粉尘,却能看到别人的影子;……所以,世界上最难懂的知识是自知之明。

我常常想,这些道理一看就懂,但一做就忘。我们的心灵是否也需要得到消遣,让它更好地回归本真?

站在人群中间认识自我, 不仅可以对自己的缺点去勇敢正视,它还包括了对自己的优点和潜能的重新发现。

(写于 2015 年 12 月 22 日)

拥抱自己内在的小孩

明天就是元旦了,小长假去哪里?一位老家是外地的朋友在电话里告诉我:“只有三天时间休息,就不回老家了,也不准备外出旅游,就待在家里,看看书,写写东西,去拥抱一下自己内在的孩子。”

我耳朵有时不太好使,开始没听太清楚,后来知道,他所说的,就是利用小长假,与自己好好相处。

我想起来了,有一本书的书名叫做《拥抱你的内在小孩》。人需要回到自己的内在,陪伴自己,做自己最好的朋友。

放假了,放松一下,有条件的亲朋好友聚一聚,闹一闹是人之常情。

平时,上班族每个礼拜活动一两次也很正常,约两三个过去的同事或朋友,一起吃个饭,增进一下感情,聊一下各自的近况和将来的打算,开拓一下思路,也挺好。次数再多了,似乎有些过度消耗自己。

但是,有些年轻的朋友,下班之后和所谓的“朋友”经常去 KTV 聚会,酒喝多了,又不喜欢吃点饭,有时甚至唱到凌晨四五点才回家,一头扎到床上睡一两个小时,拖着疲倦的身躯、混沌的头脑上班去,让人真的不放心。

人是需要朋友的,但不能在时间上无节制的过度社交。在城市打拼真的不容易,每天除了工作、交通和睡眠,可支配的时间很有限。如果再随意消耗那些宝贵的时间,就没有办法再与自己相处,更谈不上读书和思考了,有的就连自己将来要成家立业的事都顾不上。

我很喜欢与一些有思想的年轻人交流,因为他们平时愿意与自己相处,习惯于思考问题。

有些年轻人下班了,回到家里会静静的思考,写写自己一天工作中的所感所悟；偶尔也会将自己发现有趣的故事，贴到QQ和微信上，让人分享。这些看起来似乎很简单、很平常，但也能够折射出点滴的生活哲理，这样的人，结缘的朋友自然会多。

和自己相处，不仅是一种能力，也是一种美丽。有时候的寂寞，也会感到是一种充实，或许能从自己的心灵深处，感受到人生的美好，感受到宇宙中神秘的力量。我写微博和微信的原创时，就有这样的体会，自己的心灵就常常被那份美好和那股力量所撞击到。

与一些有思考能力的年轻人交流，是一件乐事，不仅能接收他们活力四射的气息，也能享受到他们对知识的追求。有的年轻朋友在闲聊和讨论中谈古说今，引经据典，说明他和自己相处时，能够沉浸于古往今来大师们的杰作，并有着自己真实的心灵感悟。和有些年轻人一起外出游山玩水，有些人能够面对一座山、一片水、一棵树、一朵花，让自己的内心与大自然对话，又能写出不一样的看法，不一样的精彩，这些都是他们平时善于与自己相处的结果。

与自己相处，有时是寂寞的。耐得住寂寞也是一种磨练。有些宅男宅女即便人待在家里，有时内心也不平静，也会焦躁不安，总感到想了那么多，还是理不出头绪，做什么事都提不起精神，也想逃出寂寞，冲到热闹中去。人总是有一种惰性，不动脑子的日子总是好过的。

其实，人如果习惯了寂寞，能够安下心来，去读读书、写写东西，或者听听音乐、练练书画，也会把内心的寂寞赶走。因为寂寞本身就是一片诗意的土壤，一种深邃思考的生命。

东晋文学家、田园诗人陶渊明写道："盛年不重来，一日难再晨。及时当勉励，岁月不待人。"

我要感谢那位跟我打电话的朋友，你说，利用元旦小长假待在家里，去拥抱自己内在的小孩。这话，让我感知到陶渊明所说的"岁月不待人"的提醒。我想，你的做法也没有可复制性，没有必要所有人都去这样做，但你却让我心情舒畅，这是我收到贺新年的一份珍贵的礼物。

（写于2015年12月31日）

机缘熟了的时候

人们一谈到机缘,总是那么的兴奋。有些几十年不见的熟人,住在同一个城市竟然相互不知道对方的信息,突然有一天在网上撞见了;有两个人上个礼拜天在某商场遇见,这个礼拜天又在同一个时间同一个商场见面;有人离异了,找的第二对象竟然与第一个是同年同月同日生……。每当谈起这些现象,人们往往不加思索地解读为机缘巧合,总是把机缘与巧合联系在一起。

我想说的是,许多机缘并非是巧合。

前不久,我喝了一对新人的结婚喜酒,沾了喜气,心里很是高兴。

姑娘快要大学毕业了,她心中的白马王子在哪里?她把自己的心意告诉父母,父母开始觉得干嘛要嫁那么远,本地的好小伙子多得很。

她跟父母亲讲起了一件事。

那是一次在火车站窗口排队买票,排在前面的老太太耽搁了好几分钟还是搞不定,紧排在后面的那个姑娘着急了,就冲着那个老太太嚷嚷:"你能不能先让一让,想清楚了再买?"陪这位姑娘买火车票的男同学批评说:"你这是什么态度,怎么能这样对一位老人?"接着那位男同学笑嘻嘻地对老人说:"是不是遇到什么难处了?"老太太迟疑了一下,说:"买坐票的钱还够,但怕身体吃不消,买卧铺票吧,身上的钱又不够,我还没有想好。"那位男同学二话没说,掏尽了口袋里所有的钱,直接买了一张卧铺票给了老人,说:"这么远的路,要坐一个晚上,您年纪大了会吃不消的,这张票是我送给您的。"这时,只见那位老人眼眶一丝灼热,不知要说什么好。

这件事让那位姑娘心潮起伏,就像平静如镜的湖泊泛起层层的微波。火车开动了,她望着窗外在站台上送她的男同学,心里充满了感激和喜悦。她还暗暗自责：同样是年轻人，自己为什么做得没有那位男同学好？

姑娘脑子里反复思考着这样一个问题：他，是不是就是自己要找的那个有爱心有担当、值得一辈子托付的男人？

她父母亲听了也很感动，认为路远就远一点，嫁给这样的男人是福分，所以就同意了这桩婚姻。

那位男同学不是装的，是平日善心的养成，关键时刻，他就认为应该这样做才对。那位姑娘被感动，也不是一时的冲动，说明她观察已久，是机缘成熟了。

在现实生活中，人最开心不过的是机缘巧合、邂逅重逢、因缘回眸。因为这是上天对自己的眷顾。

但是，许多机缘也是可以自己创造的。自己也能打通灵性、创造天才、成就奇迹。

爱因斯坦说："人类的生活方式只有两种，一是认为世上没有奇迹可言，一是相信事事皆奇迹。"

有些机缘，是追随自己的心灵和直觉，仔细聆听宇宙神秘力量的暗示，也会在某一天创造出奇迹。

史蒂夫·乔布斯创造的神话很能说明问题。

他的母亲是一位未婚妈妈，他出生后，母亲便把他送给了一个工人家庭收养，养父养母无力供养他读完大学，他只能退学。退学后，他历尽艰辛，终于一手创立了苹果公司，他却始终相信自己的天机良缘与命中的感觉，追随自己的心灵。他在斯坦福大学演讲时说："我跟着天机和我的直觉与心灵行走，遇到的很多东西，此后被证明都是无价之宝。你必须相信一些东西——天机、直觉、勇气、命运、生命、缘分，随便什么。这种相信从不会使我倒下，反而使我的生命变得与众不同。"

有人说，自己的机缘很多，可惜的是往往阴差阳错，所以只能怪自己的命运不好。

在热闹喧嚣的城市里，在川流不息的人群中，许多的机会却偏偏从自己的身边溜走，许多梦寐以求的同路人却成为擦肩而过的陌生人，一辈子不可能相识，这些似乎都是命中注定，但并不见得。

自己的所有机缘巧合，都是生命中最好的礼物，不是想有就有，想没就没，它只有一次，非常珍贵。但自己不能坐等机缘，机缘来了，不能随意放手，一定努力去争取，要用拼搏和真诚去对待，机缘才能获得新的生命。

当然，有些机缘也是着急不来的，有些只有机会没有缘分，没有缘，你怎么说都没用；有些是有缘，但是缘还不成熟，不成熟的时候勉强去做，别人不接受，或者不能完全接受。只有等机缘成熟了，大家都能接受了，什么事都好办，也不会产生烦恼。

年底了，又要开展一年一度的评先进活动。有人平时话不多，只晓得埋头苦干，反而评不上先进；有人工作做得并不多，但能说会道，讨人喜欢，先进榜单上年年都有他。为此，有人很伤感，但这种伤感没有用，没有人会理会你的委屈，没有人会理会你的无奈。当一切既定成为现实的时候，要学会接受，接受所有的不公平，努力成长为一个内心强大的人。

在现实生活中，有许多事情会让人意外，而这些事情无论是正面的还是负面的，也为自己提供意想不到的学习机会，也会让我们能够体验到更加丰富多彩的生活，让我们的生命质量得到提升。

我们不要那种表面上的结缘，去拉关系赢得风光。要静下心来，刻苦锤炼自己，真心实意地去结心灵深处的善缘，这种缘分才是长久的、可延续的。

在我们匆匆走过的人生脚步里，我们又何尝不想找到自己最完美的归属？有的时候却又站在了错误的时间和地点。

机缘成熟了，奇迹就会出现。我们要在成熟的时候，去绽放那机缘的烟火，让自己在平凡中绚烂夺目、充满亮彩。

（写于 2016 年 1 月 6 日）

扭曲了的自尊

毕达哥拉斯的一句名言久久地留在了我的脑海里:“无论是别人在跟前或者自己单独的时候,都不要做一点卑劣的事情:最要紧的是自尊。”

人不能没有自尊,但有一种自尊,不是真正的自尊,它已经被扭曲,它叫虚荣。

我在上海已经工作和生活20多年了。早就听说上海有“上只角”、“下只角”之说,最近网上又提起这件事。在开埠之初,估计除了老城厢,城墙以外的地方都是“乡下头”,全是“下只角”;而更多老上海人理解中的“上只角”,是指租界地区,比如静安、黄浦、卢湾、徐汇等,而“下只角”呢,自然是当年“滚地龙”和“棚户区”密集的闸北、普陀等地了。

后来,人们谈起“上只角”,其本意已经与过去有了差异,指的是地段繁华、环境幽静、住宅高档以及所住居民收入、职业和文化程度较高的地区。与之相对应的,自然就是“下只角”了。

我在上海工作期间,曾租过人们所传说的“下只角”地段的房子,也在“上只角”暂住过一段。人们谈吐间,那些“上只角”地段的住户,哪怕是一幢房子里的72家房客之一,他们也有莫名的自豪和骄傲,他们会告诉你,这一带曾经有某某名人、某某要人居住过,在他们看来,自己好像也与名人和要人有什么关系,其实没有半毛钱的关系。

我的记忆中,在“上只角”的那些地段,前些年照样有人住在一间6平方米的小屋里,只能放下一张床、一张桌子,每月房租几百块,要进到这个小屋必须经过房东的卧室,没有独立的厕所,只有公共厕所,早上起来得到弄堂口的公共厕所排队。

这些状况,会让人联想起巴尔扎克在人间喜剧里对巴黎贫民窟的描述：贫困的丑恶在城市里比在乡村里更加触目惊心。

但是，为什么那些居住在“上只角”拥挤不堪屋子里的老人们是那样地情有独钟，用鄙视眼光看人，包括对居住在“下只角”的上海本地人？除了习惯了那里的生活，其根本的原因还是虚荣心所致。他们总是在欺骗自己，认为自己能在“上只角”有间房，总比别人高一等。现在许多老上海人被旧城改造，搬出了老城区，去了“下只角”。后搬进“上只角”的新上海人，似乎少了这样的概念。

在这个社会里，虚荣心，人或多或少都会有一点，我自己也不例外，我也有自私，也有虚荣心。

虚荣心，这种东西有时无孔不入，会常常不经意地出现在自己的身边。有的事情大家都知道是不可能的事情，出于面子，你在网上晒出来了，大家给你点个赞，是满足你的虚荣心而已；有的人本来对虚荣无所谓，但有时候经受不住物质与金钱的诱惑时，虚荣心也会迅速地膨胀起来；有的人往往在人多的时候会特别兴奋，显得愈发活跃，巧舌如簧，妙语连珠，希望博得大家的笑容和掌声，这也是一种虚荣心在作怪；有的人特别爱享受，喜欢奢华和炫耀，对于财富有着狂热的追求，有的因虚荣而跌入豪华的陷阱；有的人追求完美，对自己极尽苛求，虽然在外人面前表现得非常谦虚，但内心对于赞美却是相当渴望，渴望赞美能够缓解自己的压力；有的人喜欢一切美的人和事，也会刻意地去装扮自己，对于细微之处也常常是别出心裁，能够吸引到众多目光让他飘起来，满足自己的虚荣；有的人开朗奔放，敢拿今天的青春去赌一把明天，喜欢追逐那些虚幻的不切实际的东西，反而放弃自己固有的长处而找不到方向；有些女人动不动对丈夫说，人家穿名牌、开名车、住别墅，瞧你这点出息，我们什么时候能过上那样的日子，总是盼夫成龙，期待大富大贵；有的人不顾他人利益，甚至以牺牲别人的利益为代价，做出一些爱面子的事情；有的人很在乎周围的舆论，不看自己的实际情况，只要能够得到周边舆论的肯定就好，同学过生日，不惜花一个月的薪水买礼物，哪怕接下来一个月饥肠辘辘也觉得值；在现代社会，也有一些“官二代”、“富二代”爱慕虚荣，以父辈的荣耀为自己脸上贴金的事例也屡见不鲜；有些干部虚荣心强，经常靠投机取巧或弄虚作假而实现某种既得利益；有些人经常夸大自己的长处，掩盖自己的短处，而让长处逐渐消失，短处反而变长；有的通过制造虚假成绩而获得荣誉，不仅会给工作带来损失，而且使无辜的人受到不应有的伤害。

人都特别爱面子，对那些虚荣的事情似乎也已见怪不怪，而且这种虚荣还有传导效应。

很多年前，一位熟人突然找我说，她已答应自己的儿子，如果期中考试各科总分加在一起能比上次高出 10 分，她就想法让儿子当个少先队小队长。现在她要兑现这个承诺，她听说我有个亲戚是学校负责人，问能不能帮上这个忙？她又说，几个邻居家的孩子手臂上不是别的"三条扛"，就是别的"两条扛"，可自己儿子什么也不是。我说，这个忙帮不了，我们虽然是亲戚，但我也不能干预他学校的工作。再说，你儿子能不能当少先队干部，要靠他自己的努力，不能从小就培养他的虚荣心啊！我也很无奈，看得出这位妈妈的脸上写着一脸的不高兴。

每个人都希望活出自我的风采。自己有的而别人没有的，这是个人价值，即使这样也没有必要拿出来吹嘘和炫耀，并去追逐他人的认同；而自己没有的，别人有的，也不必感到遗憾和心生嫉妒。

虚荣心，是通过一种虚假，让自己获得别人尊重或被别人羡慕，由此获得自我满足。这种心理是一种性格缺陷，也是一种错位的并被扭曲的自尊心，是一种不正常的社会情感。

平心而论，我们每个人都活得不容易，都在为自己的生活而辛勤地努力着，也对社会或多或少作出了贡献。城里人不要只看到农村政策在调整，农民能享受到更多的待遇，而没看到他们由此而承担的各种风险；农民也不要只认为在城里的工人"旱涝保收"，月月有工资拿，而自己一年辛苦到头收入是那么不稳定，而体谅不到在激烈的竞争中，他们也会有被淘汰的危险；有人自己创业做生意，有大把的收入，比拿固定工资的人高出许多，但他们要付出比常人更多努力，承担的压力也是常人难以体会到的。别人升职了，薪水超过了自己，我们没有理由去责怪别人，只能说明自己的努力还不够。不要羡慕嫉妒恨，不能总拿自己的“吃亏点”去比别人的“得益点”，那样的虚荣是永远没有出息的。

虚荣心，你是被扭曲的自尊，我们要远离你，因为你容易让我们变得愚蠢。愚蠢之后，经过深思熟虑，才能产生真正的谦虚，增长自己的智慧。

淡泊名利、除去虚荣、纠正扭曲、还我自尊，才是我们一辈子需要坚持做的一件事。

（写于 2016 年 1 月 13 日）

拐　弯

我现在外出，一般能坐高铁就不坐飞机，因为乘坐高铁和飞机时间的总成本差不了多少。前天，我去坐高铁感觉依然很爽，坐在舒适的椅子上，透过经特殊处理不变形的玻璃窗，看看窗外过去熟悉地方的变化，不经意间，飞驰的列车就把一个又一个城市甩在了后面。车窗外的风景飞速地从眼前掠过，像是你我手中抓不住的风。据说，未来高铁会更快，可以实现中途站不停车，而旅客可以正常上下车。

我想，列车能如此极速前进，因素很多，但有一个不可否定的原因，列车的轨道是直行多，拐弯少。

但人生不是都像列车那样全速直行，要想实现人生理想，我们可能既要学会直行，瞄准目标，一往直前，又要学会拐弯，审时度势，调整战略，尤其到了没有发展空间的时候，要告诉自己，也许应该拐弯了。因为人生天地间，路路九曲弯，从来没有笔直的。

我这个人脑子比较笨，对这样浅显的道理，我悟了几十年也没有悟透。

我生性比较直，心里怎么想的，嘴里就怎么说，不懂得什么叫拐弯。委婉一点的人见了我，会说，你这个人其他还好，就是个性比较直率；一般的人与我交流后，会说：看得出来，你是个直肠子啊；知己一点的人，就直说：你这个人真的很傻，长点心眼行不行啊！我的一位恩师对我说，做人当然不能拐弯抹角，直爽也不是坏事，但有时候你学会拐个弯，既不伤人，又能把事情办得更好。因为你不懂拐弯，所以你吃亏太多了。

这位恩师给我打了很多比方教导我。因为懂得弯曲，小草以柔克刚地从石缝中茁壮成长；因为懂得弯曲，雪松百折不挠地抵抗住积雪的重压，在恶劣环境中逆势独存。一个人说话懂得弯曲，就算是反驳或批评，也将变得委婉动听，让人欣然接受；一个人做人做事懂得弯曲，就算是妥协或退让，也将变得能屈能伸，百折不挠。弯曲无处不在，弯曲无处不需。

人生路上难免会遇到曲折，拐个弯，绕一绕何尝不是个办法？山不转，路转；路不转，人转。只要心念一转，逆境也能成机遇。只要自己心里拐个弯，前面的路也许随心而转，从而超越自我，开创新的天地。

我的一位朋友善于学习，工作有魄力，也有创新精神，但由于性格过于直爽，得罪了不少人。他不喜欢阿谀奉承，领导也不看好他。所以，他觉得自己不适宜在官场，而毅然选择了拐弯，早早地离开了公务员队伍，干起了自己熟悉的业务，虽然也没有赚到多少钱，但却获得了心情舒畅。命运只有自己掌握，拐弯是前进的一种方式。

我乡下老家，一到夏天，每逢连续下起大雨，小河里的水即使漫上了田里的低洼处，积水也很快会排走，能直至大海。除了水系通畅的硬条件，还有就是因为它巧妙地避开所有障碍，不断地拐弯前行。

我到山区旅游，车子在盘山公路上前行，虽然有时也感到紧张，但那里的风景却让人赏心悦目。数不清的上上下下，记不住的左拐右拐，一路艰辛一路风景，当然在那盘山公路的车上，要不是司机师傅的辛苦，我们哪能欣赏到一座座山的奇美？下车后，我们走过一些路，才知道辛苦；登过一些山，才知道艰难；跨过一些坎，才知道超越。旅行是自己愿意的，谁也不会喊苦叫累。只要自己愿意走，路的尽头依然是路。人走多了山重水复的弯路，总能看到五彩缤纷的世界。

弯曲，是一种美，也是一种文化。一些傍水而建的楼盘喜欢取名“清水湾”、“淡水湾”、“纯水湾”，因为河流经过的地方有一个让人记往的弯。人在生命的里程里，有直感，也有曲美。

人的一生中，在拐弯处总会遇上一些好人、高人和贵人。就是在小时候，我们躲猫猫，喜欢绕过很多弯，让你找不到，也会让你享受那份纯真与欢乐；学校毕业了，走向了社会，在工作和生活中遇到了一些不如意或者烦恼，也许有人在拐弯处等你，倾听你的青涩和忧伤，开导你怎样前行,怎样处理疲惫和责任;年纪大了,依然有人在拐弯处等你,告诉你怎样克服孤寂与哀怨,醒悟人生的真谛与未了的遗憾。

我去过很多古城,喜欢到老街走走。走过那些“一人巷”,巷子狭窄到只能一人行走,感到有些古怪,也不知道那个时代的设计师是怎么想的。当然,偶尔走走,好像觉得蛮有味道,但长期生活在那里,总是不方便的。其实,生活就像那些“一人巷”,与其带着烦恼在巷子里侧着身子朝前走,还不如爽快地朝前走几步来拐一个弯。智者说得对,在拐角处,也许一不小心就碰上幸福。

有人批评脑子不转弯的人,是“一根筋”,很笨,更有甚者批评是“神经病”。但具体事情要具体分析,不能一概而论。有些人虽然脑子转弯很快,但都是些歪脑筋,不走正路,这就没有价值了。而一个很循规蹈矩的人,往往更踏实,更能干大事,所以有时候认准了的事脑子不转弯不是缺陷,也可以说是一个优点。

人生在世,行路很难。行不通时,拐个弯总是对的。这个拐弯,不是放弃,也不是退出,而是在迂回中前行。因为需要窥测前进的方向,在困难中发现有利因素。

在人生的道路上,前进一段,不妨停下脚步,静下心来想一想,或许换一种方法,或许换一种角度,或许换一条路走走,也许,事情会变简单许多,也许,会发现正好找到了走向另一种成功的途经。

学会拐弯,既是一种胸怀,又是一种自信,更是一种成熟。该拐弯的时候,就应该优雅地转身,潇洒地前行,也许鲜花就在拐弯处等你。

(写于2016年1月18日)

经历,是值得感谢的

最近,许多人都在看热播的电视剧《芈月传》,剧情告诉我们:一个见过很多世面、经历过大风大浪的女人,不会因为失去一份工作、失去一个爱人、丢掉一些东西、被一些人否定,而觉得人生如临末日。芈月失去了母亲,失去了父王,失去了家国,失去了青梅竹马的爱人,又被赶到异国他乡,却从未想过放弃。

当然,这是具有传奇色彩的经历剧情。

其实,每一个人都有一次又一次的经历。有的经历平淡无奇,有的经历酸痛苦楚,有的经历甜蜜温馨。

我一来到这个世界,就注定要经历酸痛苦楚。两岁多一点,我的母亲就生病去世了。那个岁月,家里生活很艰苦。父亲以种田为生,只能靠天吃饭,没有一点其他收入。奶奶又早早去世。没妈的孩子像棵草,生活在一个没有阳光和雨露角落里的幼嫩小草,早早离开了大地妈妈的怀抱,怎么长大去见新的世界?我父亲只得求亲靠友,抱着我请东家带我几天,求西家看我几天,到哪儿算哪儿,混一天是一天。对我来说,外婆、姨妈、姑妈、舅妈、邻居大妈都是妈。我5岁时,继母来了,家里还是没有多少收入,只能紧衣缩食,根本吃不上大米,一日三餐都吃玉米糁和元麦糊。早上吃稀饭,中午吃干饭,晚上吃糊糊,比稀饭更稀,半年粮食半年菜。儿时的我,放学后一放下书包就拎着篮子去荒凉的草荡里铲野菜回来充饥。继母做了麸皮烧饼,因为我肚子太饿,开始一下子吞下几个,慢慢地包在嘴里就咽不下去了。据说这麸皮,多少年前连生猪也不吃了。

从小吃惯了苦的孩子,长大了就不知道什么叫苦。

我从上初一开始,星期天不是去镇上做小工,就是到离家不远的农场去做临工。一次，去镇上的粮站帮助敲夯墙基用的碎砖块，右手上敲起了多个血泡淌着血，左手去领工钱，这时，我丝毫都不觉得疼，反而心里乐开了花，因为，我挣到了五毛钱。

我感谢童年时代的吃苦经历。经历，对每个人来说都是厚重的。经历了苦，自己才懂得什么叫刚毅。

进城参加工作了，我觉得很幸运，比起农村来，活得轻松了很多。那时候每个星期只休息一天。我常常放弃星期天休息，坚持在单位工作，最多的一年 365 天，我工作 362 天，其中 3 天生病休息。连续 8 年的除夕夜和正月初一，我都在单位值班，让其他同志回家过年。那时候没有加班费，更没有奖金。写了稿子没有稿费，文章后面署上自己的名字，就是最大的奖励。

有人对我这样做有些不理解，认为我有什么企图，其实真的没有什么，我很单纯，更不会去想自己的仕途什么的，我只有一个朴素的想法，一个农民的孩子，在城里有一份工作，多不容易。自己没有什么其他的能耐，唯一的能耐就是能吃苦。我常常想，坐在办公室里工作哪有种田苦，说苦又能苦到哪儿去？再苦再累，也比起待在乡下强多了。

每个人的经历，都是自己一生拥有的宝贵财富。人的一生，谁没有曲折，谁没有凄苦，谁没有悲怆，谁没有体验？经历了很多事情，有的会刻骨铭心，有的会很快忘记。而难以忘怀的，或者是让自己心灵承受煎熬的，才是自己成熟的经历。

我刚参加工作那会儿，由于自己年少无知，经常犯错。一次，在送文件的时候，我顺便看了放在领导办公桌上的一份机密文件。那天，领导很生气，中午下班了，不让我去食堂吃饭，而是把我叫到他的办公室，狠狠地批评，足足训了半个多小时，那时候的我心情很沮丧，不想流泪，就算咬破嘴唇，希望自己强忍着，但还是忍不住眼睛里闪出了泪花。他反复教育我，在领导身边工作要懂规矩，不该看的不看，不该听的不听，不该问的不问，不该说的不说。从那以后，这四个“不”深深地印在我的脑子里，注意绷紧保密这根弦，涉密曲调不乱弹，工作更变得严谨和细心了许多。

我很感谢那次经历，这件事让我想到，年轻时，有人教育和提醒自己是好事，不能当作耳旁风。“不听老人言，吃亏在眼前”这句话是很有道理的，可以让人终生受用。

人在角色的转换中，往往会留下不舍和叹息，留下泪水和遗憾，但我们更多的要留下感恩，要感谢长者和同事让自己学到经验、学会成长。我虽然离开那个单位已经几十年了，但每当想起那段经历，常常让我想起那位值得尊敬的好领导、好师长。

我的经历并不算少，每一次的经历，都会深深地印在我的脑海里，有许多的经历，也会成为一段美好的回忆。

在世纪之交，我重新回归新闻队伍，来到中央一家新闻单位驻上海记者站工作，那也是赶上了一个好时期，从中国加入世贸组织到APEC中国年，从上海的“四个中心”建设到上海世博会等，我用上百万字的报道，去记录了这一段历史，去践行“让世界了解中国，让中国走向世界”的报道宗旨，让我有机会从发达地区的欠发达农村走向繁华的国际大都市，走向世界。

我感谢这一段经历，感恩报社给了我平台，让我一个长期在信息相对滞后地方的人，能有机会开阔自己的国际视野，也更激发了自己的爱国热情。

这段经历，不仅让我开阔了视野，而且学到了很多知识，见识了那么多平时难以遇到的人和事，我想这也是我的人生中难以用金钱买到的经历。

那段经历让我感悟到，每个人参加工作，都有一个大小不等的平台，有些事情或许做出了一点成绩，这里面不仅仅是自己的努力，更有平台的作用，团队的力量，离开了平台，离开了团队，自己什么都不是。任何夸大自己的能力和贡献的想法都不是实事求是的。

经历，是人生活在世上的经验，一次不平常的经历，或许对人的一生都会带来重要影响。人生，是经历，而不是岁月。有经历，才知道珍惜，有经历，才渐渐成熟；经历过，才知道不易，经历过，才慢慢长大；经历了，在我们重新出发时才会更加从容。

我的身边有一批年轻的朋友，他们中不乏90后00后。有些年轻人认为，他们对经历不感兴趣，自己年纪轻轻去想经历干什么；老一辈吃苦的经历对自己没有用，现在都什么年代了，再谈那些似乎毫无意义；有些事自己虽然经历了，但留下的没有想象的那么美好，而是迷茫，甚至是痛苦，所以不再去回想什么经历。

说到底，你虽然有很宽的知识面，但还是缺少真正的经历，在浮躁的生活里，你虽然很自信，认为自己有承受能力，其实还是没有经历过什么困难。

没有经过磨难的人生，是不完美的。痛苦与价值，成长与磨难，有时我们虽然无法选择，你也没有必要再回到父辈那个吃苦的年代，但把吃苦看作是人生的一种经历，把坚持当作人生的一种生活方式，你就会发现，你的生命会变得更加茁壮，你的意志会变得更为坚强，也会感受到，经历了吃苦之后，原来自己是那么的优秀，能够承受这么多。你也会感谢努力的自己。

人生的长河就那么几十年，如果少了很多经历，或许自己的人生会黯淡许多，没有不寻常的经历，内心深处留不住宝贵的东西，没有快乐经历的比较，也就不知道这个世界的美好。

生活会告诉你许多人生的哲理，经历得越多，感悟也越多。经历了成功，就会懂得更加自信；经历了失败，就会懂得更加清醒。

一个人，如果经历不丰富，很难知道很多道理，也难以懂得人生的真谛，要真正地明白这个世界，明白自己，只能拥有丰富的经历。

经历过逆境坎坷，才懂得绝处逢生；经历过岁月蹉跎，才懂得淡定从容；经历过孤独彷徨，才懂得追逐梦想；经历过自暴自弃，才懂得善待自己。

生活不是一种味道，经历不是一种模式。有的经历如履平地，有的经历似登高山。人的成长在于经历，个人的经历有多有少，有浓有淡，有顺有逆，有成有败，喜怒哀乐尽在其中。任何经历，无论是成功或者失败，都是人生宝贵的财富。

别人的经历没法复制，我们不要对经历有太多的抱怨，要给自己人生旅途中留下一些有价值的足迹。每个人都是一本书,可以慢慢地品味,把这本书留给年纪大的自己,到时候你自己可以翻看,也可供别人参阅,哪怕对别人有那么一点点启迪和警示也好,也算是一桩善事。

我这个人活得很平常,没有什么惊天动地的经历。有时候静下心来想想,我们这些平常人的有些经历,也是值得去珍藏和纪念的。

无论是你的经历、我的经历,都是值得感谢的。

(写于 2016 年 1 月 21 日)

写 写 吧

最近,有网友出于好心,向我推介了一款写作软件,软件可以帮你写小说,还能提供纸质和电子的全套出版服务。

机器人写新闻、让记者哭晕在厕所的贴子也在网上刷屏。

我也发现,现在上“百度”搜索写文章网站的人气很高,似乎能找到这样的平台,比什么都强。

网络时代怎么了?是不是人今后就不需要写文章了?

我想不是,高考改革加大了语文的考查比重,说明写作的问题已经上升到了国家关注的层面。

我虽然写得不好,但愿意写,坚持写,写东西似乎成了我生命的一部分。有时一段时间不写了,自己倒好像有点不自在,因为我走向社会以后就是靠写东西混口饭吃的。据说,年纪大了,写写东西还可以防止老年痴呆。

其实,写写东西对每个人都是有好处的,不管写得好差,写出来了,与人交流,让人评判,还或许能结识到更多的人脉。有朋友认同我的那句话,文章是写不完的。

我们不要去追求什么写作技巧,不要去讲究什么文采,把心里的大白话写出来,每天写一点,有话则长,无话则短,长期坚持,必有好处。

一位哈佛网友是这样说的,文章一定要写。写和说是不一样的,写是要落到纸上的,是有逻辑的,是需要严谨思考的。不写是不会严谨的,不写你的思维会越来越僵化,不写会越来越变成主观主义者。

我经常对一些年轻人说,你们要写,当然网上好的贴子可以转发,好的文章应该分享,我也是经常转的。但是在转发别人文章的同时,自己也应该写点东西。

网络时代,人人都是记者,人人都是作家,你写了还可以随时发表,不像我刚参加工作的那个年代,一个省就一张省报,全省那么多人写,登一篇文章可想而知有多难。

光看人家的文章,自己不写,看一辈子也写不出来。就像我们看了那么多的电影也不会演一样,是同样的道理。

我有一位朋友,写了很多东西,但从未发表过,他说写出来了,就留着。他的文章我也没看过。我看不发表也是一种选择。我跟他开玩笑说,你的文章保存它五十年,估计很值钱。

我很喜欢以文会友,哪怕只是清茶一杯,也是人生的一大乐事。

其实在网络时代,不写东西的人也很少。写邮件、写微信、写点评,都是在写东西。会聊天的,都会写文章。一些网友在 QQ 空间写日志,看了对我很有启发。但有的人开始积极性很高,写了几个月就放弃了,坚持不下去。他们的理由是,移动互联网时代是一个碎片化时代,没有兴趣正儿八经地写什么文章。

我与一些 90 后 00 后交流,他们找出了碎片化对自己学习和写作有困扰的理由。有人认为,信息的总量在不断增加,但是自己想找到有价值的信息越来越难了,所以脑子也被碎片化了,写不出东西来;有些人不想完整地看完一本书,只想看看部分内容,就是稍微长一点的贴子也看不下去,他们说,在浅阅读时代,只想看那几段警言警句,不想去关注文章的逻辑,因此写上几句话就算可以了;互联网上存在大量同质化的信息,人云亦云的重复,也确实扰人。引不起兴趣的很快被翻过去,有人觉得自己写文章也很难打动人,所以也不想写;有人认为,写写三言两语可以,写独立成篇的太累;年轻人要上班,哪来整块时间看东西,只能利用乘坐交通工具、如厕以及睡前的时间,看点写点,因为时间更是碎片化了。

在浮躁的时代,要想静下心来写点东西确实有难度,但也不是一定不行,只要自己愿意,还是可以做到的。

我们也看到,有年轻人写东西上手很快,每天更新自己的作品不少于8000字，也只用两三个小时，利用业余时间写，还出版了多部著作。与他们相比，我就自愧不如了。他们每次写作前将脉络想好了，写起来并不费劲。有人边吃饭边写，一顿饭的功夫还写了两三千字。

写作高手在分享时说，写东西是整理思路最好的方法，把所思所想讲出来、写出来，与别人分享才能变成自己的。写东西是深度思考的过程，它会把存储在大脑中的不同区域零散的知识点调取出来，组合成有深度的思想体系。稿子写成了，即使不去发表，也是有意义的，像我那位朋友那样，写好了就珍藏起来，也是一种价值。

我喜欢平实的写作态度，文章是给人看的，就要像与读者聊天那样去写。不要喜欢用很多生僻字，说那些很深奥的名词术语，让人感觉高深莫测。我想那样的文章，恐怕很难引起读者兴趣，除了专业论文，一般的文章不需要那样去写，更不能用文章去教训人，板起面孔的说教，那样会把读者吓跑的。

写文章，有时候确实有点累，像是喝药，苦的；写好了，有人与你互动，点赞你，或者批评你，说明有人看见了，这时候就像喝蜜，甜的。

有空的时候，写写呗！

（写于2016年1月25日）

深度比广度重要

昨天，我去采访一位专家，他对某一个专业的技术，解读得让我一个并不聪明的外行也听明白了，他讲得是那么形象生动，那么浅显易懂。而我有时候也听一些专业人士讲解某些技术或业务，尽管听得也很认真，但还是像听天书一样，丈二和尚摸不着头脑。

别人越是听不懂，这些专业人士越是着急，结果还跟自己较劲，七绕八绕把自己绕进去了，更让人找不到方向了。钻进去了，又跳不出来，这不算水平。实际上，还是深度不够。对某项业务或技术还只停留在知识层面，或者说还只停留在比较狭窄的知识层面，缺少融会贯通。所以，尽管他们讲得满头是汗，别人听了还是眼睛直瞪，结果仍是不知所云。

真正能称为专家的不是一般的人，他们一定会有深度。

有些人在某一领域是有些研究，取得了一些成绩，但离真正的专家称谓还有距离，有些人本来就只懂一些皮毛，自认为是专家，或是通过一些手段，得到了一些头衔，就更是把自己当权威，所以社会就讽刺他们不是专家，而是“砖家”。

专家，是社会的稀缺资源，是一种荣誉的尊称。有一本书叫《一万小时理论》，一个专家至少需要某个领域 10 年以上的反复练习和经验积累。

量子力学开创者尼尔斯·玻尔说过：“专家就是那些在很窄的领域把所有能犯的错误都犯了的人。”

我们这些普通人虽然不可能都成为专家，但人活着也是需要有深度的。

在我们的周围，有这样一些人，他们的知识面很宽，有的还博览群书，涉猎很广；看上去什么都懂，无论你说什么，他都能答得上来，侃侃而谈；你谈到哪里，他嘴里的成语脱口而出。但他们却在自己的工作岗位或者行业里默默无闻，甚至有些落伍。原因是他们只有广度、没有深度。他们注意了广度，其实那些只是主食之外的饮品，深度才是生活的主食。只有当你的主食得到了保证的前提下，饮品才显得有意义。

在创业过程中，人们碰到最大的瓶颈就是缺少精英，而任何行业的精英，无不是因为其在自身的专业领域内拥有精深的造诣。因此，从现实角度出发，深度对人生更有价值。

一次，我朋友的孩子去应聘面试，他似乎带着疲惫回来了，眉头微皱，面容有些泛黄。问他怎么回事，他说估计应聘的事没有希望。人家问他最喜欢看的是哪几本书？他马上报了一大堆的书名。又问：你印象最深的是哪几本书？他也答了。再问这本书对你人生有什么启发？他只是粗浅地说了一点，再也说不出什么深刻的体会，他只顾看看而已，压根儿就没有朝深处想过。

他说，虽然平时也喜欢看书，也买了不少书，但看了没有深入去思考、理解和消化，没有变成自己的东西，实际上，过去看的书跟没有看是一样的。

那件事对他触动很大，后来，他注意学习后的思考，进步很大。几年后我与他见面，他的谈吐很有见解，让我大吃一惊。与他相比，我明显落伍了。

我邻居家的孩子80后小顾，他本科学的是纺织面料专业，硕士学的是工商管理，从知识结构上看既有工科，又有文科，但他并不满足这些知识，他好学上进，有再学习的态度和能力，有了相当的知识广度。因为，人需要有深度，并不是说广度就不重要。当今社会是一个思维开放的多元化社会，一个人会因为深度而显得深邃超群，也会因为广度而变得博识有趣。他不仅有专业背景，还有较高的情商，他从专业设计到技术总监，从生产主管到跨国公司在中国的总代理，说明他对深度和广度有了较好的平衡。他有了对专业的深度理解，在后来的客服、策划、市场、运营过程中，就更为游刃有余了。

当然,我所说的深度不仅是专业的深度,更多的是人生的深度。人生的深度需要勤奋的深度思考去实现。

深度思考对一个人是至关重要的。从某种意义上说,深度思考决定人生。

深度是触及事物本质的程度。一些有深度的人看问题不光看现象,而是能看到事物的本质。许多事情不是你用一个简单的概念就能解释的,而有着许多内在的逻辑,有着深层的原因。分析透彻了,做起事来就会更加自觉、更加顺当,也可以避免常走弯路。

现在的社会不缺知识,也不缺信息,关键是我们怎样去甄别信息,是真是假,有没有价值,需要深度思考;现在愿意看书的人还有许多,但有些人读书求快,囫囵吞枣的现象较为普遍,深度思考才能求得深刻理解;一些年轻人不是不愿意想问题,而是喜欢浅尝辄止,找不到真正的答案,需要深度去思考一些实实在在的问题;有的人不是不懂得多层次多角度去看问题,而是想到一两层就认为差不多了,不再朝着三层四层甚至更深的方面去想,需要深度思考找到他们之间的逻辑关系,让自己变得更加理性;有的人不是没有考虑一些事情的基本要素,而是想到了一些需要关注的笼统的概念,没有发现被一层一层包裹着的东西的本质是什么,需要深度思考去辨别真伪,透过表象看本质;有些人不是没有去总结,而是演绎推理和归纳不够,需要深度思考去找到系统优选的解决方案。

人生需要广度,也需要深度。广度能够扩大层面,深度决定人的层次。广度能够让人生活丰富,深度能让你的人生更为卓越。深度肯定要比广度重要。

有人能够把天空和大地连接起来,把人心串联起来,他们何来这样的神力?在人生前进的道路上,难免会遇到困难,而有的人却在困难面前智慧多多,办法多多;为什么有的人下棋只看到十步八步,而有的高手会算到以后的几十步?

因为,这些人有着深度的思考。

这些天,39 年来难得一遇的严冬残酷地考验着我们, 大家多么盼望着温暖。走在大街上,我看到人们的微笑,犹如见到冬日的暖阳。有深度的人脸上平时总是堆满着微笑。因为,这些人掌握了自己生活的主动权。

(写于 2016 年 1 月 27 日)

谁都活得不容易

村里的小孙十多年没有回家了,这一次开着高档车、带着气质俱佳的媳妇回家,村上的人投以无比羡慕的目光,小孙还决定投资一笔钱帮助老家修桥修路,更是让父老乡亲乐开了花。

晚上,邻居大伯再次上门探秘,问小孙:这些年你干得这样顺风顺水,有什么窍门?小孙一五一十地说出了自己的经历,也倒出了自己的苦水:开始怎么住桥洞,怎么一天只吃两顿饭,人家不愿干的苦脏累的活儿,自己总是抢着干。凭着自己的吃苦精神,一步一步当上了包工头,这几年每年才有几十万元的收入。邻居大伯听了,深深地吸了一口气,说,看来谁都活得不容易。

邻居大伯每当谈起这件事,他总是说,别看那些在外面打拼的人风光,再风光的人,背后也有寒凉苦楚;再幸福的人,内心也有无奈难处。小孙家过去并不富裕,再穷无非讨饭,不死总会出头。人前显贵的人,在人后都有受罪的经历。

谁的人生都不易,没有人敢保证一辈子都是一帆风顺,谁也不要笑话谁,今天贫穷的人不等于没有翻身的那天。许多成功的人常常满身疲惫,他们承担了更多卸不下的压力与责任。

小孙为什么十多年不回家?是缺乏孝心吗?不是的。想父母的时候,总是躲在被窝里偷偷地哭,跟父母打电话的时候,总要酝酿一些心情,装着开心说话,受到再大的委屈,也说自己很好,让父母放心。他说,自己一肚子的苦衷,也有不能说的时候。

人总是活在矛盾之中,在家干活的人往往嫌在家苦,一年到头又挣不了几个钱,在外打拼的人又羡慕与父母在一起的日子,想哭了,有人安慰;干累了,有人依靠;做苦了,有人疼。但在外打拼,却完全不一样，所有的生活，都要自己忙；所有的苦累，都得自己扛。泪水，只能自己擦；风雨，只能自己挡；滋味，也是自己尝。人生给了自己什么样的感悟，只有自己最清楚。

生活，生活，生容易，活容易，生活不容易。

现在的社会竞争那么激烈，稍不努力，就会被时代所抛弃。

一位80后谈恋爱一直不顺，他父母成天闷闷不乐唉声叹气，而这位年轻人却说，人家看不上自己，说白了就是嫌我们家穷，自己收入少呗。他劝说父母，你们不用担心我，无论遇到怎样的挫折和打击，我都会咬着牙关挺过去，因为我们完全有机会重建生活。

这位年轻人很自信，他认为，自己的生活不能等待别人来安排，我要自己去争取和奋斗。不论结果是喜是悲，总不能白来这世界一趟。这些年，他经过努力年薪也有几十万，成了有房有车一族，最近听他父母说，已有好几家上门说亲事的。

人生，是多么不可预测。看来，世界上没有永恒的痛苦，也没有永恒的幸福。生活就像流水一般，有时是那么平展，有时又是那么曲折。

嫌贫爱富是一种世俗观念，有这种观念的人让人瞧不起。但如果把它看作一种社会现象，也很有意思。那位80后是这样说的，大家活得都不容易，别人家的父母靠自己打拼积累了财富，把女儿养这么大，凭什么白送财产呢。女儿嫁给了自己，从某种意义上说，等于女方的财富也送给了自己，因为双方都是独生子女，今后生活两家并一家，人家心理不平衡也是可以理解的。自己没有理由不劳而获，必须通过自己的努力，得到社会的承认。有共同价值观的才能走到一起，才能有难同当，有福同享。

当然，我们看待年轻人，还是要看他的潜质，现在没钱的人不等于将来也没有钱，现在有钱的人不等于一辈子就是好生活。一位网友说，一个美丽的女人炫耀自己的美丽时，就开始变得丑陋了；一个聪明人炫耀自己的聪明时，就开始变得愚蠢了；一个有才华的人，当炫耀自己的才华时，就开始变得一文不值了。一个人在春风得意的时候，往往是最危险的。

人在社会上混,大家都不容易。人生的道路有时宽阔,有时狭窄,狭窄的时候,最好留一步与人同行,留一步让别人能走,这样去为人处事不会吃亏。为什么家长总是教育孩子:好吃的东西不要一个人吃,给小朋友一起吃;好玩具不要一个人玩,要让小朋友一起玩。好事一个人独享,别人就嫉恨你,以后有了好处别人也会把你挤到一边去。

我们的人生之路不要等到走不通的时候, 才想到退让一步的道理;而在自己走得过去的地方,也不要忘了给人家三分的便利,这样才能逢凶化吉、一帆风顺。有的人今天得势,就想不到也许明天也会去求人。今天你让了他一步,明天他也许会还你两步,让给的人多了,好朋友就多了,通往成功的方便之门也就多了。唯我独尊是最危险的,大家都有汤喝才是王者之道。大家活得不容易,无论是坎坷不平,还是顺风顺水,都需要记住让人三分不吃亏的道理。

(写于 2016 年 3 月 28 日)

梦想，不只是梦和想

每个人从小到大都有不少的梦想。

有的孩子长大了想当老师，可以有很多孩子听自己的话；有的想当医生，穿上白大褂在人面前很神气；有的想当警察，拿着枪去抓坏蛋……

我从小梦想着快点长大，能做大人的事情，花钱不用向大人要，自己口袋里一掏就是。

小时候，我也想：长大多好啊！又不用天天写作业，天天去打猪草，想去哪儿去哪儿。我想，长大了是不是可以自己盖个茅草屋，有很多小朋友在那里玩，大人也管不着，在那里，我们还可以讲很多很多小故事。

小时候，大家都喜欢说一句话，叫做“我有一个梦想”。其实那时候，我们对梦想的理解是朦胧的，而且童年的梦想也总是离奇的。

只有自己一天天长大了，才逐步理解“放飞梦想”这个词语，渐渐地让自己的梦想开始起航。

小张大学毕业已经五年了，他对个人的发展想法很多，而且似乎有完整的规划，但就是没有持续的行动，有几位打算和他合伙干的年轻人也各奔东西了。当然，他也不是一点行动没有，就是碰到一点困难，就想等等再说，市场不等人，几次机会就白白地错过了，那些梦想也只能放弃了。

梦想梦想，不能只有梦和想。有些梦想，本来是很好的，也可能很有价值，但不去实施，再好的想法也就没有价值。

有的人对自己的设想方案自我陶醉，坐在原地，等待机遇，总想有一天，天上会掉馅饼——可这一天往往迟迟没有到来，导致机遇从身边溜走，白白浪费了光阴。心动不如行动。再美好的梦想与目标，再完美的计划和方案，如果不能尽快在行动中落实，最终只能是纸上谈兵，空想一番。

有一家民企制订了《2025规划》，《规划》足足有几斤重，目标从现在的200多亿销售收入向千亿级跨越，涉及到国家鼓励新兴产业的十大领域，规划非常具有挑战性和前瞻性，让人很憧憬。规划一制定，老板抓的第一件事，就是明确十大领域的牵头人，组建团队，细化实施目标的举措、序时进度的考核目标。这个案例让我想起了英国著名文学家劳伦斯的一句名言：成功的秘诀，在于养成迅速去做的好习惯。

在我们身边，许多成功人士并不是他们的知识、眼光、观念多么的出类拔萃，只是因为他们实现梦想的行动比别人先走一步，并且能够孜孜以求而已。

我们这些普通人不可能每个人都成为大企业家，但是每个人心中都会有着这样那样的梦想。我虽然也当不了大企业家，大明星，即使是平凡的梦想，也是有梦有想，我们去实现它，才有意义。我们只要瞄准自己梦想的方向，坚持不懈地做下去，就能够扫除挡在梦想前面的障碍，实现美好的人生蓝图。

有了梦想，加上行动力和顽强的毅力，才能有梦想的成功。

美国著名动作影星史泰龙高中时代就梦想当一名演员，他前往好莱坞找导演、找制片人，整整三年，都没有一个人看好他，他也没有上过一个镜头。不过他没有气馁，而是一次次分析失败的原因，在自我反省、自我检讨中进步着。终于，一个拒绝他20多次的导演答应给他一次拍电视剧的机会，这部电视剧第一季就创下了收视纪录，从此，史泰龙成了家喻户晓的明星。

许多成功人士一开始也是很平凡的人。俞敏洪演讲时说："我们没有办法选择要来到这个世界，没有权利选择出身的家庭，没有能力选择出身在城市还是农村，但我们的一生能不能过得辉煌，或者说过得值得，全在于我们自己的梦想和抉择的毅力。"

我与一位80后交流，他说，上大学时自己也曾经有很多梦想，毕业以后走向社会，感到那些梦想离现实太遥远了。梦想梦想，只能在梦里想想而已。

梦想，是不是只是在做梦？不是的。有人说，在自己没为它做过什么之前，它都不能叫梦想，只能叫梦和想。如果真是自己的梦想，就肯定是自己想要的。那么自己又为什么不去做呢？要么就不是自己的梦想，也许是别人的想法和经验，这不能算是自己的梦想。我们不要随便拿别人的梦想来说是自己的。

网友说得好，没有经过自己吸收、接纳的东西，不能称之为自己的想法。没有为之努力的梦想，也别说是自己的。唯有那些为之努力、为之付出的东西，才是真正能够属于你的。

自己的梦想，应该是体现自己的价值观，并且自己能遵循它，并为之努力，以此寻求自己最想要的人生和自我。

当然，梦想，也不一定都是高大上，安静地过个小日子，结婚生子、有个房子住、有个小车开，这些平实的愿望，实际上也是梦想，一步一步去实现它，也有一个实现梦想的过程，什么时候买房、买什么样的房、房贷怎么还，都是有着自己梦想的，都是经过自己大脑和心灵的辨识，而且有了为之努力的结果，并且服从自己的价值观和人生观的东西，这样的梦想再小也是有意义的。

大有大的梦想，小有小的梦想，只要有了梦想，就赶快去行动，让梦想早日成真，才是人生最好的选择。

（写于2016年4月5日）

扔掉昨天，把握今天

一觉醒来，许多忘不掉的东西仍在脑子里打转转，但今天要做的事情又很多，所以需要重新定义自己。

泰戈尔说："有一个夜晚我烧毁了所有的记忆，从此我的梦就透明了；有一个早晨我扔掉了所有的昨天，从此我的脚步就轻盈了。"

我们扔掉昨天的自己，不是扔掉所有的教训，有些教训是人生用金钱买不来的宝贵经验。我们要扔掉的更多是昨天的烦恼。

人如果深深陷入昨天烦恼的故事，老是无法转身而离去，就会背上沉重的包袱，再前进就会变得困难。

我们需要学会放弃，放弃昨日的烦恼，留下简单的背影。生活并不需要无谓的执着，世界上也没有什么绝对不能割舍的东西。我们学会了放弃，就会将昨天埋在心底，留下最美的回忆，让自己的生活变得更加轻松。

扔掉了昨天，有时候头脑反而变得更加清醒，不再认同自己的想法，会给自己留下很多开放的空间，可以容纳任何想法，永远不会受到反对或冲突的威胁，因为自己知道，昨天已经过去，而今天需要与时俱进，它是无法阻挡的。我也经常会犯固执己见的毛病，事后总结教训，常常流出自己笑话自己和感恩的泪水。

扔掉了昨天，我们就能质疑自己相信的东西，其实，世界上许多事情不是我们认为的那样。我们知道的东西很少很少，但就是这些很少的东西却占据了"我知道的头脑"，并且一直牢牢地掌控着自己，有时不能自拔。

世界已经变化了，我们却仍处于自己理解中的世界，那就只能失去机会。一次，有朋友告诉我一个信息，我说，这件事我懂的，并自以为是地给他讲了我过去经历过的故事。我讲着讲着，朋友开始一言不发，后来他告诉我，你讲的那是几年前的老黄历了，现在已经发展到了什么阶段，今后 5 至 10 年将发生什么样的变化，让我感到自己完全活成了一个笑话。

踩上今天轻盈的步伐，就要敢于质疑自己头脑中的那部分，把那些困惑和僵化，把那些所谓的"我知道"赶走，让自己的头脑更开放，对新鲜的事物有更多的理解和清晰的认识，从而找出更科学的答案。当自己的头脑开放时，心才会开放；自己的心开放了，才能有开放的思想；有了开放的思想，才敢于质疑自己，才能接受更多的新事物。

有时候，我们死死地抱住昨天，抱住昨天喜欢的东西，殚精竭虑，费尽心机，甚至不择手段得到了自己喜欢的东西，但是在追逐的过程中，失去的东西也无法计算，付出的代价也是得到的东西所无法弥补的。

世界是公平的，任何的成功绝非偶然，那是艰苦卓绝的智慧与行动的必然。今天的结果一定是昨天的原因。人生是一场醒悟，我们可以不要昨天，不想明天，但我们需要今天的付出和努力。

有网友说，人生的方针，在于向前，也在于拐弯；人生的生长，在于学习，也在于阅历；人生的涵养，在于彻悟，也在于静修；人生的情绪，在于进步，也在于满足。我想，这些都不是取决于昨天，而是把握住今天。

作家和诗人莎士比亚是大家再熟悉不过的人，但很少有人知道莎翁成名前的学习环境。莎士比亚原来只不过是替人看管马匹的剧院中的打杂工而已，但他没有死死抱住昨天，而是重重地把握住了今天，不因昨天身处逆境而怨天尤人，而是一有空闲便从剧院的门缝和小孔里偷看戏台上的演出，他凭着这种执着的"偷学"精神，终于使自己闻名于世。

扔掉了昨天，并不一定今天就能踩上轻盈的脚步，而是要比昨天付出更加艰辛的努力。我们学会忘记，是因为只有忘记已经失去的，才能立足当前，展望未来。

学会放弃，因为有的东西只能远远地欣赏。不是自己的，就不要去追求，学会适应，才是最重要的，因为任何条件下人都要生存。

道尔顿是英国杰出的化学家、物理学家，出身贫寒，生活条件恶劣，但他没有因为自己的昨天而自暴自弃，15 岁时便离开家乡自谋生路，在给一个学校校长当助理的 12 年里，一边工作，一边读书，写下了“午夜方眠，黎明即起”的座右铭激励自己。经过艰苦的努力，积累了大量的科学知识，28 岁时发现了气体分压定律，创立了倍比定律和“道尔顿原子学说”，提出了原子量表。他的杰出贡献，被恩格斯高度赞扬为“近代化学之父”。

今天的路上，并不一定都是平坦的，也会遇到曲折，不过也不要紧。人生不如意的时候，是上帝给的长假，这个时候就应该好好享受假期。当突然有一天假期结束，时来运转，人生才真正开始了。

我们扔掉昨天，在今天要苦苦追求的，不一定是多么辉煌，而是一种经历；我们今天寻找的，也不一定是成就，而是一种无悔；我们今天想要的，也不一定是精彩，而是一种做人的本色。

（写于 2016 年 4 月 11 日）

不完美，也是美

吴先生是一个做事很认真的人，对自己很严格，对别人的要求也高。照理说，这种人没有什么错。但却有许多人不喜欢他，认为他要求的太完美了。因为他的出现，会反射出其他人身上太多的遗憾和无能。即使他说的话是对的，但还是有人在心里积下了暗恨，所以每次群众评议，大伙儿就不投他的票。时间长了，大家逐渐发现原来他也有缺点，反而让人真实可信，亲近他的人也一天天多起来了。这是人世间的喜剧。

其实，我们每个人都不可能完美无缺，各人都有各人的特点，有人在这个领域领先，有人在那个领域发光，你能比得了一方面，却比不了全部，人总有长有短、有强有弱。

我也有完美主义倾向，工作标准多、要求高，对自己是这样，对别人也是如此，尤其过去在管理岗位工作，常常认为自己做到了，而且做那么多了，别人为什么没有做到，所以经常指责别人，弄得大家很有意见。自己活得很累，别人不仅不领情，反而记恨自己。现在回想起来，觉得是那么遗憾和愧对别人。自己追求完美，也只是自己个人的评价和感知，个人的判断标准有他的局限性，你认为这样是对的，而他认为未必是对的。如果一味用自己的标准去挑剔对方，即使有一定的道理，对方也不容易接受，况且自己的工作也不可能做得完美无缺。即便自己做得稍微好一些，但这个世界上比自己做得更好的大有人在，我们要的完美，永远不可能太美。

自己的那些所谓的标准和要求，也都是人为制定的，没有什么参照物。不要认为降低了一些标准，就好像要了自己的命一样，没有那么严重，何必那么伤感。我们把自己解放了，没有那么的痛，没有那么的焦虑，没有什么接受不了，这样，才会让周边的人和事更放松、更自由、更坦然，自己看世界的眼光也会变得不一样，看人的标准也会不一样。这样才会逐步做到不评价别人、不自我欣赏，让自己生活在客观的世界里，去感知这个世界的美好。

一个人为什么到了一定年纪才懂得总结，才去回顾一生中的错误？

通过回顾，我才知道这个世界并不完美，人生的旅程中，我们有无数次选择，我们无法把控环境和他人，但我们始终都可以把控自己。我们不要苛求这个世界完美，因为，我们自己就并不完美。

我认识的熟人中，有的人和什么人都能相处得如鱼得水，见了一次面，吃过一顿饭，就说自己和他是最要好的朋友，是铁哥们；有的人说起话来，尽可能做到滴水不漏，生怕伤害到谁；有的人与人相处，总是你好我好大家好，办起事来没有原则。他们靠这些去争取人生的完美，而我却做不到。我认为，那不是完美，那是一种圆滑，和一个丧失了标准的人交往，时间长了，自己也可能会圆滑到没有原则的地步。这种所谓的完美，我宁可不要。我们可能改变不了生活，但是，我仍可以擦亮自己的心情。

追求完美的人往往容易得强迫症。出门时明明锁好了门，关掉了电源，但还是不放心，常常返回去再检查一遍。当然这并没有什么不好，有责任心、认真严谨总是好的，但是严重的强迫症会让人长期处于焦虑状态，让自己身心不安，如果遭遇现实的挫折和矛盾，如失恋、下岗、落榜等，往往会夸大问题的消极后果。

追求完美的人，表面上很自负，内心深处却充满了自卑。他们很少看到自己的优点，总是关注缺点，很少肯定自己，也很少认同别人。他们不知道要哭就哭、要笑就笑地去生活，让自己生活在永远是缺憾的世界里，这是人生的悲哀。

一个人过于追求完美，有时候会没有效率，严重的将一事无成。有时候自己订好了计划，因为自己要求很完美，这也不能少，那也不能缺，做了一点总觉得不满意，太在意过程，太在意别人的看法，追求被别人敬仰的感觉,体验自己的完美感,一心想得到极致的满足,只能无数次地推倒重来,时间一长,不但自尊感没有找到,自己反而也没有信心了。

过于追求完美的人,常常迫于种种压力,而要求自己做出没有任何缺陷的事情,这几乎是不可能的。除了尖端科学,我们平常人的生活和工作,要求每件事都做到完美无缺,都没有任何的遗憾,那我们就失去了效率,有时会一事无成。我们没有必要那样去苛求自己,去胁迫自己做各种高难度的事情。我们不要去管别人接纳不接纳自己,喜欢不喜欢自己。不要按照外在的标准来做自己,做原来的自己就好。完美是优秀的敌人,有时过于追求完美,也许会束缚自己的表现。

有这样一个故事。上个世纪的某一天,有一艘大船沉没,只剩下一个基督徒漂流到一个孤岛。刚好他也叫作鲁宾逊,和小说中那位鼎鼎大名的主人公同名。鲁宾逊天天站在岸边,想尽各种办法,希望能被人发现,可是始终没有得到好消息。有一天凌晨的时候,他辛辛苦苦搭盖的草屋突然失火,而且很快就烧得精光,连里面的物资都烧得一毛不剩。仓皇逃生的鲁宾逊眉毛都没有了,真是痛心疾首!于是他开始咒骂起上天来:

“神啊,我什么都没有了,你连我这条烂命也要拿走吗?那么来吧,来杀死我啊!”

沉沉的天空没有给他任何答案, 于是鲁宾逊掏出决不离身的手枪,往上方和四周乱开火,像是发疯了一样。

到了早上,居然有一条船来到岛上,披头散发的鲁宾逊大吃一惊,问:“你们是怎么知道这里有人的?”

“实不相瞒,几个小时前我们有人睡不着觉,到甲板上钓鱼,正好看见岛上有火光,特来查看,要不然我们也不知道。”

船员们又说:“而且你实在运气好,在来的路上,我们看见一只黑熊倒毙在草丛中,是被枪打死的。如果它还活着,又比我们早一步找到你,你的麻烦可大了呢!”

《圣经》中的救世主耶稣说过一句话:“我所做的,你如今不晓得,后来必明白。”

因此,愚拙的人喜欢找神理论,但有智慧的人不但沉得住气,更愿意凭靠恩典而过活,并且一路上发出赞美与感谢,直到所应许的一切都得成全。

人生有度,过了,反而会成为灾难,做人也不必刻意,做事不要求完美。话也不可以说尽,要把握分寸,任何事都不可以做绝,都要留有余地。

我们要相信自己,别人能做的,自己经过努力也能做到,我们也能做最棒的自己,但做事不要畏首畏尾、考虑过多,想做的事,就大胆去做;想见的人,就勇敢去见。搁置了,可能失去机遇;迟疑了,想见的人可能擦肩而过了。我们这些平凡的人虽然每天都在单调地生活着,完美也好,不完美也好,我们要感谢生命中遇到的每一个人。生活的不完美总是占多数,但有时不完美,也是一种难得的美!

(写于 2016 年 4 月 15 日)

时间都碎片化了，还约不约

小葛约老沙见面都三个礼拜了，可是一直未能如愿，老沙问究竟怎么回事？电话里传来小葛无奈的声音："实在是没有办法，自己的血检报告已经两个星期了，都没有时间去医院拿，这段日子要说做了什么事，自己也说不清楚，反正是眼睛一睁，忙到熄灯，都是一些零零碎碎的事情，老是觉得一天给自己48小时也不够用。"

许多人都有这样的感觉，自己忙忙碌碌一天下来，好像什么都没做。

时间是被碎片化了，我们和时间还怎么约？

现在的社会，我们似乎都活在被碎片化的环境里，碎片化的时间，碎片化的阅读，碎片化的购物，碎片化的社交等等，自己的时间、精力甚至生命，好像都被碎片化了。

我看到一位上班族，是这样记录自己的时间安排的。

6:30，睁眼，开手机，微博微信刷一遍；7:00，洗脸刷牙吃早饭；7:30，急急忙忙去挤地铁或公交车，老人不在，还得送小孩上学；8:30，头昏眼花啊，开始干活，有时候8:00就要赶到单位；10:00，去开会，自己汇报了一遍又一遍，领导没完没了的讲话，整个脑子有点乱；12:00，只有半小时的吃饭时间；17:00，开始下班，又是一个半至两个小时花在了回家的路上；20:00至21:00，烧饭吃饭，检查孩子作业；23:30，想翻几页枕边的书，翻不动了，上眼皮和下眼皮老是打架；24:00，关机，睡觉，再不睡觉，明天就起不来了。

这种情况比较普遍，时间真的被碎片化了。现代社会就像一架高速运转的机器，每个人都在其中扮演着某种角色。机器越转越快，人就被推着一直往前跑，疲于奔命。这是时代的特点。

在碎片化的时间里，有的人对时间似乎缺少基本的概念，成天手机不离手，许多人在睡觉前、卫生间里、公交车上低头刷手机，说是在利用碎片化时间，其实看的都是一些不那么需要的信息资讯；时间不能再整段地利用了，有的人心情更是因碎片化变得浮躁起来，把自己的大块时间不自觉地切割成了小块时间，误认为这样能利用碎片化时间做好事情，殊不知这样做不仅没有节省时间，反而浪费了时间。碎片化的阅读，并不能真正代替读书、旅行和交谈。你花20元的流量可以了解世界的动态，但无法了解自己的内心，因为没有深阅读。碎片化改变了我们的生活和习惯，偷走了我们许多宝贵的时间和精力甚至财产，让我们失去了珍贵的专注力和深入思考的能力。

有的人原本计划要做一些事情，但是一不留神，就没法和时间相约。有一位网友是这样说的，他正在集中精力写一份材料，QQ里突然有同学群的头像在闪动，进去聊一会儿。15分钟后，意兴阑珊地出来，微信上有朋友发来的消息，约中午一起吃饭，聊几句去哪里吃什么菜，要不要订位子；10分钟后，午饭安排好了，同事打来电话，有个邮件需要马上看一下……一上午，材料一个字儿都没写，最要紧的是，发现自己什么都没做，两手空空。

时间碎片化了，有的时候看起来只有三五分钟，最多也就半个到一个小时，这些时间好像微不足道，也无关紧要，但把它们挥霍在网络上，或者是游戏上，就可惜了。真正有心的人，会把时间综合利用，做好时间管理，把工作化整为零，又能够把碎片时间拼凑成完整的时间块。正如历史学家帕金森提出的帕金森第一定律：工作会自动膨胀，直至占满所有可用的时间。

我的一位企业家朋友很会利用时间，他出差身边总是带着书籍，在候机室里，有时飞机误点了，他能看完半本书；开大会前，他总是提前半小时左右到场，处理一些需要当面解决的问题；有些人需要面谈，在食堂找个地方坐下来，约对象一起午餐。他把一些时间的边角废料都利用了起来，用极有限的时间处理事情，用碎片的时间干成了正常工作几天也做不完的事。当然，他会依然觉得时间不够用，事情永远都做不完，但他没有因此而心力交瘁，因为他能游刃有余地把空闲时间深度利用。

我们与时间相约，也要学会拒绝，要学会拒绝一些无关紧要的事情，做自己该做的，放弃，也是一种能力。学会辨别什么是有用的碎片化利用，什么是以碎片化的名义来浪费自己生命的事情。更多的是要利用好一些零碎的“边角废料”时间。

当下人们的工作忙、压力大，工作之余需要休息、需要放松、需要减压，这是可以理解的。但我们不能为自己找到更多的借口，比如在学习上放一放、拖一拖、缓一缓。有的人会说，白天忙工作，晚上有应酬，节假双休要娱乐，每天还要锻炼，工作、休闲、娱乐、健身排得满满当当，时间本来就不够用，哪有时间来学习？

季羡林认为：“要合理利用时间，就是去利用时间的‘边角废料’。在车上，在路上，在家里，在课堂上，在会议上，随时随地，只要有零碎的时间，就应该合理利用起来。久而久之，这将结成丰硕的成果。”

被后人称为“用小跑的速度走完一生”的鲁迅先生，坚持每天读书学习、写文章、写日记，即使生病也没有间断，正如他自己讲的，“我是把别人喝咖啡的时间都用在了工作上”，“时间就像海绵里的水，只要愿挤，总是有的”。其中挤出的，更多还是一些“边角废料”。

时间碎片化了，我们的脑子不能碎片化，我们只要能控制自己的生活，就总能找到时间，总能用好时间的“边角废料”，无论在车上，在会场，在家里，我们能抗得住诱惑、经得起考验、治得了懒惰，我们就能与时间如期相约。

（写于 2016 年 4 月 21 日）

人生需要慢慢悟

上小学上中学时,老师总是要求背诵和默写一些古文和经典的现代文章。有的默背成绩虽然还不错,当时因为年纪小,对其含义理解是不深的,有的可能要在几十年以后,才会慢慢地悟出一些道理来。

自己虽然有了一定的年纪,但对有些道理至今也没有真正悟透,有时也常常做得不理智,也很幼稚。不能站在对方的角度去看待事物,处理事情总是那样的不成熟,不能把自己的世界变成别人的世界。看来,人活到老学到老,也要悟到老。

人总是有私心的,但不能过于自我,过于强势,必要时要懂得示弱。这句话,书本上多次读到,长辈们多次教育自己,我也觉得有道理,但做起来很难。示弱,就是在关键时善于听取别人的意见,关注别人的感受,让别人有安全感。当然示弱也不是无原则的妥协。悟透了,对人对己都有好处。

世界上的事情,不是什么都要坚持志在必得,有的要选择放弃。但是自己想要的东西,选择放弃是很痛苦的,在这个痛苦的过程中需要去不断地悟,悟透了,才会选择果断放弃。人生就是一个不断选择、不断放弃的过程。有失也有得,放弃是一种选择,失去也能有收获。

在别人心情不好的时候,自己总是愿意劝解别人放宽心一点,而轮到自己,即便是小事,也会觉得很难受、很生气,那些不计较的道理被忘得一干二净。只有悟透了,才能做到小事不计较,大事能宽心。其实,人一天到晚地揪心,是一点也解决不了问题的,人生只有几十年,何必让自己活在人生苦短的痛苦之中呢。

许多人生道理并不深奥,学习了慢慢去悟,就能和自己独处,让自己的心也慢慢静下来,逐步地回归自我。让那些喜欢喧嚣的人去闹腾,自己落得个清静和淡然。

有网友说，人的一生中只有5%是精彩的，也只有5%是痛苦的，其余90%都是平淡的。人们往往被5%的精彩诱惑着，忍受着5%的痛苦，然后在90%的平淡中走完一生。

我们去慢慢地悟、慢慢地做，就不会被10%控制，想得开些，看得开些，过好自己90%平平淡淡的生活，这才是最幸福的。

我们有些人总是自我感觉良好，平时很少去感悟平台的作用；做成功了一件事，好像都是自己的能耐；平台给了自己一个头衔，好像自己的水平就达到了那个位置，成天牛哄哄的。其实，这是对自己最大的误解，如果头脑不清醒，也可能最后会伤害到自己。离开了平台，自己真的什么也不是。

为什么一些退下来的老同志感到那么失落，反差那么大？因为他们在位时，很少去悟平台的作用，总喜欢把取得的成绩归于自己。

有些人在能做事的平台上工作，很少悟到为老百姓多办一些有益的事情，离开了平台想想后悔了，又有什么用呢？

有两个同一单位的同事前后相差一个月都退休了，退下来的一位局级干部很少有人与他聊天，让他很苦闷。一位处级干部退下来后忙得很，成天有人和他一起玩，因为那位处级干部在平台工作时，善于帮助人，人脉关系好。退休了，人家不再看你过去的位置了，更看重的是你的人品，看你在过去的平台上是怎么对人对己的。

平台对人很重要，我们要感恩平台，这不是一句客套话。

几十年来，我的工作多次转换，不同的平台给了我不同的学习和锻炼的机会，虽然自己也很平庸，但许多平台让自己学到了很多，了解了外部世界，接触到更多的人脉，积累了一些知识和经验。如果单凭自己个人的力量，即使再努力也难以做出一些事情来，还是过去那些大大小小的平台支撑着自己不断前行。

有了好的平台，跟对了领导和师傅，才是自己的大幸。有人愿意教自己，那是最好不过的，更要好好珍惜。我们永远都要心怀感恩之心，感谢平台，感谢同事给自己的支持和配合。我们也不要老是“这山望着那山高”,即使自己的平台不大,通过努力同样可以作出贡献。

在同一个平台上,为什么有人做得那样的出彩,而我自己却是那样的平常,这不是平台有什么不公平,而是自己的差距。要在平台上不断地探索,找到自己的位置,设计新的目标,不断学习新东西,能抗压又有耐性,与平台同心同德,不计较个人得失,顾全大局,平台才会给自己更多新的机会。实践让我悟到了许多。

为何犯高估自己的毛病?人往往喜欢高估自己,因为真正的认识自己也是一件很难的事情。有的人谈起话来,五分钟不到,就开始自我表扬,总认为自己比别人聪明,比别人能干。其实,这是一种不健康的心理。这也是我在实践中反复悟到的一个现实问题。

自己偶尔做了一件小小成功的事, 就似乎发现自己的潜力很大,认为自己一定会取得更大的成功。于是,就背上了心理包袱,因而,就开始高估自己。头脑变得不那么清醒了,做起事来准备不足,等待自己的往往是一个又一个失败的教训。

高估了自己的人,认为自己就是人们关注的中心。自己微博的粉丝成倍增加,微信点赞的人越来越多,自己随便说一句话,就有人捧场。这时候,又容易高估自己。其实不是那么一回事,有的人成为你的粉丝,也许被你一两句话所感动,就随意加一下;有人在微信朋友圈点赞你,也许是出于顾及面子。我们没有那么伟大,也不可能成为人们关注的中心。

高估了自己的人,很在意自己在别人眼中的形象,感觉自己比其他任何人重要。自己曾经发表过引起人们关注的文章,或者做了一次赢得掌声的报告,这时候头脑就容易膨胀,把自己的偶然事件放大,让自己失去理智,因此停滞不前。

高估自己,一般出于自己的判断失真。因为信息不对称,自己得到的往往是二三手信息,有时候把它转化成知识或经验,在实践中也取得了一定的效果, 这时候就认为自己找到了真理。我与一些 90 后 00 后交流,我明显地悟到了,他们的知识面是多么的宽,他们掌握的信息是那么的新。是的,形势在不断地变化,信息更新很快,不与时俱进去学习,我们就往往会判断失真。因为自己的经验落后了,别人没有以前那样关注自己,总是有原因的。

高估自己的人,也容易让自己变得焦虑。克服了这种毛病,才能把握自我。真正悟到了,也会让自己变得轻松起来。

(写于 2016 年 5 月 10 日)

少些纠结

最近，一位退休的朋友与我聊天，说是现在工作压力没有了，也有时间外出旅游了，早晚也能经常走走路锻炼锻炼，身体还可以，就是有些事让自己很纠结。

纠结，这个词大家并不陌生，有人说人生无处不纠结。老年人有老年人的纠结，年轻人也有年轻人的纠结，打工者会纠结，当老板的也会纠结。纠结似乎总是缠绕着自己。

其实，情况并不是想象的那么严重，有许多纠结是自我的，也是多余的。也许是我们让纠结放错了地方，又没有及时去处理它，让一些本来不该纠结的事情真的变得纠结了起来。

事情无论往哪个方向发展，纠结只会降低自己的效率，错过好的机会。我们为吃饭纠结的时候，就耽误了休息的时间；我们为要不要创新而纠结的时候，就收窄了自己的发展思路；我们为自己能否胜任一项工作而纠结的时候，就失去了学习和锻炼的机会。

有能力和经历丰富的人一般很少纠结。有些人嘴上说自己什么都能干，而实际上什么也干不了，不仅让领导纠结，自己也很纠结。能力不够，无法跳出熟悉的圈子和事物，一时下不了决心去作新的尝试。由于自己经历的太少，对未知的事情缺少把握，对未来没有判断，因而产生纠结。原有的纠结没有处理完，新的纠结又来了，让自己陷入长期的纠结而不能自拔，形成了恶性循环。

人的纠结大多数发生在选择的时候，好像这样做不妥，那样做也有问题，总是前怕狼后怕虎，难以作出正确的选择。自己到底要做什么，有时连自己也说不清楚，这时候纠结就来了，对自己的内心挖得不深。人的向往都是自己内心想要的，机会来了，自己还在纠结，那机会只能让给别人。许多时候的纠结,主要在于自己不够勇敢,不敢离开熟悉的圈子,亲友的意见太多,自己内心缺少主心骨。

这两天我与几位年轻人交流创业的事儿,有的人很纠结,无法告诉自己该怎么办;而有的人,想得很透,充满激情,对一些有未来前景的项目,表示要义无反顾地加入,无需再回到那个目前舒适的环境中,经过几个月的筹备,他们就将开始自己创业。

我一个亲戚的孩子大学学的是船舶制造设计专业,毕业后到一家外商独资造船企业工作,工作环境还算舒适,报酬也还过得去,但订单不足,工作没有压力,也学不到东西。所以在半个月之前,他毅然选择自主创业。

当然,他也经历了纠结的过程,但这个过程不长。放弃,是要有勇气的,有时选择放弃,也是在收获,至少收获了不再纠结。为了更长远的事业,这种放弃是有价值的。他说,即使今后是逆境,也要告诉自己不再纠结,干干脆脆地去做自己想做的事。

从某种意义上说,纠结也不完全是坏事,也许纠结是一个机会,是一个认识自己的机会。任何事情想通了,就不会再纠结,没有纠结了,就不会受到各种限制的约束,也不会淹没在无尽的痛苦之中。反倒是在纠结中找到自己的人,做起事来更坚定,更有效率,更懂得进退和取舍,更容易获得成功。

我们没有必要太纠结于当下,也不必过多地忧虑未来,因为世界变化太快,稍不留神,我们就落伍了;有些事情过去了就让它过去,没有必要那样的刻骨铭心,也许别人早已忘记,而自己没有必要那样纠结于心,看淡、看轻才是最好的选择;选择太多,会让人纠结,过多的选择是一种负担,舍得放弃就会减少纠结,减少痛苦;每个人不可能永远不纠结。让自己归零,不再犹豫,就会减少浮躁,减少纠结,人生才会平静而幸福。

(写于 2016 年 5 月 20 日)

真正的美是不褪色的

真正的美是不褪色的

有一年清明节,我同祖籍的一位省部级领导回老家扫墓。一时间,那小镇上也挤满了人。他们在凑什么热闹?我远房的侄儿也朝人堆里挤。原来有的乡亲见领导不求别的,就想跟他合个影。他说没问题,大家来吧!我侄儿也跟大伙儿一样,以前只在电视上见过,根本不认识他,而这位领导还留下了跟我侄儿的单独合影。每当谈起这件事,我侄儿总是激动不已。

人在低处能谦虚谨慎容易做到,人发达了还能一如既往平易近人、彬彬有礼、遵守规则那才叫人品。

地位高低,不是尊重与否的依据,我们老百姓最看重的是高地位的人身上那种人品的魅力。

“天下之大,人品独尊。”这是古代志士对人品最独到的认识和见解,也是对人品最好的诠释,对人品的最大肯定,是对人品最大限度地帮助人类的最高褒扬。

有人步步高升,由于权高位重,身边的人也最容易得到提拔,这是可以理解的。但作为老百姓的我,是这样看的,对地位高了的人,要看看他喜欢什么样的人,他提拔什么样的人,实际上他自己就是这样的人。

怎样看有钱人?方法也差不多。

我认识一位身价几十亿的老板,他高中毕业回乡务农时,家里也没有钱,但他人穷志不短,从不占人家的便宜,乡亲们都夸他从小本质就好。父母亲去世早,他是家里儿子中的老大,有责任带好兄弟姐妹。他最小的弟弟要结婚,家里没有房子,就把自己的房间让出来,夫妇俩带着儿子住在厂里的仓库里。

现在事业越做越大,但他花在自己身上的钱还是很少很少。有接待任务,他会穿上西装,客人一走,他还是换上平时舍不得扔掉的旧衣服。他很少参加宴会,平时就吃点粗茶淡饭。他用了十多年的包仍然舍不得丢掉。他对家人也很严格,从不允许乱花一分钱。但对人很客气,做慈善更是大方。

没钱的时候省钱是为了过日子,但一个人有钱了,跟没有钱的时候相比有没有变化?看看那些有钱人怎么花钱的、给谁花、花在什么地方,就可以从一个侧面看出一个人的人品。

对这位老板的做法,有些人不认同,认为现在时代不同了,那种活法过时了。我不这样看,他省的是自己,在别人面上却不省。这是保持自己的本质,这种价值观也不是一天两天形成的。正是保持了坚强的毅力,才保持了不褪色的美。

其实,这位有钱的老板生活也是快活的,只是活法不同而已。他对自己认准的事情,有沉静之味,有孤雅之趣。让自己的心灵不被浮躁所打扰,能够把迷失在喧嚣尘世里的自己给找回来,做最好的自己。

哲人说,人有两种力量,一种是人格的力量,还有一种是思想的力量。我们需要用这两种力量去保证人格之美不褪色。

(写于 2015 年 10 月 16 日)

能让人舒适温暖的是什么?

有一个亲戚去求助,说是孩子大了,花钱的地方多了,能不能给出出点子,弄个什么项目挣点钱。那一位先富起来的对方却来了一句:你要钱没钱,要人没人,你以为钱那么好挣的?求助的亲戚闷了半天,没说出一句话来,饭也没吃就走了。

后来,那位求助的亲戚在一位朋友的帮助下,找到了致富的好项目,那位以苛刻的目光去审视别人的亲戚生意却一年比一年差,只好跑到外地打工去了。

一天,下雨了,不好下地干活。两个邻居在一起闲聊。一个说,等天不下雨了,我要到县城买这样买那样。另一个说,不瞒你,我得了一个病,买药的钱都拿不出来。那个想去买东西的邻居有些不耐烦了:"啊呀!你怎么搞的,连几千块钱都拿不出来,活得太没有意思了。"人家妻子病了多年,死了以后还欠了很多债,两个儿子也挣不到什么钱,现在自己病了,实在没钱了。作为邻居也不是不知道这些,你不借钱给他也就算了,干嘛用不屑一顾的神情去嘲笑他人呢。

过了几年,那个没钱看病的邻居走了,而嘲笑人的邻居日子也遇到困难了,年纪大了,夫妇俩轮换着生病,孙子考上大学,问他借钱他拿不出。加上儿子媳妇又不孝顺,一天老先生上医院要手术,老夫人连跑几家也没借到钱。

人说话要留点口德,绝对不能一时逞强。今天你很有钱,不等于明天还有钱。我们不能用傲慢和不敬去伤害别人的自尊,否则,你也会有一天被别人所笑话。

我见过许多有教养的人,他们对人都很尊重。特别是对那些身份比自己低的人,格外注意尊重他们的人格,以谦和的态度与他们平等相处。

我有一个过去的同事,年纪比我长二十来岁,几十年前让他下乡当书记。那时的干部都是骑自行车的。一次我也骑着自行车跟他一起去乡里,一路上,他看到乡亲就下车招呼,十来里路我们花了个把小时。当时我有些不解,干嘛那么麻烦啊!

后来我感悟到了,这位书记把尊重他人当作一门必修课,举手投足中的知性与优雅不得不让人敬佩,果然他在老百姓的心目中很有威信。

尊重别人,是一辈子要学习的。别人有缺陷,我们千万不要去嘲笑,更不能嘚瑟;别人的隐私,要帮助保密,不能去八卦、去散布。

我们老家邻居顾姓的爷爷奶奶, 是远近闻名的相敬如宾好夫妻。儿时每当谈起这对老夫妻,我父亲总是赞不绝口。尊重亲人的关怀,也是一种尊重。尊重亲人的劳动,对他们的付出,最好也要说声谢谢。包括对孩子的想法,也要尊重,不可强势,更不可鄙视。

我们需要尊重别人的劳动,包括做环卫的清洁工。晨练时每当看到他们,我心里总是默默地说,你们真辛苦!

一天,我在一家饭店用餐,服务生不小心滑倒把菜盘子摔了,她膝盖摔坏了流着血,老板不但不帮她止血,反而大声吼起来。我也吼了:如果是你女儿,你会这样对她吗?不尊重下属的老板,事业一定做不大。

尊重人体现在各个方面。尊重他人,就要尊重他人的选择,也尊重别人的习惯,不同的生活背景,人有着不同的习惯,都应得到尊重。

能让人感到舒适和温暖的是尊重,学会尊重他人,自己也会受到尊重。

(写于 2015 年 10 月 3 日)

人最不愿意听到的那些话

车间里新进了两名大学生，企业配备了两名老师傅带他们。有一名老师傅责任心很强，对自己也很严格。他发现年轻人做得不对，就板起面孔，说这也不行那也不行，应该这样应该那样。开始，年轻人还能听得进去，后来慢慢产生了抵触情绪，老师傅的话不那么灵验了。而另一位老师傅对工作要求同样很严，但同样的话说法不同了。“哎！我说年轻人，你是不是这样做会好一些？试试看。”“我建议你能不能这样改一改？”“我跟你商量，好不好这样重来一下？”大学生有点不好意思了，师傅这样耐心，如此亲切，再不做好对自己也不好交待啊！

小张的祖父住院需要手术，他想请假又怕领导不批准。没等到小张开口，领导走进办公室布置了一项新任务，而且紧锁眉头扔下一句：你给我必须在今天完成。这本来要几个人做两天的事情，限他一天时间。小张支支吾吾……领导连正面看他一眼都没有，头也不回说完就走。你是谁呀？哪来那么多的必须？能不能用商量的口气说话，说得软和一些，说不定人家咬咬牙把这事干成了。但是两个人都急了，第二天一早，领导没有拿到工作方案，在桌上看到的是一份辞职报告，打电话问他，对方的手机关机了。谈到这件事，领导的肠子都悔青了：“小张是我们这里唯一的骨干啊！”

有人家里装饰住宅。他认为自己是老板，一切都必须听我的。这是自然的事，人家帮你打工，犯不着跟你争个对错。但论专业和经验，听听师傅的建议也有好处。可他就是不听，他的说法是：“这是我的要求，你们必须服从，你们不得不这样做，你们再多的建议我也不会听的，要不你们就给我走人。”结果，装修师傅见主人口气这样硬，本来有一套更优化的方案也只好闭嘴了。几个月后，隔壁邻居装修，用的是同样的图纸,请的也是这批师傅,钱少花了十多万元,材料的质量还比前一家的好。

“这个事情是绝对不可能的!”人们对这句话似乎是司空见惯了。但是,这个世界上就没有绝对的事情。40年前,我编辑一本业务内刊,好不容易约到一个国内顶级的知名专家的文章,我如获至宝,哪里还敢动一个字啊!那时是用铅字手排的,远不如现在电脑这样灵活。看了小样,版面多了几十个字。有人说,你就删字吧?我哪里舍得删啊。正在犯难时,想到了老师的一句话,记者编辑要懂得尊重排字工人!于是,我就用商量的口气跟工人师傅说话。人都是愿意听软话的。我看得出来,他们有些为难,心里有一百个不愿意。那个年代加班一分钱奖金都没有。但是看到我如此尊重他们,他们也不好意思拒绝了。几个师傅一起花了几个小时,终于帮我圆满地解决了问题。如果自己说话口气硬一点,那肯定连门儿都没有。

我也经常听到这样的话,“这事与你无关,你就不要管了。”是的,人家吃饱了撑的,干嘛要管你的闲事,有些人是出于关心啊!这样说话多伤他人的心啊!除非你们之间很熟,要不,有很多人会离你而去。一只碗打碎了可以再买,一个人心伤了,修补就难了。

(写于2015年10月4日)

耳聋、牙缺、头发变白了，有一点没变

人老了，变化总是大的，50年后的一次同学聚会，听到最多的一句话就是："你走在路上我哪里认得出来啊！"

50年，人的容貌会有变化，而有人的选择却没有变化。

乡下邻居小圆家的玉米熟了。今年由于雨水偏多，收成不太好，产量只是去年的一半。个头瘦小的玉米棒晒在自家的水泥场上，眼看又要下雨了，小圆心急如焚。

这时，一个身强力壮的脱粒机手来到小圆家，问需要机器剥玉米吗？小圆嘴里不说心里在想，最好现在就全部剥掉它！可是又想到他要价贵，便说再等等吧。

晚上，临村的机匠陈鹤春老师傅上门了，小圆问他一亩田的玉米多少钱？陈师傅说还是老价钱。天哪！只有一半价格。陈师傅见小圆有些不解，便先开了腔："这是5年前我的价格，如今油涨价了，我不涨价，再说今年玉米又欠收，鸡的行情也不好，养鸡的人家少了，玉米的销量也少了，价格也低了。大家活得都不容易，不能只顾我一头啊！"

陈师傅20多岁就学开拖拉机，今年快70岁了，他还走家串户搞服务，令人敬佩。你看他下陷的眼窝里，一双深褐色的眼眸，悄悄地诉说着岁月的沧桑。他的脸告诉你的不仅是对职业的执着，更多的说明他对善良的坚持。

这样的善良老人不光在农村举不胜举，在城市也经常能见到。

一天，在上海黄浦区打浦桥的一个巷子口聚了一帮老人，只有一个人坐着，其他人都站着。

他们要干什么？只见一位七十开外的老人不慌不忙地从自己的布包袱里取出理发工具为另一位老人理发。这里没有遮阳伞，更没有椅子,只有一张折叠式的小凳子。据说这位老师傅对需要理发的老人只收三块钱。

他为什么要这样做?

因为低收入的老人进理发店出不起那个价钱了。只好在巷子口找个不足3平米露天的地方,约好时间来理发,大家自带工具和垃圾袋,大家动手清理,不去妨碍他人。

我看到这一幕,啥也说不出来了。

那理发老师傅个子不高,温和的眼睛总是闪烁着慈祥的光芒。他那饱经风霜的脸上似乎写着:我老了,做不了什么大事了,但是我选择的仍然是善良。

互联网时代,很多事都可以让人代做,但理发的事必须亲自去做。3元人民币能理个发的好事, 居然在上海这座国际大都市里也能看到。

生活在社会底层的老人,他们是多么的善良,又是多么需要善良的服务!

在有些人的眼里,老着老着就越来越糊涂了。当然,人活得糊涂一点也并不是坏事。但有人选择糊涂,不是真糊涂,因为有些东西是争不来的,年纪大也不需要去争了。

我回到老家,很愿意拜访乡亲老人,和他们聊聊,可以得到意想不到的快乐。他们生活虽然很清淡,有的甚至家里遭受不幸,有的实际上很困难,但在子女面前却表现得很乐观;有的常年生病,但因为是看着我长大的,他们还忍着疼痛跟我说笑话,讲我童年时的顽皮,讲乡下有趣的故事……

老人们选择了平淡的生活,实际上就是选择了善良。

其实,选择善良不要等到年老时。

(写于2015年10月9日)

现代人开怀大笑的时间为何少了

儿时,有个我叫舅舅的丁姓邻居经常来我家串门,一个晚上能讲好几个笑话,常常惹得我差点儿尿床。他身边有一群小孩朋友。

上小学时,有一位张老师一张口就来一点笑料,学生们在不知不觉中接受他的愉快教育。当然他更受到我们这些淘气孩子们的爱戴。

长大了,我最爱听相声。有一次连续三个晚上的相声专场,尽管有些内容是重复的,但我天天去看,似乎百听不厌。

领导作报告,除了重大场合,一板一眼照秘书写的稿子念是最无趣的。难怪人们能捕捉到听报告人各种各样打瞌睡有趣的镜头。那些竞选演说为什么会将那么严肃的话题讲得让人捧腹大笑?

不仅是小孩,大人也一样,都会认为幽默是可爱的。有人说能不能说笑是天生的性格,但美国人却把幽默不仅当作可爱的性格,而且更是将其视为可贵的品质。

这是一个经典的老故事。

罗斯福在当选美国总统之前家里被窃,朋友写信安慰他,罗斯福回信说:“谢谢你的来信。我现在心中很平静,因为:第一,窃贼只偷走了我的财物,并没有伤害我的生命。第二,窃贼只偷走我一部分东西而非全部。第三,最值得庆幸的是,做贼的人是他而不是我。这样的幽默着实令人钦佩,它折射的是一个人举重若轻的良好心态,这样的心态意味着更大的担当。

有研究显示,现代人开怀大笑的时间是 30 年前的 1/3,人们在对名利的追逐中失去了许多快乐。对健康生活的需求,令幽默感拥有了前所未有的巨大市场。

我们作为凡人更需要做一个有趣的人。没有必要一天到晚整天板着脸,说起话来拿腔拿调的。有趣是一种亲和力,也是一种软实力。你有钱有才,人们可以羡慕你、尊重你,但并不一定喜欢你。只有你是一个有趣的人,才能发挥你隐形的力量,才有一帮人围着你转。

有的人听人说有趣的话很高兴,但自己从来不说,关键是缺少储备,肚子里没有几个有趣的故事,帮人解闷时束手无策。几个闷葫芦半天说不出一句有趣的话来,气氛会更沉闷。

网友说得好,真正的有趣,不是会讲几个段子那么简单,它常常是历经并过滤了人生的诸多不美好,呈现给自己与别人一个由内而外的微笑和一份化腐朽为神奇的幽默。

当一个人被人称为"这个人很有意思"、"是个有趣的人",这不是一般的评价,而是对一个人的肯定。反过来,批评一个人最狠的话莫过于说"他是一个无趣的人"。

做一个有趣的人,不需要花大价钱,但需要做有心人,平时要善于积累。我过去接触到的有趣的人,有的是高层次的,也有的是文化程度并不高的,有的甚至是文盲,但他们确实很有情趣。

为什么呢?他们不把心思花在争名夺利上,成天开开心心的,心地很善良。站在人家的角度想得多,没有多少心计。眼睛里看到的更多的是美好,心里想的更多的是快乐,所以说出来的东西是美好的快乐的,当然幽默的东西会多。

(写于2015年10月12日)

不托底的人终究不受待见

我觉得有这样一个新词很有趣味。

由于对马来西亚在MH370航班失联后的表现不满，微博网友发明了一个新词“马来西亚”，用于表达某人不讲信用，说话不算话，前言不搭后语……总之就是不靠谱。很多网友甚至用这个新成语来造句了。

借用这个词，我说做人真的不能太马来西亚了。当然，这只是一个比喻，一个玩笑而已。

五十多年前，砖瓦供应紧张，村上一些人到处托关系也难以买到。这时，同村一名刚高中毕业回乡的青年人出来说，谁要买砖瓦就找我，我有路子。那真是雪中送炭啊！有七八户人家先后把钱凑够了交给了他。时间一拖就是几年，迟迟不见砖瓦运回来。这时，有人说是不是我们被骗了。后来了解到，那位年轻人自己并没有骗人，他也是上了生意人的当，把钱交给了对方，对方拖着迟迟不发货。

尽管知道了原因，但交钱的人还是不放心，不想再要那砖瓦了，一个劲地上门讨钱。没法子，年轻人只好硬着头皮到亲戚朋友家借钱先垫付上，等砖瓦厂退款。他爸为此事也气病了，对儿子说，你办事这样不靠谱，人家怎么信得过你，让我今后怎么做人啊！

我当时年纪还小，但这件事对我也触动很深，打那起，我就懂得了，做事一定要牢靠。

谁都不喜欢不靠谱的人和事。如果人不靠谱，就是他办事不可靠，不让人放心；如果是事情不靠谱，那就是这件事办起来有难度，可信性不高，也让人不放心。让人不放心的人，自然真朋友不会多。

有的人很会聊天，聊着聊着，他通过察言观色，了解了对方的心思和需求，便信口开河，说是这件事我包了，你就放一百二十个心吧，我会搞定。誓言不能当饭吃，世界上最不靠谱的东西就是誓言。社会上有一些人对你的承诺能否兑现，要看你的存在价值，否则只是满足你一时的心理需求，说说而已，这些承诺会像风一样，一飘而过。

但也有人不是这样。我有一个朋友，在我最需要帮助办一件急事的时候，他答应帮我去找人。其实他答应的时候，并不认识对方，也是请人帮忙的。去办事的头几天，他想好从自己家里带点见面礼，谁知一忙给忘了，他只好在去见对方的路上又花钱重新买了礼品送给对方。谁知后来，我求助的事情没有要人帮忙，顺利地给解决了。我在第一时间告诉了我朋友，而他在背后为我做的事我却不知道。

我那位朋友考虑问题总是站在对方的角度，很细致很周到地去办妥每一件事。他说话从来不夸夸其谈，不说没有把握的话。办不了他就直说，以免误事。大家都觉得他人实在、可靠，所以他身边的朋友很多。

张二小人很聪明，懂得的东西也多。他总是说他有多么了不起的人脉，说什么能用钱解决的事不算事，他想办的事还没有办不成的。很快他的周围聚起了一群崇拜者，跟他一起吃饭的人也一天天多起来。

一天，他跟自己的亲戚说，有一个项目包你赚钱。那亲戚信以为真，投资几十万元，按照他的要求一步步地做，结果打了水漂。事情发生了，他一点也没有感到难为情！

张二小经常吹嘘他有一个更厉害的朋友，但他不是谁想见就能见的，连他自己一年也只能见一两次面。后来一打听，就是一个诺言如风、经常出尔反尔的主，前不久因诈骗几千万被抓了。

聪明人谁都喜欢，但有时聪明的人往往不可靠。靠他们做事不托底。而能力差一点没关系，只要是忠诚可靠的，他们办事效率可能低一点，但我们宁肯信任他们。

人一旦穿上伪装的外衣就不容易识别了。我们小区有这么一个人，临时租了一间不足20平米的小仓库，住上一家三代四口人。平时看他很老实，有时也去做一些公益事情，家境也并不宽裕，靠收破旧为生。他是个能工巧匠，周围的人很看好他，许多有偿服务托给他。见他家生活困难,有一次我让我爱人特地给他的孙女送上了一堆食品。对这样的人几乎没有人会怀疑他的人品。谁知他在收购废品的同时,连收带偷,干了让人瞧不起的事。当然,这是一个特例,并非社会的普遍现象,但社会上不靠谱的人伤害善良人的事并不少见。

现代社会聪明人很多,靠谱的人变少了。靠谱,是做人的基本标准。我们自己做人靠谱了,才会渐渐地有很多靠谱的人围拢过来,与我们交往。遇到身边靠谱的人,我们要倍加珍惜,因为靠谱的人是宝贵的资源。

(写于 2015 年 10 月 14 日)

这是另一种善良

人际交往中,热情和善良肯定能给人以好感。除了有求必应的帮人,还有一种善良,叫作学会拒绝。

小刘大学毕业要参加工作了,父母亲千叮咛万嘱咐,在家靠父母,在外靠朋友。这话她深深地印在了脑海中。

小刘平时不爱说话,但人很实在。宿舍里谁让她干啥就干啥,有的让她洗衣服,她二话不说就帮助洗好、晒干、叠好;车间里谁让她代班她都答应。下班她总是收拾干净最后一个离开。与这样的人相处,当然是两个哑巴坐在一起,好到没话说的。

几年后,小刘结婚生子了。有人还是让她干很多份外事,她实在有些忙不开了,只是做得少了一些。这时,有人就不理解了,在背后说起闲话来,什么小刘人变了,变得不够朋友了,变得冷漠了等等。

你为这样的人做好事,时间长了,他就认为你是应该的。偶尔一次被拒绝了,他就很不爽。以前都这样,为什么现在就不行了呢?他还有理了。

别人有困难,我们去热情帮助,这是善良。本应属于他自己做而且能做的事,拒绝帮他做,也是为他好,让他学会自立。每个人的路还得靠自己走。

吴先生头些年做过水泥预制,也帮人家盖过房子,对土建有些经验。有熟人的单位请吴先生去负责基建。开始熟人说,不要你干多少活,只要你负责指挥指挥就行了,你家里有事不来也可以。谁知到了工地那是另外一回事了,忙得不可开交,老吴家里的副业也顾不上,只好忍痛割爱抛弃了。因为是熟人请的,也没好意思谈报酬。一年多下来,结果开出的报酬只有他平时收入的一半左右。

吴先生很苦恼,他说,也不怪别人,只怪自己没有当时就拒绝,也没有表达自己的诉求。因为是熟人,抹不开面子。

是的,拒绝一个人是很难的,面子上过不去会伤人。有人说,拒绝他人说话委婉一点,让人表面上听不出来,事实上就是拒绝。当然,对方能清晰地懂得这意思是最好不过的。但有的人揣着明白装糊涂,假装听不懂,不给你拒绝留有余地。对于这种熟人侵犯,我们就不要再优柔寡断,干脆明说:我没有办法满足你的要求。

你没有把握的事,就别胡乱答应人家。应该拒绝的事,要趁早说,不然会误事。如果胡先生当时拒绝了,那就是一件好事,也不会出现这样的结果,所以该拒绝的就要拒绝,拒绝那些不可能做的事,这未必不是善良,因为我们不可能帮助所有的人办成所有的事。

有朋友跟我谈起一件想不通的事:“有人当面非常温和有礼,表扬我怎么热心助人,但一转身就在背后骂我。”我说:“你是怎么知道的?”他说:“三个跟你好,三个跟我好,有人告诉我的。”他还说:“我想来想去找不到其他原因,是他有一次让我做事,我没答应他。所以,对这样的人我今后不再交往了。”

社会上就有这样的人,假得一本正经,会让你晕头转向。很多矛盾或仇恨往往是源自自己最初的善良;很多的痛苦,也是来自于自己过度的热情。与其说现在绝交,朋友变仇人,不如当初给自己设定一个底线,不让不好意思伤害到自己又伤害到他人,不会老是被别人牵着鼻子走。我们拒绝麻木,拒绝痛苦,拒绝虚荣,真诚地与人相处,善良地做自己。

(写于 2015 年 10 月 15 日)

一个永远不老的话题

临乡的王伯伯前几天刚出院，身子骨还软着呢，又跑到镇上干什么去了？邻居们既为他揪心又感到疑惑。

他去找镇医院妇幼科的医生小陆，他跟陆医生的爸爸曾经在县上医院同住一个病房，还算有点熟。

开始，他在妇幼科门口转了几圈没有好意思进去。过了许久，他抓抓头皮还是进去了。小陆见王伯伯一筹莫展，主动问："王伯伯，是找我吗？""是的，我在医院没有熟人，想替人问一件事。"见王伯伯心事重重的样子，小陆接着说："没事，你说！有什么事需要我帮忙的？"王伯伯话到嘴边又咽了下去。小陆见王伯伯为难，倒了一杯水，说"要不您先歇一下，过会儿再说，我先处理一下事情。"王伯伯水没喝，跑到吸烟室抽烟去了。又过了好一会儿，他对小陆说，"想问问人有几个肾？"小陆笑了："嘿！我当什么事呢，人有两个肾啊。"王伯伯接着问："那拿掉一个人还能活吗？"小陆说："你问这个干什么？谁要卖肾啊？"王伯伯又不说话了。

在小陆的一再追问下，王伯伯终于开口了："你要替我保密啊！我想卖掉一个肾，如果能有个一二十万块钱，帮儿子在县城买房付个首付款。他天天跟我说，跟他一般年纪的人都买房结婚了，就因为我拿不出钱付首付，几个姑娘都跟他吹了，要不然早就抱上孙子了。我想，如果自己把肾卖了，能看到儿子买房结婚的那一天，自己再闭眼走了也安心了。"小陆对王伯伯好一顿劝说和开导。

王伯伯老伴十多年前就去世了，一个人靠种田为生，还要供儿子读书，没有多少积蓄，万儿八千的还凑得出，再多就没办法了。

儿子虽然只读到高中毕业，但也很幸运，被招聘到县里的一家事业单位工作。照理说，日子虽然紧巴巴的，但还是可以凑合过下去。现在儿子为了买房结婚天天去为难父亲。谁听了不心酸啊！

当然，媒体上《打骂19年，可怜父母仍一心为儿》、《八旬母亲遗弃街头》、《三个不孝子逼老人跳楼》等报道时有出现，但这些伤天害理犯法的事例毕竟是少数。

而在我们的身边，一些子女不讲良心不孝顺的事情还是时有发生。

上世纪六十年代初，周伯伯第一个妻子没有生育离婚了。第二个老婆又等了几年，终于生了大胖小子，一家人十分高兴。左右邻居也上门道喜：你家生了儿子，屋檐也高三尺了！

那是三年自然灾害的年代，能吃饱肚子就算不错了。但周伯伯家熬吃省用，还摆了酒席庆祝儿子周岁。别人家的孩子跟着大人过苦日子，而他家的儿子却没有受多大的委屈。虽然儿子念书念不进，勉强拿了个高中文凭，便回家学开拖拉机了，忙时耕田作业，农活少时去搞运输，和一般种田的人相比，日子还算过得去。

周伯伯如今八十开外了。前几年，他孙子大学毕业到外地城市工作。为了给孙子买房，周伯伯拿出了毕生的积蓄。前不久，周伯伯病得不轻，需要住院，但掏不出钞票，只能在家里的床上昏睡。儿子跟他同住一幢房，吭也不吭一声。女儿哭着喊着请人帮忙将老人送到医院抢救。老人出院了，亲戚们送的慰问金，全部被儿子儿媳没收了。周伯伯妻子身体也不好，使出了吃奶的力气将黄豆收到场上，想请儿子用拖拉机给脱粒，儿子摇摇头，“我哪有空！”周伯伯本来还要继续住院，因为没钱只能回家躺着。他妻子见儿子不肯帮忙，又没钱去请别的拖拉机，只能自己一点一点手工去打黄豆杆。同龄的老人看了叹气说，人家都说生了儿子有福气，不见得啊！有句老话叫作：父母养育儿女像路一样长，而子女赡养父母只有扁担长。现在一些年轻人连扁担长也没有了。一年到头，好不容易过年回家一趟，不是玩手机，就是约人打牌，连话也说不上几句又到了上班的日子。

在乡下，我了解到，老人除了急病，一般不会告诉在外地工作的孩子，有的甚至在电话里还强打精神说笑。有的父母到城里帮助子女带孩子,误了家里的农活,收入少了,子女连生活费都不给。他们唯恐子女不高兴,能不说的尽量不说,实在困难的事情绕着弯子甚至托他人转说。为什么呀?父母亲担心说重了会让子女不高兴,今后年纪大了落到他们手上怎么办啊!有的父母没钱花,宁肯向别人去借,也不肯在子女面前露半点风声。而有的子女在父母亲那儿能刮一点是一点。有的父母连吃十八天土豆没有吃上一口荤菜,儿子女儿一点都不知道。有一个父亲在菜场里转了五个来回,因为没钱,还是将那把芹菜放下回家了。他的儿子从来没有听说过。

有人说,爱父母,是天性,不需要提醒,只要正确地爱孩子,孩子是绝对爱你的,这是挡也挡不住的。这话对大多数人来说可能是管用的,但是对一部分人来说,似乎不存在。

邻队周姓的老人,平时靠捡垃圾为生。年纪越来越大捡不动了,生活过得很惨。儿子是开酒坊的,他既卖自家黄酒又卖大厂的啤酒,赚了不少钱,但对父亲的生活从不过问。周大爷临终时说了一句话:“我不怪儿子,因为我对自己的父亲也是那个样!”周大爷死后,他儿子披麻戴孝,大做法事,连搞三天。似乎想告诉别人,他是个“大孝子”。可周围的人看了直摇头。

父形子肖,平时多少都要拿出点钱赡养父母。有的人总是找借口,说是老婆孩子需要用钱;也有的平时别看他人模人样的,自己也当了大老板,因为有弟兄几个,而在父母身上多花一分钱都觉得吃亏。有的人是孝敬父母的,但孝敬有余,顺从不足,总是想改变父母,改变他们几十年形成的价值观,改变他们的生活习惯。不是嫌他们饮食习惯不科学,就是认为穿着朴素太土气,舍不得花钱太抠门,等等。

这些人现在年轻,可能还没有想到,几十年以后的你,你的子女会怎样对你,怎样看你!

回来吧,回到父母的身边,多陪陪父母说说话,多给他们点零花钱,多带他们出去走走,多听听他们发牢骚,多给他们一些包容和尊重,以免留下“子欲孝,亲不待”的遗憾!这是一个永远不老的话题!

(写于2015年10月26日)

个性不是自私的代名词

前不久，我去祖籍江苏海门寻根问祖，看到一块公路指引牌上写着“巴掌镇”三个字，感到很可玩味。小时候就听父辈人说那里有巴掌镇，还有拳头镇、脚跟镇之说，我以为那是玩笑，这回见到真的了。听当地人说，那里还有叫麸皮镇、癞疤镇的呢！

这样的地名，不仅有趣味，而且极具个性，很容易让人记住。

地名有个性不会让人讨厌，但人的个性太强，往往不招人待见。

有的人外冷内热，对陌生人视而不见；有的人爱憎分明，不给自己不喜欢的人任何机会，对自己喜欢的人好得多个头；有的跟人吵起架当面表现很强势，宁肯事后放下架子去哄人；有的冒冒失失不让人说话，自我感觉还良好；有的很偏执，故意让人抓狂；也有的喜欢独占，从不与人分享，等等。各人有各人的个性。

说人不吃力，每个人的个性都有他的缺陷，其实自己身上也有许多个性让人不喜欢，因为每个人都有独特的性格，人生在世，我们总是要和各种性格的人打交道。

我采访了一位公司总经理，他似乎对80后90后的青年人不太理解。他说，我知道他们中大部分是独生子女，从小可能娇生惯养，脾气相对高傲些，但公司对他们能让步的就让步，能容忍的就容忍，他们对公司倒有一大堆的要求，而做起事情来却漫不经心，眼高手低，拿他们一点办法都没有。

办法总是有的，对待80后90后做工作要有些耐心。因为他们不需要你说多少大道理，他们更多的是需要人性化，对个性风格的方式更容易接受。跟他们讲话，不要拐弯抹角，说真话，不要打官腔，多尊重他们，与他们平等交流，说的话要算数，马上兑现承诺，多用现代聊天工具,耐心加人文关怀,是会收到效果的。

一次,我去朋友家串门,见到本来就不大的套间客厅里装了一个大浴缸,感到有些不解。朋友说,这是我女儿硬要装的,还不能说她,一说就跟我们发火。

是的,现在的年轻人想怎么做就怎么做,想穿什么穿什么,想说什么说什么,他们赶上了一个好时代。他们就是喜欢靓,喜欢爽,喜欢怪,喜欢酷毙了。这是现代的新潮和荒诞。在这些时代的伴生物中,我说句年轻人可能不爱听的话, 我们有些好的传统还是需要继承和发扬的,不能一味地否定和背叛。

其实,我也喜欢有个性的人,但个性太强,容易得罪人,不利于与人相处。而一个人没有一点个性,没有自己的思想,没有自己的语言,老在那里重复别人的话,活在别人的影子里,那也活得没有多大意思。

有的人虽然有些性子,甚至有点自私,还有点怪癖,但业务能力很强,有责任心,工作效率高,照样派用场。

我遇到过这样一位老人,他个性很强,他喜欢愤世嫉俗,他遇到难处,从来不求人,日子过得紧巴巴的。但他一生正直,直到硬着脖子离开了这个世界。有人说,他一辈子都没有能改变自己。我说,他虽然没有留下什么物质财富,却给我们留下了精神财富:人活着,不需要那么圆滑,不需要去耍心眼,有一点个性可能吃点亏,但心里踏实,让我们身边的那些臭流氓去过他们需要的日子吧,让我们自己多一些善良和正直,让这个世界多一些美好!

(写于 2015 年 10 月 31 日)

没有什么能够糊弄到最后

郁先生接到领导布置的一项任务,没几天急诊住院手术了,术前术后忍受着彻骨钻心的疼痛。但是他在病床上一只手输液,一只手不停地拨着手机,到处托人求情,力争圆满完成领导交给的任务。为了不耽误工作进程,他又用手捂着伤口让爱人搀扶着去洽谈,这种诚意感动了对方,终于谈成了一件本来不太可能的事情。但这件事却硬生生地被人给搅黄了。

原因是到有关部门办理手续时,这个部门的主管千方百计地设置障碍。不为别的,就为这位主管没有直接参与此事,宁肯大家做不成,也不能让功劳被人抢了。那位主管还到领导那儿反告了一状,说是这件事有多少多少的不好。带病工作的人反而遭到了质疑。

郁先生觉得自己辛苦一点没关系,倒是非常对不起对方,太让人尴尬了。这件事,对郁先生来说好比在伤口上撒了一把盐,心里的疼痛远远超过了生理上的疼痛。

事后,郁先生也慢慢想通了,这个社会上恶人毕竟是少数,但小人还是有一定市场的。郁先生反复地劝慰自己,只要自己真心付出了,其他就不要管了。事情出现了相反的结局也不要紧,自己也不要伤心,谁好谁坏,早晚都会明白。只要自己问心无愧,就算得不到肯定,甚至被扣分,也不要看得太重。

令人想不通的是,有些烦心的事你不纠缠他,他会纠缠你。有一位主管家境贫寒,靠自己的拼搏,获得了较高的学历,领导很赏识他,委以重任。照理说他对底层的人会倍加体贴和关心,而他偏偏见不得他人的美好,人家有好事,宁肯自己得不到,他也会去设置障碍;他见不得别人的权力,明明不应由他管的事,他也要千方百计把权力争取到手;为了实现自己的目的,他不怕麻烦,办事效率还挺高,谁都想不到那么快就把搅黄的事办成了;明明自己不同意的事,为了转移视线,还制造谣言说这件事我是赞成的,某某人不同意。他总是把别人都当傻子,唯独自己最聪明。而这样的人,你跟他论理,他会百般狡辩,装得很委屈。

这样的人单位里当然是越少越好,因为他们会弄得人际关系紧张、尴尬、紊乱。虽然对这种人不认可的呼声很高,而他在领导那里照样很吃香。别人再有理的话,领导不一定能听进去,而他们在背后告状一告一个准。

这种人其实没有什么真本事,靠的就是溜须拍马,当众说领导好话都不怕肉麻;这种人见风使舵,在领导面前是一套,在同事面前又是另一套;这种人有奶便是娘,即使换了领导还是很吃香;这种人无事生非,总是让人不得安宁。

他们不是坏人,但他们确实让人讨厌。尽管群众呼声很大,但是领导和群众还是很迁就他,怕他胡搅蛮缠,怕他乱抓乱咬。为了明哲保身,领导和同事只能选择避让。而他们自己好像一点感觉也没有,因为每次使计都是成功的。

天天见面的人搞得越来越陌生,是可怕的,特别是自己认真后的痛苦滋味是很难尝的。人们更不愿意看到信任后的利用、温柔后的冷漠。我们不要总让人无语,因为有些事情让人无法言说的痛苦和悲伤,这种痕和痛会印在人的心上的。最冷的眼泪是流不出来的,最疼的伤痕是看不见的。

有人看到正气得不到弘扬,正义得不到伸张,正当行为得不到认可,正直的人得不到重用,愤愤不平,这是可以理解的。但是我们能做的还是自己的事,不要迷失自己善良的方向。别看这些靠奸诈邪恶、谄媚阿谀的人表面上日子过得很风光,其实我想,他们的内心应该是痛苦的。不管他们伤害到谁,从长远看,他们都是在伤害自己,或许他们现在还没有觉察到,但这种报应一定会绕回来。

我们没有必要去想别人怎么样,我们需要多想自己怎么做。别想太多的功和利，用慈悲心看待自己的人生。善待家人，善待朋友，善待同事，摸着自己的良心做事，就不会伤到他人，也不会伤到自己，只会给自己带来安乐！

（写于 2015 年 11 月 2 日）

总有一次眼泪让我们在瞬间长大

一次晚上十点多钟,我突然腹部剧烈疼痛,开始还能忍得住,后来越来越痛,实在忍不住了,只好到靠家较近的上海一家地区医院急诊。这时候,全身已被汗水浸透,黄豆般大的汗珠滴个不停,把诊室椅子下面的水泥地滴湿了一大块。我说:“医生啊!我吃不消了,快点给我打止痛针吧!”医生说:“止痛针怎么能随便打呢?先挂点消炎的水吧!”我也不知道挂的水里加的什么药,一点不见好转,疼痛反而加剧了。那个时刻,我就像掉在油锅里的蚂蚁,身上的每一寸肌肤像被扯碎了一样,揉成一团,生不如死。实在无法忍受,只好赶到另一家三甲医院,所幸及时做了手术,才逃离了死亡的危险。

出院后,那种轻松活着的感觉真好,自己对自己说,这才叫人过的日子呢。疼痛和流泪总是让人难忘的,也会让人思考很多。

人活着,谁都会有疼痛的经历,谁都流过眼泪。每个人的眼泪,自己流还得自己去擦,苦不苦心知道。

上世纪60年代末,小柯中学毕业回到家里务农,身体偏瘦的他受不了重体力活,只能和妇女们一起挑泥,一天拿8个工分。有人见他脑子好使,建议他去学做赤脚医生,他找到大队干部,队干部说早就安排人了。在村里开个拖拉机也算技术话,他又托人去说情,还是没有门儿。

小柯心里很苦闷,多少个夜晚,哭了醒,醒了哭。在劳动休息时,他躺在田埂上,看到的天空都是灰沉沉的,心情更是莫名的忧伤,想起那些事,就头痛得厉害,什么时候才是自己的出头之日啊!

一个偶尔的机会好事降临到小柯的头上,他有了一份公社扫盲辅导员的工作。由于他好学上进,勤奋工作,后又被借用到县级机关当临时工。这一段走得还算顺。

后来他又当兵服役去了,当了3年兵,因为家庭社会关系复杂政审通不过,不能提干,只能退伍回乡。那时候国家规定“哪里来回哪里去”,小柯回乡后虽然又回到县级机关,但没有招工指标,还只能继续当临时工。

能否转为正式工,对小柯来说,是个人生的重要转折点。他拼命地工作,人家星期天休息,他只认准了星期七。几年下来,他早已成为业务骨干,因为没有正式身份,什么好事都轮不到他。几次上报他招干的材料,一次又一次被退了回来。在那个年代,体制问题是一道不可跨越的坎,你跟天王老子说也没有用。

小柯又一次陷入了深深的痛苦之中。夜深人静时,他左思右想,自己的命运总是被捉弄。曾经的梦碎了一把,拾起它再去努力拼凑,又碎了,再拾起来去拼凑,而拼凑实在是太难太难。

这时候小柯的眼泪变少了,他没有选择退缩。他认为,在生命的历程中,人总会遇到这样那样的困难,承认现实,我做我的,不管那么多,虽然是临时工,还有口饭吃,比自己收入少的人还有很多,自己还是幸运的。

小柯心中的梦想没有破灭,因为他知道,当时的体制无法跨越,只有梦想才是唯一的指望,它会让自己懂得希望的力量。他好像什么也没有发生过一样,继续当他的傻瓜,别人不干的他抢着干,他不是领导,却经常给领导当参谋,把精力全部放在工作上。那个年代是没有奖金的,只有领导没完没了的口头表扬。小柯在笑脸背后流淌着别人无法知道的眼泪。生活中别看他笑得比谁都开心,可是散场之后回到宿舍他比谁都寂寞。

到了80年代,改革开放了,小柯以闲散科技干部的身份经省人事部门批准,破格录用为正式国家干部。人到了那个大池里,使用就没有限制了。省里准备调他,单位里又有人捣蛋,人生的仕途再次被搁浅。

这时候,小柯想得更多更深。他认为,不要把自己看得太重了,这个世界上,被人冤枉过、打击过、冷落过、出卖过的事太多太多,自己也不会例外。于是他没有找人,继续留在了原有的岗位上又干了十多年。后来他按 30 年工龄可以提前退休的规定,提前离开了公务员岗位,转到另外一个城市,找到了自己喜爱的工作。

每当谈起这一段的人生时,他会说,委屈了,想哭就哭,这是生命中不可或缺的一部分。年轻之后的疼痛,也会给自己带来意想不到的感悟。因为受伤的果树也会结出甜蜜的果实。

我们不要老是惦记和羡慕别人的幸福,在自己的身后说不定还有人在羡慕自己。人只有经历了种种变故之后,才能减少年轻时的浮华,才能成熟地看待这个世界。

有句话说得好,总有一次眼泪让我们瞬间长大,总有一次痛苦让我们懂得成熟。

(写于 2015 年 11 月 4 日)

少一点苦恼人的笑

一次领导开会说,人要知足啊,我刚来单位时,连椅子都没有一张是好的,现在办公室和会议室都换上了新桌椅。社会上一些人下岗了,连吃饭都成了问题,你们不要身在福中不知福啊!第一次这样讲,大家还是很认的。但几年下来,领导讲话重复这样说,大家听了只是点头一笑。

这位领导居然很得意,认为自己讲得有道理,所以大家才满意笑的。其实,大家在笑你,几年了,你就办了这么一点福利,况且还是办公室装面子的事,大家生活上一点福利都没有,比起同类型的兄弟单位差了很多,自己还好意思在那里准备接受大家的掌声。

人的自知之明太难了。老百姓不喜欢领导做表面文章,也不喜欢领导说那些不着边际的空话、大话、假话、废话。这个世界傻瓜不多,因为你是领导,群众只是不想顶撞你,才选择了无奈的笑。

现在互联网思维的话题很热门,有单位邀请专家演讲,第一次请的专家讲了互联网+,两个小时的演讲,也有稀稀拉拉的掌声和笑声。他们为什么笑?因为专家在演讲时问大家,我讲的有没有道理啊?大家才勉强给了一点掌声和笑声,其实,这位专家讲的内容网上都有,大家是出于礼貌才这样做的。

互联网+讲得太多了,有专家感到再讲这个题目也不新鲜了。因此,那个单位第二次邀请的专家讲述+互联网,这位专家列举很多故事说了互联网+有多少弊病,有什么误区,现在只有按照他的办法,做+互联网才是唯一正确的。

课讲完后,这位专家征求一位高管的意见,这位高管沉默了片刻,没说什么,只是点头微笑。因为他不想辩驳,但他心里明白,现在,我们生活、工作、学习谁也离不开互联网,每个人都必须具有互联网思维。究竟选择互联网+,还是选择+互联网,要看自己的需求而定,不能用一个概念否定另一个概念,否则就会真的进入误区。这位高管在笑什么,在笑专家讲课能不能少玩新鲜名词,少点故弄玄虚,多点实实在在的干货,难怪有些专家被称为“砖家”。信息社会最不缺的就是信息,真才实学才能赢得发自内心的笑声。

有人说谎连眼睛都不眨,明明不是他一个人干的事,但他事后吹大牛,同事不去戳穿他,而选择淡淡一笑。有的对别人做了对不起的事,见了被伤害的人装得好像什么也没有发生,见面时对方仍是简单的微笑,他还真的认为人家什么都不知道。

有时候笑是一种淡定、一种境界,我们需要用真诚去笑对自己的人生,笑对他人,少让别人演绎苦恼人的笑!

(写于2015年11月10日)

这也是施舍

上世纪六七十年代,人们最多的称呼是“师傅”,现在对人的尊称是“老师”。也有人喊我老师,我觉得不敢当。

我上小学三年级的时候,没有教辅材料,农村里也看不到课外读物。一个偶然的机会,我在舅舅家看到一本书,我随便翻翻,看到书上描写的句子太美了,我就抄下来。写作文的时候,我把这些优美的句子写到文章里。文章交上去了,我有点害怕,生怕老师批评,这是偷窃人家的语言。又一次上作文课,我赶紧翻开作业本。哇!让我很惊喜。老师不但没有批评,反而在那些抄来的句子下面画了一长串的圈圈,以示肯定!后来我找老师承认错误,说这些话是从书上抄的。老师说,我知道是你抄的,书上是有很多好东西,你能去抄,说明你爱看书了,要养成看书的习惯。今后对书上的好句子不仅要抄下来背出来,更要写出你自己的体会,这样才是你自己的东西。

那次谈话,几十年来我始终没有忘掉。老师那么细心的引导,那么无私的默默奉献。每个人一生都会受到过无数次老师的恩惠。老师像春蚕,为他人服务,却丝毫不求任何回报,也无怨无悔。

每当我回想起这位作文的启蒙老师,我仿佛又一次站到了他的面前,他的笑容和眼神依然是那么的亲切,他用火一般的情感温暖着我的心房,我的那颗幼嫩的心被他牵引激荡,连他的背影也凝聚着滚烫的目光。离开作文启蒙老师的时间虽然很久远了,但他的教导一直在我的心中闪烁。

当一名合格的老师,不那么容易,老师总是成就别人,不求回报。那么多年了,我初一的语文老师最近看到我的微信原创还在耐心跟帖评论,仍在认真地批改我的作文呢,一字字,一句句。可见,学生在老师心目中的位置是那么的神圣,有时甚至胜过自己的孩子。

阿里巴巴集团董事局执行副主席蔡崇信接受《福布斯》杂志专访时表示："我想马云取得那么多成就，是因为他是一名教师：第一，教师善于沟通；第二，教师真正关心他人发展。"生活处处有老师，导师型的企业才有旺盛的生命力。

是的，每一位善良的老师总是希望看到学生将成长的希望埋在心里。

亿万富翁丹尼尔说："为一只蚂蚁引路，就是一种最大的行善。行善的根本宗旨，是要给被行善的人找到一条光明、灿烂的路子，还要给人以人格尊严。这是一种道德底线，更是一种人格力量的升华。"

在社会上，我就是一只蚂蚁，在前进的道路上，得到过许多人的指引，其实他们都是我心中最好的老师，他们无私的行为就是施舍。

前一段，我去了湖南湘西野竹坪希望小学，说了一些我当老师的体会，有的老师还在微信上与我互动，他们拿那么少的薪水，而他们却是那么的热心。

小学老师的形象在我记忆中不是这样的。站在我面前希望小学的老师，好像是庄稼人，有的更像农民工，完全颠覆了我对老师大多清秀斯文、温文儒雅的旧印象。

援建的野竹坪希望小学硬件还不错。我问他们现在最需要什么，校长说，现在最缺的是师资水平的提高。我与他讨论了让老师到外面轮训的事，他说也很难，编制很紧，一个萝卜一个坑，平时根本不可能，只有寒暑假利用一部分时间，还不能全部利用，因为还要去做学籍的巩固工作……

他们何尝不希望走出深山到外面进修深造，他们把自己全部的身心投入到做好老师的本职工作上，他们却用热情、用责任、用青春默默地浇灌着这一群群渴望知识的孩子们。

这是一种无私的施舍。

贫困山区的老师拿不出大把的钱去做施舍，而他们有施舍的心。施是施自己的心，物质解决不了自己心的问题。一个人能够施点财，自己也会得福，是不错的。有人希望布施就能成道，这是不可能的。大家都像贫困山区的老师那样，捧出一颗愿意施舍的心，我们的世界将会变得多么美好。

（写于 2015 年 12 月 4 日）

心性的淬炼

前不久,我内侄女李华所在的家具公司在意大利米兰世博会上引起了轰动,他们把家具做成了一流的工艺品,为中国争了光。

多年前的一天,李华突然找到我,要与我讨论雕刻师职业培养的话题,因为我兼职做过职业教育,我给了她一些建议。后来,他们公司自己办起了雕刻班。

一次,我走进了他们的雕刻车间,这里就像寂静的林子一样,十分安静。雕刻师们似乎旁若无人,只听到微弱的刻划声,他们在经寸之木上,一丝一点地雕刻着自己的作品,虽然还没有达到韩愈所描述的“自云有奇术,探妙知天工”的境界,但是他们已经用心刻出了因势象形、各具情态的作品。

你要知道,这是一群20岁出头的孩子,在雕刻技艺几乎失传的今天,他们是多么的难能可贵。

年轻人选择了雕刻,就是选择了宁静;选择了宁静,选择了手工劳动,就是选择了自信。他们平常而不平庸,执着并快乐地生活着。

最近,我在做一项企业管理调查,许多人反映,现在的年轻人真难带,说轻了不行,说重了也不行。大事干不了,小事又不愿干,真拿他们没办法。

我想,办法总是有的。据说,日本有一家叫“秋山木工”的职业学校,对见习者和学徒有这样的规矩:不能正确、完整进行自我介绍者不能录取;被学校录取的学徒,无论男女一律留光头;禁止使用手机,只许书信往来;只有在八月盂兰盆节和正月假期才能见到家人;禁止接受父母汇寄的生活费和零用钱;研修期间,绝对禁止谈恋爱;早晨从跑步开始;大家一起做饭,禁止挑食;工作之前先扫除;晨会上,齐声高喊“匠人须知30条”。

开始，学徒们很抵触，家长们也反对，现在越来越得到广泛认可，许多毕业于日本国立大学和知名私立大学的年轻人，或者是已有一定社会经验的人，也前来这里应征。

当然，我们没有必要照搬他们的做法，但是这种心性淬炼的思维还是可以借鉴的。

透过磨砺心性，让人有一种静心做事的习惯，十年、二十年、三十年如一日，乃至一辈子去坚持。把简单的事情做到极致，功到自然成，最终止于至善。

在当今，激烈的竞争、快节奏的生活、纷繁复杂的社会现象、强烈追求物质生活的欲望，给人们增加了无形的压力，难免使一些人的心态浮躁起来。有一些年轻人在工作中一遇到困难就退缩，说什么我傻啊，我才不听你那一套，大不了老子回家去，爸妈总不会不给饭吃吧；有的人总是说，让自己变回小孩去该多好，那么的自由自在，那么的没有压力，不像当下活得那么累；有些年轻人动不动就说，我已经老了，不像有些同学那样浑身是劲，我没法跟他们比；有的年轻人整天抱怨，说什么，没有办法不孤单，只有睡觉才是不悲不气不孤单。

长此的焦虑不安，患得患失，真的会把自己弄得身心疲惫。心态变得越来越浮躁，也确实会影响到自己的生活质量。

我们虽然不住在豪华的居所，但现在的日子还是衣食有余。我们可以避开那些无谓的应酬，静下心来读一点书，每天翻几页也行，还可以免于去一些场合说出一些祸从口出的话来。在不需要急着赶往目的地的时候，尽可能走着去，因为自己在脚踏实地。大家都希望过慢生活，心情浮躁的时候怎么也慢不下来，真正慢下来的时候也许心会平静一些。沉淀浮躁，才可以过滤浅薄；过滤了浅薄，才能看到人生不一样的风景，体味人生不一样的滋味，才会解读好生命的安宁。

我们手中的鼠标可以点各种文字和图案，心静的时候，文字和图案的传递，才会选择善良，不会让自己烦恼，也不会带给别人困扰。

心性的淬炼，不光是木工匠人，也是我们每个人养成自己的需要。

（写于2015年12月8日）

写文与写心

前些天,我和一些朋友去了绍兴的鲁迅故里,一到那里,自然回想起鲁迅的散文《从百草园到三味书屋》。有朋友说,在学校里老师要求认真背诵这篇课文,那时候我们都能倒背如流,但对其理解却不是那么深刻。那天,我们的参观改变了线路,是从三味书屋再到百草园的,倒过来走了。那百草园就那么一点的地方,只有我家菜园子的一半大,而鲁迅却能写出这么多的文字来,写得如此的生动:肥胖的黄蜂伏在菜花上,油蛉在这里低唱,蟋蟀们在这里弹琴。翻开断砖来,有时会遇见蜈蚣,还有斑蝥……描绘了一个奇趣无穷的儿童乐园,其间穿插"美女蛇"的传说和冬天雪地里捕鸟的故事。动静结合,趣味无穷。

那个年代的鲁迅,活动天地很小,从百草园到三味书屋就隔着一条马路,走几步就到了。哪像我们现在,世界变成了地球村,想去哪儿不方便啊!为什么鲁迅在那么小的世界里能写出那么有趣的文章?除了写作技巧,还说明他的内心非常丰富和强大。我们欣赏他的作品,更是看到在优美文辞的背后,总是蕴藏着深刻的自然或社会哲理,在思想性和艺术性方面的独到之处。

看来,光是见识广,没有思想内涵,也是写不出好文章来的。

我的孩提时代,智力开发很晚,小学一年级识字,二年级造句,三年级才开始写作文。老师教育我们要多练习写有兴趣的话,写自己想说的话,要不拘形式地写下见闻、感受和想象。可是我的脑子笨得像头猪,就是写不好。现在想想,除了那个时代荒凉的海边农村教学条件的局限,还是没有把自己的心放进去写。

文章也是有生命的,有作者的头脑,也有作者的心灵。看文章的人都有各自不同的角度,所以写的人最好要站在看的人的角度,将心比心。世界变得没有那么美丽和善良的时候,我们更要让自己的心与世界磨合,兼顾各方面读者的角度。当然文章也像菜肴一样,有时众口难调,只要我们用自己一颗善良的心与读者的心去沟通、去碰撞,或许能获得好的效果。让别人读自己的文章,关键是自己要有更透彻的智慧,用心灵去写,用我们老百姓自己熟悉的语言去写,为亲友而写,为自己而写,为生命而写,文章才能让人愿意去读,也读得下去。

每当我看到好文章时,心情会特别好,就像认识了新朋友;确实很有思想深度的文章反复去读,也有故友重逢的感觉。

我在微信和长微博上发原创,没有什么别的企图,纯属是自己的爱好。只是一些茶余饭后的小酌,与亲朋好友间平淡无奇的聊天。我每次都是急匆匆地去写,当然也没有水平和能力,所以,写不出什么精品力作。有时候也许是在浪费别人的时间和精力。有一句话叫"浪费别人的时间,就等于谋财害命。"每当我想起这句话,心里总是冷飕飕的。

但是,我还是想写点东西,总以自己平凡人的身份去记录一些日常琐事,去写发生在我们身边的小事,试着去咀嚼,去琢磨一些内容和朴素的道理来。丑媳妇不怕见公婆,大胆地与大家分享。过去的几十年里,我长期从事新闻报道,有些还属于官样文章,自己写的文章有时连自己都不想看,有时只是为了完成任务而已。

现在,我想换个活法,我称之为"三闲活法",利用一些空闲的时间,用一些闲心思去写一些闲文章。

有时我的原创一发出去,就有人跟帖点评,微博上虽然没有大牌明星那样海量的点击量,但我的原创最多时也有万人的阅读量,看到这些,心里暖暖的,大家给了我满满的正能量,所以,闲下来我就说上几句。

有时候,我也怕写,因为看到的太实,写不好,或许会引起误会,伤害到别人。有人劝我少写一点,我想我的本意是不想伤害别人,只是从善的愿望出发,做一点提醒而已,包括对我自己。

我不太喜欢说我的微信原创是"心灵鸡汤",事实上我写的也不是什么"心灵鸡汤",我的文章也说不出什么特别深奥的道理,也不想去说教别人。我只是将我们这些平头百姓平时生活中的所见、所闻、所感、所悟写下来，与大家谈谈心而已。不是什么美味佳肴，是家常便饭。但我写的时候，倒是愿意捧出自己的一颗真诚的心来的。

我经常跟好友说，我写原创不只是为了刷朋友圈，也是写给自己的。有许多道理我虽然悟出来了，但自己却也没有完全做到，所以我在文章中也常常检讨自己。我们总爱笑话小时候的自己，笑话自己通过努力改变了一个坏小子。人长大了，就会颠倒过来，往往不愿意把自己的笑话让人看到。文章的字里行间，最容易暴露自己。天下有水平的人多了去了，能写文章的人比比皆是，但敞开心扉去写确实很难，我算是傻瓜一个。

我常常对自己说，轻轻敲醒自己沉睡的心灵，再慢慢张开自己的眼睛，就会看到忙碌的世界里负面的只是一小部分，我们也会像唐僧一样，在自己的眼睛里看不到那么多的妖精和坏人，天下还是好人多，还有许多的美景值得自己去欣赏。

人总是难以独善其身，自己也难免在喧嚣、混乱、应酬中稀里糊涂地度过。但是，我们确实少不了属于自己的思考，总不能一辈子被别人的思想、观念和信息塞得满满的，不给自己留一点空隙，留一点宁静和独处。

歌德说："写作不是用白发而是用识见，写作如春蚕吐丝，呕心沥血。"写作纵然是苦的，需要用心去沉浸。因为是个体劳动，没有宁静和独处的环境不行，没有宁静和独处的心灵也不行，没有心的沉浸，难以将自己的心从外部喧嚣的世界收回来，也无法让自己的思想灵魂进行交流，因而也找不到情趣和创意。

我们去看世界、写世界，不能紧闭心房。人的心中常有一颗放荡不羁的心灵，有些文章需要与现实生活互动，在撇开现实喧嚣的浮油层之后，就会产生心的感悟，才能与别人的心灵相遇。敞开了心扉，就会自然而然地让给自己回味、给别人联想的文字流淌出来，让自己那匹放荡不羁的小马，在蓝天白云下奔跑。

（写于 2015 年 12 月 9 日）

冬季雨天里的一把伞

今晨醒来，雨还是淅淅沥沥地下着，记不清已经是多少天的阴和雨了，太阳公公偶尔露真容，一会儿又躲了回去。

冬天下雨更是阴冷，让人心情异常烦闷，有些压抑。不管怎么样，人不能总活在自己的世界里，有事必然得走出去。宾馆服务员看出了我的心思："没有带雨具吧，拿我的伞去！"

这是一个很平常的动作，有点微不足道，在服务员看来也是极其微小的。但在我看来，这不是一把普通的雨伞，它缩短和融合了服务员与客人之间的距离。

现在人有了智能手机，距离似乎不成问题。有了手机，人与人见面的时间少了，不需要那么多的面对面了，取而代之的是花费大量时间与我们手中的每一个电子设备互动。

在线下，我们的沟通互联不仅少了，而且也有些不尽人意的地方。有人对经理人员的互联沟通做过分析，一天用于沟通的时间约占70%，其中撰写占9%，阅读占16%，言谈占30%，用于倾听占45%，但一般经理都不是最好的听众，效率只有25%，究其原因，主要是缺乏有诚意的沟通，尽管天天见面，人与人之间仍有很长的距离。

这两天，媒体很关注即将在浙江乌镇举行的世界互联网大会。人们期待互联网日益成为创新驱动发展的先导力量，并倡导共同构建和平、安全、开放、合作的网络空间，建立多边、民主、透明的国际互联网治理体系。

这是网络的互联，不管设备多么的先进，网络多么的发达，这个世界上最值钱的还是人，互联网最终还得靠人去操作。而线下人与人之间的沟通，又是多么重要，也需要冬季雨天的一把伞。

有一天晚上9点多了,一阵急促的敲门声把我吓了一跳,这么晚了,是谁呀?

我一开门,一个20多岁的小伙子拎着印有“家有喜事”字样的篮子递给我爱人,里面装着一些糖果,还有一个红口袋,里面有一张卡片,上面写着:我刚刚搬来入住,你可能不认识,今后请多多关照,本楼几零几室邻居某某某。

过去说上海人住在同一个楼几十年都不认识,老死不相往来。时代不同了,新上海人做法也不一样了。

上世纪八十年代初,我在老家的县广播电台工作,我创意主办了一档节目,叫作《相互之间》,当官的与老百姓之间,单位与单位之间,邻里之间,同学之间,有话大家说,通过对话,化解矛盾,增强理解,握手言和,憧憬未来。后来,这档节目被收进当年的《中国广播电视年鉴》。

现在,为什么我们有些人本来是无话不谈的,渐渐变得无话可说了;有些人原来是多么好的朋友,却变得一夕离散了。

人与人之间总是那么忽近忽远,人心的冷暖也是那么变幻无穷,或多或少有些让人伤感。

我们需要将心比心,以心换心。多给冬季里雨天出门的人送去一把伞吧,因为再大的雨、再冷的天,有人关怀总是温暖的。

人与人之间,不需要花言巧语,不需要山盟海誓,实实在在就好,要的就是份真诚;不需要那么多的猜疑,需要的就是那份理解。

用早餐的时间到了,外面的雨小了许多,我虽然没有用那把服务员的花雨伞去餐厅,但心里还是暖暖的。

(写于2015年12月10日)

底色之美

这是我爱人一次四十五年之后的中学同学聚会。

据她回家后的介绍，一位穿着墨绿色薄羽绒服的同学在介绍自己时说:“我高中毕业以后,去了农场插队,后来到了离开老家的城市当了一名清洁工。时间过得真快,一晃的功夫,我都已经退休几年了,觉得这辈子自己没有做出让人羡慕的事,我活得虽然很平淡,但我也很开心。

她的穿着很普通,却很整洁,裤子也是那种过时的款式,脚上的皮鞋好像已穿过几年。岁月的风霜在她脸上刻下的沟壑,却掩饰不住她曾经的美丽。

60 多岁女人的美丽,不在于她穿着名牌、她的身材多么苗条或她的发型是否华丽。

我爱人说,这位同学的眼睛可以说明问题,因为那是通往她心灵深处的窗口。美丽的双唇,不在于她涂脂嫣红,而是在于质朴无华的言语,那是温暖人心的发源地。

有人说,这位同学当清洁工的经历没有必要告诉别人。但她不做任何的伪饰,不遮不掩地向人坦露自己的本来面目。朴素的人,总是那么的清澈而透明,可亲又可近,而且可敬。

当清洁工没有什么不好,离开家乡去当清洁工也许很少有人知道。但这位同学能仍按照自己本来的样子行事、作为,的确有一种底气和底蕴。

在她眼里,当一名清洁工也是有价值的,别人怎么看我不管,坦露自己的本来面目没有什么不好。现在的社会大家都在晒幸福,而说出真实的自己也是晒幸福。这是一位相信自己“天生丽质”的人晒出来的令人尊敬的幸福。

朴素的反面,是矫饰。矫饰是百般做作,是千般遮掩。矫饰的结果,尽管可能会百般峥嵘、千般繁华，但它的底子却是虚伪。好比一张原本丑陋不堪的脸，经过精心的修饰和化妆，也许可以变得美艳动人，但知道它的底细的人，心中会不屑一顾。而朴素则是真诚坦露，尽管素面朝天，却洋溢着表里如一的美。

这次同学聚会，让我爱人高兴不已。我一进门，她就拿出两张照片给我看，一张是这次同学聚会的彩色照片，一张是上世纪七十年代初的那张翻印的毕业照，是一张黑白的照片。

从黑白照片上，我看到了白墙红瓦的教室，看到了教室前面那几棵拖着长长枝条的杨柳树，柔嫩纤细的枝条像美丽的秀发，又像是寿翁持着长胡子，在祝福着风发青年走向新的征程。

我爱人说，在这张旧照片上，一开始连自己也找不到了。她反复看，使劲地回忆，那一张张天真烂漫的笑脸，说不出展现出了什么意境，却意外地非常吸引眼光，让她不禁注目欣赏，看得出她的心里不由得生出些许静谧，有一种难以言表的踏实感。这是什么，这是从内心散发出来的对真诚、平实、朴素的赞美！

现在很多人在城里生活时间久了，很向往乡下农村的生活，觉得宁静质朴的生活是一种奢望。反而对那种城里的小资有些厌倦，想改变一下在膨胀物欲下的消费方式，静静地面向自己的心灵。他们知道茅舍和别墅的区别；他们更知道“华丽”与“质朴”的差异，他们要摒弃虚妄和短暂的华丽，让那些过眼云烟成为过去，因为，人生还有比华丽更加重要的事情要去做。

天然、质朴、简单的生活，就是一种美。朴素虽是大美，但外表的朴素不是真朴素，真正的朴素是心灵的朴素。

心灵朴素是真实自然的流露，那样的人必然平和宁静，他们散淡从容。一个过惯了很高欲望生活的人，是朴素不起来的。只有内心澄澈的人，才不会感到过朴素的生活是一种孤独，相反，会一往情深地去过宁静淡泊的日子。

那位晒自己做清洁工的同学，晒出的才是真的快乐与幸福。

（写于 2015 年 12 月 15 日）

少些“歪嘴和尚”念经

最近，一家企业接到一项接待省部级领导考察的任务。负责打前站的官员在领导到来前，要求企业的工作人员不能留在现场，必须退出，让人有些不解。中央提出，政治局委员出场也不封路、不清场，而地方基层官员却偏偏作出这样的指示。

在领导到场前，这位官员还说，企业的任何人不许拍照片，并要求企业将事先准备的照相机收起来。而我们常常从电视里看到，中央领导到工厂、农村考察，老百姓兴奋地举起手机拍照，并没有遭到阻止，而且还看到有领导和群众一起玩自拍的镜头，老百姓露出了笑脸，笑得那么的自然和灿烂，完全沉浸在无比的欢乐之中。

接待要求这家企业介绍时间不超过十分钟，企业老总考虑到领导时间的金贵，准备用八分钟介绍完，为了让领导听得清楚一些，企业花了很多心思，精心制作了图文并茂的 PPT 视频，更形象更直观，不请领导进会议室，就让领导在现场站着，边看电视边听介绍，确保不超时。但现场指挥的官员不许用这种形式的介绍，要求将电视机撤掉，问他为什么，他没有正面回答，就说不允许。据了解，领导调研，用什么形式介绍，也没有统一规定。而有人总是想一出是一出。结果领导到了现场，不但没有批评，反而眼睛盯着看电视，侧着耳朵听介绍，看得出来，领导倾听很细致、很认真，也很尊重企业。

这一系列的指挥动作，看来领导并不知情，这纯粹是下面的工作人员打伞穿雨衣——多此一举。

一件事，明明出发点是好的，由于操作不当，常常是失之毫厘，谬以千里，有些根本不是领导的本意，弄不好往往干出让领导扣分的结果。这就是人们常说的好好一本经，硬是让“歪嘴和尚”给念歪了。

在基层，在我们生活的周围，“歪嘴和尚”现象并不鲜见。他们只顾按照自己的意图办事，很少考虑基层和群众的接受程度。

群众反映，因为单位领导干部要按规定节俭过节日，基层职工有明文规定的年终福利也不发了，低收入群体的物质照顾也不管了。这显然不是中央的本意。

几十年来，无数的事实让我观察到，越是基层，有些做法越是过头。在一些“歪嘴和尚”看来，宁肯过头一点不要紧，这样可以少担风险，少犯错误，自己没有责任，群众怎么想，我管不着，保住自己的乌纱就行了。他们这样做，可以让自己少受伤或不受伤。有的执行者不敢担当，沉迷于形式主义，渐渐地大家见怪不怪，他们甚至认为这样做很正常。

无奈的老百姓能说什么，只能装出一副无所谓的样子，但心中的痛一时难以散去。能冲刷一切的除了眼泪，就是时间，时间越长，抵触越淡，似乎每天在喝一杯不时稀释的茶。

学习和弘扬传统文化本来是一件好事，可竟然有这样一所中学，不仅要求全校学生向孔子像下跪磕头，还规定在校学生清晨5点必须起床诵读《道德经》、《孝经》，不少学生和家长对此怨声载道。

传统文化是要弘扬，但传统文化既有仁者爱人的一面，也有酱缸文化的阴暗一面，我们应当取其精华、弃其糟粕，完全没有必要让学生天天向孔子像下跪磕头。

这样的多此一举，也是一种“歪嘴和尚”念经的现象，生活中，我们随时随地都可以见到。

每个单位都有规章制度，必须严格执行，这是理所当然的。一天，有一位环卫工人的女儿病了，公司要求准时上班，自己找不到人替班，就没有办法请假。这位母亲一时哪能找到人去给她顶班，没有办法，只好怀抱孩子在马路边打点滴。她家境困难，自己目前还只是代替别的环卫工人工作，为了多挣钱，只好陪女儿在马路边打吊瓶，公司执行者不但不同情和妥善处理，还说了一大堆执行制度的理由和不通人性的话，令人汗颜。

遇上这种“歪嘴和尚”,真没人味儿。遇上一个不好好说话的人,和他讲道理,总是说不通,也讲不清的。原则性也要和灵活性相结合,特殊情况应该特殊处理。嘴巴歪了,念的经都是歪的。没有丝毫的人文情怀,他们还总认为真理是在他们这一边。

为民办事和待人处事,都要少一点自以为是,多一点设身处地为别人着想。你要人家这么长那么短,要想到别人对你也要求这样,要求那样,你又感觉如何,如果觉得别人的要求太狠使自己受到了伤害,那么,别人受伤害的情况你就应该能够体会和觉察得到。

我在网上常常看到这样的情绪宣泄:能设身处地为我想一想吗?是的,少玩那些“歪嘴和尚”念经的把戏,当官的少搬那些教条唬人,为我们老百姓多办一些实事;老百姓相互之间,尽量也多为别人做一些好事,我们的社会就会多一份和谐与美好。

好事,一定要办好,从“好好办”开始,以“事办好”为目标,不能好事没办,尽是添乱;成事不足,败事有余。要把好事办到底,办成功,让善良的种子在人们心中慢慢生根、发芽,最后成长为一片大家都能享受的绿色森林。

少了“歪嘴和尚”念经,就会多一些和风细雨,多一些和谐的音乐,多一些和谐的山水,我们就可以尽情地享受心旷神怡的美景。

(写于2015年12月18日)

微感动

昨天,我与一家酒店的精神家园工程师交流,他谈到了客房服务员所做的几件平凡小事。

一次,外面阴雨绵绵,客人洗了衣服晾在卫生间,就外出办事去了。过了一会儿,太阳公公发善心又露出了笑脸,服务员立即把他的衣服拿到外面去晒,傍晚前又将晒干的衣服折好,整整齐齐地放在他的铺位上。客人回到房间,闻闻衣服还有太阳的香味,让他感动得不知说什么好。

餐饮部同事反映,某某客人酒喝了很多。当他回到房间后,看到桌上留了一张小纸条,上面写着:尊敬的宾客,你今天陪朋友喝了不少酒,我是服务员某某某,工号多少,我为你备了醒酒的药片,如果你认为需要可以服用,这是以前我从医院买的,是安全的。我已下班,还需要我们为你做什么,请联系客房中心。客人电话打到客房中心,没有提任何需求,倒是说了五分钟真诚感恩的话。

有一位客人烟瘾很大,一天要抽两包香烟,服务员打扫房间时,除了帮助开窗通风,还特地在烟灰缸里加了少量的水,旁边放了一张小贴士,上面写着:尊敬的宾客,你如果将烟蒂放在有水的烟灰缸里,也许能帮助你减轻烟雾的污染。吸烟有害健康,如能少抽一点,或许会对你的身体有帮助,好好休息吧!这位客人在留言中说,想不到你们如此细心和体贴入微。

是的,这位精神家园工程师所说的,都是一些平凡的举动,尽是说些朴素的话语,而恰恰是这些微行动,深深地触动到了客人的心灵。这些虽然是微不足道的小事,谁遇上谁都会有动容的感觉。客人需要的,刚好能及时地得到。那份收获和付出都是一种微感动。被别人感动,也让自己动容。

服务员为客人做事似乎理所应当,但能多一点人情味去做,多一点同情心去办,效果就不一样。他们的微行动,不光是要履行自己的职业责任,更是在帮助他人解决出门在外的不便之处。

现在社会上也有些人性深处的冷漠值得关注:少数官员认为多一事不如少一事,缺少一种担当,多了一些油滑,一些举手之劳可以办到的事情却一拖再拖,迟迟办不了。人们与生活似乎生出了太厚的隔膜,无法穿透。人与人之间,有的事不关己,高高挂起,需要协调配合,互不相让,甚至互相伤害。陌生人之间的人性味更是越来越淡。在越来越拜金的社会里,被广泛使用的一个词叫"冷血",其实说的就是心冷。我们的社会需要加温,需要点燃自己一颗滚烫的心。

当然,也无需像有些人描述的世态炎凉那样的悲观,其实,在我们的生活中,美好的事情,难忘的微感动,还是经常发生的。

我们老百姓每一天都在平凡和忙碌中生活着。每一个人,都在为着自己、为自己所在乎的人,拼命地努力着。当然,我们不可能每天都去做惊天动地的事情,我们要珍惜身边平凡平淡的东西。

平淡枯燥的生活,有时也会让人提不起精神。那种心理上的空虚,那种情绪的低落,偶尔也会让人感到无助。但是,在我们的周围,在我们的生活里,我们也会发现一些事情让我们感动。

一些微不足道的小细节,的的确确、真真实实地呈现在我们的眼前。给身边的人一个暖暖的拥抱,或是一句简短的鼓励,或是一个礼让,一个笑容,一个挥手致意,给重车上坡需要搭把手的人助把力,两个素不相识的人一起住过院或是一起出过行, 从此紧密联系上了,等等,都会带来微感动。只要我们有一双善良的眼睛,就会发现身边有很多的美丽与感动。

有些美丽的感动明明出现了,有人却无动于衷,甚至装着看不见。我们要有良知地学会感动。这个世界上有很多东西,或是很多的事情,或是很多的人,都是值得我们感动的。

记得上小学一年级的时候,我的左手背上害了冻疮,本来很简单的毛病,可那时候的乡下缺医少药,连续拖了几个月,化脓流血了,裂开了深深的口子,钻心的痛。上学路上,朱姓同学的妈妈帮我涂上一点草木灰加上菜油,并从自己身上的破棉袄里扯下一块棉絮,剪了一块帐纱布给我包上,并嘱咐我整个冬天都不能湿水,后来也就慢慢地收口好了。几十年来,每当我想起此事,脑子里就会浮现出朱家妈妈帮我包扎冻疮的情景。

这种感动来自我幼小心灵深处那根最为柔弱的心弦,来自于我灵魂深处被撞击到的情感,让我那颗幼小的心触摸到了爱的世界,用一颗感恩的心去体味朱妈妈这样的好人。

后来长大了,我用善良去关爱别人的念头便自然而然地产生了。

我从小在农村长大,对农村、农业、农民特别有感情。参加工作了,我特别受不了那些欺负农民的事。上世纪七八十年代,我在老家的广播电台工作,每当遇到农民受欺负或者受欺骗的事,有的我自己去采写批评报道,有的我组织记者去曝光,并跟踪处理结果。帮助弱势群体说话,成了我和同事们很乐意做的一件事。做好了,让父老乡亲真的有些微感动。那时老家的广播在农民中间很有威信,我们的一些做法多次被国家广电部转发。

回想起来,我一生中被无数人感动过,他们中有亲人、有朋友,有师长、有领导,有同事、有邻居,有熟人、也有陌生人,有些事情让我终生难忘,有些事情让我时常回味,当自己被感动时,我的思维和情感似乎又回到儿时的那种纯真。

我虽然没有做过什么让人铭记的大事,但也做过一些帮助别人不起眼的小事,也让自己有些微感动,有时候自己会偷偷地去感慨、去回味、去反思。

我们老百姓不可能奢望得到很多大背景、大靠山的帮助,我们日常的感动,是来自于生活最底层的微感动,这种微感动最为朴实、最为真挚、最为纯洁。当我们得到别人的帮助时,总会感动;当我们去帮助别人时,别人感动,自己也感动。活在一个感动的社会里,比什么都幸福。

(写于2015年12月18日)

一半甜蜜，一半平淡

我参加工作不久，遇上一位好朋友。当时我在县城工作，他在乡下。他人很实在，也很聪明，喜欢舞文弄墨，当时没有固定工作。我跟他在北京一家媒体单位工作的哥哥也认识，他哥哥希望我们互相学习、互相帮助。如有机会，也希望推荐他到县城找个吃文字饭的活儿干。我到乡下去，和他一起写稿，一起聊天，你来我往，两家的交往甚密。

后来，他来县城工作了，我们也经常串门。他文字功底好，虽然话不多，但人际关系好，被安排到组织部门工作，当了领导，并分管干部，成了管人的人。

从那时起，我就很少去他家串门了。我们虽然不是两小无猜、情同手足，但也是无话不谈。他身份变了，而且工作有其特殊性，我不能再像过去那样，把自己当作一盏声控灯，他一出声，我的整个世界都亮了。再过于密切地交往，会引出闲话，弄不好会造成其他人的误会。

后来，他生了重病，我又天天去医院看他，转到外地治疗，我追过去看他。他临终前，已经说不出话来了，我站在他的病床前，默默地看着他许久，心里在说：掺杂着记忆的时光碎片，一个个朦胧的虚点虽然在生活中有些模糊，但沉静下来仍然清晰，我会永远记住我们的友谊。

友谊的味道不是纯粹的甜蜜，而是平淡，不是浓烈的芬芳，而是淡淡的幽香。

我在参加工作的几十年里，有的同学、有的战友升到了高位，我一般也都是这样，只是淡淡的交往，并不是他们看不起我，也不是自己有什么自卑。如果我去找他们，他们肯定还是能勾起对以往的回忆。有些事情虽然已经过去多年了，但我们在一起学习、一起工作的往事，仍然是那么的记忆深刻。

人家有了更大的发展,是人家努力的结果,跟我没有一点关系,我不会利用他们的影响力去谋求自己的私利,不能给他们添麻烦,只要把对他们的喜欢和尊敬藏在心里,自己也能找到一种说不出的快乐。

在这个世界上,每个人都有自己的定位,每个人也都有自己的追求。没有特别的需求,不随意打扰别人,给别人多留些生活的空间,自己平平淡淡地生活,这是对友谊最好的礼物。

也许某一天,我们能久别重逢,会牵着你的手,一生细水长流把风景看透,那是多么珍贵的友情。过去的发小、以前的同学和同事、亲戚和朋友,大家走完一个轮回,回到原点的时候,那平淡中的甜蜜不会丢失,依然在那儿。

前不久,我去组织一次分别四十多年的同学会,经过了那么多年,有些人从未见过面。最大的困难是联系方式找不到,为了找姜姓同学,我先后找了他五位亲人,他过去几十年一直在农村,现在去了南方大城市女儿家带外孙,他女儿大学一毕业就在那个城市工作,平时家里人不怎么联系,有事回来,乡下亲戚也不问她的联系方式。据说老姜也有手机,但一般不开机。我天好时去找,下雨天还去找,几次失望,没有打消我继续寻找的念头,尤其不能遗漏一位在乡下辛苦劳作的同学。我把那次同学会的组织工作,当作一次社会大调查,确实让我了解了许多,学到了许多。经过我和其他几位同学几个月的努力,除了已经过世的,所有同学全部找到。

前世500次的回眸才能换来今生的擦肩而过。经历了许多事情之后,回想将近半个世纪渐行渐远的往事,我们这些几乎清一色的农家子弟都很质朴,大家不需要大悲大喜,不奢望轰轰烈烈,倒有点害怕信誓旦旦,因为人越长大越会孤单,现实见证了无数的聚散离合。

同学会之后,有人说没有见面的时候,心情是那么迫切,多少年没见了,再忙也得去。见了以后,反而很平静,觉得少了那股子热情。人是有点怪,在拥有的时候,一般人不会去珍惜,当一切都成为过眼烟云的时候,又开始后悔,世间最珍贵的不是“得不到”和“已失去”,而是要把握住当下的友谊。

我们这些俗人有俗人的美梦,那些达官贵人也有他们的烦恼。自己忙碌的时候,向往闲暇的轻松;闲暇的时候,又会向往忙碌的充实。

人与人的友谊,不是靠大场面的聚会,而是靠平凡的交流。更多的不是甜言蜜语和丰厚的礼品,而是淡淡的真心付出。

我的微信原创发出后,有人给我点赞,我会去找他的名字,包括家人,这虽然是举手之劳,但我都会觉得是对我的鼓励。有的人素不相识,也会发来暖暖的评论,我心存感激。尽管只是一个淡淡的表情,说明他心中有我。

现在,人与人之间的交往不像过去,似乎有些变味,有的把对方的权力和声望作为邀请共进午餐的理由。他们的头衔,似乎成了甜蜜交往的依据,因此有人会重新排定所谓最亲近的朋友名单,甚至闹出悲喜剧来。

每个人都有年幼的时候。那时候,我们赤裸裸来到这个世界,一无所有,我们还不听话,有时候莫名地大声叫喊,没有关系,没有人在意,我们仍被宠爱。但长大了,身边会有许多势利小人,自己常常在他们势利的眼神下生活,我们有时恼怒,有时紧张和气馁,觉得自己很渺小,也感到力不从心,无力改变他们对自己的歧视。

我们想回到幼儿时代,但这只是一个幻想。我们需要回到现实,用平淡去对待,就能找到属于自己的甜蜜。

(写于 2015 年 12 月 21 日)

把自己活成一个笑话

我陪一位朋友去看房,想想房价实在是太贵了,他说,要是把我老家那一幢乡村别墅卖了,到上海也只能买公寓里的一个小厕所,如果买了这个厕所,解忧倒是很方便的。

他还说,我早晨起床后,去翻《福布斯》杂志,看了“富人榜”上没有我的名字,我只好抓紧时间洗漱、吃饭,然后去挤公交车上班。

我的这位朋友,经济条件并不富足,但他的精神世界很富有。他人还没有进门,笑声会先传过来,我们就知道是他来了。

乐观,和人的整体健康有关,这种人打死也不会得自闭症和精神分裂症的。他们没有那么多的烦恼和忧愁,他们会放松身边的一切,让自己活得自由自在。

有些人一天到晚绷着个脸, 即使自己做了对不起别人的事情,也好像都是别人的错,总是一副严肃的样子。这样的人活得很累。

在我们的生活中,几乎每个人都会遇到一些难堪的事。“自嘲”,可使人摆脱窘迫和尴尬,平衡自我心理。

有一位四五十岁的胖子被一位年轻人撞倒了, 他慢慢爬起来,拍拍身上的泥巴,当着许多围观的人说,小伙子,今天算你运气好,因为我身上肉多经得起撞,要不然也许会被你撞断骨头,到那时还不是你我都吃苦啊!

自嘲,是能让生活变得更轻松的。如果遇到了烦心的事,自我解嘲一番,也能赶走精神紧张和情绪沮丧。

人活在世上,就是一个闹剧,有时笑笑人家,有时给人笑笑,能让别人开心也是一件好事,自己牺牲一点没有什么关系,把自己活成一个笑话,不是什么丑事,而是一件美事。

有一次，我到一位朋友家串门，朋友急着让我看他家的智能家居，他拿着遥控器拨弄了半天，也调不出来，有些尴尬，这时候屋里的空气似乎有些紧张。我说，不要紧的，慢慢调吧，你要比我强多了。有一次高温季节，我一进家去开空调，遥控器拿在手上拨弄了好一会儿，空调就是打不开，急得满头大汗，嘴里不断地发牢骚。我爱人见我着急的样子，走到我身边一看，说，嘿！你拿的是电视机的遥控器，你就是按到半夜也不会凉快啊！说到这里，屋子里的人都笑了，气氛一下子缓和了。

喜欢嘲笑自己的人，总是对自己狠一点，把心放得很低很低，低到尘埃里，然后开花结果，自己活在笑话里，大家也开心。

郭德纲在接受记者采访时说，那一年，饿得实在没招了，用身上的BB机换了两个馒头吃；马云说，去肯德基应聘，他落选了。马云跟大老板们讲了什么叫电子商务，大老板们得出一个结论，这是一个骗子；崔永元实话实说，第一次主持节目的时候，过了一会儿，身后传来一个声音，这孙子是谁？

这些人很自信，才敢这么嘲笑自己。我们普通人害怕自己的笑话被人攻击，就缺少超脱感、缺少底气，不愿意把自己放下来，反观自我，也就只能活在没有自我嘲讽的灰色生活里。

有些人不肯把自己活成一个笑话，总是喜欢遮掩自己的弱处，心虚地吹嘘自己，结果反让人小看；愿意把自己活成笑话的人总是将自己的弱处袒露无遗，反而会得到人家的尊重。

只会正襟危坐的人，对自己爱抚有加，时时提防一丁点儿的脏污溅到身上；有人芝麻大的一个胎记，也要用润肤霜盖住，并声称打娘肚子里就不曾有过；有人说起话来都不敢看对方的眼睛，很害羞，生怕人家嘲笑自己；有人不敢面对自己的缺陷，只能自我欺骗；有人遇到强大的对手，从内心深处产生恐惧；有人在独处的漫漫长夜里，恐惧被无限地放大。

而有的人不是这样，自己喜欢讲笑话，更喜欢把自己活成一个笑话。

有人把自己的照片弄成怪味十足，周围有一大堆朋友去点赞；有的用好玩的方式自我爆料,来改善自己的心情;有人不介意别人怎么看自己,也不介意给别人说自己的不足,显得率真、大气,让人觉得好亲近;有的人说起话来幽默感十足,明明很紧张的气氛,被他说得大笑起来,火药味也就烟消云散了。

自嘲的人给人笑料,这是一种心境,也是一种生活态度。在我们小区的老年活动中心里,我与他们交流,说着在网络时代一个比一个傻的故事,听到童稚的笑声、智者的幽默,使我体味到人生的潇洒与长寿的秘诀。

我爱人的养母是一位慈祥善良的老人,她很简单,现在已经是高龄了,她每天给自己留足了睡觉的时间,不会玩牌,一会儿坐在电视机前,跟着电视剧主人公的情绪变化去喜怒哀乐;一会又坐在小板凳上跟小狗“来福”细声细气地谈心,跟它讲生活的道理;一会儿在门口,看着过往的行人,她耳朵不好使,只能用微笑跟行人打招呼。她憨厚的笑容中充满了诗人般放荡不羁的气质,她的有些动作很怪异,有点像天真的幼童。

她,是一个活成笑话的可爱老人。

(写于2015年12月23日)

不同的角度，有不一样的风景

有朋友说，我天天在那里生活，也没有看出有多少美，但被摄影师一拍，美到让我感觉似乎生活在油画里一样，美到几乎不认识自己的家了。自己也尝试着举起手机去拍，就是拍不出如此美的效果，可惜自己找不到好的角度。

前天，我陪爱人去一家二甲医院看医生，我爱人想说一下疾患的起因、中间服了什么药、现在的感觉等等，谁知，那位戴着眼镜好像很斯文的年轻医生头也舍不得抬一下，半句话都嫌多，拿起笔来就在病历上龙飞凤舞写了十来个字。手一指，说，你去做什么化验，做什么检查。

排了半天的队，将化验单和彩超单拿给这位医生看，医生还是没有抬头，打开电脑，软件自动跳出了几行字的药名，他用鼠标点了两种药，就打发了，两分钟都不到，也没有说这是什么病，更没有说要注意些什么。

这是看病吗？比到超市买东西还要简单，按这样的速度，这位医生每天看七八十号病人没问题。难道互联网时代的医生就这么简单？如果有了这套“什么病吃什么药”的软件，岂不是人人都能当医生了？当然，这位医生所在的是普通门诊，但再是普通门诊，也不能这样“普通”啊。

我去请著名的心血管专家钱惟成教授，他告诉我，他每次半天的专家门诊，只看 15 个病人，因为看一个病人需要一定的时间，对每个病人要有详细的询问，要从病人生理和心理等多方面进行综合分析，经过比较，找到最佳的治疗办法，还要通俗地告诉患者是什么病因和注意要点，不能简单对号入座。他说，当医生的，既不能执着于已有的理论和经验，更不能以自己了解到的理论和经验而固步自封；尤其是人体纳百食、经四季，随着大自然的律动而变化，自身内部以及自然环境的不调都会使人罹患百病；一百个人，有一百种病，都各不相同，即使同一种病也不一定吃同一种药。医生缺少多角度思考，缺少辩证，弄不好会误事的。难怪这位上世纪六十年代初上海第一医科大学的高材生至今还是那么吃香。

钱教授的勤奋让人敬佩，80多岁的人每天还坚持工作，坚持处理疑难杂症、写医学教案。实践增长才干，实践出真知。勤奋可以让我们每个人都获得以前没有的才干，拥有新的发现。

当医生的需要这样，做其他事业的也一样，需要多角度去看问题，要拥有思维能力。

一般人都有从众心理，人家说什么，就认为是什么，缺少从更多的角度去思考和判断。比如，看到网上一条信息，就信以为真，也不问其来源。而假消息往往是没有出处的。如果有信息来源，也要看看这个来源是否可靠。很多假信息往往采取具有煽动性的语言，进行病毒式地传播，如果我们不经过自己的冷静思考，没有从多角度去分析，往往会吃亏上当。

当然，我们个人的观点往往是狭隘的，不很全面，甚至不很正确。作为医生，不能固执地坚持自己的观点，还需要从病人、家属、医院、社会的立场去思考。我们每个人看待问题的角度越广，自己的思维就越全面，也容易找到自己想要的答案。

人活着，多学一点知识有好处，如果有条件，懂一点哲学、心理学、社会学、生命科学、美学、经济学等，形成自己的一套知识系统更好。这样，就不会只靠经验，靠直觉去分析问题，看待问题也会减少片面性，得出的结论也许更客观一些、更理性一些、更实用一些。

病人最害怕的是医生找不到疾患的症结，不能够对症下药，花了冤枉钱不说，病还好不了。我们为人处事也需要养成一个习惯，看问题决不能从一个方面去看，从多个角度观察，再经过认真的分析，就容易找到问题的症结。

比如看人，也要坚持用发展的观点去看，不能用孤立的、静止的观点把人看死、看扁。人的长处、短处，优点、缺点都是相比较而言的。在一定条件下，长处、短处也是会相互转化的。我们既要看现象又要看本质；既要看一个人的支流，更要看一个人的主流。尤其是对年轻人要多一点耐心，着眼于培养，要更多地相信他们的思想境界、性格作风、学识水平、专业能力等，相信他们中的绝大部分会变得越来越好。

我要感谢钱教授对丰富的医学实践感悟给我的启发，让我对所处世界有了独特而深刻的理解；我也要感谢那位年轻的医生提供了简单处事的案例，让我在一片混沌中引发内心涌动的思索，去获得正能量的教化。

不同的角度，能让人看到不一样的风景。

（写于2015年12月27日）

自己的“房好”，也要惦记别人的“屋漏”

有一句话叫作“不能只顾自己的房子好，不管别人的屋子漏”。对屋子漏的事，我太有感触了。

孩提时代，家里的茅草屋漏雨，我真的是被漏怕了。

有时候，天蒙蒙亮，我就会被继母从床上叫起来。她在地中间挖一个坑，坑里很快就引满了水，让我从坑里舀水，舀满了一脸盆倒出去再来，外面下不完的雨，屋里舀不完的水。因为老天爷哭得太伤心，雨哗哗地下个不停。有时候我想，能不能不再待在这个屋子里，转念一想，不想住又能去哪儿呢？

那样的日子过了好多年，每当天要下大雨，我的心里就打起了结，我没有水平形容这是什么心情，后来长大了才看到杜甫写屋破漏雨的诗句：“床头屋漏无干处，雨脚如麻未断绝”，家里仅有的几件家具一会儿搬这里，一会儿又搬那里，床铺上也是湿漉漉的。尤其到了深秋以后，在漏雨的茅草屋里感到刺骨的冷。

我想，那些家里不漏雨的我的发小，是无论如何也体会不到这种滋味的。

如今，我老家乡下，很多人家盖起了别墅，至少也有我继母住的那样砖混结构的平房。农村经济条件好了，房屋盖得漂亮了、结实了，少见了漏雨的现象。

但是，在现实生活中，那种“只管自己房子好，不管别人屋子漏”的待人处事现象仍有存在。

互联网时代，有创新思维的人搭建了平台，希望聚人气，动足了脑筋，用一些蝇头小利吸引人去他那里参与互动，然后别人的个人信息成了他的私人资源，有的甚至让别人长期为他打义工，只顾自己赚个满嘴流油,不顾别人的合理报酬。他们还振振有词,互联网时代就是这样一个颠覆性的时代。

互联时代,一切都在大发展和大跨越。在这样的时代里,每个人、每个家庭、每个企业都希望自己能发展得更好,赚到更多的钱,过上更幸福的日子。这些都是常理,也是可以理解的。

但是,君子爱财,取之有道。互联网时代也不能忘了诚信二字,还是善念善行,不能认为你聪明,你先行一步,你有平台,你就有宰人的权利。这些人认为,互联网时代就是资源整合的时代,我被你整合算我倒霉,你被整合,宰你没商量。

司马光在《资治通鉴》中说:“君子挟才以为善,小人挟才以为恶。挟才以为善者,善无不至矣;挟才以为恶者,恶亦无不至矣。”厚道是人性中的美德,美德与才能、学识无关,要是考虑自己的比别人多,则是心胸不够豁达,不体谅他人,不设身处地为别人着想。所以要鉴定一个人是否善良,要看他对待比他地位“低”的人的态度。

一位 90 后的女青年精通互联网技术, 当她从网上看到一位老者有一种资源利用互联网可以做得更好, 她主动联系那位老者约谈,并很坦诚地说,不要任何报酬,把这件事情做起来对社会有利,自己只是感到资源浪费是最大的浪费。难者不会,会者不难,自己牺牲一点业余时间多一点付出,也算是一种行善。

有人说得好,未来,不是穷人的天下,也不是富人的天下,而是一群正直、正念、正能量人的天下。这位青年就是正能量人的一个缩影。

她在想到自己“房好”的同时,也想到了别人的“屋漏”。她的未来也一定福报多多,机会多多。

这位女青年来自贵州农村,据了解,她的家教很正,她从小就立志做一个乐善好施的人。

这让我想起了范仲淹的一则故事。范仲淹治家甚严,教导子女做人要正心修身、积德行善。范氏家风清廉俭朴、乐善好施。一次,范仲淹让次子范纯仁从苏州运麦子到四川。范纯仁回来时碰见熟人石曼卿,得知他逢亲之丧、无钱运柩返乡,便将一船的麦子全部送给了他,助其还乡。范纯仁回到家中，没敢提及此事。范仲淹问他在苏州遇到朋友了没有，范纯仁回答说：“路过丹阳时，碰到了石曼卿，他因亲人丧事，没钱运柩回乡，而被困在那里。”范仲淹立刻说道：“你为什么不把船上的麦子全部送给他呢？”范纯仁回答说：“我已经送给他了。”范仲淹听后，对儿子的做法非常高兴，并夸奖他做得对。

我们做不了圣人、贤人和高人，至少可以做一个利人利己的好人。在利益面前，将别人与自己置于平等的地位，相互帮助，相互支持。一事当前，想到了别人，也考虑到了自己，把两者一并加以考量。即使是以自身利益为重，关心自身得失进退，也不要为了自己的利益去坏人、害人。

前几天连续下雨，我又回忆起 50 多年前茅草屋里漏雨的情境，让我思绪万千。

这个社会需要互相帮衬。在岁月中跋涉，每个人都有自己的故事，只顾自己“房好”的人，未必心情就明媚；能为人思考“屋漏”的人，反而能够看到自己的秀丽。

（写于 2015 年 12 月 29 日）

品 味

上海苏州河畔有一个请欧洲设计师设计景观的高档社区，许多人都觉得很有品味，尤其是三期，房价比一期高出十来倍。

美丽的苏州河畔的那片区域，特大香樟和百年桂树与四季常绿树和轮流吐艳的奇花异草作伴，水面港湾处，有一条几百米长的景观休闲步道。据说，三期房屋外墙贴的是巴西金麻花岗岩，用的是德国旭格门窗系统、意大利的伟迈智能调光系统、美国滨特尔软水处理系统等等。这一幢幢坐落在河滨公园的豪宅，面积超大，保姆都有独立的卫生间和储物间，有专用的电梯，特大的户型，还带游泳池……

这是一个大型社区，一、二、三期加起来有数千人居住。居委会提议，在三期空着的群楼里建设老年活动室和社区卫生服务设施。可三期豪宅的个别业主说什么也不同意，理由是，这里开放了，一、二期的那些居民，有些还是拆迁户回搬的，他们天天来，就显得自己的豪宅没有品位了；一些人常来服务中心看病，万一把细菌带过来怎么办。

品位，什么是品位？

住上了有品位的房子，并不代表你人就有了品位。贵族与暴发户是有区别的。有品味的人会让人如沐春风，没有人会拒绝。缺乏素养的暴发户无论多么厉害，多么成功，也很容易招人反感，不被尊重。

能够买得起那三期豪宅的不是一般的人，几千万元买一套住宅，他们有钱任性，普通人当然无话可说。可是人有钱之后，是为富不仁，还是发财立品，却留给了人们很多的思考。

住得起豪宅的人，也不是每个人都很有品味。

有些暴发户还不是照样随处抛丢垃圾、吐痰、不讲卫生，缺乏公共空间的基本礼貌，无视禁烟标志，想吸就吸，危害他人健康；有些暴发户占有欲望强，离开宾馆时，甚至带走非赠品，贪占小便宜，还自以为聪明；有人在公共场合恶习发作，不排队、加塞、恶语相向，一遇到不顺心的事就大发脾气，缺乏基本社交修养；有的人认为自己有的是钱，钞票狂消费，财大气更粗，经常跟服务人员争吵不断，明明是自己错了，也不知道说一声对不起。

其实，这些人过去也不是高贵的出身，有的从小就没有好好读书，童年时代也并不美好。但是他们终于有一天，得到了上天的眷顾，抓住了机会，挣到了钱。他们好像突然来到了另一个世界，不再是过去的那个自己，也没有时间去学习做人的品位。

有人说，在我们这些常人看来，那些觉得自己了不起的人，走起路来都觉得自己在飘，天宽了、地大了、腰杆直了、底气也足了，似乎能一口气上 25 楼不费劲。当然，他们只是有钱人中的一部分，而不是全部。

我有一位朋友，家境一般，住房是普通的两居，家里没有什么特别的装修，但收拾得很干净；地方虽然不大，但各种物品放置得井井有条。上他家喝茶聊天，也很温馨和舒坦。他没什么脾气，说起话来温文尔雅。我有什么心里话很愿意和他说，因为在聊天中让我看到他的素质、修为、涵养和学识；他这个人要么不认可，认可的事总是那样勤奋和坚持，也特别能吃亏和吃苦；有人误解他，他不去申辩，说是让时间去回答；他儿子受他的影响，也是那么有礼貌、有孝心；他年纪也不再青春了，但给我的影响还是那么有魅力、有信仰、有能量。

我的那位朋友瞧不起那些善于包装自己的人，因为他的内涵很强大，不需要装，自身本来就有一种独特的气质和个性。因为他知道，品位不是虚无缥缈、不是自我感觉良好，而是由表及里的自然流露。

与他聊天，我听到很多充满智慧的话，看到很多温婉的笑，感受他是那样的清纯而真实。

我为有这样的朋友感到自豪，他就是我心灵里的豪宅，他让我懂得了什么是人的品位。

同一个天，同一块地，同一个社区，同一个太阳照着，差距只有一点，一个是豪宅，一个是普通商品房。

三期的群房与居住区域本来就是分隔的。住在一、二期的老人们想在安静的活动室里下下棋、打打牌、聊聊天、健健身，也影响不了你们在豪宅里生活的环境；小区里有了保健中心，就近配个药、吊瓶水就方便很多，也不可能把细菌带到你家里去。

有钱的人也要学会与穷人相处，你们虽然能享受美丽的外表和奢华的生活，但我觉得，你们的内心有时也很空虚，因为你们缺少坦荡明净的心境，缺少一种对品位的认识。

品位，是做人一辈子的学问。

（写于2016年1月3日）

你简单，世界就简单

你简单,世界就简单

我老家乡下有两位年轻人准备办婚事,双方父母商量时,都说简单一点,没有必要那么复杂,既然成亲了,就是一家人,况且双方都是独生子女,今后还要两家并一家的。但在真正筹划方案的时候,谁都不愿意简单,双方越想事越多,方案一改再改,介绍人当“传声筒”也当得很累,结果有些无关大事的细节没有考虑周全,留下的误会多少年过去了仍然没能消除。

这个世界本来并不复杂,但许多人都很相信世界很复杂。轮到自己做事的时候,又总希望对方简单一点,而自己却不想简单。

其实,你如果简单,别人也许就会简单。因为自己在简单里的时候,看到的世界是澄澈的,如果自己满脑子想的是复杂,那看到的只能是污浊和肮脏。人是要生活的,生活需要好心情、高质量。如果自己心里很灰暗,即使物质条件再好,生活质量也高不到哪儿去。

我害怕那些复杂的人,也不愿意在那些人的圈子里混,我担心经常在复杂的人群里混,有可能把自己也搞复杂了。混到最后,也许自己想做个简单的人也难。人生只有几十年,何必去这样浪费生命呢。

简单的人常常被人说脑子里缺根筋,因为简单,有时候会一条路走到黑。有些人原本说好一起走的,但半路上却不见了踪影,当自己还在傻傻地朝前走的时候,有些人却早早地藏了起来。我一生中遇到过多次这样的事,自己没有少吃亏。简单永远不要跟复杂斗,斗过斗不过放在一边,自己也会少受伤害。

复杂的人,也不是所有的人都是阴谋太大、套路太多、城府太深,不完全是利益纠葛,也有许多属于人的思维过于复杂。

一位朋友跟我聊天时说,有时候,我们的生活没法简单,自己常常被身边的氛围所感染,被他人的情绪所左右。在生活中,不知道每天有多少双眼睛在看着自己,耳朵里每天听到的不少是冷言冷语,自己的心神也乱了,生活有时像一团乱麻。

我们活着,是活给自己看的,为什么要在乎别人的看法。这话说起来简单,但真正做到却不那么简单。

我的那位朋友说,自己总是小心翼翼地生活,主要是为了避免受伤、避免犯错。因为现在的社会很复杂,自己没法简单。如果自己开怀大笑,别人会想你在笑什么;如果自己遇到伤心事时流了眼泪,别人就会说你太脆弱;如果看见老人跌倒在路边去扶一把,也许会遭到讹人的骗局;你真心待他,他会怀疑你有什么企图等等。在我们的身边,耍心眼的越来越多。

也许我们的世界太大了、人太多了、心太乱了,来不及看、来不及想,也来不及懂。但我们也没有必要这么担心。

别人想复杂,我们无法去改变,自己却有办法多一点纯真、多一点透明、多一点信任。自己简单了,内心也丰盛和强大了。内心不空虚了,就没有必要装出一脸世故。简单,是一种智慧;简单,也是一种竞争力。自己真的简单了,周围的人也可能跟着简单了,这样自己的人脉也会多起来,人脉多了,资源就多了,资源多了,事业发展也快了。

在我的朋友圈里,有几位很纯朴的人,与他们交往尽可以放心。他们不会装傻,也不会逃避现实,但分析问题思想很透彻,直来直去,与他们交往,既简单又自然。他们是享受和传播简单的人,这些人,就是成功的智者,一切简简单单,一切随性随心。做一个简单的人,简简单单地活着,是人的向往。

我的一位长者朋友,不但成熟老练,而且心态年轻。他虽然阅历丰富,但也有时候像小孩子般天真活泼,看上去比实际年龄要小十来岁。因为他思想单纯心态好,所以不觉得老。他有了一种简单的境界,别人举轻若重,他却能举重若轻;别人化简为繁,以争取利益,他却化繁为简,以获得内心的安宁。

我还有一位朋友是大家公认的"开心果",平时总是嘻嘻哈哈,但处理一些突发紧急的事情，却是那么冷静镇定，因为他的内心很强大，他会用简单的方式处理复杂问题，因为简单也是一种高度。只有心灵达到一定高度的人，才能斩断乱丝繁絮，做到处变不惊、处事不乱。

（写于2016年4月2日）

我所看到朋友圈里的微信

微信,是个好东西,现在谁也离不开了,几乎成了人们生命的一部分,一觉醒来,不是先去洗脸刷牙,而是先看朋友圈说些什么,有没有人给我点赞或发表评论。

年轻人玩微信有魅力,随便发一个表情,几百人赞;随便开个玩笑,多少人倾倒;随便晒个幸福,无数人捧场。开始我有些想不通。我向他们请教,为什么我写的原创没有这样的威力?有一位90后告诉我,下班了轻松一下,很开心的;有情绪时宣泄一下,年轻人觉得有这个需求,所以容易引起共鸣。开始我觉得有道理,但细细想想,好像缺了点什么,长此以往,时间被无端地碎片化了。当然,开心是第一位的。

微信确实改变了人们的学习、生活和工作方式,拉近了人与人的距离,无论在地球任何一个地方的亲友,有什么事,手指轻轻动一下,就知道了。亲戚越走越亲,朋友越走越近,微信功不可没。

但微信在展示自己生活的同时,也偷窥了他人的日常状态。生活中有表演的气息,那些不是本质的真实。

有些人干脆直接在朋友圈里做起了推销,时间长了,也许被人偷偷删了。有的群里想了一招,谁要发广告,谁就发红包。开始有些灵验,时间长了,效果也不怎么样。微信可以做广告,但毕竟主要功能是个互动的平台。要做广告,最好也要让人在快乐、接受知识和受到启发中心悦诚服地慢慢接受。

在微信群里,自己晒了幸福,巴不得他人来点赞,半天没人吭声,就有点坐不住了,干脆来一句:求点赞!等了老半天还是没人应答,心里总是闷闷不乐,像是掉了三百文似的。

微信群里,大部分人潜水。我只看,不作声。人家花再多功夫写的贴子,总是不理不睬。当有人发红包时,他兴奋的神经一下子跳动起来,动作比谁都快,难怪有人惊叹:哇！这是什么速度啊！

我不懂什么星座,也不感兴趣。但有人甚至到了迷信的地步,讨论得没完没了,分析来分析去说出一大堆的道理。我有些不解,真有那么灵吗？我无法去判断真伪。

为了吸引眼球,很多帖子用上了这样的标题:《出大事啦！就是刚刚发生的》、《告诉你一个别人无法知晓的秘密》、《这个太重要了,有人替我转吗？》等等,什么事啊？打开一看,大失所望。

什么名人语录、保健养生知识、心灵鸡汤,包装换了一次又一次,万变不离其宗。有的是伪科学,让人不知道听哪个好。有人说,早上锻炼好,又有人说晚上锻炼好。有人说吃这个好,又有人说吃那个好。这方面的帖子过去我也转了不少。到底听谁的？还让不让人活啊！难怪有人说,微信好是好,有时把人搞得丈二和尚摸不着头脑。

有些年轻人发的微信我们看不懂了。什么叫微乳？什么叫傻白甜？什么叫床咚？什么叫颜性恋？什么叫恐同症？……一大堆的网络新词,弄得我头昏目眩,只能慢慢去百度。

我也天天玩微信, 有时用心去写的原创微信也巴不得有人点赞。时间长了,心态调整过来了。我写了,你看不看,评不评论与我没有关系。人家的微信我也看,有时也点赞。有些会写出自己真实的想法,有些也是为了不驳他人的面子,也有些是为了结识一些新朋友。当然有些属于虚伪的成分。不过,善意的谎言也有正能量的作用。

当然,人活得真实一些更好！我也希望与网友们用微信真心交流,真善美才是最可贵的。

(写于 2015 年 10 月 1 日)

你相信谁

王四狗的爸爸用新买的手机给远在新疆做木工的儿子打电话，对方的信号不稳定，听不大清楚。他爸爸说，儿子，我是你爸，你妈妈最近身体不太好，她想你了。四狗自言自语：我爸哪来的手机，又是一个骗子。接着他大声说，狗日的，你是不是要我汇款啊？他爸急了："你这孩子，怎么说话的，难道你连爸也不相信吗？"四狗一听真是爸爸，后悔不已，回答说："爸！对不起，刚才电话没有听清楚。这几年我被电话诈骗搞怕了，一接到陌生电话，心里就乱乱的。"

人活在世上，总要跟生人打交道的，但现在做成事情有点难。

一天早晨，4岁的女儿路过一个烧饼店，嚷嚷要吃烧饼，老李一摸口袋，身无分文。看了一下排队的人群中没有一个熟人，一愁莫展。老李轻声对女儿说，要不你在这儿等一会，爸爸回家拿钱，马上过来好不好？女儿不吭声，老李很无奈。

那老板看出了老李的心思，笑了笑说，你没带钱吗？没关系，你先拿两个给孩子吃，钱回头再给吧！

老李紧绷的神经一下松弛了，心里充满了对这位老板的感激。没等老李走出烧饼店几步，这位老板对周围的人说，刚才没带钱的人他不认识我，其实我认识他，不然我也不会欠给他。

是的，认识的人可以有一种信任，熟人更好办事，亲戚、朋友之间更好说话。

亲友之间借钱，如果让对方写借据，就显得很生分，那是太不讲面子了。

一次，老张的亲戚来借钱，老张有点慌，急忙给朋友打电话，说你赶快来我家一趟。外面下着雨，朋友只好"奉命"赶到，只见老张和亲戚谈得真热闹。朋友想,他们谈事,要自己来干什么?朋友很不理解。

当朋友准备离开时,老张一个劲地朝他使眼色,朋友更是不知所措。后来,只见老张拿出了2万块钱一五一十给他亲戚,事情就结束了。亲戚走了,老张才把真相告诉朋友,他来借钱,我又不好意思让他写借条,时间一长,万一他忘记了,或者赖帐,我到哪里说得清楚,叫你来,就是帮我证明。

看来,即使是亲戚,相互的信任还是有限的。亲戚之间,也出现了信任危机。社会在变化,人与人的关系也在变化,变得相互越来越不认识了。

有人说,这是一种历史的进步,凡事要有证据,否则有理也说不清。

我却不这么看,我认为,世界上不是所有的事都要经过法律程序的,有些事情完全可以通过信任机制来解决。信任度越来越低,这是社会的倒退。

社会信任度的降低,导致兄弟之间反目为仇,亲戚之间断绝关系,朋友之间少了往来,同事之间互相防备,这让人活得多累啊!

更让人难以理解的是一种"杀熟现象"。

一位同事家装修,是包工不包料。他去建材买材料时,正巧见到了一位中学的同学,这位同学就是做建材生意的,心里有说不出的高兴。没等他开口,老同学满面笑容地说,老同学啊!你要什么材料就自己动手拿吧,至于价格嘛,我和你谁跟谁啊,什么都好说。

多好的同学关系,多么甜蜜的语言。后来同事装修的全部材料都从他的同学那里进的。有的材料,同学店里没有,也委托同学从外面去进。另一位同事,没有熟人,只好自己辛苦一点,货比三家,逐笔确认。结果一结帐,同样的材料,托老同学的同事与另一位同事相比竟贵了好几万!真是哑巴吃黄连,有苦说不出啊!

照理说,熟人与生人相比更让人信任。让人苦恼的是现在熟人之间不仅基本信任都没有了,甚至认为越是熟人越好上钩。熟人中的信任也在日益丧失。

昨天，我们几个朋友喝茶聊天，大家谈到一个共同的话题，这就是现代社会不仅需要重建亲戚信任、朋友信任、熟人信任，也需要呼唤更多的社会信任，重建社会文明。

（写于 2015 年 10 月 6 日）

轮回中有乐趣

一天，电视台记者来到一个高深莫测的大院，撞见一位平时难以见到的老领导，老领导和蔼可亲，笑容可掬地招呼说："小同志你忙吗？"记者连忙说："首长好！"并告知采访一篇什么报道。老领导对报道并不感兴趣，而是对生活问这问那，谈兴正浓，把记者高兴坏了，只顾与老领导交谈，差点儿延误了剪片的时间……

事后那位记者回想起那事仍显得有些激动，他告诉我说，平时，老领导那么忙，我们这些平头百姓当然没有机会见到大领导，他们只有退下来了才有闲功夫跟我们唠嗑。他们似乎又回到了我们老百姓中间。

是的，有一批退下来的老同志还重操起旧业来了。我认识的王新老书记曾当过几个县的县委书记，一退下来就回到老家养起猪来，他一口气又干了十多年。我看到更多的老干部在家习书法、下棋、看书写作、跑步锻炼，做家务带孩子，带了孙子，又带重孙。农村有田的还有下地忙农活，一年365天，没有哪一天闲着。有人甚至感到比上班还累。但他们普遍认为人过日子就是这样的。当官只是一阵子，过日子才是一辈子。

这算什么？有人开玩笑说，这叫做"从奴隶到将军，又从将军到奴隶！"这就是轮回。轮回中，他们找到了天伦之乐！

除了当官的有轮回，当老百姓的都有轮回。最近有几位从乡下出去的城里人千方百计要到乡下盖房子。有一位上海老人到邻村租了一块地，盖起了三大间带套房平房，内部结构很牢固也很美观，在水泥浇制的蘑菇顶上加盖了茅草，在住宅的周边种菜、种树、种花。有人问他，这是出于什么目的？

这位返乡人士说，过去我也是农村出生的，小时候也干过农活，后来当了兵被分配到上海工厂当了一名机修工，那时候，乡下的同龄人多么羡慕我啊！退休了，我几次到乡下走亲戚，又羡慕起乡下的生活，可惜我的户口在上海。过去农村户口转为城市户口比登天还难，现在反过来了，城市户口没法变成农村户口了。只好在乡下租块地，盖几间“茅草房”，人无法回到童年时代，但回味童年时代的农村生活是可以做到的。

人生就是一次旅行，景点的进口和出口往往都设在一起。当然特别大的景区，也有几个门的，一般游客总是转了一圈又回到原地。

其实，人不仅旅行有轮回，人每天起床、洗漱、吃饭睡觉有轮回，人思考、写作、画画、摄影、与朋友聚会等等都会有轮回。有物质的轮回，也有心灵的轮回。现在科学家对宇宙是否有轮回争论不断，不过宇宙肯定是循环的。因为，人生活在宇宙中，有轮回也是必然的。

在生命的旅行中，不管是成功还是遇到挫折甚至失败，我们每天晚上总是要睡觉。

每天的睡去，是旅程的一个终点；每天的醒来，是旅程的一个起点。在这周而复始的轮回中，你总能找到属于自己的快乐！

（写于2015年10月7日）

“低人一等”是什么

儿时，村子里只有三四户人家是瓦房，其余的多是茅草房，用芦苇织成的篱笆就用来作隔墙。在我的亲戚里基本住的都是茅草房，相互之间也分不出高低，因此谁也没有低人一等的感觉。

五十多年前的一天，住在外村的我父亲的干爹去世了。他家有个直系亲属去吊唁。我父亲的干哥家当时家境好，在当地是数得上的。看到穿着破旧的那位亲戚，不许他进门，并很不礼貌地说：你来干什么？穿成这样，像什么样子，快回去吧！我父亲在现场，很生气地说：“这又何必呢？人家来也来了，总得让人家进门磕个头吧。”

打那以后，我父亲很少与他的那个干哥来往了。他经常说，对那些看不起穷人的人要离远一些。三十年河东三十年河西，谁也看不到自己的背脊骨啊！

后来，我父亲的干哥死得很早也很惨，他连骨灰都没有被留下，而那个被羞辱的老人健健康康，至今还健在。

家里穷，没有社会地位，并不代表低人一等，再穷在人格上都是平等的。人是要讲辈份的，总不能因为穷，原来你喊他伯伯，现在喊他哥哥吧！

我上小学二年级时，因为钱花得少，就剃“平顶头”，跟“和尚头”差不多。理个“西装头”要比“平顶头”价格贵一倍。一次走在放学的路上，一个大人指着我的头说：“你看这孩子还剃和尚头呢！和尚头买酱油，酱油泼掉，和尚死掉。”孩子们听完笑得没有个完。我太受刺激了，气都不打一处来，跑步回家把这事告诉了父亲。父亲笑了笑说，人家是开玩笑的，人家瞧不起我们，我们要瞧得起自己。那时我的个头就比同龄孩子高，被同学们笑话了，好像又觉得自己顿时矮了许多。虽然这是开玩笑,我也不知道什么叫低人一等,但它让我知道被人瞧不起是什么滋味。

时代总是跟人开玩笑,我看现在剃“和尚头”的倒是成了一种时髦!没想到,几十年前的儿时我曾那样的时髦。

社会上太多的世俗偏见造成了许多似乎是“低人一等”的现象。在城市里干苦脏累活的人有没有给他低人一等的待遇?农民工子女上学有没有低人一等的做法?公共资源不能平等享用是否让有人感到低人一等的气愤?报酬和奖金分配不合理,是否让人尝到有低人一等的苦味?

谁都不愿意做低人一等的人,所以平等是公理。维护公平正义是我们老百姓内心的呼唤!

其实,低人一等是不存在的,只是一种表象而已。

我们生活在社会底层的人,对那些瞧不起我们的人,对那些有了钱就不把别人放在眼里的人,尽管从心里翻白眼,但那是没有用的。

我们大部分是“低就”的,但“低就”未必低人一等。普通岗位的事总要有人去做,城市哪一天少了那些干苦脏累活的人,你生活在那里能舒服吗?他们是高尚的,应该得到尊重。

有些大学生一毕业就希望有一个舒适而高薪的岗位,这是不现实的,每个人都要从底层做起。如果干什么都挑三拣四,或者以为选准一个岗位便可以一劳永逸,那么你就可能永远是真正的低人一等。

有的人开始走向社会就昂首阔步、趾高气扬,自认为高人一等,而后来就逐步衰退了,这样的教训太多太多。

(写于 2015 年 10 月 11 日)

面对“站着说话不腰疼”的批评

有两个人本来是朋友,因为一点小事吵架没完没了。这时有人出面想说和,于是帮助找出各自的不足,提醒都从自身找原因,都站在对方的角度想想,并建议双方握手言和。尽管分析是有道理的,但双方不仅不感激,反而翻着白眼,双方都扔下了这样一句话:这是站着说话不腰疼!

相劝者回到家又遭到了老婆的批评:你是吃饱了撑的!原来他们两个与你关系都不错,现在好了,你劝架不成,反倒弄成“猪八戒照镜子”里外不是人!

原来这三个人比较投缘,说明有共同的兴趣和爱好,但两个人遇到具体问题,尤其是涉及到个人利益,情况立即就发生了变化。这时候,你分析得再有道理,他们也听不进去,也不认这些道理了,反而会认为你是站着说话不腰疼。

劝人先劝己,能否相劝,要看对方的人生阅历、认识事物和分析事物的能力,以及他们的价值观,不能用自己的一把尺子去量每一个人。

邻村的一位老先生妻子去世多年了。他与家里四个儿子不住在一起,在河边上的一间小房子里独住,而四个儿子都是两层楼房,老先生的房子小得站不了几个人。老先生生病了,没有一个儿子把他接回家住,邻居们议论纷纷。

更让人气愤的是老人死了,四个儿子没有一个愿意在自己家里设灵堂。因为老人宅子在河边上没有场地,不好做法事,连个磕头的地方都没有,没有办法举行葬礼。这在当地都被认为是大不孝。

他大儿子的发小更是激动不已,说,早知道这样,老人就不该生下这四个儿子!

过了几个月,说这话的人自己父亲也病倒了。在医院里,有人看到老人拖着虚弱的身子,独自举着盐水瓶上厕所,便问他,你儿子呢?他摇了摇头,说“他忙啊! ……”

说别人时很聪明,轮到自己时也很荒唐。人往往喜欢评论别人的故事,做着自己的选择。在批评他人时,有没有问问自己:是不是真的“站着说话不腰疼”?

在外地当农民工的老张他的妻子病了,本来家里几亩田全靠她种的,后来也只好转包给邻居了。谁知道,这时候城里活少了,自己也被“下岗”回家了。他多少年不种地了,也不愿下地干活了,心想能否找个其他的活儿做做。

正在犯愁时,他的亲戚便上门给出主意,说,有一个养殖项目包你赚钱,并列举了好多人家赚钱的例子。

听着听着,老张却低着头一声不吭。那位亲戚说完了,见老张没反应,还生气了:“你这个人就是一根筋!这些年你只知道为别人打工,就不想自己当老板啊?”见一时说不通,那亲戚一生气就走了。

有钱赚谁不愿意?但是老张这几年在城里打工也没有多少积蓄,哪来钱投资啊?再说,独立做一个项目他也缺少这个能力,年纪也大了,不想担这个风险。

鼓励别人勇于承担风险,开拓创业本来是件好事,但不是每个人都适合创业的。我们帮助别人,也要看到别人选择的可能性。

经历的人和事多了,人的阅历也随着变丰富了。在丰富的阅历中,难免有着自己的偏见。如果老是用自己的见识去评判别人的生活,甚至对别人的生活指手画脚,就难怪别人不但不领情,还会说这是“站着说话不腰疼”。

(写于 2015 年 10 月 12 日)

你的生活圈在哪里?

我有一个朋友,心地很善良,也很乐意交朋友,人家有事,他总是热情帮忙。只要家里有的东西,他总是毫无保留地拿出来给人家。照理说,这样的人,一定能进朋友圈,但让我想不通的是,朋友圈里真正重要的事根本不让他参加。

还有一位远房的亲戚,看到自家人升官了,千方百计去巴结。人家聚会没请他,他自带酒菜挤进去,对方给他脸色看,而他并不在乎。人家明明早就知道的事情,他非要报告迟到的“新闻”。人家一点都不觉得好笑的事情,他却在那里自己笑翻了。他为什么要这样做,无非是想证明自己的存在,自己也是这个圈子的人。哎呀,这又是何苦呢?

职场上,就有那么一些人,坐在一起聊天,好像不说一些领导的喜好及同事的八卦就没话说了。这些人甚至揭露小秘密:不说这些,人家会觉得自己信息来源少,朋友也少。说得越多,靠拢自己的人会越多。殊不知,说这些,最容易伤人,最容易惹祸。自己不受欢迎,也挤不进人家的朋友圈。人家私底下会说,不理他,看他那个臭嘴。

有些事情明明可以拒绝的,有的人就不敢,怕被别人丢下。许多人原本不喜欢饭局,也只能硬着头皮一坐几个小时,把自己的时间碎片化了。我有一个老同事,为了赶一个饭局,从千里之外赶回来,结果人家淡淡地说:有这个必要吗?说明在对方的心里,赶路的同事位置并不重要。

我是这样想的,有些人原本是很好的朋友或同事,有些甚至是我过去帮助过的人,如今人家高升了,接触的层次不一样了,我就主动退让,少些往来,因为我们过去同台演出的一场戏结束了,我已不属于那个圈的人了。他们有更高层次的事要做,自己又没有什么需要得到帮助的,何必要打扰他们呢?

有些人看不起自己,没有必要硬朝里挤。人家看不起自己,责任不完全在对方,原因是自己的能力和水平是不是够得上对方的层次?

我不喜欢哪里热闹就往哪里挤,当然这种性格不一定受欢迎。你当官了,与我没关系;你发财了,与我没关系。我还是我。我很欣赏一句话,我不是一个随便的人。有人请我吃饭,我说我就不参加了。对方很生气,说,难道你比某某大官还不给面子?我只能以笑作答。有一次采访,来了一个美女明星,她架子很大,在那儿摆谱,许多人要她签名,与她合影,我走了。我在问自己,那明星跟我有半毛钱关系吗?

但人也很怪。因为自己做了不那么随便的人,身边才会有人欣赏你。

我的朋友中就有这样一些不那么随便的人,让人觉得很有魅力。他们有自己喜欢的美,有自己偏爱的旅游方式,也有自己独特的看法,不随波逐流,有自己钟爱的服装品牌,甚至也有自己的小脾气,但我很尊敬他们。

这样的人,即使不能让所有人都喜欢,但做到了让喜欢他们的人最大限度的满足和舒适。话是这样说,不做"随便人"很难,但要朝着这个方向去努力,尤其是年轻人,要努力让自己优秀。只有优秀了,人家才会看得起你,才不会把你放到圈子外。硬朝里挤,人家不欢迎,自己也不自在。

(写于 2015 年 10 月 12 日)

我们需要什么样的与众不同

我们是否已经进入了一个大家都喜欢与众不同的时代？

网友说，这个时代每个人都希望与众不同，不管是穷人还是富人，大人还是小孩，人生来就希望与众不同。平常聊天时，希望与别人有不一样的见地，出去玩想玩得不一样，甚至女人穿衣服都不愿意与人撞衫……人们希望通过一种方式来展示自己的独立、与众不同，希望有一个与众不同的自我。做产品的，就要琢磨如何让产品与众不同，让用产品的人能够通过用你的产品证明他的独特性、品位与鉴赏力。

但是又有一种人不喜欢与众不同，比如在会上讲话，前面的人讲过的话，他拣起来重复了一遍又一遍，老百姓说，这样的话我听得耳朵里起了老茧；写文章，前面的人用过的标题，他也拿过来反复用。比如写到参加展会，就写精彩亮相；比如写一件新事，就说一道亮丽的风景；比如写到互联网，就写互联网“+”什么“+”什么；比如不管什么级别的领导只要一开口，就写某某作了重要讲话，一般领导够得上用重要这个词吗？比如，微信上其实没有什么新鲜内容的帖子，总是无数次看到同样的题目：《什么人写的，太有才了》……

人总是很怪，有时候喜欢与众不同，有时候又有从众心理。在这样一个时代，我们究竟需要什么样的与众不同啊？

（写于2015年10月12日）

慢点骄傲

那是上世纪八十年代初的一天,邻乡的小陈带着一名高鼻子蓝眼睛的金发女郎回老家了。村子里像炸开了锅一样,左邻右舍一个个飞奔过来看热闹。人太多了,小陈家屋里站不下,场上都站满了人。

原来,小陈在上海承包了一个内河码头,做沙石生意赚到了一些钱,他想衣锦还乡,请了一个法国小姐陪他回家,说是自己的朋友,目的是在乡亲们面前显摆显摆。

过了两年,老家一个亲戚想托小陈帮忙找点活干,打他“大哥大”,说是已停机。干脆来上海找他,房东说:“他租的房子早已退了,现在住哪儿不知道。”

经过七转弯八转弯打听,终于在一个建筑工地的工棚里找到了他,一副落魄的样子。他低着头,不想说话。在亲戚离开时,他说了一句:“我现在欠下的债今后几十年也还不清啊!不怪别人,只怪自己让胜利冲昏了头脑。”

我想起了网友的一句话;想快点成名,就慢点睡觉;想快点长智,就慢点骄傲。

也是上世纪80年代初,老家有一位回乡知识青年接手一家砖瓦厂,他从负债500多万做起,经过十多年的打拼,做成了一个国家级高新技术企业集团,核心企业也在A股上市了。如今已成为全市最大的制造企业、国内行业的领军者。

在讨论公司20周年庆的时候,有人建议出一本他个人辉煌历史的书,也有人建议请央视的主持人和名演员搞一场像样的晚会,还有人建议拍一部反映成就的电影。

这些建议都被老板一一谢绝了。

他说，“企业才20岁啊！一个20岁的青年被说成多么伟大，不是让人笑话吗？照这样做，人家一个百年老店怎么捧啊！一个人如果被说到登峰造极的地步，我看这个人也就离失败不远了。”

后来，他毅然决定，把用于公司庆生的钱节约下来去做慈善，一次性向当地慈善基金会捐款1000万元。

我们每一个人都拥有头脑，但并非每个人都善于用自己的头脑。有时候，清醒的头脑比聪明的头脑更重要。

人都喜爱别人表扬，表扬激励也使人进步。但过度的表扬，会使人头脑不清醒，骄傲会来得太快。

与有的人坐到一起，会觉得很怪，三句话不到，就会自我表扬。

一次，我和朋友两家人坐在一起吃火锅，朋友的妻子一开始就对丈夫说，吃饭不谈工作，大家轻松一点。哪知道，朋友还没有等到动筷子就开始谈工作了，谈成绩，谈得眉飞色舞，谈得滔滔不绝。从头到尾，都是自我表扬。

我听了一点也不难受，确实也从他身上学到了不少。听着听着，像是看演出一样，那顿饭让我们夫妻俩乐得不行。朋友间说说，偶尔骄傲一下没关系，但是在其他场合未必合适。后来，很多人抓住他的一些话柄，说他骄傲自满，看不起人。他吃了不小的亏。

人过于欣赏自己，就发现不了别人的优点。当然过于欣赏别人的优点，也会看不见自己的长处。聪明的火花没有点燃，聪明的头脑也会变得愚蠢。聪明不聪明，就在于头脑清醒不清醒。

有这样一则故事。

一女子问大师：“大师，我长得这么漂亮，每天都被一群男人死缠着送礼物、请吃饭、看电影等等，我又很难拒绝别人，该怎么办呢？”

大师默默的从池塘里舀起一瓢水泼在女子的头上。

女子恍然大悟地说：“我懂了，您是要我头脑清醒，心静如水，以清澈的心态面对世间万物是吗？”

大师：“你只要把妆卸了，世界就安静了。美不美一瓢水，卸了妆全是鬼！”

保持清醒的头脑,就可以让骄傲来得慢一点。人生难免要走些弯路、小路、险路、暗路。自己走在平坦路上步步胜利的时候,最好忘掉已有的成绩,这样就不会自寻烦恼。如果脑子不清醒,再快的脚步也会走歪。即使没有跌跟斗,层次也上不去。人生要少走弯路,必须三思而行。我的人生也有不少教训。过去有长者、同事也没有少提醒自己,可年轻气盛时就是听不进去,等到清醒过来,为时已晚。

再平凡的人,都会有骄傲的地方,但是你的荣誉,也只是一道亮光,那是无法留住的。很多人的成功让人羡慕,但它也只是一个硕果,无法做到一年四季都能品尝。

人都喜欢鲜花和掌声,但老是活在鲜花和掌声中,那是对自己的欺骗。活在别人的掌声中,最容易迷失自己。让骄傲来得慢些、慢些、再慢些吧!

(写于 2015 年 10 月 19 日)

欣赏别人是不需要理由的

一次,我去一个景点游览,跟在导游后面听着解说。正听得入神的时候,只听一对夫妇吵起来了。妻子说:“这里有什么好看的,不就是山和水吗?山水哪儿没有?我不想看了,我们回去吧!”丈夫说:“我本来也不想来的,你天天嚷嚷要出来旅游,这回真的来了,你又不想看了,要回去你先回吧!”两个人你一言我一语,吵得其他游客也很反感。这对夫妇根本没有心思欣赏这里美不胜收的奇山异水。

山水风光,无非是山是水。但在不同的人眼中,山水就会变得不同。如果我们用欣赏的眼光去看,我们就会发现很多不同的美。如果带着一肚子的不如意去看,就会觉得这个世界不仅没有区别,而且是一无是处。

在上海,观看大牌明星演出是司空见惯的,可对平时不出远门的农村青年来说是多么渴望的一件事情。这样的心情是可以理解的。上世纪九十年代初期的一天,家住偏远农村的小吴,也没告诉家里人,在单位也说谎请了假,先坐农村公交再乘长江轮船,偷偷来到上海亲戚家,想要看一场某某明星的演出。那时候还没有网上订票,这可让她的亲戚姨外公姨外婆为难了,临时到哪儿去弄票呢?两位老人到处求人去搞票,结果还是没有搞到。小吴急得双脚跳,那时,她连跳黄浦江的心都有了。她真的生气了,这场演出的人是自己崇拜了多年的明星,既然不能如意,那饭也不想吃了,她头也不回去买船票回家了。小吴走了,可把她的姨外公姨外婆急坏了,孩子这么多年没来过上海,也没有让她看上这场戏,责怪自己没有门路帮到她而后悔不已。

追星是年轻人的喜好,也是对别人的欣赏,这不是什么坏事。但如果把欣赏当成崇拜,追得连自己都找不到了,那就不是欣赏,那也许是一种悲哀。正确地欣赏别人,可以让自己变得优秀,妄自菲薄和恃人傲物,也可能让人平庸。

欣赏别人,也未必都要瞄准高大上的人物。

乡下邻居老顾家妻子生病住院了。眼看一场大雨就要把已经收到场上的麦子吞噬了。那天,已是傍晚时分,只见弱暗的灯光下,聚集了男女老少一堆人,机器隆隆作响,一个传一个捧着麦铺,将麦铺往机器里填着,有的忙着把麦秆朝外挑,有的把脱粒后的麦子不停地装袋进屋。一场紧张而有序的战斗打响了。他们没有人召集叫唤,有的自己还身体不适也赶来了,有的让放学的孩子拿点饼干充饥先做作业,晚饭回头再煮。经过大家的突击行动,老顾家的麦子颗粒归仓,毫无损失。

像这样的事情在我的老家是常有的,只要一家有事,大家都会自觉帮忙。别看他们也没有读过多少书,但他们与人交往,表现出来的同情、关切和微笑,都是朴实和真切的。他们中也许是当天刚刚吵完架的,换了平时可能几天不说话,但谁家有难了,就会把不愉快抛在一边,会主动上门去帮忙。他们平时可能为谁损伤了他家的几根苗而红脸,有时还喊一喊,骂一骂,没准下雨天,又会凑在一起打牌了。他们没有惊天动地的事情让人欣赏,但他们却是认认真真地生活,勤勤恳恳地种田,实实在在地为人。

我出生在农村,虽然离开农村时间长了,但身上还有泥土味,对农村、农业、农民特别的欣赏。我回老家串门,听他们谈张家长李家短,他们都有自己善良的价值观。每次都有不少的收获,别看那些都是鸡零狗碎的小事,但都会从一个侧面告诉自己的灵魂,我们农民身上的那种大度、那种个性、那种情怀、那种才能,是自己一辈子也学不完的。在欣赏他们的同时,也会找到很多的乐趣。我在乡下开怀大笑的日子真的很多。

人生如果缺少欣赏,就会使自己的生活很枯燥。羡慕是一种快乐,欣赏是无需理由的。

每个人身上,都有值得我们欣赏的地方,只是不能用一双忙碌的眼睛去看,不认真细致去看,也许什么也看不到。

我们去欣赏别人的作品,除了作品本身,也能欣赏到别人的视野和胸怀。

欣赏别人,能够提高自己的气度,会有更多的发现,还能增加相互间的理解,是一种智慧和境界。当然,欣赏别人也不是要活在别人影子里。

一些人脾气不好,但能力很强,有人就不去欣赏;一些人很自私,但技术很硬,也有人不去欣赏等等,这些都不应成为我们不欣赏别人的理由。欣赏别人,要少挑刺,多信任;少冷漠,多热情;少鄙视,多仰视。我们总会找到别人的闪光点。这也许是我们当记者的一种职业习惯,当然记者也不能缺少批判思维。

我感悟到,经常去欣赏别人,自己的内心就会丰富很多。像我们这样的人身上可能没有多少东西值得别人欣赏,那就去多欣赏别人,做个内心丰富的人也好啊!

(写于 2015 年 10 月 21 日)

让自己的未来少一点后悔和失落

小胡硕士毕业后在上海一家研究所工作，工作很体面，收入也不错。她的先生也在上海，他自主创业，事业发展也很顺利。小胡的父母亲在乡下修地球，虽说不富裕，日子过得还可以，除了种五六亩地，还承包了几十亩的水面养殖对虾，每年也有几十万元的收入。

邻居们都很羡慕他家，子女有出息，自己也能干。

但顺风顺水的日子偏偏让小胡的父母亲高兴不起来。小胡的爸爸很伤感地对别人说："我真的不希望丫头长大。孩子大了，翅膀硬了就不听话了，尤其是结婚以后发生了一些事情，我想来想去好像失去了孩子。"一些家庭小事，反映了代沟很深。

在现实生活中，父母与孩子之间的碰撞、隔阂与对立，不是个案，两代人之间的代沟，是一个永远不老的话题。

在父母亲的眼里，孩子永远是孩子，我的孩子别人说不得，我还说不得？我说的都是为他们好。子女们想，你们一天到晚只知道唠叨，你们还是老脑筋，时代变化那么快，你们知道什么呀？没完没了的碰撞，思想上的距离越来越远，甚至有的子女自己也生了孩子，对父母还说出"我恨你们"这样的恶语。

在乡下，我与一些老人谈心。他们总是这样说，看来我们真的老了，不值钱了。孩子小的时候，父母亲在他们的心里是第一位的，孩子长大结婚了，父母亲就是第二位了，等子女也生了孩子，自己就是第三位的。我们不怪他们，因为一代一代都是这样过来的。

当父母的总有为自己孩子操劳的习惯。

老黄是个"倒插门"，自己生了个女儿，他女儿开始忙事业没有要孩子，等了好几年终于等来了一个大胖外孙，这让老黄高兴得不知说什么好。为了争带外孙,和亲家吵了好多次,差点儿对簿公堂。为了带外孙,老黄夫妇俩连续几年没有睡过一个安稳觉。外孙 2 岁多一点,老夫妻就开始教他识字,恨不得明天就去上大学。外孙三四岁了,还嚼碎了饭菜喂他。家里各式武器、飞机大炮、汽车等玩具应有尽有,从客厅到卧室变成了游乐场,外孙想怎么玩就怎么玩。外孙一天天长大了,而小夫妻俩很少陪孩子。一天他女儿女婿回来了,一进门,只见儿子朝外公外婆身后躲,没有过去那么好玩了,看到的是眉头紧锁一脸的不高兴。女儿抱起了儿子吻个没完,吻着吻着,两眼湿润了,后悔自己当初没有把儿子带在身边。

也有老人跟我说,现在的年轻人生孩子就像野鸭子生蛋,生下了自己就游走了。难怪我在乡下跑了几家亲戚,都是摸了门搭子,不是到城里带孙子孙女,就是去中小学旁边租房给外孙外孙女陪读去了。

老人们多数会服从子女的安排,帮他们看管孩子。隔代喜欢也是人之常情,但也会带来很多的遗憾,过分的溺爱和放纵,容易让孩子以自我为中心,养成他们的自私、任性,缺少谦让,更不爱劳动。老人们更多的包办代替及保护,也会阻碍孩子的独立能力发展。老人们的习惯是希望培养孩子乖巧、听话、不出格,阻止他们捣乱、破坏,很少引导孩子的想象力和创造性。

有些老人不认为这些有错,也有老人会检讨自己的不足,但习惯很难改变。当然,这也不是老人们的错啊!

有些老人,与子女反目为仇,当然自己也是有责任的。是不是年纪大了,顾虑变多了,容易猜疑,明明不是这样的,往往想多了;也有的喜欢挑剔,子女们有他们的爱好,自己总是看不惯;还有的太迁就、太偏激、太武断,与子女交流不畅,给自己带来的不是痛恨就是失落。

我们常常在影视剧里看到这样的场面:一个奄奄一息的老人对儿女说出“我爱你”、“我对不起你,孩子”这样的话。伴随着舒缓悲情的背景音乐, 这些神奇的话语在几分钟之内就化解了彼此间多年的误解、冷漠、仇视或者伤害。

现实生活中,我们不希望出现这样的事情,这就需要父母和子女双方的理解。

老人们总喜欢对子女说,不听老人言,吃亏在眼前。我们说的话,现在你们听不进去不要紧,等你们自己有了孩子,慢慢地你们自然会懂的。

子女们也会对父母亲说,我们已经长大了,我们自己的事情自己会处理的,爸妈你们只要管好自己,健健康康的,比什么都好。

两代人的这些话都有道理,当父母的先是教育和引导子女,陪伴他们成长。接下来时代不同了,有些事物子女们懂得多了,多听听他们的也没错。人就是这样,一代一代的轮回,我们总是要经历一些失望、痛苦、沉思和醒悟,悟得透一些,就会减少自己未来的后悔和失落。

(写于 2015 年 10 月 25 日)

你说我懂就不是距离

老常与老曾是在上海中山公园的一次偶遇认识的。他们年龄相差十多岁,五十年代末期大学毕业的老常,十多年前就退休了。老曾学的是财务,退休才两年。他们虽然学的不同专业、干的不同行当,但是认识以后经常一起促膝长谈,有时下雨天也要约去喝茶。他们哪来那么多话题?老常跟我说,因为有共同的认知,有共同的厌恶,有共同的兴趣。时间长了让彼此结缘,让心灵相互靠近。

是啊!没有默契,哪来相互理解?没有专注,哪能相伴长久?随着年龄的逐渐增长,浮躁的心渐渐地安静下来,思考也会变得多起来,闷在心里的话过去不想说,现在心灵的窗户也愿意打开了。分享心中美好的希望,也会形成一种默契。

人活着需要灵魂,需要一种思想的深度。文学自然可以使人哭泣,一部悲剧的影视片,往往会引起激情的共鸣,因为它传递了心灵的感应。我两岁多的时候,妈妈就去世了,那时没有留下一张照片,我不知道妈妈长什么样子,只听长辈们说妈妈长得很漂亮。几十年来,我常常在梦里看到很漂亮的女人,心里想,她是不是我妈妈?每当做了这个梦醒来时眼睛总是湿润的。所以,我不喜欢看妈妈死了的影视镜头,因为太受不了那种感受。有时在电影院里看到了,我爱人常常陪我中途退场。

这是一种什么力量?是文学的力量传递着一种心灵的触动,作者醮着心灵的共鸣写出来的作品,才能让人感同身受。

做不到感同身受,就无法达成共识。为什么有人在群里老是潜水,你给他发了再多的好帖,他连一个表情也懒得发,因为自己不在那个年龄段,进不了他们的圈。他们对你不感兴趣也是很自然的。70后喜欢养生帖，80后晒晒我家娃，90后超自恋自拍。70后见面谈工作、谈股票，80后喜欢魔兽、美刷，90后忙着追星、游戏。50后60后也会有自己的生活圈，有些深度的文章，他们不嫌篇幅长，还愿意评论一番。各取所需也是一种幸福。

人是孤立的主体，总是渴望与别人愉快地相处。有人能理解你、读懂你，是一件幸事。但是无论世界有多么大，真正能引起心灵共鸣的人并不多。

别看有的人天天应酬，好像世界上数他最忙，因为朋友太多。这些人跟谁都说三生有幸，跟谁都说海枯石烂，跟谁都好得一塌糊涂。但是冷静下来想想，真正属于你说我懂的朋友却很少，因为没有深情，只有浅交。

前一段，我的一位几十年没有见面的朋友在网上遇见了，虽然只有淡淡的几句话，但他勾起了我两人相处时深深的回忆，我们一起渡过难关、一起写过文章、一起聊过未来，现在虽然不在同一个城市，但那种相知的感觉让人怀念。

现在人信息过剩，心灵也渐渐在震颤中变得麻木了，变得粗糙了。自己喜欢什么，就以什么价值来判断。喜欢财的，就老说这个人有钱那个人有钱。朋友之间人情交往，你送我几千我送你几千，谁送少了，嘴上不说心里却不高兴，但见面时还有虚伪的拥抱。有的人整天在一起相处，看起来关系不错，但似乎又很陌生，因为只有物质上的相互来往，没有心灵上的共鸣，知音的心也许从来没有碰撞过。

我很喜欢与智商很高的人对话，因为在他们那里可以撞击出很多思想的火花。在生活里，我也有几位智商高于我的朋友，一有机会大家就在一起聊天。感恩这些你说我懂的人对我无私的帮助。

（写于2015年11月1日）

剪不断,理还不能乱

唐伯伯快90岁了,唐叔叔也年近80了。两人不住一起,偶尔撞见也不说话。父亲在唐伯伯家去世,唐叔叔也没去吊唁,按当地人的习俗,只能把他的孝布系在祭桌的脚上。几十年来,为了家里的财产,多次对簿公堂,后来就互不相认了。

这种六亲不认的事发生了,两家人都陷入深深的痛苦之中,邻居们也感到很不舒服。好好的一对亲兄弟,怎么就成了仇人了?亲情两个字本来是多么美好和重要,怎么说没就没了呢?

不管他们兄弟俩怎么断绝关系,但是他们之间的血缘是无法割断的,这是无法选择和回避的事实。

当然像他们兄弟俩的情况还是极少数,但有些亲戚之间见面虽然不吵架,但说起话来酸溜溜的,好像话中有话,有些明明是很难听的话还用正常的意思反过来说。这样时间一长,就可能结仇,一旦结仇,后果比与外人的矛盾更可怕。

我从小就接受了父亲这样的教育,亲戚之间无论发生什么样的事情,无论自己当时是多么的伤心,亲情毕竟是亲情,割不断的永远是那一份情。

有些年轻人不认同我的观点,认为这种想法太古典了,思维还停留在农耕文明和狩猎时代。有的血缘关系还不如后天选择的社交关系,所以他们宁肯亲戚之间少走动,即使偶尔走动一下,也只是应付而已。年轻人在一起有共同的兴趣和价值观,因而走动比亲戚热络,这也是可以理解的,但不能娶了媳妇忘了娘,有了朋友就不认亲戚。

有些年轻人在城里生活时间长怕回老家,他们不为别的,怕叫错了亲戚的称谓而尴尬。平时那些父母亲很少教孩子认亲戚, 特别是

80、90、00后，他们大都是独生子女，亲戚越来越少，关系越来越简单，平时亲近的多是直系亲属，那些七大姑八大姨谁能记得住，搞清楚那么复杂的称谓似乎有难度。有一次邻居家的亲戚登门了，孩子妈连忙对4岁的孩子说，你看这孩子连人都不叫，你快叫人啊！孩子想了半天，不知道叫什么好，只好大声吼了一句："人啊！"在哄堂大笑之后，那爸妈的脸上只留下了尴尬二字。

中国自古以来，就注重伦理亲情，别把叫不叫人当作小事，因为称谓是代表了一种关系，一种无法抛弃的亲情，它记录着浓浓的血脉亲缘。无论是什么时代，剪不断，理还不能乱。

亲戚之间亲不亲，当然不光是亲情，还有感情问题。我女儿生下来就是她外婆外公带的，她对两位老人的感情特别深，现在回家她还愿意跟80多岁的外婆一起睡。很小的时候她看到村上有人死了，她弄不清人活得好好的为什么要死啊，害怕哪一天外婆离开自己死了怎么办？于是她去问外婆，你哪一天死啊？长这么大了，她做梦最不愿意梦到外婆离开的事。醒来知道外婆还好好的，她一天就有好心情。

亲戚不等于一定会有感情，因为感情是一个复杂的事，需要双方认同才行。

单先生妻子的亲兄妹十来个，岳父母含辛茹苦把一个个孩子拉扯大。两位老人在"一亩三分地"上写出了一生的精彩。他们拖着古稀的身子还在种蔬菜和瓜果，惦记着需要的子女回家拿一点。单先生岳母在世时，每年正月初二，老人煮上可口的饭菜，让好几桌的儿孙们回家吃一顿，虽然不是什么大餐，但那种一家人其乐融融的氛围让人难以忘怀。每次当儿孙们离开时，他们总是站在那老屋旁，看着离开的背影走得很远很远。

在这样一个几十号人的大家庭里，人与人之间不可能没有一点背后之言，但是不管怎么样大家还是把亲情看得比什么都重要。兄妹之间经济条件各不相同，谁家有困难，大家都会帮衬一把。大家坐在一起，从来不比官职、比财富、比子女，有什么需要提醒的相互会及时关照。有条件有能力的就多做一点，从来不计较什么回报。遇到什么好的项目互通信息，有钱赚，一起来做。单先生每当谈起这个家，总是感恩岳父母的善良，感恩老人的家教。

社会上，亲戚中要是出了脸面风光的人，邻里街坊也觉得有面子，有些人就想着去沾光享福。还是那句老话，穷在街上无人问，富在高山有远亲。明明是同样辈份，有人做起事来就有不同的对待，选择性很强。有的人对亲戚要求很高，希望对方为自己做什么，从来不想为对方做什么，稍有不到，还在背后指指点点。亲戚之间的是是非非，大多数出于无奈，不去及时沟通，往往留下了遗憾。亲戚之间的感情，不能靠份子钱来维系，但有的人老是惦记着别人口袋里的钱，变着花样收礼金。因为血缘是纽带，我请了你，你不好意思不来。有人甚至说，我请你，你不来，以后这门亲事就断了，弄得大家“人情胜似火，来了没处躲”。一方面大家都在喊，礼金如此涨实在吃不消，一方面你办我也办，不收白不收，陷入了一个恶性循环的怪圈。

血缘，把你我他连接到了一起，心碰心才是真。其他什么都不重要，千万不要剪不断、理还乱。

（写于 2015 年 11 月 3 日）

真实地活在梦有所想的事情里

同乡的唐先生高中毕业回家后没有去找工作,在自己家的七八亩承包地里种上各种树木,四周用网拦了起来,在树的下面养了草鸡和肉鸭。空闲时间,他不去玩牌,而是悠然自得地在家看书、画画,偶尔还写写诗。

有的人对这种活法似乎不太理解。每个人都有不同的活法,唐先生有着自己的想法,他并没有想要当画家、当诗人,在家种田也很有意思,田里不忙的时候还可以做自己喜爱的事情。他认为,人活着就应该按照自己的心愿,生活不图大富大贵,种养结合的生活比上不足、比下有余,自己的命运应该由自己来主宰。他在梦里常常想,有钱难买人开心,钱多钱少不重要,重要的是自己活得要开心,活得自在。

有人活得开心,有人活得很累,各人有各人的情况。有些客观条件不许可,不可能每个人都像唐先生那样活得潇洒,或许有这样那样的难处。但是累不累、苦不苦、难不难、痛不痛,别人不知道,自己最清楚。生活本来不容易,不要压抑自己,谁都有难的时候,想哭就哭出来,释放心底的委屈;想笑就笑出来,展示最真切的心地。做最真的自己,活着才不会累,做自己最喜欢的事,活着才会轻松。

我老家一河之隔的香台村 54 岁的农民季维康在劳动之余练起了用鼻梁顶大冰箱的绝活。他能够用鼻梁、牙齿顶起各种重物,还创造了两项大世界吉尼斯纪录。

开始,他的这种活法也让许多人不理解,当农民就得靠种田吃饭,你又不去当艺人,这是何苦呢?但季维康不这么看,他认为,人生一路上有这么多的美景可以让自己欣赏,自己为什么就不可以创造美景供别人欣赏呢,人生苦短,活得开心就是最大的成功。

季维康家门前,一台用绳子半悬在空中的冰箱吸引了驻足观看的人们,他笑着说,他能用鼻梁顶起眼前这台近50公斤重的冰箱,不定期外加一些砖块。他从小就喜欢顶各种各样的东西,最初是顶砖头,当时只是觉得好玩儿,没想到玩的花样越来越多,不知不觉就玩了20多年。小到0.06克、大到100多斤的重物都能顶起。一开始家里人都不支持,妻子、儿子为此还和他发生过争执。

但是面对丈夫的一股倔劲,看到他的成功,妻子也渐渐默许了季先生的做法。现如今妻子陪着他一起练习,反倒成了他最默契的助手。

这些年季维康练这项绝活吃了不少苦头,由于没有专业人士指点,季先生都是自己一个人想着练,打碎的啤酒瓶就有500多只,鼻梁磨破的皮有无数层,他没有喊一声苦,在他的梦里就没有“苦”字,只有“快乐”两个字。他这样做也不是为了名利,只是认为这样活着轻轻松松、心情舒畅、开开心心、身体健康。要说利益,这就是最大的利。

人为什么活得累,活得不开心?很重要的一点就是把名和利想得太重了。一切名利都是虚幻不实和变化无常的,我们抛开了这些名利,一些不如意也就随之散去。遇上不如意的时候,要想到一场大雨之后,我们还可能拥有新鲜的阳光。

人都会做梦,但有时候梦会搁浅,这时候我们需要沉静,只要我们坚持,它一定会成为现实。我们能够做着自己喜欢做的事情,努力去实现梦想。

人活着是生活给人看,还是看别人生活?这个简单的问题往往被搞得很复杂。我们不需要证明自己的幸福,也不需要用别人的眼光来证明。我们的生活不可能那么完美,但这些并不重要,重要的不是活成别人那样,而是能够按照自己的意愿去生活,真实地活在梦中所想的事情里。

(写于2015年11月25日)

还有许多让你心醉的地方等着你

人生处在不同的阶段有着不同的体会。

我很喜欢央视《从幸福出发》这个栏目，节目中反映无数青年男女在自己迷茫或遇到挫折时，总会找一些自己喜爱的歌唱来安慰自己，可能对他们来说，没有什么比唱歌更合适的了，他们在享受乐趣的同时，认识了音乐老师和一些在平凡岗位上边劳动边唱歌的业余歌手，自己非常欢喜。这说明，愿意热爱生活，生活就会给你带来很多的乐趣，人赖在青春里不走，青春里有无穷的乐趣也在等着你，一切的悲伤和烦恼就会离你而去。

年轻人有年轻的生活乐趣。学生时代，很多人都会在学校里参加各项业余活动，包括体育运动等。

学校毕业参加工作了，有的人继续学习，坚持参与各项自己喜欢的活动，也能给精神上的刺激、心理上累积的压力找到出口，维持一种平衡的生活方式。许多人因为拥有一项业余爱好，对减轻心理压力也带来了好处，如种植花草、摄影、制作剪贴簿、在鱼缸内养鱼、猜谜、绘画、编织、弹钢琴、唱歌跳舞、写作等等，让青春时代的迷茫少些再少些。

我们每人都可以把自己的生活搞得有声有色，保持着青春的状态和属于自己的乐趣。我一些上了年纪的朋友去爬山、摄影……也干着和年轻人一样喜欢的事情，他们充满了喜乐和青春的活力。

能否找到生活中的乐趣，其实跟年龄没有太直接的关系，老年人也一样，有了好的心态，也同样能找到属于自己的乐趣。

最近，一位朋友告诉我，南京有位离休干部今年 113 岁了，他鹤发童颜、满面春风、举止大雅。人家问他有什么养生的经验，他淡淡一笑：

“哪有什么经验,早上八九点钟起床,吃点早餐,去和90来岁的朋友一起伸伸腰、甩甩手;到了10来点钟,去和80多岁的朋友喝喝茶、聊聊天;吃了中饭睡一觉,下午和70多岁的朋友打打牌”。你看这位老人活得多么自在和快乐。

人活着有了好的心态就能找得到乐趣,拥有了乐趣,也能更加热爱生活。

很多人认为,生活中总是今天重复昨天的事,没有什么有意思的事情发生,感到枯燥无味。有些人不知为什么,有事没事就会伤感起来:为什么我的人生如此不顺,我讨厌这样的自己,讨厌现在的生活现状,我想远离一切,过清闲没有烦恼的生活。在平常的生活中很难见到这些人的笑脸,寻找生活中的乐趣似乎太难太难。

在小区里干保洁员的活本来也很枯燥,但是,有保洁员边劳动边想,进入冬季后,小区的观景水池就不再蓄水,可以用落叶在蓄水池里堆成好看的图案来美化小区环境。现在那个小区内有3个地方已经摆上了这些“秋叶图”,而完成这些工作的是5位45岁左右的小区女保洁员。保洁员李师傅说:“摆出来的造型,都是我们自己瞎琢磨的,现在我们用落叶做过大象、兔子、戏水鸭鸭、心、笑脸苹果、三毛等图案。平时我们工作也挺忙的,但一有闲余时间,我们就会捡捡落叶做新的‘秋叶图’出来。”

小孩们看见了,总会闹着过去玩,小姑娘小伙子过来时都会“咔嚓”一下拍个照片,而老人都会边看边和周围人聊一聊,给自家小孩拍拍照。保洁工枯燥的劳动变成了有趣的艺术享受。

生活不可能每天都是轰轰烈烈,大部分都是平平淡淡、简简单单。只要每天把自己该做的事情做好了,尽量做到最好,那其中也会有很多的快乐。热爱和珍惜平淡的生活,生活不需要那么花哨,但平凡中可以带出乐趣。

心灵深处的憧憬,靠自己勤劳的双手去创造,我们就能陶醉在五彩缤纷的生活中。还有许多让你心醉的地方等着你。

(写于2015年11月26日)

你和我的代入感

昨天，在小区里撞见一位90后熟人，他彬彬有礼地招呼我说：“叔，你最近忙吗？”我说：“还好吧。你在忙什么呢？”他说：“工作倒还不算忙，就是玩手机游戏有点累。”

十多年前，我曾采访过游戏产业，知道这个市场很大，但我不会玩游戏。

小伙子告诉我，要是玩到一部类似动作冒险类的手游，真是不想吃饭、不想睡觉。你看那画面、那音乐、那精彩绝伦的剧情，就会让你沉陷其中，不能自拔。有时候游戏剧情还有不同的故事结局，让你选择不同玩法，真是无法比拟的爽。

他说了一大堆的专业术语，我听不大懂。但我知道，他能玩到身临其境的地步水平肯定不错了。这就是新出现的名词“代入感”。

什么叫代入感，有多种解释。通俗一点，就是我们看影视剧、看小说的时候，有一种幻觉，好像自己就是当事人，如果看得很投入，就觉得深陷其中。

有人说，我不想那样，不要那种代入感，莫名的喜、怒、哀、乐，把假的当真的，有时候都找不到自己了，那样活得没意思。

这是个人的性格决定的。当然也可能作品本身就不那么吸引人，一些书里，有些道理也许讲的是对的，但阅读之后，让人不明白价值在哪里。主要还是缺少人性的因素，接受的人少，缺少感染力。

一部作品有没有代入感，关键要看能否满足阅读者情绪、快感、欲望、期待的需求。在观看影视剧的时候，观众希望那个情节发生，于是这个情节发生了，特别是一些虐主的情节，主角在情节中的感受，那种切实感、时代感、信任感、互动感，很容易让人产生代入感。

为什么有些微信帖子很长也有人看，说明文章与读者的距离很近，能够产生共鸣。

在现实生活中，人们同样有着很多的代入感。在城里打拼的青年，有人看上去并没有吃更多的苦，但奋斗几年，车也有了，房也买了。比比他们，有些人感到自己从早到晚，忙得四脚朝天，这么多年过去了，却没有赚到什么钱，常常在租来的房子里对着天花板发呆，上帝啊！您什么时候能给我一间房？人家结婚生子了，还准备生二胎，可自己还是单身，父母亲就好像不会说别的话，一来电话就三句话不离本行，吵得我头都大了，休闲的时候去扫街，有时候也特别想穿婚纱，可是一想，我的白马王子啊，你在哪里？有人在网上晒幸福，一边看电影，一边吃爆米花、喝可乐。在加班的朋友立马跟帖："你这才叫人过的日子哪"。

在乡下小城镇工作，有的大学生觉得当年好不容易到大城市读了几年书，现在回乡了，生活还不如没有上大学的同学强。镇上还没有电影院，只有几间破旧的健身房。在淘宝上买货，快递都比大城市慢。和朋友去酒店吃饭，没有一次不遇见熟人。晚上6点钟回乡下，公交车都没有了。全镇都找不到一家星巴克，更吃不上哈根达斯，让我怎么给大学同学看朋友圈啊。

如果有了这些代入感，必然会让人烦躁，让人焦虑。

现实生活中的代入感，出现一些负面的想法并不奇怪，但我们不要把自己当"反刍"，那样去人为的联想，越想越无助。遇到这种情况，有人会去散步、练瑜伽、参加有氧运动，也有人会听一些轻松的音乐，让自己的心慢慢静下来。更有人会自己念咒语：这次算我运气不好，但好日子在后头呢；我不去跟别人比，我有我的小幸福；我没有人家奖金多，不怪别人，只怪自己努力不够……

我有几个朋友平时很少看到他们唱歌，但近来却经常在网上发音乐的帖子，也许是从中找到了代入感，歌曲里的一字一句、一点一滴，唱出了我们凡人的心声，从中看到了自己，在听歌的时候，会情不自禁地在脑海里回放过去，那些经历的低谷与幸福，孤独与快乐甚至是绝望，当音乐扬起的时候，心里顿时充满了激情：我们从未放弃，我们一直在努力。

扎西拉姆·多多在《喃喃》中说，有人尖刻地嘲讽你，你马上尖酸地回敬他。有人毫无理由地看不起你，你马上轻蔑地鄙视他。有人在你面前大肆炫耀，你马上加倍证明你更厉害。有人对你冷漠，你马上对他冷淡疏远。看，你讨厌的那些人，轻易就把你变成你自己最讨厌的那种样子，这才是敌人对你最大的伤害。我们需要在代入感中找回自己。

凡是成功的人都或多或少有代入感的情节。

有一位跟了李嘉诚十几年的下属透露，李喜欢看电影，而且，看电影时，他的"代入感"很强，每次都会选择一个自己喜欢的角色，然后随着剧情起伏，"过他们的生活"。85 岁的李嘉诚，从早年创业至今，一直保持着两个习惯：一是睡觉之前一定要看书，非专业书籍，他会抓重点看；如果跟公司的专业有关，就算再难看，他也会把它看完。二是晚饭之后一定要看十几二十分钟的英文电视，不仅要看，还要跟着大声说，因为"怕落伍"。这种勤奋和自律，非一般人能比。

代入感，有主动和被动之分，生活都由自己作主，就看你需要什么样的代入感。

（写于 2015 年 12 月 5 日）

不要太把自己当盘菜

昨天，一位刚从澳大利亚回来的朋友跟我见面谈心，谈了很多他的见闻，勾起了18年前我随团去澳大利亚商务考察的回忆。

对方接待我们的是澳大利亚全国市长协会的主席，他先后担任过几个市的市长，而且担任市长的时间长，资历也深。

负责接待的澳方潘先生一路上手机不停地响起，每隔几十分钟，就给市长报告一次，车子已经到了什么地方，三四个小时过去了，我也记不清他一共打了多少个电话。我想市长大人这么忙，实在有点不忍心打扰啊！

到了最后半个小时，市长在电话里说，马上回家换衣服，准备接待我们。

为什么还要回家换衣服？难道市长特别讲究吗？我有点“丈二和尚摸不着头脑。”

原来，市长正在自己家的小农场割青草，提前半小时回家换了衣服，自己开车到宾馆来接待我们。

也许是体制的不同，他们的市长也许不管那么多的事，没有我们的市长那么忙。

一见面，这位差不多有一米九身高的市长，看上去有五十来岁，浑身没有多少肉，干瘦得很，短头发，胡子有些花白，除了鼻梁高些，与我乡下邻居伯伯差不多，他脸上挂满了笑容，我握着他那青筋可见的手，想说：你真的是市长吗？

当然，也不是外国的月亮就特别圆。

2001年8月27日，“亚太经合组织中小企业部长会议”在上海举行。那天，我去会议采访，提前一个多小时到了会场，当时会场的坐席还没有排定，只见有一个人特别忙碌，不停地搬桌子，拿椅子。这人好像是我们国家的某某部长，不会吧，部长怎么会亲自干这些具体事务呢？也许是我没有看太清楚，人像人的事很多的。我怎么也不敢相信自己的眼睛。

会议开始了，主持人宣布的部长就是他。他一点架子也没有，坐在台上是部长，在台下就是一名普通工作人员。

会务的细节必须做到位，因为亚太经合组织(APEC)把那一年定为“APEC 中国年”，我国作为东道主要主办 18 个重要会议。这是其中的一个会议，不能有半点闪失。

在台下搬桌子拿椅子的部长，我怎么看他都不像官。据说，喜欢一个人的眼睛会放光，会场上，我的眼睛盯着台上的那位部长，瞬间闪出了一道光，心里默默地在说，你这样一位举止优雅、笑容可掬的部长，我们老百姓有什么理由不喜欢呢。

曾国藩是晚清四大名臣之一，他一生力主凡事要勤俭廉劳，不可为官自傲。他说“做人必须像人，做官不可像官”。我找到了例证。

上初中那会儿，我有个同学的爸爸是公社书记，大家都很羡慕她的爸爸是个官。但这官到底有多大，我们这些孩子当然搞不清楚。后来参加工作了，才晓得公社书记虽然能管几万人，干部级别并不高，中央部委办事员的官也比他大。

有人说，官大一点反而谦虚，越是小干部还越能摆谱。我也感同身受。有一些基层干部真是把自己当一盘菜，有的人看上去似乎比国家的部长官还大。

网上有一则笑话：有位县长到本城小店理发，坐定之后，望了望理发师，有点自命不凡：“知道我是谁吗？”“不知道。”“知道我叫什么名字吗？”“不知道。”“知道我是县长吗？”“不知道。”理发师接着说，“您是来理发的，我是给您理发的，您是顾客，我是师傅，这不就够了吗？”那位县长自讨没趣，再不多发一言。

笑话中的这位领导太把自己当盘菜了，希望得到别人的尊敬和赞赏，结果适得其反。“官味”、“官架”、“官帽”都不是炫耀身份的“资本”，越是摆谱，会越让人瞧不起。有些领导别看他工作的时候前呼后拥，其实平日里也很孤独，是因为他们太把自己当人物，也不愿意让老百姓接近自己；在下面人的眼睛里，他们的光芒太大，最好躲得远远的。

不光是当官的，我们老百姓也一样，都不要太把自己当盘菜。

我们自己能吃几碗饭自己要清楚，千万不要高估自己；不要认为自己什么都行，想跨圈子就跨圈子、想跳槽就跳槽，不然后悔的还是自己；领导表扬你几句就找不着北，领导请你吃顿饭，不要认为从此就可对领导“称兄道弟”；人家有背景有靠山，让人家去，他任性也好，牛气也罢，与我无关，我需要埋下头来做事，平实地做自己；人家说我傻子不碍事，只要没人说我是“人精”；我坐什么位置就干什么位置的事，不要想当然地替别人作主，千万不要逞能，更不要种了别人的田，荒了自己的地。我就是我，我算不了哪根葱；你喜欢赖床没关系，因为你躺在床上，也在琢磨着自己今后的目标；城可以埋下，灯也可以关了，只要你自己心中的火焰没有熄灭。

别人不把我们当回事没有关系，我们可以每天给自己一张笑脸。但不把太把自己当一盘菜，因为这样才能让心灵超脱一些，内心安静一些，也才能笑看江湖，笑看人生，静观花开花落。

（写于 2015 年 12 月 12 日）

又到年终总结时

又到了一年一度写年终总结的时候了，因为2015年，日历只剩下薄薄的十多页了。

有网帖说，每年都要写年终总结，真烦人。不知不觉一年就这样过去了，这一年自己究竟干了啥，是有点不堪回首，而自己的年龄却又少不了要长一岁，年岁的增长是无法阻止的。不管怎么样，还是要给自己点个赞，事情不论做多做少，贡献不论是大是小，收获总还是有一点的。

做一次年终总结，会给人留下很多的思考。

在机关事业单位工作，年终奖金人与人之间有差别，但差别不大，但年终总结还得认真去写，因为现在领导的要求越来越严，人与人之间的竞争也太激烈。

有的人事情干得不少，却很谦让，人家称赞他，他却说，这没什么，都是大家一起干的，自己做的事大部分都是份内事，没有必要事无巨细统统写上。在总结时，总是突出写上和同事相关，因而在群众中树立了口碑。

而有的人平时工作做得并不多，倒是很会写总结，被他一概括、一提炼，活像是真的，似乎别人没有干什么，就数他一个人最辛苦，还在领导那里加了不少的分。

在企业里写年终总结，就不那么简单了。不单凭你的文字写得多么吸引人，关键还是靠数据说话，这是硬碰硬的事情。

对照数据，看到了自己的指标差距，也有人在心里盘算，年底的奖金到底按什么标准计发，看看有没有空隙可钻，要不然，明摆着会吃亏。

有人想，做与不做，反正数字在那里，不多不少就算正好，今年数字大，奖金和年收入会多一些，但明年的日子不好过啊，领导再加指标,自己哪里吃得消,还是认输人好过吧。

也有人认为,我做了再多也白搭,有些事情会上说一套,实际做一套,一切都是领导说了算。自己反正不如人家了,那就随它去吧,自己感到很无奈、很无聊。说不定,哪一天自己就把老板"炒"了。有人说什么,年终一总结,钞票赚不了多少,年龄倒是赚到了一岁。有人开玩笑说,一年下来,成绩不突出,事业不突出,腰间盘倒突出了等等。

心态,第一是心态,第二是心态,第三还是心态。写年终总结,不仅仅是文字的功夫,也不只是工作过程的回顾,而是一个人心态的反映。

最近,有一位参加工作不久的年轻人与我交流怎样写年终总结的事儿,当然不需要我教他开头怎么写,正文怎么写,结尾怎么写的写作技巧。现在的年轻人比我们能写。

我们在思想火花的碰撞中,有了共同的理念和认识:实事求是地总结自己,既不夸大成绩,也不要给大家留下自己没有能力的印象;总结写得既不洋洋洒洒、激情飞扬,又要客观地总结、系统地思考,让人在热血沸腾之后,又能看到实实在在的内容;现在的领导都很重视过程管理,是自己的失误决不推卸到别人的头上,勇于承认自己的失误,反而会赢得别人的信任,那种报喜不报忧的做法已经过时了;最好是不要面面俱到地去写,应该做的日常事务没有必要写,写出一年之中的重点、亮点、创新点就好。什么都去说,等于什么都没有说;总结不是目的,目的是要发现问题、分析问题、解决问题,不断提升自己的能力;工作不是一个人做的,不要把自己说得太满,要多想到团队的力量,感恩单位给了自己平台;年终总结,也不能只是背靠背地说,最好能在全员大会上说,经得起领导和同仁的检验。

年终总结是一面镜子,它可以照出自己的美丽和不足,在工作与休息之间找一个平衡点,在享受世界与回归本我之间找到平衡。

年终总结,也能让我们产生更多的联想,我们梦想着天边有一座奇妙的玫瑰园,总结之后,我们更要去欣赏眼下就开在窗口的艳丽花朵。

(写于 2015 年 12 月 16 日)

长大后世界就没有童话

一名70后是我看着他长大的，小时候吵闹得很，见谁骂谁，为这些不懂礼貌的琐事，他爸妈没有少给人家赔礼道歉。

如今，他自己也有了孩子，变得完全是另外一个人。他平时不爱说话，说起生意上的事倒是一套一套的。他市场看得准，经营的步子也迈得很稳，生活水平逐年提升，一家人过得其乐融融。

最近，我与这位青年交流，他话不多，但并不是内心封闭，也不是什么冷漠，他的很多同学和他交往甚密。一起吃饭，有人抱怨很多，他不去附和，而是耐心地开导对方，劝说我们要面对现实、接受现实。他的脾气也没有过去那么暴躁了，倒有一种女人的温柔。当然他也没有出口成章的能力，也说不出许多深刻的道理，但他不卑不亢，待人接物还让人舒服。有同学生意上缺少周转资金，他二话没说，把自己准备装饰房屋的钱拿出来支持。他也并没有特别显赫的业绩令人羡慕，但他的为人处世却受人追捧。他对周边发生的一些让人不太舒服的人和事，不去迎合，更不去起哄，别人评论时，他只是淡然一笑了之。看得出，他的内心能容纳很多东西。我从他身上更多地体会到，什么是从幼稚到成熟的转换。

从幼稚到成熟是每个人的必经之路，任何人无法逃脱。

大人最喜欢问小孩的问题是，长大了你想做什么？

有的小孩说，我长大了想当老师。为什么？因为老师说话同学们都得听，再调皮的同学也会听老师的，而现在有些同学不听我的。

有的小孩说，我长大了想当警察。为什么？奶奶说孩子不听话，警察叔叔要抓的，有些同学不听我的，等我当了警察就把他们抓起来。

我小时候也说过，长大了想当医生。为什么？因为医生给病人打针的针筒很好玩，我当医生会有很多很多的针筒，哪个小朋友跟我好，我就送给谁。

小孩说的话，大人觉得很好笑，而孩子们并不觉得好笑。这是一个幼稚的时代。

过去的幼稚、过去的快乐、过去的幻想、过去的经过，多么的美好。只有小时候，才是无忧无虑的，开开心心，就这么简单。

有网友说，小时候，容易把好感当喜欢，把喜欢当作爱，把暂时当一辈子，这叫天真。长大了，把喜欢当作好感，把爱当作喜欢，把一辈子当暂时，这是在利用小时候的"天真无邪"。

穿梭过去、现在与未来，谁都想留住幼稚，因为长大了世界就没有了童话。现实生活中天真无邪、轻松快乐的日子，长大了就再也回不去了。

有时候我们骗自己，也有时候我们笑话自己，还有时候我们伤害自己，每个人，总在不同的时刻、不同人的面前演绎不同的自己。这个过程，是一种逐步走向成熟的过程。

人有时很怪，总是希望别人成熟，自己可以不成熟，或者去装成熟。成熟不是被习俗磨去了棱角，变得世故而实际，而是能形成自己独行个性，又能与大家和谐相处。

有的人自认为成熟，自认为练达，自认为精明，这是儿时幼稚的持续。不愿意好好学习，自以为是，学了一点皮毛，就认为自己什么都懂，缺少一种归零的心态。

要想实现一种目标，必须得花苦功夫，不能立即要回报，世界上没有白吃的午餐，只有付出了才能有享受；来得很容易的事情，往往隐藏风险；坐在家里想当然算出来的账不靠谱，这个城市有 1000 万人口，掰着指头算，每人每年花一块钱买我的东西，我一年就可以挣到 1000 万元。这笔钱你凭什么能拿到，不切实际的空想也是不成熟。

有人说，我在吃苦时老板看不见，偶然偷一次懒却被撞见了，老板不喜欢我，我还不喜欢他呢；也有人做事很在乎别人怎么说，不懂"人言靠不住，信念最重要"的道理。成熟的人就会自己认准的事抓紧去办,直到办成。

生活并没有亏欠我们,没有成功,是我们努力不够;自己的悲伤没有必要表现出来,让别人分担痛苦;别人说的记在脑子里,而自己的话要放在心里;还没有成熟的果实不要轻易去摘,因为它是苦涩的。

说了这么多,是不是我已长大,其实不然。我虽然已经退休,但并不成熟,有时候还像个小孩。成熟与年龄没有太大的关系,有些年轻人身上的成熟比我多得多。

当然,我也喜欢幼稚,害怕成熟,因为成熟里面包含了克制、隐忍,特别是那种虚伪的成熟,是一件伤感的事。

再幼稚的人也会变得成熟,再粗心的人也会变得冷静,再愚钝的人也会变得聪慧,再内向的人也会变得阳光,再卑微的人也会变得高大。

写到这里,晨曦徐徐拉开了帷幕,老家院子里是静谧的。香樟树上的那只鸟,我不知道它叫什么名字,前几个月,它每天去叼一些柴草挂到树枝上,给自己安了一个“家”。清晨,它时而引吭高歌,声音婉转而动听,把我引入遐想。我想说,亲爱的鸟朋友,有时候我们真的还不如你那样有规律的生活,没有你那样的镇静和老练,我们真的还很幼稚。

(写于 2015 年 12 月 19 日)

这里，清静没事

一次，几十年不联系的老同事带着礼品上门，说了一些让人感慨的话，什么当时孩子从乡下到县城读小学有难度，是你帮忙协调；老婆从乡下到城里找工作，没有少费你的心……这么多年虽然没有联系，但自己始终没有忘记。

老柯每每想起这位同事，心里不免觉得不是滋味。但转过来一想，计较过去也没有意思，还是忘掉那些不愉快吧！

边喝茶边聊，那位同事离开家时，老柯边走边送，反复握手，此时此刻，并不是那种依依不舍，而是想说埋在心底里多年的那句话：请回吧，这里清静没事。

当时，老柯也没有那样的小肚鸡肠，还是把礼品留了下来。事后，他又买了差不多价值的礼品回送那位同事。

上世纪70年代，为柯先生调工资，那位同事和另外一位同事闹到上级机关，使他调资的事被拿掉了。

那个时代，一个月工资也只有30多元，每月能增加四五元钱的一级工资，也算是个不小的收入。

这样的好事，硬是被搅黄了，老柯表面上很平静，装着什么都不知道、什么都没有发生过，但在心灵上多多少少留下了一些伤痕。

到了八十年代，柯先生被提拔当了单位“一把手”，有人提醒他，这样的人不能用。

可是，柯先生没有那么想，大家在一起做事，很难说自己有多大的贡献，那时自己要是加了工资，其他人没有加，心理不平衡这是可以理解的。再说公私要分明，用人要多看人的长处。后来，经过柯先生做工作，那两位说事的也都被提拔任用了。

过了几年,那位同事又借故制造了一个说法,让柯先生和上级主要领导之间造成了一场很深的误会。

这下,把柯先生又一次带入失眠状态。他曾经试着用微笑细数那位同事带给的伤,还是那么的无奈,眼泪也只是随着微笑在眼眶里打转。

柯先生心想,这又是何苦呢,你比我大几岁,咱俩都是来自农村的穷苦孩子,一起从田野上走出来都不容易,两个人的家在乡下也相距不远,这是难得的同事加兄弟的缘分;你人很聪明,不知从何时起,让自己偷偷地喜欢上你;遇到什么不高兴的事,也愿意跟你说,心痛时,总是想到你,身边不能缺少你。

柯先生百思不得其解,他为什么要在背后做这样的事。我们要对身边的人好一点,因为下辈子不一定能够遇见,即使遇见,也不一定能够在原谅之间游荡。我们不要那种无法拒绝的伤害,最好还是做一辈子好朋友。

柯先生回忆说,自己也不好直接到上级领导那儿对证,还是让时间说话吧,因为自己心里是踏实的,没有做对不起别人的事。

抬头不见低头见,白天在单位里那么熟悉的脸庞,那么温柔的话语。老柯说,有时自己发呆,有点神志不清,不知道是清醒还是糊涂。

夜静得像一潭水,似乎所有的生灵都已经睡了,一切显得多么安谧。那段时间,柯先生躺在床上,脑子里反复地回放着已经发生的故事。

他在心里说,没有关系的,你放心吧,我不会去澄清什么,过去的就让它过去吧。没事的,这里还是一片清静。

柯先生认为,自己已经赢得了大多数同事的支持,也不能输掉一两个同事。用人不疑,疑人不用,工作上照样一起商量,一起克服困难朝前走。

又过了几年,柯先生带着淡淡的心情离开了单位,转到其他城市去工作了。

据说,柯先生在原单位工作期间还发生过类似的几桩事,还是那位老同事伙同一些人在背后做手脚,直接影响到老柯的仕途。

事情过去了好多年了,老柯却并不知情。事后,老柯听说了,还是淡淡一笑。他给议论这件事的朋友讲述了书上的故事:有个老人爱清静，可附近常有小孩玩，吵得他要命，于是他把小孩召集过来，说：我这很冷清，谢谢你们让这儿更热闹，说完，每人发三颗糖。孩子们很开心，天天来玩。几天后，每人只给两颗，再后来给一颗，最后就不给了。孩子们生气说：以后再也不来这给你热闹了。老人清静了。大家听了，都会心地笑了。

最近，老柯外出旅游，看到多处寺庙里贴有弥勒佛的一对楹联："大肚能容，容天下难容之事；开口常笑，笑世间可笑之人。"他看了这楹联很有感触，人活在世上，哪能不遇上烦心的事，遇到了，不必惊慌，静下心来想一想，自己在那里纠结和痛苦又有什么用，被伤害的只能是自己，别人可能连感觉都没有。所以，对这些不愉快，豁达大度才是最好的办法。

豁达，是一种宽容。恢宏大度，胸无芥蒂，肚大能容，吐纳百川。飞短流长不要紧，黑云压顶也没关系，因为心中自有一束不灭的阳光。

嘴长在别人身上，他想怎么说，他有他的自由，我们又不能堵住人家的嘴。我们要从容地对待那些说三道四的人，心静一点，时间会让一切云开雾散，会将嘻笑怒骂、大喊大叫撕个粉碎。天空还是宽广的，走过去了，前面仍是一片天。

豁达是一种开朗、一种乐观。豁达的人，心大、心宽。当然，豁达并不等于无限度地容忍别人，开朗并不等于对已构成危害的行为加以接受或姑息。但对于个人而言，豁达的人往往有更好的人际关系，自己也会减少仇恨和不健康的情感。

那位提着礼品上门的同事，不管是真情还是假意，不管是良心发现，还是怕别人记恨，对老柯来说，一切都无所谓了，这里已经清静没事。

老柯的故事让我们明白了，过滤了喧嚣和纷扰，迎来的将是一片宁静，让人产生心静如水的美感。这里有一汪清水可以任凭鱼儿畅游，但仍是波澜不惊。清静了，会让人像雨后天空那样，纯净地感受一份属于自己的天地。

（写于 2015 年 12 月 20 日）

为何感觉是假的

昨天，我与90后小张交流时，他说，现在我们年轻人常常碰到一些真实的“假故事”，事情其实是真的，但我们感觉是假的。有时候自己到实地去游山玩水了，也好像感觉那山、那水不是真的。

上世纪五十年代出生的爷爷奶奶有时候跟孙辈们说：当我们长身体的时候，饿得“三根筋挑着一个头”；我们不知道什么叫幼儿园，读书前只知道跟着父母到田头；三年困难时期我们吃过米糠，以瓜菜代替粮食；当我们上小学的时候，挂钢笔的小学生都是大知识分子；当我们上中学的时候，赶上了大串联；文革期间一度大学停招，只能点起煤油灯在家自学；当我们结婚的时候，也只能用两张小床拼在一起……

小张说，爷爷奶奶们不会说谎，这些事情肯定是真的，但我们想到了很多的不可能，总感觉这是假的。那样的日子怎么活的？所以，那些励志的故事和心灵鸡汤很不容易入脑入心。

年轻人会说，你们老一辈人说的那一套没有用，面包和励志教育哪个重要？填饱肚子是第一位的。你们那个时代不容易，我们活得也很难。我们一天到晚忙，累得够呛，上班来回就得几个小时，回到家还得烧饭、洗衣服，有时连看会儿电视的工夫都没有，一眨眼又到夜里10点多了，明天一早还要去上班。我们既想“朝九晚五”，也想浪迹天涯，我们年轻人吃不起你们那份苦了，我们只相信自己的眼睛。不要跟我们说这些还好，一说我们的火就上来了，现在感觉自己就像生活在高压锅里，高物价、高房价，太多的“亚历山大”！

小张告诉我，这个时代，似乎已经无暇思考。大家忙于玩人人、逛淘宝、织围脖。应付各种考试，要背的东西就很多。上午的快递刚签字，下午又来一大堆，哪有时间读书，理由是现在已进入了浅读时代。微信、微博、微电影……微时代的到来,让自己的知识碎片化。那些真实的故事实在没有时间静下心来读,那么长的文字不适应快节奏生活的人去阅读、去理解。一些年轻人宁肯相信网上那些子虚乌有的东西。

人们在生活中总会遇到一些没有根据的谣言。这个时候,直接把事实告诉那些误信了谣言的人,有时候并不能改变他们的信念。年轻人讨厌灌输式地去教训他们,最好能用他们容易接受的方式,他们会逐步默认你说的话是真诚的、重要的、清晰的、实用的。如果先让他们回忆自我感觉良好的时刻,再让他们去接触那些启迪人生的话题,那么他们就会在接受不同观点上变得更加开放。

小张是一位善于思考的可爱青年,他说,他们这一代人也不是一概抵触那些真实的“假故事”,而是当一些故事真正触动到了他们心灵的时候,他们会产生联想,会有自己独立的思考:只要我们认可的东西就可以,有些书也读得进去。有些励志的真实故事还是很感人的,确实能鼓舞自己走向成熟,走向强大;一个人太缺少信仰,什么都不相信,对世界太冷漠的时候,自己往往会走向孤单,有时候可能连基本生活都难以为继。年轻人不缺少知识,但不向别人学习智慧和经验,在学校里学到的知识,到社会上也用不起来。在最困难的时候,锤炼自己的信仰,就能感受到一股力量,就能找到新的方向。有时候,别人的一句话,可能改变自己的一生。一场梦、一种表情、一个故事有时也会传递暖暖的正能量。失去了热忱,就是伤害了自己的灵魂。

小张跟我很聊得来,不知不觉,几个小时过去了。谈话结束时,他还向我推荐了他们这一代人喜欢阅读的十几本书。

我很感谢这位年轻人,他有点像演讲家,吸引着我饥渴的目光;我也不知道他是不是喜欢音乐,他却能将年轻人对时代的看法、自己人生的感悟演绎得如此美妙;他是我的老师和导游,让我身临其境地走进了90后、00后中间。

(写于2015年12月24日)

投　缘

前天，是“三九”以来最冷的一天。清早，我们四位退休的老记者就急忙从各自家里出来去赶车，我们不是去采访，也没有其他什么目的，因为好久没见了，趁大家有空的时间就约好去一家国家级的湿地公园赏野趣。那么冷的天出去游玩，在常人看来似乎不可理解，但我们忘却了寒冷，边走边拍照，在芦苇丛中的河叉里找小鱼，盯着远处水边的野鸭和候鸟傻傻地看，腿累了坐下来喝茶聊天。我们在长江、黄浦江和东海三水交汇的“炮台”之湾待了好久。投缘人相聚的心情激动又温暖，好像寒冬里的一杯热茶，散发着淡淡的清香，一股暖流流遍了全身，无比舒畅。

生活在同一个城市里，有几位与自己兴趣相投的人经常在一起，诉自己、聊人生、通信息、谈看法、说未来，认识趣味相投的新朋友，关照朋友的生活，成就最棒的自己。这种怡悦会久久地滋润着自己的心田。

几十年来，我从读书到工作，从部队到地方，从农村到城市，从这个行业到那个领域，人生经历了多次的转身。有幸在每一个阶段都遇上了聊得来的朋友。

有的朋友因为从事行业和所处城市的不同，相遇的机会自然少了许多，但自己想起他们时，心里有些不平静，也不知道怎样才能维系好过去的友谊。有一次，我出差到某一个城市，因为时间很紧，我硬是挤出了一点时间，与一位久违的朋友见上一面，那天，刚巧朋友又有重要的事情，我硬生生地在他单位的传达室里等了几个小时，没有什么所求，就是看看，十来分钟的自由交谈后便匆匆离开，赶去机场搭飞机。

但那次短暂的见面，却让我回味和高兴了好一阵子。这是为什么？

我有我的理由，理由就是一句话，“千里之遥也能同醉饮。”

我回到家里，翻翻我们过去的老照片，虽然是那么的稚气，但可以看出朋友间无拘无束的欢乐。生活中有太多的美好，每每翻开回忆时，都能找到曾经的感动。

有一次，我回老家，一位朋友知道了，约我去吃饭，餐桌上坐的除了我朋友，全是不认识的，也可能是因为朋友的某种诉求需要找他们，顺便叫上了我。餐桌上，他们谈了很多也很开心，我一直倾听着，好像有些不对自己的胃口，产生不了兴趣。那顿几个小时的饭局，我没有吭气，自己也不会喝酒，菜也没有怎么吃，我真的尝到了“话不投机半句多”是什么滋味。

我没有理由去责怪朋友和那次同桌吃饭的人，因为每个人都有自己的生活圈，都喜欢与自己志趣相投的人交往，这就是人际吸引中的相似性定律，这个定律已被社会心理学家所做的大量实验所证明。

我的微信朋友圈里，有的人过去就认识，也有的是熟人介绍的。时间长了，会发现真正关注和互动的人会逐渐减少，因为各自的关注点不一样，能经常互动的才是最可贵的。有时候，我也很想融入很少关注我的那些朋友的圈子，但好像也很难，偶尔寒暄也很尴尬，因为相互间缺少能引起共鸣的东西，即便是自己的主动付出，真诚相待，即便是居住在同一个小区，即便是在同一个单位，从事同一类工作，往往也难以融入。

人与人之间具有相同的人生观、价值观和兴趣爱好，才能长久地和谐相处。

寻找趣味相投的朋友，本身就是一件有趣的事。有的人不仅兴趣爱好、性格特点、做事原则和道德追求相同，甚至连一些搞怪也一拍即合，在一起无比欢乐，甚至缠绵到天涯；有时两个人性格完全相反，一个内向、一个外向，一个实际、一个虚浮，一个动、一个静，但两个人因为有共同的兴趣，也能走到一起；有的人在一起虽然也会斗嘴，但具有共同的慈悲心愿，彼此都很善良，也会一起济世施仁，最后成为终生的朋友；有的人表面温和有礼，但常常内敛深沉，情绪与计划都在肚子里转,一旦遇上有深度与智慧的人,也能释放自己,结为好友;有的人也不仅仅是因为趣味相投,因为具有互补性,相遇了,也许有可能成为彼此的知己。

人经历多了,就会发现,原来和谁在一起,的确是件非常重要的事情。无论是事业的伙伴,还是生活上的友邻,因为有相同价值观的人终究会互相吸引。许多人也常常为自己找不到投缘的人而苦恼。

有一位年轻的朋友跟我交流时谈到,自己对一些看不惯的人就很抵触,总是那样自觉不自觉地表现出来,弄得相互之间都有一种说不出的味道,不知该怎样去面对。我认为,即使不投缘的人,我们也不能去对抗,只能是投缘的多相处,不投机的少交流。人活在世界上,总会遇到各种各样的人,要坚信通过自己的努力,总会有新的知己相遇的那一刻。

如果是同事,天天在一起,那更是无法回避。与不同性格的人共处,产生摩擦和矛盾,这很正常。即使不是同事,即便退休在家,随着社区活动的频繁和家庭生活、医疗保健上的需要,也会不可避免地要和各种不同年龄、不同职业、不同思想的人交往,总不能把自己孤立起来。藏在心底的话,并不是故意要去隐瞒,只是并不是所有的疼痛都可以呐喊。对有的话,假装没听懂;对有的事,假装不知道;对有的人,也只能假装对他笑。有些个案很离谱,如果作为相声去看,也很有趣,不但没伤人,自己还能偷着乐。有时被生活折磨,既是一种无奈,也是一种享受、一种快乐。

投缘因素很多,有的是兴趣相同,有的是机缘巧合,还有的是在坎坷路上共同去克服。不管是哪种原因,遇到了,就要好好珍惜,因为谁都想友谊天长地久,但有时久远的友谊可能来不及一笑而会很快散去。你的世界虽然并不缺少谁,从不需要谁进入你的人生,但我们还是需要安静地等待现实的浮与沉,相信总能找到属于自己投缘的人。

(写于2016年1月15日)

爷爷奶奶为何重新背起书包

在我们的小区里,有一所名牌大学的附小,每天下午放学时,有一道奇特的风景,那些六七十岁的老人们从孙辈们手上接过了书包,让孙辈们在前面走,自己背起书包在后面跟着。他们可能不是玩味儿时上学的情景,主要担心孙辈们稚嫩的肩膀背不动。

我问这些老人为什么要这样,那些老人呵呵地回答:这是新常态。

“我们苦点,没有什么,不就是为了孩子吗?”这是我听到成人们说的最多的一句话。

这句话没错,谁家都一样。“一切为了孩子”,许多人在城里拼搏,就是为了孩子能享受更好的教育。

我回到乡下,看到许多爷爷奶奶、外公外婆纷纷放下手中的活,都到城里去了,都是为了孙辈们从小接受良好的教育。

可是,我们的教育不仅仅是学校教育,家庭教育同样很重要,而且更重要的是人品教育,当然还有心情教育、鼓励教育。

可是,现在的家长最容易忽视的是让孩子学会吃苦。有一次,我参加一个单位招聘大学生的面试,我说,你来自农村,一定吃过不少苦吧,请你举出你有生以来最吃苦的例子。

这位即将毕业的大学生回答说,一次农忙,爸妈起早就下田了,我没等他们回来就帮他们洗好了菜,他们回来一烧就好了。我说,这就是你干的最吃苦的事?你爸妈没有让你下田里去帮忙干活?他说,爸妈从来没有让他下地干过活,怕他受不起那份苦。

这件事可能不是个案,现在社会对孩子的溺爱,较为普遍。

现在大人总喜欢大包大揽,包办孩子所有事情。父母把孩子的衣食住行完全安排好,不需要孩子自己动一点手,养成孩子“衣来伸手,饭来张口”的坏习惯;本来孩子有错误,无论是有意还是无意,都应该由孩子自己来负责,但有的父母偏偏袒护孩子,弄得孩子不知道什么是对的、什么是错的;家里不管什么好吃的,首先都给孩子吃,长期下来,让孩子养成以自我为中心的坏毛病。

父母庇护是一方面,更有甚者是爷爷奶奶、外公外婆,他们的理由是隔代欢喜。

他们更是舍不得说孩子,儿子儿媳说了几声孩子,有的老人干脆当着孩子的面对骂,稍微注意一点的也会偷偷地躲起来哭。

从小就被庇护的孩子,他们只晓得生活永远是甜的,不知道还有苦,总是有不劳而获的想法。

溺爱,就是不管对错,都由着孩子的性子来,一味惯着孩子。孩子受到家长的娇惯,往往从撒娇开始发展到顶嘴,由顶嘴发展到骂父母,有的竟发展到打父母亲;有的孩子从小就受到百般溺爱、纵容,导致长大后游手好闲,成为败家子;家长的宠爱和纵容,导致孩子的性格、脾气非常任性焦躁。

长期的溺爱,对孩子的成长和教育十分不利。

父母需要谨言慎行,注意分寸。授人以鱼不如授人以渔,我们不能只为孩子活,日后孩子会有自己的生活和未来,什么都得靠自己去创造。

我朋友跟我讲起一件他在部队经历的事。90年代初,广东一位老板特地把儿子送到部队当兵吃苦锻炼,他儿子被分到团里后,老板拿着礼物,硬是要开后门让其子分到“尖刀连”受苦。那位老板说,儿子只有经历过苦难才能成熟,这样自己的那份家业才能放心地交给他。

是的,这位老板是明智的,即使把所有的一切,包括自己的生命、财富、地位全部交给孩子,孩子的终身也不一定会幸福。

现在当上爷爷奶奶的这一辈人也尝到了苦头,他们的孩子大部分是独生子女,因为只有一个孩子,所以格外地宠爱。谁知他们现在也有很多的委屈。他们平时见了孩子当面不敢说什么,生怕年纪大了,落到子女手上,以后日子不好过,只好在背后、在老人中间发发牢骚。

他们无奈地说,世人都说爹妈好,其实都是老敬小;伺候儿女倒贴钱,养孙子费用也要自己掏;什么高档名牌统统归儿女,淘汰的衣服、手机等物品才给父母用;辛辛苦苦工作了几十年,好不容易退休了,还是没有机会休息,不是炊事员,就是当保姆,一天到晚侍候“小皇帝”,就是星期天也不能休息,还要等儿孙们回家吃饭,有的能帮忙洗洗碗,有的就像客人下馆子,吃完了碗一推就走了。

有的老人已经体会到了,出现上述情况不能全怪孩子,当父母的有责任,当爷爷奶奶的也有责任,都是溺爱惹的祸。

一位 80 后与我交流说，这样下去怎么是好，自己现在也有了孩子,也不知道怎样教育自己的孩子。最辛苦的是上一代及上上代的老辈们,而自己这一代是在溺爱中长大,怕吃苦,导致自己的孩子多数由父母辈带大,有时候甚至还会抱怨父母带得不好,越想越迷茫。孙辈的书包还让爷爷奶奶去背,也不知道下一辈人该如何成长。

世界上,唯独骗不了的,是自己的心。对孩子的溺爱,希望他们在甜水中长大,也是在欺骗自己,但事实是在不知不觉中接受的,回过头看,几分欢喜几分忧愁,不能再让爷爷奶奶去背那背不起的书包,孩子的路一定要让孩子自己去走。

(写于 2016 年 1 月 31 日)

假装是很累的

有一首好听的歌曲叫作《假装很忙》,现在社会上确实有这么一批人假装很忙。好像这个世界上就数他最忙,一顿饭的功夫要接上十来个电话,每个电话都是很长时间,有时候好好一顿饭,就被这么几个人硬是给搅得食之无味了。

有网友吐槽:翻开朋友圈,大家仿佛每时每刻都在忙碌中度过:忙着去赶清晨6点的地铁,忙着去等晚上9点的末班车,忙着啃着面包整理卷帙浩繁的资料,忙着挑灯夜战撰写长篇大论。

其实,他们没有你想象的那么忙,有的人工作效率很低,沉迷和标榜于低质量的"忙碌";有的人也会忙里偷闲,也会在工作时间偶尔刷微博、玩微信,刷着无聊的段子,看着毫无营养的肥皂剧。回到家里,见到家人或朋友,又变得像另外一个人了,一副忙得四脚朝天的样子。

有人认为,假装很忙,也是有其原因的,因为只有说忙,才能找到各种拒绝的理由。"改天约",才能变成不约,"出门了"、"路上有点堵"、"生病了"才能成为合理的解释。

有的人为了营造忙的景象,制造没空收拾办公桌面的假象,故意将资料和书籍放得很零乱,给人一种工作量大且项目繁多的错觉。有的人装忙,手上拿个文件夹、笔记本、报表、A4纸等小道具,左手挥一挥,右手甩一甩,然后在办公室里来回走一下,最好能在领导面前晃一下,看起来就像很忙碌的样子。

现在社会,假装现象很普遍,不光假装很忙,有的人明明生活过得孤单,但却要假装很幸福;有的人已经离婚七八年了,双方父母和亲友、邻居却全然不知;有的人明明过得很累,他却习惯假装坚强,习惯了一个人面对所有,宁肯晚上躲在被窝里偷偷地哭,把眼泪全留在了黑夜，第二天却面带笑容去上班。

有的人出于虚荣，明明是大陆人，死拼恶补当地语言，也假装是港台人。想混进香港人堆中，能说一口流利的广东话必不可少。但就算你会流利的粤语，在用词相同的情况下，还是能分得出广州话、佛山粤语、番禺粤语和香港广东话的差别，他们会想出很多招数，蒙混过去；有人看到别人出国旅游，利用网络技术，弄出几张假装在国外旅游的照片，为求逼真，下载应用软件，搜搜“伪装地理”，这样用自己的手机“能”去地球任何一个地方了；有的人借人衣服、请人化妆、打好灯光，借用高档住宅，把自己包装成明星的模样，在朋友圈里晒“幸福”；有人觉得自己混得没有别人好，同学聚会假装很多理由，不愿意与几十年未见的同学照上一面；有的人明明自己不孝顺，看到网上关于孝顺老人的帖子，特别敏感，不仅及时跟帖点赞，还发表评论，表示要怎样孝敬老人，看上去比谁都孝顺，假得让人觉得可怕。

有的假装，出于无奈；有的假装，出于善良。有的父母明明家里没有钱，也要在子女面前假装自己生活很好，明明身体不好，甚至已经住院了，还在电话里跟子女说，身体很好，天天打牌、逛公园，为的是不让子女担心；有的明明受人欺负，也是假装不知道，即使深深刺痛了自己的耳膜，也要假装没有听见，就算狠狠扎伤自己的双眼，也要假装无所谓，他们认为只有假装，才能让世界变得美好。

人活一辈子，难免没有做过假装的事。我 18 岁那年，家里的窗户玻璃坏了，当时乡下买不到平板玻璃，我跑到上海去买，商店里明明有货，就是不卖给我，因为我说的是老家的方言，后来我跟上海人学习了几句硬邦邦的“上海话”，假装成上海人，终于让我喜出望外，买到了 4 块窗户玻璃。当时谈起这件事，我还很幼稚地谈了假装带来的好处。

其实，从根本上讲，假装对生活是没有好处的。

比如有人假装生气，装着装着也会变得真的生气。因为假装的要点在于用一样东西遮蔽另一样东西；有的假装慷慨，一时假装可以，一辈子假装慷慨很难，因为有些事情是很难永远假装的；有的人假装关心别人，有时也装得很像，但时间不长，往往会被别人看穿；假装，虽然是意识层面上的东西，假装自己的意识是某种样子，假装不记得她，假装很爱她，这种假装难免会发生笑话，让自己很尴尬；人还可以对自己假装，也就是对自己遮蔽自己的真实意识，假装自己在山顶与想象自己在山顶是不一样的。假装总涉及到行为，不是想象的那样，也许假装是为了自己，礼貌是为了别人；一位影视明星说：我不懂什么叫挽留，我只知道，我会难过。你无法叫醒一个装睡的人，也无法感动一个不爱你的人；有的人明明有钱，假装很穷，怕露富；而有的人明明经济条件很一般，却假装很富有，生怕别人看不起，每个人的假装都有着自己的目的。总之，假装和伪装都不是善的行为，假装太多了，人也活得很累。

人最好能真实地活着。人的生命有长有短，人的生活有甜有酸，人的爱情有深有浅，人的快乐有浓有淡；但是，人生想要活得真实，现在的环境对每个人都是一种挑战。

我们需要常常对自己的心灵进行洗涤，不断地进行梳理，在世俗的浮躁和喧嚣中，我们便身不由己地学会了些许应付的技巧：用那种假装去遮盖心虚，还自以为得计；假装的心态常常让我们顾左右而言他，那种对别人的问候和微笑却没有真实的含义。假装的东西本来就没有生命力，虚伪的东西不可能长久存活；不管是因为什么，绝对不要伪饰自己的情感，宁肯自己表现笨拙一点，也不要自作聪明地装假；人与人之间能够真实的交流，是最有效最简单最直接的办法，人的单纯和纯粹是最可贵的，没有必要把自己弄得过于复杂去假装。

亲人间、朋友间最真诚的一句话叫作：“装！你给我装！”虚伪，让人沉湎，真实，令人振作。一个人整天沉湎在虚伪之中，其实他的生命必然浑浑噩噩，也难以独自擎起一片亮丽的天空。

让亲人和朋友最受不了的打击就是假装，哪怕是善意的谎言，有些事情看起来微不足道，但是你假装的次数一多，相互之间必然会产生距离，而且这种忍受往往是难以用语言表达的。

有网友说得好，事业的失败、仕途的挫折、朋友的背叛、经济的诈骗，甚至亲人的故去，面对这些带来的伤痛，我们可以在心灵真实的对话中进行抚慰和休整，有真实的感情作伴，我们也会另辟蹊径东山再起，而儿女的一句谎言，却可以震慑心底最痛的那根神经，让人茫然而不知所措。

遇到难处，不去假装，把真实的事情说出来，反而容易得到理解，假装是不容易得到同情的。

真实地活着是最踏实的。真实地活着，应该成为我们生命的一种本能、心灵的一种习性、人格的一种色彩；当然真实地活着，也会遇到种种阻力，我们同样需要勇气，也要有健全的心态、敏锐的目光和宽阔的胸怀。

不去装假，真实地活着，有时虽然艰难，但不累，相反会很充实、很幸福！

（写于2016年2月23日）

朋友圈与朋友

现在，有微信的人，一般“朋友圈”总有个几百成千的人，但真正能称上朋友的也就那么几个。

微信刚刚出现的时候，许多人很高兴，多年不联系的同学、朋友都能顺利联系上了，太方便了。

但是，没过多长时间，相互的联系渐渐少了，一些人感到压力越来越大，有的是来自工作压力，确实没有时间上网；有的是因为自身所处的地位，觉得自己没有别人优秀，人家在那里晒幸福，自己也没有什么好晒的，所以只是偶然看看，不想说话。

微信的朋友圈里也有一些人原来是不认识的，经过熟人介绍来到朋友圈里。而他们之间有时候反而聊得很多。因为陌生人离你远，如果你的某些观点正好符合他们的认知，就容易引起共鸣，慢慢地被这些人平静地接受了，时间长了，甚至成为学习的榜样。

陌生人之间容易产生赞美，而熟人之间，除了长辈以外，最容易产生的，是嫉妒。

熟人离你近，很多人从小一起长大，或在同一个单位，彼此情况很清楚。你的成功往往成了别人讨厌的镜子。你在这方面成功了，对照之后就感到自己不成功。所以，互动也就越来越少，即使有点赞，也是“炒面炖蛋面子账”，哄你开心一下而已。

线上的“朋友圈”，与线下的朋友圈子，就大不一样了。

其实，自己生活中朋友的圈子，就是自己人生的世界。

真正的朋友更愿意与你共患难，在你遇到困难时，总会伸出手拉你一把，当然，和你共享幸福的人也只是少数，而多数人喜欢充当安慰别人的角色。有些人思想状态不一定健康，总是那么不情愿看到周围的人比自己过得好,缺少一种真诚为别人鼓掌的大气,有的甚至和朋友之间产生的嫉妒多于赞美。

有些人本来不见面不联系也没什么, 联系多了反而出现了问题,因为嫉妒,出现一些不愿多交往的情况。

“在家靠父母,出门靠朋友”这句话是有用的。人活在世上不能没有朋友,朋友还是要交的,关键是选择什么样的人做朋友。

楚国有一个善于给人看相的人,他给人看相,说的和实际情况都非常相符。楚庄王很奇怪,就向他请教。这个人就说:“我并不是能给人看相,我只不过是观察这个人所结交的朋友。如果这个人是一个布衣百姓,他所结交的朋友都能够孝敬父母、友爱兄弟、尊敬长辈、纯厚善良、行为谨慎、畏惧法律,这样的人,他的家庭会一天比一天过得好,他的身心会一天比一天更安定,这样的人被称为‘吉人’。如果这个人是侍奉君主的臣子,他所结交的朋友都是诚实守信、有德行并乐于为善的人,这样的人,他侍奉君主会一天比一天侍奉得好,官职也会一天比一天提升,这样的人是‘吉臣’。如果观察人主,他的朝臣都是贤德之士,左右侍奉的人都是忠诚的人,这个君主有过失,他身边的群臣、左右都能够犯颜直谏,给他指正过失,这样的君主,他的国家会一天比一天更安定,他自己也会一天比一天受人尊敬,天下人对他会一天比一天地心悦诚服,这样的人被称为‘吉主’。所以说,我并不会给人看相,我只不过是观察这个人所结交的朋友而已。”这个人只是观察人所结交的朋友,就能够判断出一个人的前途命运。

我也有一些好朋友,他们对我潜移默化,帮助很大;相互交往很随意,从不客套,说起话来都是真心的流露;大家坐在一起,吃咸菜萝卜干都觉得是营养大餐;我做得不对,他们会当面批评;也不是每天联系,有事了,一叫就到。这些朋友才是我一生中最大的财富,我感恩不尽。

(写于 2016 年 3 月 24 日)

问自己

每年，人们在网上的提问多达 2 万亿个，而搜索引擎给出了相应数量的答案。其中大部分答案质量很高，不少答案令人拍案叫绝，而它们都是免费的。人们提供高质量答案的能力越来越强。我碰到难题，也经常去网上搜索，自己获得了很多知识和方便。

但是，我们不是什么问题都去问别人，有些只能不断地问自己，开启自我探索的门，然后，值得自己信仰的东西也许会显现在自己的现实生活中。

爱因斯坦小时候问自己："如果和光线一起旅行，你会看到什么？"这个问题开启了相对论、质能方程 E=mc?以及原子时代。

有些问题问自己，一时也找不到答案，可以放一放，自己去找书本、找老师、找有经验的人，向他们请教，有时候自己逐步体会，慢慢地会找到答案，再过一段，或许能找到更好的答案。

有些不是知识性的问题，有些属于思想上的问题，当然也不可能去网上搜索，立即得到现成的答案。有些问题可能在几十年后才能找到理想的答案。

正因为如此，我们才需要不断地学习、不断地探索、不断地寻找答案、不断地提升自己。

讽刺的是，有些问题自己得不到答案，而现实中的答案随处可见，自己却还在那里苦苦地思索。一些做人做事的答案很简单，而自己却做不出来，我也经常犯这样的低级错误。

我也经常问自己一些问题，有些问题好像与正确的答案无关。况且有些做人做事的问题，也没有办法找到绝对正确的答案。

但有些问题出现时，自己也特别想回答，但在问题提出之前不知道自己对此很关心。经常问自己问题,能促进自己的思维,一个好问题往往会创造新的思维领域,有时也会重新构造自己的答案。

自己问自己问题,在探索、设想、猜测的过程中,有很多的不确定因素,有时上午这么想,下午就不那样想了,自己跟自己打架,在自己思想的斗争中,再去学习求索,有时会获得意外的惊喜。

对有些问题处于似懂非懂的时候,也不要责怪自己愚蠢,因为许多问题是不可能全部被预测的。

那些学习多、学得深的人,头脑比较好使,他们问自己的问题,往往很快找到答案;他们有时提出一个问题,不仅自己能回答,而且会不断派生出新的问题,又能启发自己作出更有深度的回答。而我自己有时往往琢磨半天,也理不出头绪。这就是人与人之间的差距。

每天早晨醒来,躺在床上没事,我也经常会问自己,昨天我遇到了什么人,遇到了什么事,我为什么那么激动,心里总有一些想不通的问题,其实细细想来,有的是自己错了,自己只有看见并接纳了所有的事情,才能在每一个事情里,重新遇见自己。我们需要去寻找一个未知和觉醒的自己。

我想,在没事的时候,经常问问自己,真的是一件有意思的事情。

(写于 2016 年 3 月 25 日)

人活得不能太物质

据说最近出了一种“道德险”——扶老人险，3元管一年，这种险的出发点是为了让人们可以没有后顾之忧地去扶老人。这可能是保险业最奇葩的保险险种了。

我也不懂保险业务，对业务本身我无法评论，但这件事让我们感觉到，这种本末倒置的怪异现象，反映了社会道德的缺失成了普遍现象，做好事也要上保险，似乎只有金钱才是万能的，人也活得太物质了。

人们进入了一个物质极大丰富的时代，但在这样的时代，人们的心理问题却日益凸显，空虚、寂寞、无聊、不快乐、抑郁的越来越多。许多情况，都是爱慕虚荣，重物质享受轻精神引领的结果。

人的生活包括物质和精神两个方面，离开物质，人将无法生存；而精神，主导着人的生存与生活方式。

钱钟书的夫人杨绛先生，在送走了老伴和女儿后，依然能够充实乐观地活着，很大程度上得益于她在精神上的追求。在钱钟书去世后，她在这样的高龄依然整理出钱老大量的宝贵手稿，把它们出版成书，自己也把一个百岁老人的人生感悟写出来，为世人留下了宝贵的财富。

她不慕虚荣，不好热闹，为了躲避学生和朋友们要给她祝寿，每年过生日之前就会躲到一个外人找不到的地方，安心于自己的生活。精神上的富足，让她对物质很淡漠，把800多万稿费捐献给母校，家里却依然是水泥地面。

杨绛先生的生活才是有品位有质量的，她的内心是充实的、快乐的。

有一位熟人跟我讲,小时候自己连温饱问题都解决不了,根本谈不上精神生活,现在条件好了,我就要让自己的孩子过上幸福快乐的生活,孩子要什么我就买什么,我不能让自己的孩子受一点委屈。

这话本身也没有什么错,是的,做父母的通过自己的辛勤劳动,给孩子创造丰衣足食的物质条件,也是做人的美德和责任。一个好吃懒做的家长,不仅不能给孩子以物质生活的基本保证,更给不了孩子丰富的精神生活。富足的家庭不仅更有利于孩子的健康生长,也为孩子的高雅精神生活创造了机会。

但是,如果过于追求物质享受,也未必是件好事,有可能给孩子造成负面的影响。比如有些孩子会在学校里炫富,今天爸妈给自己买了什么,明天又买了什么,但却不知道这些钱是怎么得来的。有些年轻人大学毕业都参加工作了,也分不清地里长的什么是麦子,什么是水稻,更不知道大米出自麦子还是水稻。因为从小就有人服侍,虽然出生农村,但从来不下地劳动,饭来张口,衣来伸手,这些孩子谈不上精神涵养,只嫌物质享受不够。

所以,对孩子的成长,不能光靠物质享受,要重视精神生长,要有精神引领,要培养孩子的人文精神,让孩子接触历史上、现实中的感人事件、人物,领悟其中蕴含的人性价值。当孩子出现心灵困惑时,不管如何幼稚,都要站在孩子的视角,帮助其拨开迷雾,让孩子感受长者的智慧和精神境界。

如果物质条件好一点,能够帮助别人,也会得到快乐,从科学的角度来讲,如果你想摆脱忧郁,就通过帮助别人来成就自己,因为这样做会对你的大脑产生直接影响,让你感觉更快乐。物质条件一般的人也可以帮助别人,因为善事随时随地都可以做。

快乐研究专家索尼娅·柳波莫斯基与她的同事安排了一组参与者在长达6周的时间里每周都做5件与金钱无关的善事。这些善事都非常简单,比如写一张感谢信笺、献血或是看望一位朋友。有的参与者一天做一件善事,有的参与者一天做五件善事。那些一天只做一件善事的人会感到快乐在一点点增加,但是每天做五件善事的人却难以置信地显示出:他们的快乐程度增加了40%。

人没有物质,生活不了,活得太物质,缺少精神生活,生活质量也高不了,也无法得到幸福和快乐。

(写于2016年4月14日)

人的最大哭声是沉默

小王是单位里出了名的“温顺的小猫”。你说他什么，他都不生气。遇到再大的委屈，他都不吭声。同事们似乎看到了他一颗清澈的心，他的内心好像从不混乱。他从来不告诉别人，自己有多愚蠢、多天真、多善良、多幸运、多倒霉、多痛苦，他总是用沉默去掩饰自己的情感。在领导的眼里，他是一块金子。有一次，有人在领导面前说他闲话，领导不耐烦地说，请你不要再说了，他是我的爱将。

可谁也没有想到，就在小王一步步得到提升的节骨眼上，他却毅然选择了辞职。

这件事让许多人大跌眼镜，这样一位沉默是最大优势的人，做出这样的举动，让人思考了许多。沉默，是不是一种表象？沉默，是城府，是睿智，是内涵；沉默，是最后的清高，也是最后的自由。

鲁迅说过，“不在沉默中爆发，就在沉默中灭亡。”小王选择辞职的真正原因，我们没有必要去搞清楚，人各有志，他一定有着自己的理由。

我们这些性格直爽的人，是无法理解到沉默的自信和威仪的。总感到有些话憋在心里很难受，不说出来，有时候晚上睡不着觉，体会不到沉默的温柔和爱心，看不到它的坚韧和力量，更不懂得这是一种理智的沉淀。

选择沉默的人，不是不想说，而是有些心事没有办法说，只能去沉默。有些事情宁可烂在肚子里也不逢人就说；有些事情确实无可奈何，只能去沉默，宁可不说也不要说错。所以懂得沉默的人就算心上有百般苦涩，他们的脸上却不动声色。你与他交流，谈到委屈，他也只是一笑而过。沉默有时也是迫不得已的挡箭牌，因为懂得了沉默，就懂得了自我完善、自我净化,有时就会意外地摘到理智的果实。

当然,沉默也不是屈服、不是让步、不是胆怯。可遇到纷繁复杂的情况,选择沉默,会趋利避害、顺应时务,化险为夷。有人在回答某一具体问题时,选择沉默,就很机智,他不是不懂得怎么回答,而是懂得不回答才是最好的回答。

凡是优秀的人,都会有一段沉默的时光。那一段时光,他们付出了很多努力,忍受了很多的孤独和寂寞,不抱怨,不诉苦,只有自己知道。

但他们不是天生的软弱,他们有自己的难处,也有自己的酸楚,他们虽然习惯了沉默,但他们仍然渴望得到理解和体贴。经历过的人,话不会太多。他们的心里话,和谁说、谁可说、谁能说、谁懂得,他们考虑了许多,有时只能选择沉默。沉默的人,内心脆弱,承受最多,最需要人懂。

我过去的同事老张,是一个爱唠叨的人,他平时没心没肺地想说什么就说什么,同事之间也是无话不说。他有一位好友平时做错了事情,他会当面批评,好友也不生他的气。但后来突然变得沉默不语了,他再也不去指手画脚了。因为他的那位朋友做了让他伤心的事,让他完全失去了信心,所以他选择了沉默。难怪有人说,沉默是一个人最大的委屈,无言是一个人心碎的哭泣。一份感情,不怕不堪就怕欺骗;两人之间,不怕争吵就怕沉默。什么都不想说了,一颗心,就会疏远;一段情,就会消失。

当然,不是所有的沉默都没有情感了,而是更深邃了,因为能真正打动人的心灵的东西,是那样朴实无华的默默守望,而不是宣言似的宣泄。

但我们不要总是把别人的沉默当作软肋,要看到沉默的力量。人一旦在沉默中潜心积蓄智慧和力量后,有一种一飞冲天的力量是锐不可当的。

人的一生中谁都有被招惹的时候,一般情况下能让则让,至少不会在第一时间大吵大闹,先是不动声色尽力掩藏自己的情绪,忍耐再忍耐。但忍耐是有限度的,等到自己认为适当的时机,就会以大义凛然、名正言顺的借口,大肆爆发出来,让对方知道你也不是好惹的。这就是我们平时所说的,好人发了火,恶人吃了苦。人的火暴脾气不发是不发,一发会吓死人的。不要“老虎不发威,当我是病猫”!

我们要学会回味,自己要学会韬光养晦的沉默,而对别人的沉默,却不能熟视无睹,要学会对别人的尊重,以心换心,真诚待人,千万不要等别人忍受了半天激怒爆发时才去补救,那时已经晚了,再也找不到疗养心灵创伤的寓所,也无法得到祛除莽撞激素的灵丹妙药。

沉默也好,开朗也好,自己的路自己选择。平凡的脚步也可以走完伟大的行程。第一个青春是上天给的,第二个青春是要靠自己努力的。每天醒来,敲醒自己的不是钟声,而是梦想。我们不能只是幻想利用别人沉默的善良,而自己却选择了不愿付出的自由。永远记住,人最大的哭声是沉默。

(写于 2016 年 4 月 19 日)

找回自己

这段时间,我的失眠又开始了。这难道是个循环吗?好一阵差一阵的。睡不着的时候,总想到怎样放松自己。

进入到一种半睡半醒状态的时候,好像开始进入自己的潜意识……

自己一旦进入潜意识,很自然的,就卸下了伪装,呈现出最真实的自己来,于是在自己的内心像是踏上了一趟寻找自我之旅。

躺在床上,我常常会想到,过去的多少年里,哪些事情做对了,哪些事情做错了。安静的时候,头脑是最清醒的。

先放松,再放空,随后渐渐找回自己。

挪威大剧作家易卜生有句名言:人的第一天职是什么?答案很简单"做自己"。做自己,看似再自然不过,实则不容易。它遇到的第一个强劲对手就是"自己"。需要时时战胜自己,找回迷失的自己,才能做自己。

前天,我在车站等车,听到旁边一老一小在对话,很有意思。

他们两人原本也不熟悉。小的介绍说,自己是1997年出生在上海,香港回归时,他父亲去了香港,他和姐姐留在上海读书,中学上的是上海徐汇区的一所重点学校,后来,姐姐考取了香港大学,自己留在上海读大学。大学毕业了,他仍然很叛逆。一次他回到母校中学,见到校长,叫他小黄。黄校长说,你这样称呼我好像不太好,你不叫我黄老师,你哪怕喊一声老黄也行啊。

大学毕业了,他根本就不想工作。他认为,他父亲在香港有几处房产,自己靠这些房产的租金就完全生活得很好了,何必还去上班吃苦受累呢,自己又是香港居民。后来,父亲对他说,你如果想那样生活,那我就把这些房产变卖了援建希望小学，培养你这样没出息的儿子，还不如培养别的有出息的孩子。

这下把他吓住了。当时，他感到脑子里顿时一片空白，好像有人在自己的背部猛击了一掌，一股激流从胸中穿越而来，心神就像被大海洗过了一样，顿时变得开阔清朗起来。他触摸到了父亲心中强烈的期待，从那时起，他才把那个旷达不羁的自己找了回来。

这位 90 后，这次回上海是跑业务的，现在自己创办的公司经营也一年比一年好。

他对那位长辈说，我们这些年轻人是无法与你们那一代人相比了，每天就这么混着，自己也体会不到父母的辛苦，花钱就不知道钱的来历，也不去看清自己的内心，不懂得好好去过自己想要的生活。

他说，现在自己慢慢懂了，自己想要的生活其实比预期的要难很多。但是，当自己真正在追逐内心所求的时候，也不会感觉到辛苦，因为自己知道朝着这个方向，才接近最真实的自己。

看得出来，90 后的那段话，对那位长辈触动很大。他对那位年轻人说，我的儿子还比你大 2 岁，他好像对人生的理解没有你深刻，回去以后我要把你的故事好好讲给他听，让他也来找回自己。

找回自己，也就是找回自己的心。每个人的心都是半真半假的，不会敞开，这是现实问题，但走不进自己的心里，就难以有进步了。

有人说，反正自己的心自己也看不见，所以活着的很多时候，除了无奈没有别的，心里总是不定神。不定心，就是有烦恼，烦恼的心是停不下来的，也没有办法找到真正的自己。

一位大师说，如果自己的心静下来了，就像清水的沉静，可以看见水中的一切，包括水中的垃圾。能看见这些，说明自己有智慧了。因为心净了，才可以看见世界万物的轨道和潜规则。

我们每个人都在忙着，上班、读书、写作、谈恋爱、旅游、赚钱、交朋友、运动等等，做着各种自己想做的事情，做着让自己感觉快乐的事情。

在没有找回自己之前去做这些事情，往往没有太多的把握，也可能只从个人的愿望出发,缺少全局的意识,即使感觉快乐,也不是真正的快乐。自己活着,不是一个人活着,还有父母、孩子、同事,社会上许多人。找回了自己,头脑会变得清醒多了,就会找到自己想要达到的目标,就会有意识的进化,就会找到一个新的开始。

(写于2016年4月29日)

无法忍受自己欺骗自己

张先生被检查出尿酸过高,医生嘱咐他少吃啤酒和海鲜,头几天他做到了。但后来,他照吃不误,自己对自己说,真听医生的,还怎么活啊!他老婆和孩子都劝他少抽点烟,他说,下个月一定戒了!可是几年过去了,还是没有一天少抽。他对我说,说归说,做归做。这叫自我麻醉,实际上也是自己欺骗自己,他习惯了自我安慰的日子。

当然,有些自我欺骗也是善意的,出于顾及别人的感受。乡下邻居老顾夫妇见在外地工作的孩子回家来了,天天买好菜吃,表示自己现在生活很富足,好让孩子放心,其实平时他家比谁都节省,前不久到县上的医院看病还问邻居借的钱。

有些自己安慰自己的事,自己是有忍受准备的。比如在生活中遇到了挫折,就跟自己说,人生哪有处处如意,自己还年轻,暂时的难处不算什么,一切都会慢慢变好的。

但人的心灵往往是扭曲的,有些事情,明明是自己做得也有欠缺,而把责任都推给对方,这也是一种骗自己;有些事情明明连自己都不相信的,还找出很多理由给别人去说,让人家去做,结果上当受骗;有些事情,明明今天可以完成的,自己也去安慰自己,这样的事早一天晚一天关系不大,让事情一拖再拖,有的就不了了之;有些事情自己做错了,亲友都提出批评,有时候还硬是辩说,好像在企求得到自己的原谅;有些事情知道别人做错了,不愿直接说出来,还拐着弯说,你也有你的难处;有些事情明明不可能办到,但自己总会在想,也许奇迹明天就会出现。因为人有七情六欲,许多时候会自己骗自己。

自己欺骗自己的人,往往缺少自主性,明明自己不情愿去做的事情,别人说了,似乎无法拒绝别人,也只能勉强去做。如果偶然拒绝了,也会让自己产生内疚、焦虑、自责、羞耻等负面情感,因而让自己寝食难安。

自己欺骗自己,本来也是一件很挣扎和痛苦的事情。但有的人却把它想象成快乐的事情,比如,有人会说,等自己有了钱以后,要活成什么样;等自己有了钱以后,让父母和亲友怎样;等自己有了钱以后,为社会作出怎样的贡献等等,这些愿望都是好的,问题是怎样实现这些愿望心里没有底,没有任何行动,一直停留在自己欺骗自己开心的阶段。

要改变自己欺骗自己的行为,不是自己有多大的决心,说多少漂亮的言辞,关键在于行动。

欺骗别人不好,欺骗自己也不好。现代人欺骗自己的也不在少数。为什么有些小孩会撒谎?

研究表明,撒谎儿童最有可能来自家庭成员中有此行为。要培养诚实的孩子,自己就不应撒谎。

自己欺骗自己多了,也可能会去欺骗别人。家长的行为,孩子都看在眼里,记在心里。从小就要教育孩子,自欺者必定欺人,欺人者必定自欺。不要欺骗自己,欺骗自己是难以优秀的。

欺骗了自己,明明自己所行所作不是那样,却偏偏说是那样,真真假假有时连自己也分辨不清了。

欺骗别人一次两次,别人也许感觉不到,骗的多了就自己断了自己的路。一个人没有了后路,后果非常的可怕。

经常作冷静思考的人,会慢慢地发现,对自己诚实了,才能对别人诚实,也才不会欺骗自己。

一个人不自欺、不欺人,才是改变自己命运最好的办法。这个世界上无法忍受的一件事,就是自己欺骗自己。

(写于 2016 年 4 月 30 日)

别把坏习惯当遗传

有人脾气很暴躁，说是遗传他爸爸的；有人容易生气，说是遗传他妈妈的。

什么是遗传？科学的解释，是指生物繁殖过程中，亲代与子代以及子代各个个体之间在各方面相似的现象，不好的基因传给后代会使其生病。我想，习惯应该不在遗传的范围内。

但是，孩子出生以后，伴随着父母成长，耳濡目染父母的举止言谈，习惯于他们的思维方式和解决问题的方式，这虽然不是遗传，但对孩子一生的影响很大。

如果自己养成了不好的习惯，把责任推给父母，说是遗传的，是没有道理的。

当自己长大有了独立思考能力的时候，去应对各种复杂的情况，就要去独立判断。为什么有的人既有智慧、美貌、能力的一面，又有冷漠、虚伪、势利的一面，有许多人与他们的父母完全不一样。有些人要么很叛逆，要么很没有主张，当然也有人总是生活在父母的影子里，甚至全盘接受了父母的所有习惯，包括坏的习惯。

有些父母辛辛苦苦一辈子，很努力，日子虽然过得很普通，但他们却有热情、真诚、上进的美德，他们从来不去刻意地伤害任何人，但他们有时候却很顾面子，认为面子比什么都重要。有的孩子不去继承父母优秀的一面，而是接受了面子的观念，活得很虚荣。

有些父母当在外地工作的子女回到家里，总是喜欢说些看不惯的事情，东家什么做法，自己看不惯；西家什么事情，自己也不习惯。做子女的就要劝说父母，看不惯的我们就不看，各人过各人的日子，我们何必操那份闲心。子女更不能把这种看不惯带到单位去，否则就会影响人际关系。

世界上不是所有事情都能让自己看得惯的,因为自己的许多做法别人也看不惯。网友说得好,看不惯上流社会的傲慢,不看;看不惯凤凰女的无情而自私,不看;看不惯富二代的嚣张跋扈,不看;看不惯慢吞吞无主见的乖乖女,不看;看不惯莽撞无脑的傻白甜,不看。

子女受家庭影响,有些养成了好习惯,有些形成了坏习气,这些都与遗传无关。我的生命我做主!对一些家庭不良习惯,既不憎恨,也不逃避,以自己的判断力去面对。因为新的生活在向自己眨眼和招手,自己会过得开心的。

(写于2016年5月6日)

简单，能搬动大山

世界上永远存在着两种人，一种人把复杂的问题简单化，还有一种人把简单的问题复杂化。当然，人都喜欢简单，但做到简单有时候比复杂更难。

有人新买房子要装饰，他口头上讲，我装得简单一点，可到最后比谁都复杂。其原因是不能真正理解现代生活的本质，不理解舍去繁复的真实意义，在他们眼中，不认为舒适和简单的美就是生活的最初。

有人要做一个活动的计划，写了几十页纸，看上去很详尽，但是没有抓住事物的本质，没有把要做的大大小小的事情梳理清楚，甚至把别人的方案拿过来照抄照搬，大话、空话、套话一大堆，关键点抓不住。

明明可以用表单式的却偏偏用冗长的文字去表述，不能一目了然，缺少操作性。本来很辛苦的工作以为会受到领导的表扬，反倒遭到批评。

有一家企业开年度会，规定每人发言不超过 8 分钟，要总结上一年的工作，说出新一年的计划。有人想了几天也跳不出圈子，生怕成绩说少了，担心领导说自己工作成绩不突出，又担心计划说得不详细，怕领导认为自己工作不踏实。本想简单一些，就是简单不了，觉得 8 分钟的发言太难了。

要想让复杂变简单，就必须让自己的想法变得清晰明了，让它变得简单。乔布斯说，因为一旦你做到了简单，你就能搬动大山。

简单，才是一种睿智的生活态度，简单，才是一个人对生命的姿态。

一次，世界知名公司宝洁公司的一位经理向总裁查德·德普雷递交了一份厚厚的备忘录。这份备忘录上详细介绍了他对公司问题的处理意见。没想到,查德·德普雷看到后连翻都没翻,而是非常生气地在备忘录上面加上了这样一条命令:“把它简化成我所要的东西!”然后吩咐将这份备忘录退回。

还有一次,一位主管递上来的报告非常复杂,查德·德普雷在报告后面批示道:“我不理解复杂的问题,我只理解简单明了的!”

对此,查德·德普雷曾这样解释道:“我工作的一部分就是教会他人如何把一个复杂的问题简化为一系列简单的问题,只有这样,我们才能更好地进行下面的工作。”

化复杂为简单,一份精简的报告节约了阅读者与执行者的宝贵时间,无形中提高了企业效率。一页纸报告是实现部门与部门、员工与员工、员工与领导之间顺畅交流的最佳办法之一。

有一家民营企业的老板,每周要看100多位中层以上管理人员写的周报,找出管理中的问题,发现有价值的建议,并要编辑出一张A4纸的综合简报。这位老板的思维方式很特别,他会思考如何把复杂的事情简单化,并且方便记忆;他会让自己的思考系统化,以便事半功倍;他有效地把握问题的核心,并解决问题。这位老板的诀窍就在于能够化繁为简,直击重点。

生活中,有些复杂是人为制造出来的。因为人有很多的欲望,有些欲望往往实现不了,因此就产生了复杂的思想,越想越复杂,越朝复杂的方向去做,让自己无法逃脱复杂。世俗的喧嚣与嘈杂让人厌倦,思想陷入复杂的人无法隔开外面的喧嚣,隔开心中的浮云,无法让自己浮躁的心安静下来,沉淀下来,走向简单。

简单是一种态度,更是一种智慧,我们如果保持简单,就能快乐前行,因为简单的背后就有一座大山,这山会让我们比自己想象的要强大,但同时也比自己想象的要普通。做一个简单的人,踏实而务实,不沉溺幻想。简单是一种力量,简单是大美。背靠简单缔造出来的大山,我们一定会收获更多现实的美丽。

(写于2016年5月28日)

做自己的太阳

做自己的太阳

在外打工的人回到家里，总有左邻右舍来串个门，聊聊外面的世界，问问在外的业绩，也算是人之常情。但老是问你找的对象怎么样？帅不帅？是干什么的？一年能有多少收入？他爸妈有没有钱？……这一连串的问题会让人很尴尬。

小王连续四五年没有回家过年了，不为别的什么原因，为的就是没法接受如此难以回答的盘问。有的人见打工的人回家了，你前脚到，他后脚到，甚至等人家打开旅行包，看看有没有什么值钱的东西，如果什么也没有，就在邻居中传，这孩子在外面干得不怎么样啊！

人家干得好与不好，与你有半毛钱关系吗？这样去追踪人家，当然是不礼貌的。

其实，对这样的人，我们可以选择回避，实在回避不了的，我就不管了，你说你的，我过我的。但很多人因为过不了这道坎，一直痛苦地活在别人的影子里。

我的一位堂哥今年快七十岁了。堂嫂到城里带孙子去了。堂哥在家种几亩地，还养了十多头猪。照理说已经很忙了。但他还忙里偷闲，早上拎着鸟笼去遛鸟，中午躺在床上看一会儿书，晚上睡觉前还拉一会儿二胡。种田养猪的事从不耽误，家里收拾得还挺整洁。因为他看的书很多，也很杂，与他聊天，总有聊不完的话题，而且他知识面很宽，眼界很开阔，真叫人佩服。村上不是每个人都这样看他的，对他的生活方式感到很另类。但他心里有数，他减少了那些不必要的应酬，他会玩牌，但不喜欢，更不喜欢八卦。你们怎么看我管不着，我活在自己的生活里。他的生活才是我行我素，有滋有味。

在老家，看到最多的一景是，只要凑满四个人随时随地就玩起了纸牌。这对没事干的老人来说不失为一种很好的娱乐方式。但有一些年轻人也把它作为常态,这就似乎让人很难理解了。除了干农活,他们一有空就玩纸牌。有的上午 10 点就吃中饭,11 点就正式“上班”,因为晚一步就没有自己的位置了。有的玩到昏天黑地,干通宵的也是常事。有的家人带信说孩子病了要去看医生, 他两眼还是紧盯着手上的牌,说等我摸完了这一圈再说。有的几年没有见面的亲戚远道而来等了几个小时,大家都坐在牌桌上没有人搭理,只好乘车回家了。像这样的忙法,他们哪来时间看书学习、思考未来?

表面上看,这些人平时经常在一起很热闹,但他们中谁一旦遇有困难,热心帮忙的并不多;要谁给出个点子,也谈不出什么道道;还有的甚至等着看笑话。什么样的圈子决定什么样的格调。这与精神无聊、精神空虚有关。问他们为什么会这样,他们的理由是,一家看一家,大家都是这样生活的,我也只能这样,一天一天过呗。看来,这些人真的活在别人的生活中。

自己是生命的主角,我们是为自己而活,而不是活给他人看的。

在我们老家,谈婚论嫁还是挺有讲究的。

老高夫妇俩靠种田为生,也不是种田能手,靠那几亩地一年到头挣不了几个钱。眼看儿子一天天长大,到了结婚生子的年龄了,夫妇俩把手里的积蓄拿出来盖了两层楼,在当地也只能算是普通的住宅。尽管欠了一屁股债,还是个毛坯房。有人上门替他说了一门亲。对方要的聘礼是不能少于 18 万 8 千,还说是个吉利数。天哪!为了盖这个楼,亲戚朋友的钱借遍了,再也张不了这个口。而现在拿不出这个聘礼钱,眼看儿子的大事也要黄了。18 万 8 千,对有钱人来说是个小数字,可对老高来说,是道难过的坎。眼看老高愁得头发一天天变白了,而女方认为,连这个起点数都不给,让邻居知道了会是一个笑话,人家会说你家的姑娘不值钱啊!

那么我们为什么一定要在乎别人的看法呢?为什么不站在老高的角度上想想?不想想自己的女儿嫁出去以后怎么过日子?因为不曾站在原地守侯的人是不会懂得站久的双腿都无法弯曲的滋味。

做自己的太阳,就不要东张西望。人活着,不是为了体面才去活,不要被世俗偏见绑架。要有足够好的状态去面对一切。

一个人认识别人很难,其实认识自己更难。网友说得好,只有真正认识自己,真正悟透自己,真正欣赏自己,真正心疼自己,才能正确找到人生的航向,从而撷取到生命的真谛。

做自己的太阳,就无需去借别人的光,更无必要到别人的世界里去跑龙套。

(写于2015年10月13日)

你能听到自己心跳的声音

黄先生工作十多年的单位倒闭了。下岗的同事有的参加同行企业的应聘,有的选择了自主创业。黄先生也想找点事情自己做。他的一位同学跑销售,年收入好几十万。同学带他到外地转了不少市场,车旅费也花了不少,但他拿不定主意。他的一位亲戚起初在家开了一个手工作坊,越做越大,后来办起了一个正规的公司,生意也做得红红火火。亲戚对黄先生说,你的手艺也不错,不如先从小加工做起,一步步来吧。他还是举棋不定。

黄先生既有少量投资项目的本钱,又有自己的一技之长,还有做销售的同学能帮助提供市场信息,那为什么几年过去了,还是竹篮打水一场空呢?

他什么都不缺,缺的是对自己没有信心。

徐志摩在散文中写道:我的世界太过安静,静得可以听见自己心跳的声音。心房的血液慢慢流回心室,如此这般的轮回。

我的一位朋友在旅游中体验跳伞后也说,当朝下降落时,也听到自己心跳的声音,激动得心就像要跳出来似的,自己都能听到声音。

无论是安静,还是激动,都能聆听到自己心灵的声音,这些都是心理暗示的作用,也是人的思维意识在起作用。

科学家说,人的大脑有140亿个脑细胞,但我们的思想意识只利用了脑细胞的很少部分,如果能将更多的脑细胞从睡眠中激活出来,人的思维意识将更加强大。如果我们能充满自信,就能创造人间奇迹,也能创造一个最好的自己。

我看到这样一个故事很受启发。

他就是尼克·胡哲,1982年12月4日生于澳大利亚墨尔本,天生没有四肢，这种罕见的现象医学上名为“海豹肢症”。他是塞尔维亚裔澳大利亚籍基督教布道家，“没有四肢的生命”(Life Without Limbs)组织创办人、著名残疾人励志演讲家。他天生没有四肢，但勇于面对身体残障，创造了生命的奇迹。

他天生没有四肢，只有一只长着两根脚趾的小脚；他上学后饱受嘲笑，在自杀的最后一刻选择活下去；他当选为中学学生会副主席，并获得大学本科双学位；他可以骑马、冲浪，用小脚发短信的速度一如常人；他喜欢用他的头和肩膀拥抱别人；他立志成为演说家，用自己的经历去激励他人；他遍访34个国家，演讲1500余场，令无数人激动落泪；他的座右铭是“没手，没脚，没烦恼”。

这样励志的故事，在我们身边虽然不一定有这么精彩的，但还是举不胜举的。相信自己一定能行的人，才是能够承受各种考验、挫折和失败的人。他们不把希望寄托在别人身上，自身有缺憾，甚至是生理缺憾也毫不惧怕，不消极，不自暴自弃，一步步活出自己的精彩。

没有自信的人留给自己的只有数不尽的遗憾。前十年，听到最多的故事是，很多没有买房的人总是后悔，当时要是买了，我就可以少奋斗很多年了，甚至是一辈子。怪来怪去，还是怪自己不自信。

要相信自己，要百分之百地相信自己。一个人连自己都不相信，别人怎么会相信你呢？

有一个投资四五亿元的项目需要论证。我也被应邀参加了论证会。会上，专家们不知从哪里弄来的一大堆数据，说明这个项目不可靠。我也觉得似乎分析很到位，因此对项目可行性持怀疑态度。会上多数人投了弃权票，投赞成票的只是少数人。在听取了大家的意见后，投资决策者当场拍板，这个项目必须上，而且要立即上！

当时，我也傻眼了，暗暗地捏了一把汗。几年下来，这个项目成功了，盈利性很好，而且节能环保，可持续发展。

人要相信自己的直觉。当然，相信自己的直觉可能犯更多的错误，因为有些游戏技巧行不通。但是也不要紧，在决策的时候还看不到结果，在执行过程中，我们却可以作出调整，及时修正错误，继续前进，总比优柔寡断强。万一这样,万一那样,坐而论道,那样的人始终听不到自己心跳的声音,既没有冷静的思考,又没有干事业的激情,那只能让机遇在自己面前一次又一次地错失。

我经常采访一些民营企业的老板,他们的最大优势就是能自己说了算,许多事情往往凭自己的直觉去办。当然,这样去做,决策失误的教训也不少。

他们中的成功者无数次地告诉我,凭直觉办事,也不是随意拍脑袋,要多用脑子去想问题。但是,世界上的问题也不是全靠推理解决的。有时脑子一闪念的时候,就要抓住它,立即行动。这样去做,内心挣扎反而少了,效率提高了,工作生活也轻松了。

所以,多去听听自己心灵跳动的声音,当下的念头与直觉才是最现实的。

(写于 2015 年 10 月 17 日)

你不可能成为第二个他

孩提时代,我就听大人们说,不会种田就跟大帮。这话的意思是说,你不会种田不要紧,人家什么时候下种、施肥、治虫,你跟着大伙儿做就行了。

工作经验是可以复制的。有一次我去越南考察,越南经济社会发展与我们的差距是显而易见的。越南的朋友告诉我,他们就复制我们的经验,我们中国叫“改革开放”,他们换个说法就叫“革新开放”,甚至将我们中国每年关于“三农问题”的一号文件直接照搬照套。虽然差距仍然很大,但是毕竟还是有些近路可以走的。

在上海,我与一位台商交流。他跟我讲,他最喜欢复制连锁经营模式。他巴不得将自己的连锁经营模式让别人复制。他说,你想想,一个加盟商我收他一万元不算多吧,我复制一百家,不就轻轻松松赚到一百万。这位商人的企图是明显的。他的经营模式让人复制,工作经验可以让人借鉴。但他成功的人生别人却是无法复制的。

平时,我们从报纸上电视里网络中看到的成功人士都很光彩夺目。这是媒体的“聚光灯效应”。成功者毕竟是少数,而包括我自己在内的大多数人是不太成功的。媒体当然也不可能去更多地关注不成功。

我们更多地需要总结自己的不成功。不成功,有的教训是沉痛的,所以付出的代价也是昂贵的。实际上,我们从失败中能学到的东西要比从成功中学的还多。我们可以不学成功,我们也可以学失败!马云说,因为成功的偶然因素很多,很难学习和模仿,而失败的原因也就那么几条,把那些最有可能导致失败的因素规避了,往往离成功就近了。

我参加工作不久的上世纪六七十年代,乡下动不动就开现场会,更有趣味的是一次又一次的现场参观。那时候干部下乡都骑自行车,除了引导者在前头，干部谁的职位高谁就骑在前面，依次排开，龙头龙尾，自行车队浩浩荡荡，几百米上千米的自行车在乡间小道上像蛇一样在不断地游动。多好的风景啊！不知道当时的摄影师和画家有没有留住这些珍贵的画面。

这样做究竟有没有效果？没有人去做真实地回答……

当然，有些成功的规律是可以总结的。世界上的许多事情放在一起，归纳一下，是可以从中找出一些规律的。但是我们不能机械地去理解为复制成功。

因为市场是瞬息万变的，人的命运也是难以估量的。时代总在不断地改变，谁也无法准确地预测未来，所以我们不可能现成地去复制他人的成功。成功人士也不可能讲出自己的全部故事。况且有些讲出来的故事是经过筛选和包装的，你所看到的只是光鲜照人的一面，却看不他那辛酸苦熬的另一面。也有些经验他们是打死都不说的，出再贵的价钱也买不到。

有一次，我去一家私营的生态农场采访，碰到同行小黄。她穿着工作服，在那儿当服务员。我很惊讶，"你在这儿干什么？"她朝我使使眼色，意思叫我假装不认识。后来她找了一个僻静的地方告诉我，她已离开媒体想自己创业，以一个社会闲散人员的身份来这里当服务员，不要报酬，自己拿钱吃饭，目的是卧底探索这里的经营经验。我当时感到这是狠招。但是一年以后，据说也没有探到什么奥秘。后来谈起此事，只见她紧闭着双唇，跟孩子似的把呜咽哽咽下去，亮晶晶的眼圈边上有些湿润。

每个人都有自己的成功方式。世界上也没有什么现成的成功法则。很机械地踩着成功人士的脚印，小心翼翼地模仿去做，结果有时适得其反，不但不成功，反而偏离自己的目标越走越远。

有些人取得了一些经验，就想藏起来，不让外人知道。当然对于知识产权还是要有保护意识的。但对那些一般的工作经验，有的甚至媒体早已披露的事情，还在那里一个劲地保密，那就完全没有必要了，况且现在是信息社会。你索性大方一点，告诉人家一些经验也无妨，人家也未必能做起来。

为什么有些人反反复复到人家那儿取经，老是“听听激动，想想感动，回来没有行动”呢？学一些表面的东西容易，学到真正的精髓很难。

因为人家的成功原因是多方面的。人的性格、环境、智商、情商、机遇、身份都不一样，所以不是一学就会，一会就成功的。

在有一年的央视春晚上，有一个节目叫作《大变活人》，“复制”出多个“赵忠祥”，让大家乐了一把。当然这只是一个魔术，在现实生活中是不存在的。在这个世界上，只有一个你！你就是你，你不可能成为成功者的第二个他！

要说成功者有规律可循，那只有一条，就是认识自己、创造自己、成就自己。

（写于2015年10月18日）

很多事情不是你认为的那样

上世纪八十年代中期,单位要挑选一位部门负责人,经过多轮测评,结果挑到的是小柯。小柯上有两位部门原领导,还有四位资格比他老学历比他硬的同事,剩下的都是资历和年龄相仿的。小柯没有当过一天的部门领导,直接被提拔为部门“一把手”,不仅让部门的人觉得不服气,他自己也很尴尬。

任命宣布当天,部门就有人喊他主任,他开会时说:“不要这样啦,以前怎么叫今后还怎么叫。今天的我还是昨天的我。我们大家一起做事,这只是一个分工而已。我可以多做一些事情,有不到的地方,还请大家多批评。”

小柯虽然脾气不好,但只知道琢磨事,不会琢磨人。他不是“理论联系实惠,密切联系领导,表扬和自我表扬”那样的人,当了几年负责人,都不知道领导家的门朝哪里开的。他是个拼命三郎,只有星期七,没有礼拜天。一头扎进工作里什么也顾不上,连续多年的除夕夜和正月初一让同事们回家,他自己在单位值班。他带头搞起改革,多篇经验材料被国家有关部门转发。后来,小柯又成了单位“一把手”。

小柯对人很真诚,谁有事他都热情帮忙。一位同事生病了,他亲自陪着到外地找了多家医院求医生;谁的小孩上学报不了名,他去帮助解决;谁的妻子没有固定工作,他去找人帮忙;单位职称分配名额不够,他连续登门据理力争;有业务骨干在单位提拔受名额限制,他千方百计去争取了政协委员的名额……

上级主管部门准备选调小柯。有同事知道了,背着小柯找上级领导翻来覆去说了一件事,说什么小柯脾气不好,搞不好团结。上级部门见没有什么实质性的问题,没有当回事。后来讨论时,因处不好人员关系的原因而搁浅,拖了几年,此事也黄了。去煽动一些不明真相人去阻挠提拔小柯的不是别人,而正是小柯帮他老婆解决工作帮他小孩解决上学问题的同事。这位同事平时对小柯非常热情,小柯家的煤气罐什么时候该充气了,小柯不知道,这位同事却是一清二楚。

小柯对被选调事是谁搅黄的当时也不知道,时隔十多年以后他才知道真相。后来小柯来到了另一个城市工作,也没有影响到他什么。

谈起这件事,小柯说,很多事情不是你认为的那样。特别是人心是最难看透的。必须经过一些事,才能看清一些人,看清一些人,才能读懂一些事。

有时候,我们真心付出了,人家并没有感到什么,甚至认为是应该的。但付出的人不要感到自己心灵上被划上了伤痕,对那些自己曾经热心帮助过的人一次又一次无情的转身,我们也不以为怪。世界上不是每个人都懂得感恩的。不是你认为应该这样就能这样的。

季总的公司有一段时间很火,单位规模也一天天在扩大。季总渐渐地发现一些人不如从前那么忠诚了,有人在他面前装得老实而背后老做小动作,也有人直接去捞钱。

慢慢地季总害怕了,对谁都不放心,他的心也渐渐冷了,对谁都不敢信任。

小陆是个怕树叶子打坏头的人,做事十分小心谨慎,诚实做人是出了名的。一次,季总让他去采购材料,小陆经过货比三家、讨价还价,与其他商家相比,价格少了三分之一。但季总还是不放心,指使其他人到市场查账,结果证明小陆确实没有做手脚拿回扣。

后来小陆知道了,他淡淡一笑说,“拿不拿回扣他有怀疑的权利,我有我做人的原则。有些事,我假装不知道,知道了,只会让自己心情不好。”

又有一次,季总让小陆帮助请做铝合金的师傅来公司更换门窗。小陆去请当地做工最好价格适中的师傅,那师傅手上的活计很多,开始没答应,后来在小陆的再三恳求下,回掉了其他生意同意了。谁知季总又亲自跑到其他地方请了别的师傅,结果质量不过关价格又贵。

小陆纳闷了，你既然信不过我，为什么又让我为难呢？

一次又一次的不信任，小陆接连几天吃不好睡不香，思来想去，他还是选择了辞职。

小陆走后，公司内部议论纷纷：老板对像小陆这样忠心耿耿的人都信不过，我们在这里也没意思了。一个又一个辞职，单位里人心惶惶，经营一天不如一天，老板只好把公司关掉了。

做事不能凭想当然。这个世界上还是好人多。人与人之间过多的猜疑和防备是没有必要的。人与人之间必要的信任还是需要的。用人不疑，疑人不用。大部分人是你对他有一分信任，他会还你十分成果。有人能骗你一次，可耻在他，但他能够三番四次地骗你，那责任就在你自己。自己长大了，经过谎言，承受欺骗，我们可以放下一切，但我们不可以总是活着在“我以为是那样”的影子里。

有些人自己不成功，老是怪世界太复杂，自己太单纯。一天到晚，怪家长，怪领导，怪亲戚，怪朋友，怪同事，怪对手，怪老天爷，就是不怪自己。这些都是一系列的“我以为”造成的。而事实上，这个世界不是你以为的那样。

（写于 2015 年 10 月 20 日）

生活里会遇上不少童话

书店里童话书总是那么受到小朋友的欢迎,因为书里有童趣盎然的故事。

童话表现出了我们对美好的向往和追求,但是那些好事往往与生活的现实是相违背的。

在我们的生活中也会遇上不少的童话。

十多年前,邻村的小林承包了老家海边的滩涂,养殖起了被誉为“天下第一鲜”的文蛤。传说文蛤是古时候对皇上的贡品。我老家那边又是“天下第一鲜”文蛤的故乡,居住在这里的乡亲们总希望借此发财。小林头几年也在这里养殖文蛤赚了一些钱。后来,他一心想扩大养殖面积,可是海滩地盘早已被大家瓜分了。有人介绍说,东南沿海那边起步晚,可以找到滩涂养殖文蛤,他就立马赶到那里承包了比原先老家养殖面积多十多倍的海滩。当地人看到这位老板有魄力,县里召开招商引资大会,请他去住五星级酒店,让他戴红花上主席台。

天哪!一个老实巴交的农民,连飞机都没有乘过,头一回免费住上了五星级酒店,而他平时住的是看守养殖场的简易小屋。小林想,这一切不是在做梦吧?一度,小林沉浸中无比的欢乐之中。他想,等我赚了钱,我也要盖个五星级宾馆,把亲戚朋友都请来住上几天,今后哪家请客就到我的酒店来……他憧憬着多么美好的未来。

小林虽说在当地养殖文蛤有了几年工夫,但对外地的气候变化、文蛤生殖习性等并不了解,这一年,他在滩涂上养殖的文蛤“全军覆没”,不但把多年积累下来的老本全部输光,还欠下了一屁股债。想回家过年,身上连买车票的钱也没有了。

后来,小林跟我谈起这件事,说,现实比想象要残酷多了,它会不给你一点点余地。我只能无奈地离开那里，离开了心里好受一些。

我问小林，那时候，当地政府是什么态度？他叹了一口气，说"招商引资时的那股热情早已飞到九霄云外去了，找谁也没有用啊！苦水只能往自己肚子咽，有钱谁都对你好，你是英雄。没钱，谁都懒得理你，说白了就是一个活死人。"

难怪，有人化妆做广告，只画半边脸，为的是告诉人们现实有多么的残酷。

张三的故事，李四的人生，网上的文章，现实的生活，让我们看到了世间百态，品到了人情冷暖。每一个现实生活中的童话故事，都会让我们领悟到活着的价值和不同的人生。

又过了一段时间，小林的伤口被肆意展览之后，也失去了原来的疼痛。他终于懂得了，生活，就是面对微笑，就是要越过障碍注视将来。

后来，小林又选择了离老家不远的邻县，他再也不需要掌声和鲜花，而在那里默默地承包了海涂，继续养殖文蛤。面积从小到大，一点点做起。几年下来，他尝到了咸鱼翻身的苦与乐，虽然没有童话里描写的那样惊心动魄，没有那样神奇的变化，但却收获了自己生活里的理智，经济上也一天比一天好转。

是的，现实生活再残酷，我们都得活下去。

二十多年前，有一位复旦毕业的博士生告诉我，因为家里穷，在小学到高中时的生活就无法跟一些同龄人相比了。就说在大学校园的四年生活里，平时贵的菜我吃不起，只能天天吃鸡蛋。现在我一看到鸡蛋就倒胃口，因为那段日子，我吃鸡蛋都好像吃出了鸡屎的味道。

如今他终于成功了，在某个领域成为国家的紧缺人才。

我想，这位博士不会恨自己家里的贫穷，他会从骨子里感谢那些年月，感谢生活的所有刁难伴随他成长。

我一个姨子的女儿海燕是学畜牧专业的，大学毕业后，到一家禽养殖公司工作。开始，她满以为可以坐办公室搞搞化验什么的。谁知，第二天单位领导让她直接去了在海边的种鸡养殖场。那边没有职工宿舍，让她睡在鸡窝里。那是一个大夏天，外面气温超过三十五度，鸡窝里更是又热又臭，身上起满了痱子。这对一个80后来说，是一个什么样的考验可想而知。但是，小海燕面带微笑在这里待满了两个多月。

后来，她转换了其他岗位，每天连续上12小时的班，一点不觉得苦，她连续干了四年。每次下班前打扫卫生的事她总是抢着干，大家都很喜欢她，投票选劳动模范，她的票数最高。

现在有些网友越来越不喜欢心灵鸡汤了，认为看起来似乎很有道理，但它离现实太远。社会上那种吹牛危言耸听的不少，听了让不少人上当。尤其是那些添油加醋、夸大事实的鼓动，让一些人信以为真吃亏太多。不过，我们也没必要因噎废食。

生活是现实的，我们不能老是活在理想的童话中。

（写于2015年10月22日）

拥抱“人人都是记者”的时代

昨天，是第十六个中国记者节。我回顾几十年的记者生活，感到有许多值得总结和反思的东西，有些事想哭，有些事想笑。

比如，过去我认为，新闻学是一门小众的学问，因为过去当记者的只是少数人，新闻是少数人在做的事情，但媒体的受众是广大的。所以，新闻是与每个人的生活息息相关的。

现在互联网让我们已进入“人人都是记者”的时代，新闻更是大众参与的事情。既然要参与，就需要按照新闻的客观规律去做。那些在网上捕风捉影、夸大事实、制造新闻、谋取私利的做法显然是不受欢迎的。

前几天，有一位朋友对我说，现在虽然是网络时代，大家想说啥都可以说，但我对一些重要新闻，还是喜欢从正规的渠道去看，网上说的不晓得是真是假。

我想，这可能也是我们这些传统媒体的记者们在记者节前收到的最好的礼物，总算还有人给了我们一些脸面。

我国十大名记者之一的戈公振说得好，新闻学是一切公民的必修课。

种种社会现象表明，受众与记者之间往往存在许多误区，需架起沟通的桥梁。

当然，记者首先需要加强自身修养，不要做出伤害记者群体形象、遭社会讨厌的事情来，还记者一个受社会尊重的职业本质。

但我认为，社会上流传的“防盗、防抢、防记者”的言论显然过了，这毕竟不是本质的真实。

前一段，网上铺天盖地的宣传，说记者职业是未来十年首先被淘汰的职业，于是传统媒体许多记者纷纷跳槽，选择自主创业，有一部分记者干起了自媒体，这是无奈的选择，也是时代的进步。

但我们设想一下，如果记者这个职业被彻底淘汰，那样的社会恐怕也是不可想象的，尤其是一个相互间缺乏信任的时代。

现在，记者过了那个“无冕之王”的时代，走到了社会的最底层。他们天天去写别人，别人却很少去写他们。

我们不要光看记者出名的光鲜，更要看到文章背后的艰辛。全世界最危险职业排名，记者是排在前面的。为揭露阴暗面，他们付出了多少，甚至是生命。他们也是上有老、下有小，他们也需要吃饭过日子。还是多一点对记者尤其是职业记者的理解和支持吧，让我们的社会更加公平正义，更加和谐美好。

20 世纪 80 年代，我曾在一篇文章中提出要向社会普及新闻学知识，引来一些批评。如今，在“人人都是记者”的时代，看来更有必要科普一下新闻学了。

（写于 2015 年 11 月 9 日）

整　合

这两天,我在上海听到最多的一个词,是创新。而在创新的背后,更多的是整合资源。

我应邀参加了一家央企开业典礼,他们发布的战略是,将运用互联网+,实现资源整合、平台整合、产业整合,提升规模效应。

以“文人的秘密生活”为主题的上海城市艺术博览会艺术展吸引了我,昨天晚上我去了现场,看到主办方通过资源整合,把艺术展览搬进了酒店客房,把艺术品移入了日常生活,用家的温暖氛围与气息取代了普通展览的冰冷和距离感,演绎着美不胜收的“艺术与生活的对话”。

一位做家政服务的朋友约我小聚。他告诉我,他们公司把甘肃陇西贫困地区的4050阿姨也整合过来,没有技术给她们培训;想当小老板的,没钱,帮她们融资;没有平台,帮她们搭建。做一件让政府、困难家庭、自己都高兴的好事。

在酒店里用餐时,创客们谈得最多的也是整合资源去创新。

这是一个整合的时代,你不整合我,我就整合你;你没有能力整合我,只好我来整合你。大部分人被少部分人整合。很多的整合,我们处在无意识之中。

我们个人的信息被无处不在的整合人所利用, 许多时候吃亏上当。明明不需要用身份证的地方,也要让你刷身份证。前一段,我在湖南、江西、浙江的一些景点就遇到这种事,你不刷,就不让你进。为这点事堵气吧,不值得。他们的目的就是要整合社会海量的数据。

互联网就是通过技术手段整合数据再应用, 把现在看起来最不可能共享的东西变成共享的,很大的商机便产生了。淘宝改变了商品传统的流通方式,创造了万亿交易;微信改变了人们传统的沟通方式,市值千亿。

这是一个跨界的时代，每一个行业都在整合，都在交叉，都在相互渗透。未来的竞争，不再是产品的竞争、渠道的竞争，而是资源整合的竞争、终端消费者的竞争。关键是，你的野心还不足以能整合别人，就得老老实实地学习，否则只能乖乖地被别人整合。

整合，总体上说不是坏事。整合前就像家里收拾东西一样，很多东西需要翻出来重新整理分类，扔掉没用的，把需要用的分类存放。收拾好了，家里焕然一新，心里很开心，也有成就感。但在整理的过程中，也可能这也舍不得丢，那也不能扔，思想乱乱的。太过于自我，陷入混乱以后，再去整合，有时候就很难做到秩序井然。

有些人一心想整合人家，却不能清醒地认识自己，把自己看得太重。这种整合，谈判的时候大家兴致挺高，可时间不长也就散伙了，这样的教训很多很多。

在这个世界上，每个人都很重要，每个人生活都不容易，你要赚钱，我也要生活。你非要斗智斗勇，我不陪你玩。世界大得很，离了谁地球都照样地转。

整合，不是轻松地把别人的东西拿过来归己，需要付出实实在在的劳动，得到自己应该得到的那部分；也不是给人家一点点小利，剩余的全部收进自己的口袋；更不是开始时说得花好稻好，让别人上钩，别人吃亏了，那就是活该。上当受骗一回头，这样的人长久的生意是没有的。茫茫商海，合作不易。要善待你的每一个合作伙伴，善待被你整合的人和资源，做生意需要且行且珍惜。

整合，要用平等的心态做事，才可以使自己的生活更轻松，更踏实。用平等的心态处世，身边的人才会更喜欢与自己相处。人生，想要过得好，无非就是两件事：善待自己，善待他人。

整合，要学会尊重他人，我们只有尊重了别人，别人才会尊重我们。因为送花的人周围都是鲜花，种刺的人身边都是荆棘。

整合，不只是整合资源，更重要的是合起来的一颗心。在整合中，我们可以随意畅谈，也可以沉默不语，因为心懂。

（写于2015年12月6日）

这个世界,是有心人的世界

世界,这是一个最常用的词汇。早在上学时老师就教育我们要“胸怀祖国,放眼世界”,后来又懂得了“在改造客观世界的同时改造主观世界”。而有一句名言更是让我刻骨铭心:“这个世界不是有钱人的世界,也不是无钱人的世界,它是有心人的世界。”

我们每个人都有一颗规律跳动的心脏,这颗心可以用于盛放思考与感情。我们随时随地可以用自己的心来聆听自己的世界。我们听到了青春年华里的羞涩与甜蜜;我们听到了因为自己努力不够而让父母、老师、亲友失望的愧疚;我们还听到了世界深沉的故事,领悟着怎样敢于做一个真实的自己。我们去聆听自己的世界,也去聆听外部的世界。

昨天,我与一位90后交流,她谈到了祖辈的经历,谈到了自己成长的曲折,这些看似平淡的故事,让我领悟到一些用心做事的道理。我觉得她很了不起,比同龄人懂很多。听得出来,她读了不少书。她说,她爷爷虽然从未进过学堂门,但他有一颗好学的心,如今80多岁的老人,还坚持写作,不久,他的一部几十万字的著作将要正式出版了。她爷爷恨自己读书少,把读书的重托给了她。高考结束后,一般孩子如释重负好好玩一把,而她在暑期三个多月漫长的等待中,每天早上五六点钟就起床,读书学习,没有固定的目标,读各种各样的书,充实自己。她的谈吐,似乎像个老师,又像个学者,不断给人以知识,不断喷出智慧的火花,让我受益匪浅。

是的,能做有心人,他的世界一定会有不一样的精彩。

与这位90后聊着聊着,让我情不自禁地想起了一个历史故事。

清朝初期著名学者、史学家万斯同参与编撰了重要史书《二十四史》。但万斯同小的时候也是一个顽皮的孩子。由于贪玩不用功学习,小万斯同在宾客们面前背错了书,遭到了宾客们的批评。万斯同恼怒之下,掀翻了宾客们的桌子,因此被父亲责罚关到书屋反省。万斯同从厌恶读书,到闭门思过,并从《茶经》中受到启发,开始用心读书。转眼一年多过去了,万斯同在书屋中读了很多书,父亲原谅了儿子,而万斯同也明白了父亲的良苦用心。

万斯同经过长期的勤学苦读,终于成为一位通晓历史遍览群书的著名学者,并参与了《二十四史》之《明史》的编修工作。

在物欲横流的时代,有些人总想急于求成,心静不下来,自己被四面八方来的各种知识和信息充斥和包围着,导致了人们想要寻求速成的方法,快速成材、快速致富;一些80后90后许多是独生子女,家庭财富的积累让他们在物质生活上没有后顾之忧,他们脑子里更多的想到"功名利禄"与自己有着怎样美妙的联系;有些年轻人心气很高,但眼高手低,满以为自己能够成就一番大事业,但有些极普通的事情交给他,单位里还是不放心;互联网时代已经让人们的生活进入了"秒时代",他们热衷于追随那些不切实际的事物,没有耐心去脚踏实地地做些实事;有些年轻人认为生活很无聊,时常感到空虚孤独,沉浸在低级趣味里,有的成天在看连载小说,有的痴迷于打网络游戏,或者蒙头睡大觉昏昏度日……

同样是90后,用心与不用心做事,给人的感觉截然不同。

与我聊天的那位90后说,年底了,工作特别忙,确实很累。忙累之余,静心想一想,这一年我究竟做了什么,哪些是成功的,哪些是不成功的,哪些忙碌是不必要的,哪些工作可以合并类推的,能不能在有效的时间里提高效率,不要让忙碌走向茫然最后盲目,要总结的东西还很多。我虽然在单位的工作岗位很平凡,但我如果平时善于总结思考,坚持每天审视自我,加强自我管理,用心做事,遇到困难不退缩、不去指责推卸,而是想方设法去找解决办法,自己的工作态度会提升,能力自然也会提升,同样也会有个好心情把事情做好。这些只是为了努力做最好的自己。

普通人一般都在平凡的岗位上,如果在平凡的工作中,一次实现一个小小的目标,我们不停地关注那些我们能够完成的小事,完成一件,再去做下一件,一次做好一件事,时间久了,我们或许就没有更多难事了。那些做大事的人也都是从小事做起的。小事做不了的人,也不会做出大事来。

世界不是有权人的,世界也不是有钱人的,世界是属于有心人的。在我们每个人的心里,世界是围绕自己的,有心人也是因为相信世界才诞生的。

那位90后,她和所有同龄人一样,也有一颗躁动的内心。工作之余,她愿意换上自己喜爱的衣服,把自己打扮得“美美哒”,也学学舞蹈或者去健身房锻炼身体,或者练练书法写写心得,有时也会去和同事、同学聚一聚,闹一闹,但她的可贵之处,在于更多的愿意静一静,愿意观察和思考,做个有心人,努力寻找属于自己的丰富多彩的内心世界。

(写于2015年12月27日)

珍惜身边那条川流不息的河

昨天下午，我去了上海延安西路古玩城的一家茶室，与初次见面的吴丽霞小姐聊天。这又是一位90后。

她在一家房地产公司工作，又与朋友合伙开了一家茶室，同时还利用业余时间帮助几家公司营运微信公众号。她打理那么多的工作，看上去没有一点疲劳感。茶室里，她和来自贵州、云南、常州的多批朋友谈笑风生，聊得真欢。

她学的是电子工程专业，似乎与现在的工作不搭界。但她处理起这些非本专业的工作却是那么游刃有余。

小吴告诉我，做事不能慌乱，什么时间做什么事，每天都会周详的计划，有的精确到分钟；在什么时间段里该是集中阅读邮件，是用文字回复，还是用电话或语音回复都有讲究，以求得时间最高的效率；等公交、坐地铁、去排队、还是参加会议，哪怕只有5分钟的间隙时间，也要把它抠出来利用好，时间的边角废料一点都不要随意地浪费；什么事先做，什么事后做，统筹兼顾按照优选法排好序。尽管工作千头万绪，但她忙而不乱，也不觉得累。

跟小吴边喝茶边聊，她是那么轻松和淡定，看不出她有半点乱麻般的思绪。我知道她今天还有一堆事情要处理，有点不忍心继续往下聊，但她似乎没有要中断谈话的意思，我估计她早就计划把这个时间段用来与我进行闲适的聊天。她说话的语速很慢，脸上还堆满了笑容，这是一次看似无主题的交谈，但却是一次事关时间管理的研讨。能说她不是90后吗？在我眼里，她不像90后，完全是一个职场老手。

我在网上看到最多的情绪发泄，就是苦和累，没完没了的加班，让人受不了。当然，有的与单位领导有关系，认为年轻人不吃点苦不行，让他们没日没夜地加班。长期的疲劳战,剩下的只能是效率低下。但是,也有些是自己的时间管理不当。

有些人做事的时候精力不集中,领导要求在规定的时间里完成的事情,总认为还早,先放一下再说,以后会有时间处理的,这是在骗自己,当又有新的任务下达时,就慌了手脚,不知所措;重要的事情不知道要写下来,什么时间要做必须完成的事,什么时间去会晤约见的客户,什么时间要去超市买家里所需的物品,心里完全没有数,只是脚踩西瓜皮,滑到哪里算哪里;许多事情已经重复5遍了还在做,不懂得时间的分配,不知道在合适的时间做合适的事情及没用适合的人去做事,做了很多无用功;有的人做起事来不专业,时间管理不精准,自己缺少统筹意识把事情耽搁了,还害得同事跟着一起去加冤枉的班,而自己也常常陷入痛苦和纠结之中,还认为这是老天的不公平。

英国博物学家赫胥黎说:“时间是最不偏私的,给任何人都是24小时。同时,时间是最偏私的,给任何人都不是24小时。”有的人会在8小时内干出12小时甚至更多的活,而有的人花几宿的时间也干不了1个人的活。

我的朋友小曹管理的一家公司是去年新开张的,今年就创造了营业收入超过60亿元人民币的神话,可想而知,作为一位员工不到20人的公司总经理,他要承受多大的压力,有多少事情需要他日夜操劳,但他也会挤时间在电视机前看足球比赛,周末偶尔也去打篮球,去长跑,跑上10多公里的路。他懂得什么叫下班,要忘我地下班,要跟自己有约会,要每天睡足7小时。安排科学了,就会有时间跟家人、朋友共度快乐时光。

昨天已经过去,这一天永远不会再回来。今天已经开始,时间老人一秒不停地工作着。时间,不仅仅是金钱,时间,远比金钱更宝贵,更有价值。因为,花费了金钱,还可以赚回,而一旦丧失了时间,任何人都无力挽回。当然,时间也是懂得感恩的,你利用得好,它会如实地回报你。

一项调查显示,我国城市居民一周平均每日工作时间为5小时零1分,个人生活必需时间10小时42分,家务劳动时间2小时21分,闲暇时间6小时6分。四类活动时间分别占总时间的21%、44%、10%、25%。近十年来，人的闲暇时间增加了69分钟，闲暇时间占人生命的三分之一。而我国居民在电视机前平均每天是3小时38分，打发掉自己一半的闲暇时光。

调查还显示，本科以上高学历者的终生工作时间是低学历者的4倍，收入是其7倍以上。学历越高，越重视终生学习，平均日学习时间为61分钟。

看来，人的差异产生于业余时间。哈佛有一个著名的理论：一个人的命运决定于晚上8点到10点之间。每晚抽出2个小时的时间用来阅读、进修、思考或参加有意义的演讲、讨论，你会发现，你的人生正在发生改变，坚持数年之后，成功会向你招手。

每个人都需要做些什么来打发时光。不同的业余爱好，影响着不同的人生，决定着不同的未来。在牛顿看来，时间就像一条川流不息、永远不变的河流。

人们饭余茶后最多的叹息是，没有想到一刹那，又到了跟这一年说再见的时候了；没想到一瞬间，孩子都这么大了；没想到，一转眼，自己到了退休的年龄了……人们总是后悔自己过去的太大意，没有好好珍惜和呵护好身边那条川流不息、永远不变的河。

（写于2015年12月28日）

人生无处不“备胎”

昨天早上，一位朋友跟我同车去同一个方向，一路上聊了很多人生镜像，他在谈到被人当“备胎”的事情时，特别的生气，说，我就是不想当“备胎”！

半路上，他提前下了车，但他的话给我留下了许多思考。

我们的车继续前进。这时候，我跟司机又聊了起来，“备胎到底有多大的作用？”他说：“关键时候备胎还是很有用的。”

一次，他要去飞机场送客人，半路上轮胎坏了。他在高速公路的缓冲地段慢慢停下，当他从后备箱里拿出备胎时，发现上面有个螺丝拧不开，急得满头大汗还是没法安装备胎，只好向高速公路专业服务机构求助，分分钟的事儿，掏了 200 元钱，生锈的螺丝被换了，装上备胎直奔机场，差一点误了事。他说，还是备胎起作用啊，当然，没有质量的备胎，也是没有用的。

人生也一样，当个“备胎”也是正常的，当一个有品牌、有质量保证的“备胎”更是社会的需要。但问题是，你不能老是把别人当“备胎”，什么功劳都归你，什么好事你都不让。有事有人，无事无人。用到人家时，甜言蜜语；不需要的时候，把别人扔一边。有的在安排工作的时候还是“正胎”，因为这项工作不能缺少他，但在庆功宴上却没有他，瞬间又变回了“备胎”。

《西游记》中的唐三藏就是这种人。碰到妖怪，要靠孙悟空解救；妖怪一除，便又念起了紧箍咒，动不动就把这个大徒弟赶回花果山。

现实生活中这种人并不少见，平时没事从来不会来找你的，有事的时候就搞得好像和你很熟一样，非让你帮忙不可，事情一过，再看到你的时候，就装作没看见。

想想这样去当“备胎”，是让人挺不舒服的。我一生中也无数次遇到这样的情况，有时自己也很气愤，后来想想，这样的激动也没有啥用。林子那么大，什么鸟都会有的。人生无处不“备胎”。当“备胎”，有时候是无奈的选择，也是一个人必经的过程。有人年纪大了，也有回炉重新去当“备胎”的。没什么，想通了，也就那么一回事，自己也可以装着什么都没看见，就头不疼、心不烦了。

我不想去研究男女之间当“备胎”的那点事。我想说说职场中的“备胎”。

有时候，在职场上当“备胎”也很有兴趣，上头的猴子不爬上去，也许自己只能看树上猴子的屁股，而很少有上位的机会，弄不好还会有下降的可能，因为爬树也是需要本领的。

不管是因为什么样的原因，自己当了“备胎”，说明别人没有认定自己为第一梯队，多从自己身上找找原因，或许还有点实用价值。不要一味地反感别人，自己确有价值，关键时刻“备胎”也能转化为“正胎”的。

有时候篮球场上的替补队员，几分钟之内，凭自己的实力及与队友的密切配合，也许就能挽回被动局面，一举赢得对方。

一次，我朋友的孩子陪他同学去面试，那位同学家境好，学习条件优越，但没有我朋友的孩子那样勤奋好学，面试了几个问题，回答得不能让人满意。面试官问，“旁边那位陪你来的是谁？”被面试的说是自己的同学，接着，面试官试问了几个问题，我朋友的孩子对答如流，而且很有见地。事后，那个单位来电征求意见，问他是否愿去那里工作。这对一个本来求职无门的人来说，是天大的好事，第二天就去那里报到了。这件事告诉我们，人在看不清未来的时候，做好现在，当好“备胎”，总会有派用场的时候。

是金子总是会发光的，有的人开始只是“备胎”，也看不出他们有什么作为，但经过自己的努力，就不只是一个“备胎”的作用了。贝多芬的老师说贝多芬绝不是当作曲家的料；爱因斯坦的老师曾经给爱因斯坦下了“反应迟钝，满脑子不切实际的幻想”的评语；哲学家苏格拉底曾被人贬为“让青年堕落的腐败者”。而今天,为什么他们能受到全世界人民的尊敬和爱戴呢?因为他们在当“备胎”的时候就有永不服输的志气,后来自己有了货真价实的学问,有了实实在在的贡献。

也许是人性,我们很多的人都希望成为“正胎”,发挥主角的作用,被人欣赏受人尊敬。当然,这仅仅是一种虚荣。但很多时候,社会又会因为缺少“备胎”而着急。

其实,当一个“备胎”,没有什么好丢人的,当好了,也能为社会作出贡献。

在工作中当“备胎”,就是当配角,不仅是配合上司,还要配合同事,更要配合客户。但我们的职场上,很多人并不愿意当这种角色。他们认为,只有自己做出了成绩,才能引起领导关注,才算成就自己。其实,不完全是这样,一个好的“备胎”,也能使自己得到提升和满足,获得良好的人脉声誉,也会有更多去做“正胎”的机会。

比如,现在演艺圈里风起云涌,十年河东十年河西,当年的小龙套如今做了主角,过去大红大紫的主角如今只能给当年自己的配角当绿叶。这样的事例举不胜举。所以说,有时候,当一个“备胎”也很好!

又到了岁末年初,许多职场人在去留彷徨之中“备胎”的岗位很多,要看自己有没有实力。有专长、有能力又有忠诚度的“备胎”,当然是抢手货,单位里无论如何也舍不得你走;兴趣广泛又有能耐的“备胎”,也许能找到自己的第二战场;复合型的“备胎”,也会有多种选择的机会。唯有没有实力、又不肯学习的“备胎”,市场上无人问津。

有人说,人应该刚生下来就是中年,然后再渐渐年轻起来,那样,他就会珍惜时光,不会把它浪费在无谓的事情上。当然这只是一个假设。

我说,刚刚进入职场又甘愿当好一个“备胎”的人,他们不会轻视自己,他们会暗暗地下定决心,偷偷地苦练内功,去努力拼搏,获取实际的本领,让“备胎”早一点成为“正胎”。

不管和谁约会见面,这个时间,一定会提前到来。

(写于2015年12月30日)

你想象中的 30 年后是什么样

30 年后会怎么样，这本应是一个年轻人的话题，我也来凑凑热闹。

有科学家预测，2045 年会迎来一个奇点，那时电脑要比人脑聪明，电脑不仅能够理解人类的语言，从经验中学习，甚至能够和我们开玩笑。

我不懂预测学，有人认为，预测判断命运是一种科学的分析解剖方法，它的计算公式有点复杂，我也看不懂。但似乎有它的理论依据，认为有一种特异功能一直潜藏着，人们尚未完全认识，包括超心理现象和潜意识、未破识的“生命密码”等，几千年来好像还没有被驳倒，一直流传到今天。

19 世纪末有人曾在对 2000 年时人类生活的想象中提到，足不出户就能够洞悉天下，有可视电话，有代步的电动滑轮，房间可以有取暖设备，厨房也能自动化，收割可以用农业机械化，消防员也可变身蝙蝠侠空中救火，人类可以去环游海底世界，驶往未来的电力火车等等。现在看来，这些预测不仅实现了，而且许多提前实现了。

当然，有些预测是不科学的，甚至是荒唐的。玛雅人说，2012 年 12 月 21 日的黑夜降临以后，12 月 22 日的黎明永远不会到来。然而，这个“世界末日”没有到来，今年，我们都迎来了全世界共同的三周岁“生日”。

但是，总体上说，人类预测科学未来，确有一些道理，但是预测人生也简单地套用这个方法，恐怕有些就不那么灵验了。

我们班上有几位同学毕业后很长时间没有联系，同学聚会再去找他信息时，说是提前离开了我们，留下的是无限的伤感。想当初，还记得上学时我们一起蹦蹦跳跳，说说笑笑，想不到人是那么的脆弱，说没就没了。上学的时候谁能想到会是这样？也许有人说，算命先生能帮人预测到。如果真是这样，算命先生为何也无法预测到自己的未来？

其实，人生就像打扑克，下一张牌是什么，自己无法预测。出生如同发牌，一切皆有不确定性。人很难有预测自己未来结局的能力，但是人有把握现在的能力。

有网友说得好，在人生的道路上，你选择发呆还是选择奋斗，选择无奈还是选择努力，选择做梦还是选择圆梦，选择尽人事后而听天命还是选择不尽人事就去听天命，都是人自己要作的决定。永远不要以为我们可以逃避，我们的每一步都决定着最后的结局，我们的双脚正在走向我们自己选定的终点。

自己无法决定自己的牌，但可以选择自己的态度；打牌时，需要收放自如，人生也可以能屈能伸；打牌需要相互配合，人生有了一个好的搭档，也会让自己的生活与众不同。

算命与占卜，是世界各国所共有的神秘文化现象，反映了人类对未知命运的求知心理，其中虽不乏迷信的成分，但也有一些合理的思维。网上有些测试项目让人想到中华传统周易学或民间流传的占卜规则。元旦前夕，网上设计了多款游戏，说是帮你预测 2016 年将会怎样，我看到网友们在群里晒出来的全部是吉言，逗得大家很开心。当然那是一种娱乐。

很多人希望能预测自己的未来，不要说 30 年，能知道自己未来 5 年、10 年是什么样子也好。

一次，我和一位朋友在公园玩，他非要排队去“求卦问签”，我凑在一旁看热闹，谁知他抽了个“下下签”，顿时，他的脸色都变白了。我知道，这时候他的心里像打翻了五味瓶，真不是滋味。他肯定联想了很多自己的未来，越想越害怕。

其实，这种害怕是多余的，也是不科学的。德鲁克曾经说：“唯一能预测未来的方法，就是去开创它。”你如果希望未来成为什么样的人，只有朝着自己想要的方向努力，才能成功。

未来怎么样，很多人相信是命运的安排。但一味寄托于命运，不过是失败者无聊的自慰，不过是懦怯者的解嘲。人的前途只能靠自己的意志、自己的努力来决定。

里弄里有这样一位男士，据说小时候大人帮他算过命，说他是一生“大富大贵”。于是，他也不好好读书，也不想去找工作，从小到大就当个混混，甘心做啃老族，父母亲年纪大了，没有办法再依靠了，他只好吃每月五六百元的低保，现在已经50岁出头，也没有一间像样的房子，儿子还没有找到对象，但他自己完全不着急。邻居们议论说，也不知道他的“大富大贵”哪一天能降临。

决定自己未来，需要一个很好的心态。有再学习能力的人，一定是这个时代的宠儿，他们在8小时之外，也不忘学习，不会认为现在还年轻，有的是大把的时间，而随意去浪费生命。他们懂得，现在不抓紧，即使预测到未来的美好，也将会落空；把自己的推论当结论，用已知判断未来，很可能出错。对新生事物视而不见，充耳不闻，最终一定会被社会所淘汰；单打独斗的时代已经过去，整个世界都在合作，你也不能独善其身，抱团打天下才是明智的选择；不要那么天真，妄想一夜暴富、一举成名，迎难而上才是高情商，登攀高峰的专利一定属于他们。百折不挠、千锤百炼才是我们中国人发明的词；没有危机是最大的危机，满足现状是最大的陷阱，没有远见必寻短见。有了远见卓识，虽不能研判未来的结局，但可以预测未来的趋势。

你想象中今后的自己是什么样？没有现成的答案。

人的想象十分丰富。有一句话叫作：有些梦想是可笑的，但没有梦想是可悲的。宁可做一个可笑的人，也不要做一个可悲的人。

有了很好的梦想，加上自己的努力，成功总会在那里招手。坚持每一天的努力，总会有一天，你会变成自己想要的样子。因为今后的时代一定属于有梦、有远方、为了它们而奔跑的人。

30年后，世界会是什么样，留给人们无限的想象，有人想到会不会很迷茫，也有人想到会不会无助或孤单，更多的人会想到那时我们的祖国会变得更加强大，想到那时的自己事业有成功成名就，想到自己的家庭会变得更加美满幸福。

我参与了一家企业集团的“十三五”和“2025”规划的研究，规划不仅有产业的发展，也包括了人的全面发展，让人很憧憬，我自己也受到很大的震撼。

我想，30 年后的今天，也许你不再年轻，但我们的每一位网友，尤其是年轻的网友，只要你接受了正能量，坚信世界的未来一定更美好，它就会帮助你的梦想在时空中不断地发酵和改变一切，你会变得更加的安好！

（写于 2016 年 1 月 8 日）

有一种开关叫提升

提升,是一个很好的话题。

它的范围很广,包括位置、程度、水平、数量、质量等,我这里要说的是人的能力,人能不能提升自己的能力,这个开关不在别人那里,而在自己手上。

上世纪七十年代末的一天,在县城乘农村公共汽车,我们已坐上车半个多小时了,可是那车就是不开,驾驶员也坐在了位置上,因闹情绪不想开,公司领导对着车窗跟他做工作,就是做不通。那位领导急了,“那你下去吧,我帮你开好吗?”驾驶员气呼呼地将钥匙朝地下一扔走了。领导捡起了钥匙将车开走了。那个时代,有驾驶技术是很吃香的,大客车的驾驶员更少。要是那位领导没有客车驾驶证,只是个耍嘴皮子的,那只好被驾驶员卡住了,我们这些乘客不知道还要等上多少时间。

公共汽车徐徐开动了,车厢里,乘客们议论纷纷。我静静地思考着:人没有能力就要处处受制于人,提升自己才是第一位的。这件事几十年来一直留在我脑子里,让我终生受益。

我老家县城有一位小姑娘叫戴潍娜,她毕业于英国牛津大学,现在美国杜克大学做访问学者。

她是一位文学博士,也是一位美女。她出版了诗文集《瘦江南》、童话小说集《仙草姑娘》,并有译作十余万字。她做过翻译,办过公司,做过电视主持人,还演过话剧。她放弃了在中央事业单位优越的工作机会,去独自闯荡世界。没有人逼她这样干,是她的能力召唤她去做。

成功者像太阳,照到哪里哪里亮。一般人像月亮,初一、十五不一样。我们这些人虽然是月亮,如果能够改变心态,努力提升能力,早早晚晚也会让自己做一回太阳。

我与有些年轻人交流,他们总感到特别的迷茫。他们说,自己不是没有能量,有些能量还很充沛和过剩,只是浑身的精力不知道要用在什么地方,自己也常常为这些茫然感、不适感而烦恼。其实,这些年轻人还不具备真正的能力。

人真有了能力,就不再烦恼。一开始工作,都会从某一个专业做起,专业能力对自己很重要。无论具体做什么专业,要像激光一样,把心聚焦在一点上,对事和物专注研究、反复思考、反复实践,培养自己的“有效技能”。自己的一技之长强了,能帮助别人解决许多问题,就会形成一根纽带,通过它可以交到很多朋友,得到很多信息,产生共同语言,从而获得更多的机会。

自身能力,也包括找本质的能力,找规律的能力,联系事物的能力,尝试和联想的能力,特别是提出问题、分析问题和解决问题的能力。

我有一个亲戚的孩子,虽然只是职业高中毕业,但他投入钻研了一项新技能,到一家跨国公司从一般技工做起,做到了车间主管、公司技术总监,手下还有几十号本科生、研究生。现在,他在国外办起了公司。在他看来,自己内心有了方向,精力就有了去处,就不再迷茫。专注,会让自己变得安静、踏实,能力提升,变成了他的一种信仰。我从他每次回来的交谈看得出来,他的能力在一步步地提升,他的激情和干劲,精神和能量,也给我带来了无比的喜悦和快乐。

人的能力不断地升级,就给自己不断增加机遇,也是自己在不断开发潜能和天赋。一个人的能力不能升级,即便你具有天赋的潜能,这种潜能,也会慢慢地退化掉。

人的能力的提升,要靠平时的积累。认识自己的缺点是最大的优点,急于表现自己,是缺少一种认识自我的能力;人经常会犯低级错误,常常因小事而出大洋相,是缺少一种细节思考的能力;成功者的头脑总是清醒的,遇事急于求成,是缺少一种踏实做事的能力;有要求、有竞争的时候往往效率很高,没有压力的时候显得很平庸,是缺少一种自觉的能力;大家都去买这样,自己也去买,大家纷纷找兼职,自己也忙着去找,总有从众心理,是缺少一种独立思考的能力。

其实,我们每个人都有自己的长处,只是这种长处通过实践让它产生价值,获得别人或社会认可,才能有更大的发展空间。

有人想法很多,今天想做这个,明天想做那个,就是只有计划没有行动,这是没有用的。你就是有再多的能力,还是缺少一种能力,实际操作的能力。任何完美的计划都只能是一个不能实现的童话。多么完美的方案,还是在于即刻行动。

不是有这样一则故事吗?一个人在高山之巅的鹰巢里抓到了一只幼鹰,他把幼鹰带回家,养在鸡笼里。这只幼鹰和鸡一起啄食、嬉闹和休息。它以为自己是一只鸡。这只鹰渐渐长大,羽翼丰满了,主人想把它训练成猎鹰,可是由于终日和鸡混在一起,它已经变得和鸡完全一样,根本没有飞的愿望了。主人试了各种办法,都毫无效果。最后把它带到山顶上,一把将它扔了出去。这只鹰像块石头似的,直掉下去,慌乱之中它拼命地扑打翅膀,就这样,它终于飞了起来!磨练召唤成功的力量。

每个人手上都有提升自己的开关,开和关都是自由的,看你成全一个怎样的自己。

新的一年又开始了,我们还要站在满满的人行道上等公交,急急忙忙地去挤地铁,自驾车的朋友不断地在被拥堵着,前方还有很多的路要走。不管你多么卑微,你都要勇敢地面对生活,不用逃避,更不要用恶语诅咒它。现在,已进入三九时分,外面是寒冷的。没有彻骨寒的冷,哪有扑鼻香的梅。我们需要更加的冷静,别想一下子造出大海,我们可以先从小河川开始。

(写于 2016 年 1 月 11 日)

思想的殿堂不能建在废墟上

“回家过年，害怕自己会长胖”，这是许多在外工作的年轻朋友的一种担心。

因为过年时亲朋好友难得聚一起，难免好吃好喝，一个假期下来，身体自然会长胖。是的，这个世界上似乎没有比美食更容易让人失去抵抗力的了。

有人已经做了瘦身计划，但在美食面前，往往会把计划忘得一干二净。自己能吃什么，不能吃什么，能吃多少，本来自己都有一本账，自控的钥匙也由自己掌握，可是，人总是缺少一种自控能力。控制不住自己，有的还往往安慰自己，减肥反正也不差这一顿。

其实，人有没有自制能力，不光是对待美食，它反映在生活的方方面面。

许多人对人生都有美好的愿望、宏伟的计划，甚至思想也很超前，但就是计划没有变化快，往往做起事来半途而废。

我有一位企业家朋友，只要他认准了的事情，他总是义无反顾地做到底。哪怕有人不理解，甚至提出不同意见，他都能坚韧地发挥自己的自制力，管理好自己的情绪。他会理性思考问题，将局面一步一步扭转到对自己最有利的境地。他就是靠这种强大的自制力，经过 20 多年的打拼，把一个负债 500 万元的企业，做到年销售 200 多亿元的级别。

那位企业家朋友的成功，就在于他具备了能够控制自己思想、情感、情绪和行为的能力。他能够排除干扰坚定地完成自己的目标，还主动抑制那些不符合自己既定目标的愿望、动机、情绪和行为。善于去做他认为该做的事情，甚至有些事是他也并不喜欢的，认准了的，就坚持做，并做到极致。这是一种难能可贵的定力。

一切成功人士都有一个共同的特征，就是都具有高度自制力，这是他们最突出的意志品质。而缺乏自制力的人，也是生活中失败者的共同特征。

我的一位朋友与我交流时说，他家的儿子脑子很聪明，别人做不了的事情，他三下五除二，不要花很多功夫就做成了。这些年他儿子换了不少工作，就是攒不到钱，问题就是他的儿子每当做一件事，往往虎头蛇尾，因为自制力不强，总是被那些外在的事情所吸引，分散了注意力，从而放任自己去为那些琐事分神，不能专注地去完成想要做的事。

是的，坚持做好一件事的过程，就是自制力不断增强的过程。而人的生活涵养也跟自制力有关。它代表了人内心的层次，层次越高，人生观和价值观更高，这样的人能够看到常人所不能理解的那一面，并坚持自我完善和控制，直到成功。

自制力就像受到控制的火焰一样，它能够助力人的成功。想要有所成就，就要放下那些迷茫的借口，培养好自制力，也许能收获自己所希望得到的东西。

人要有自制力，说起来容易，做起来也很难。

自制力让人不被情绪所左右。人生路上，遇到挫折容易产生消极情绪，如果不能及时控制住情绪，就会使自己意志消沉、萎靡不振，甚至给身边的人带来很多负面的影响。

有自制力的人就会有高度的自律。世上的诱惑有很多，诱惑是成功的敌人。在各种诱惑面前，最好不去东张西望，不放任自流，坚持去做自己认为是正确的事。

人一般都有懒、馋、贪、嗔的本性，克服它，需要包括攻坚克难、忍耐、恪守计划等强大的自制力。

我们要向那些成功人士学习，把他们自制力的经验变成一块块石头，建筑起我们牢固的思想殿堂。而如果缺乏自制力，那只能让思想的殿堂建在废墟上。

（写于2016年2月5日）

寡言做事的人心里却有一片海

一场“塑造匠人精神”的演讲给人很大的启发。这虽然不是什么新的话题,但在生活中却有着现实的意义。

有人事情还没有做,只是一个设想和计划,就雷声很大很张扬,而又不踏踏实实去做,结果还是一事无成。

我家的一个亲戚,有人约他去做生意,他说,这不是他的擅长,婉言谢绝了;又有人约他办厂子,他说,自己没有这个能力,自己能吃几碗饭,自己最清楚。他几十年来,就做一件事,做一名出色的木匠。他的木匠手艺做到国外,做到国内许多大城市。现在像这样的老木匠很少了,在市场上很抢手,许多工程都争着要他。这是他的人生价值。

每一个人的世界都有值得细细品味和研究的东西。荒年饿不死手艺人。这几年城里房子不太好卖,住宅装饰的活儿少了,但他的木匠手艺活不比一般的农民工,是一种特殊的技能。他一年到头忙不完,今年春节过了大年初五,他早早地去了大城市。

我的这位亲戚十多岁就开始学木匠,他平时语言不多,几十年来,就是围绕木匠手艺打磨。面对就业门路的多元化,他本可以有多种选择,但他不被左右,认准了一件事做。许多左邻右舍,不断换工种的教训让他看到了,不能这山望了那山高,做事一定要专心,否则到头来也只能是竹篮打水一场空。他在人生中找到了意义,不迷失方向,不会为生计所苦,却会为无法登峰造极而不甘心。所以这位亲戚的行为更像是一种境界,人生达到这样的境界,那就值了,可以泰然地生活。

许多人将眼下能拿多少钱作为衡量成功与否的标准,这是一种世俗的标准。人活着,需要很强大的信念,要有属于自己的价值观体系。有时候做一件事,不只是谋生,而是人生价值的追索。这些价值是不能用常人的计算标准去衡量的。

做“短、平、快”生意，容易见效。但学一门手艺却没有那么容易。做手艺的人生都很慢，一辈子只做好一件事。因为有一门专注的手艺，才不会为时间的消逝而愤怒，时间的作用是化学反应，为手艺加冕。人本来就是这么简单，很小的事情，用生命去投入，就会有永恒的价值。

一辈子只做一件手艺的人，看起来他们似乎有些拙，也有些痴。有些是旧时代传承下来的手艺人，做着与社会脱轨的工作；有些是新时代的手艺人，更接近于设计师甚至艺术家。他们身上有着朴素的愿望，他们蓄积着历史。他们跟千万个平凡人一样，他们活得有意志，他们活出了生产力；他们以手艺为生，调剂生命，抵抗仓促，他们从来不炫耀自己有什么技巧，他们却有着无数润物细无声的东西；他们不仅能做出巧夺天工的物件，而且能深刻理解材质的本性，顺意而为，让产品有了灵魂，让人们无比着迷；他们从不省略，不做减法，不怕重复。他们有着我行我素的个性，甚至是一厢情愿，避开纷扰，抵挡诱惑，忍受得了孤独和重复，并怀有一颗偷着乐的心。他们才是时代的骄傲。

在这浮躁的社会里，我们不妨学一学手艺人的境界，我们想做什么事，就静静去做，因为那是你自己的事，千万不要因为虚荣心而炫耀，也不要因为别人的一句评价而放弃自己的梦想。值不值，时间是最好的证明。

人生，是一场跋涉，路难、事难、做人难。每个人都想做事，有些事情或多或少都有所苍凉；有些事情或深或浅都有些无奈。做事如握笔，半松半紧是自然。累了把心靠岸，选择了就不要后悔；苦了才懂得满足，痛了才享受生活，伤了才明白坚强。

很多人都想成功，期盼早日获得成功。每当看到身边成功人士，就幻想着自己成功时的风光模样。

因为抱着幻想的人太多，而付出行动的人太少，造就了这个浮躁的社会。成功，不在于自己有多少的人脉，有多么丰富的资源，成功在于做对事，认准的目标就坚持到底的行动。

在我的生活圈里，有这样一个人，一天到晚打听有什么事情可做。

但是他自己什么都不会。有一天,熟人真的给他提供了机会,他又不愿意尝试,迟迟下不了决心,老是犹豫,老是徘徊。时间一拖再拖,结果什么事也没有做成。因为他在犹豫徘徊的时候,拖延了自己通往成功的时间,再好的机会也是没有用的。因为他害怕失败,不愿担当失败的风险。别人帮助你设想得再好,自己不愿意付出,从根本上阻碍了自己的前行。世界上哪有这样的好事,风险全由别人扛着,成功了,成绩全部归于自己。

真正的成功,在于认准目标,做成一件事,并努力坚持到底。

我们每个人都在默默无闻地做事, 但做出来的事情有好有坏,结果大不一样。我们所做的每一件事,好的坏的,都会刻上自己的名片。也许自己以为没人看到的时候,有人已经给你贴上了标签。或许这些标签很快随风而去,或许,这些标签会一直跟着你,决定你的去留。

做好一件事,就要关注每一个细节。细节,可以成就一个人,也可以否定一个人。每件事的成功,都是自己用认真和努力争取来的。我们不要去埋怨别人用一件事否定自己,只怪自己给了别人否定的机会。

没有什么事情就是直接现成的,除了自己具备这样或那样的能力和实力,可以胜任一个自己所希望的职位。然而,这一切也都是经过刻苦的锻炼、耐心的训练和时光的陪伴。俗话说得好,冰冻三尺,并非一日之寒。一切希望速成的想法都是不切实际的。

回忆起几十年的生涯,我也没有做出多么像样的事情,深感自己的渺小,但如果能够带给别人一些感动和思考,那也会让自己有些欣慰。当然在短短的人生里,每个人能有一些参悟,都是很幸福的。

有些人属于天生的冒险家,做起事情来讨厌常规厌倦单调,喜欢不断变化,有些事情做得也很出彩,但在丰富多彩的快节奏生活里,我们总是自觉或不自觉地忘记一些精彩的细节。有匠心的人做起事来总是很执着,但也很低调,他们常常羞于表达心底的感受,哪怕关系再亲密,有些话还是会选择不说。但是,他们每次都把事情做到极致。他们懂得大江大河的水流,需要百折不回的奔腾。这样流水才不再孤独,大海才不再遥远。

平静的大海,有时无风无浪,心平气和,而又有谁知道这平静之中可能隐藏着危机。平静,有时只是大海虚假的一面。如果我们能够静下心来,唤醒内在的意识,更有耐心、更加坚强、更有智慧地去做一件事,那么这样的事情往往会更加成功。

那些令人尊敬的匠人们想做一件事,从不要炫耀,也不宣扬,只管安安静静地去做,做得却很成功。因为寡言做事的人,心里却有一片海。

(写于 2016 年 2 月 18 日)

智商与情商

我的智商不高,情商也不高。所以常常犯些低级错误,有时活得傻傻的,像个孩子,让人笑话。

人的智商高当然是一件好事,智商高的人一般来说对社会的贡献也大。有一位美国人跟踪研究了很多天生智商高的人,这些人的智商通常在140以上,俗称天才。

但智商高,有时候也并不代表一定能成就大事业。美国人的这项追踪研究发现, 这些天才长大后并没有获得如研究者期望的伟大成就,大多数的天才只是循规蹈矩地活着,在普通的公司上班,在正常的轨道上生活,有的甚至还在杂货店打工。而追踪者发现,相比天才而言,那些智商处于中上等,徘徊在110至130之间的人们,获得成功的比率更高。

怎样分配智商和情商的比例,研究成果表明,一个人具备20%的智商和80%的情商,那就有饭吃了。他们虽然事业不算太顺利,但人品却很好,最终还是受到社会欢迎的。

网上讨论智商与情商的文章很多。现在社会里,情商不高往往受到批评,不讨人欢喜。我认为,这也要具体情况具体分析。

一般来说,高情商的人更受别人欢迎。我有一位朋友就是这样,遇到事情他不随意指责别人,更不抱怨别人,而自己对生活、工作和感情保持热情,生活很有激情,对人也很宽容。他心胸宽广,与他交流,让我学到很多东西,他的眼界也很宽,所以他的舞台也很大,事业做得很成功。他的学历并不高,业务也不算太专业,但他很会处人做事,从不斤斤计较,有一颗包容和宽容的心,所以在他的身边,总有一群人围着转。

我还有一位熟人，他人很聪明，许多原来并不熟悉的业务，经他三转两转，很快就能上手。但许多人跟他就是合不来，因此，他做了多项业务，没有人愿意跟他一起干，多少年过去了，事业还是老样子，吃不饱饿不死的，总是发达不起来。

我的那位熟人自己也很苦恼，他感到，吃亏就吃在情商不高上面，有些教训值得记取。平时不善于与别人沟通和交流，要么不说话，要么说起话来很冲，一句好好的话，到了他嘴里总让人感觉变了味，人家听了不舒服，身边的人渐渐远离他而去。本来大家一起做事情很开心的，但在他的眼里，总是看到别人的缺点和不足，很少发现别人的优点，更不会赞美别人，结果在别人心里，你聪明你的，我笨我的，不跟你干总可以吧。

智商高的人是比一般的人懂得多一点，但世界上的东西也不是自己什么都懂。高情商的人却不是这样，他们善于倾听，聆听别人的说话，仔细听别人说什么，多听多看，而不是自己滔滔悬河。我那位熟人正是做不到这一点，所以开始和他合作的人一个个离开了。

我与他交流时说，你能够体会到这些，说明你的情商水平提升比我快。

是的，情商越低，别人也不愿意亲近你，不愿和你做朋友，你的朋友会越来越少，最后成为孤家寡人。

我们所说的情商，反映了一个人对自己情绪的理解，也是控制自己情绪、承受外界压力、把握自己心理平衡的一种体现，更是与他人建立良好关系的一种能力。

既然情商这么重要，有人就玩起了所谓的情商。有的人今天跟这个好，明天又跟那个好，看起来朋友很多，其实没有一个真正的朋友，原因是表面上很热情，内心里很空虚，温暖有余，厚道不足；有的人谁也不得罪，看似厚道，其实是一种世故，跟谁都要好，看似热情，实则是一种圆滑；生活中有些绕不开的复杂，有人只想讨好上司，苛求得到什么，看其脸色办事，在同事那里，又费尽心思周旋，结果闹得谁都不愉快；有人往往不愿意跟有明显缺点的人交往，总喜欢跟完美的人在一起,认为这样心里更踏实,其实,跟有缺点的人交往没有什么不好,因为缺点是真实的,只有完美才显得那么虚幻;有的人自我感觉情商高而很得意,常常笑话别人不够聪明,其实,生活中每个人都站在不同的戏台上,不过是,此处笑笑他人,彼处又被他人笑笑;有的人习惯于自己的价值判断,缺少客观的标准,反而认为自己的情商高,不明白什么是世间的冷与热,亲与疏,阿谀与恶语,谄媚与冷淡,结果让世人所鄙视。

真正的情商高,是真诚待人,而不是玩心术,对那种玩心术的所谓情商宁肯不要,宁与人品好情商低的人做朋友。那些人没有虚情假意,说的话有时虽然不那么中听,但他们敢做敢当,不推卸责任,遇到问题不绕道,直面解决问题。你如果真有事求助,他会义无反顾地真心帮你。所以,唯有真诚,才是最好的智商和情商。

当然,最优的解决方案是既有高智商又有高情商,但现实生活中这样的人毕竟太少,我们这些普通人能适当平衡好两者之间的关系就算不错了。

有一位大学生刚进单位,本职范围内的事他拼命去做,有些不是他的工作也主动去做。有事没事,与同事一起交流沟通。他懂得的知识毫无保留教给人家,对不懂的事不耻下问,业务上手很快,同事间也很融洽。他认为,在大学里学到很多知识,也培养了自己的很多能力,甚至包括愚蠢。大学,只是个小社会,走向社会,才是走向更大的课堂,学到的东西更多。智商有些是先天就有的,情商是需要后来努力得来的。人的事业不仅需要智商,而且更需要情商。

有些人很聪明,却不解风情;有些人十分懂得掌控情感,智商却不高。这位大学生由于对智商和情商平衡得很好,进单位第一年就被大家评上劳模,又被单位推荐到外地进修深造。他的智商控制着自己钻研业务,情商控制着自己的为人处世。

智商,是一个人的智力商数,表示一个人智力水平的高低;情商,是感情商数,反映一个人感情品质的差异。情商和智商是各自独立的,又不是完全对立的,两者之间有着密切联系。

这位大学生的案例告诉我们,智商与情商并不矛盾,不像有人所描述的那样,一个静若处子,一个动如脱兔;一个大智若愚,一个口吐莲花;一个两耳不闻窗外事,一个轻松玩转朋友圈。事实上,智商和情商并不是相互对立的,两者融合得好,事业会更加成功。

有这样一段话很经典:情商高呢,主要是让别人高兴;智商高呢,主要是让自己高兴;智商不高情商也不高呢,主要就是自己不高兴了还要不让别人高兴。

(写于 2016 年 2 月 26 日)

我的生命我做主

最近,我与两位年轻人交流,一位80后大学生一见面就抱怨,说是他的年薪与一位比他后进单位的校友比相差很多,他有点想不通。

后来,我作了侧面了解,这位80后的表现也不算差,领导布置的任务也能完成,他目前的薪酬与同时进单位的同事也差不多,但与他的那位校友比是有悬殊。表面上看似乎有些不公平。

经过深入了解,他的那位校友,表现非常突出,他是自动自发工作的人,他重视个人价值和自尊,而且这种个人价值完全出自内心,而不是来自别人,他的努力工作不是凭一时冲动,或者是做表面文章,也不是为了博取领导的称赞,而是自动自发地追求完美。他绝不甘于平庸,每天安排自己做一件领导布置以外的事情,并引导周围的人一道主动做事;善于观察和思考,他提出的合理化建议,被公司采纳后产生了较大的经济效益;平时对工作保持乐观的态度,执行任务时毫无怨言,能做的事总是抢着干;协作精神强,主动加班加点,从不计较报酬。老实人不吃亏的好事总是摊到他的头上,几年下来,每次年薪都要比别人高。

没有人指使他这么干,完全是他自己的选择。因为在他身上很难看出抱怨和不耐烦的痕迹,而是一身高度的责任感和乐于奉献的精神,所以他有资格享受工作的乐趣和荣誉。

这位后来者,有一个自己的信条,这就是“我的生命我做主”。

我想,这就为想不通的那位80后找到了最好的注解。

世界上有两种人永远无法超越别人:一种人是只做别人交代的工作;另一种是做不好别人交代的事。

这些人在工作中,会被工作所累,总觉得自己的工作只是为了赚钱,不知道工作在赚钱之外还有其他更重要的意义,很多时候他们会抱怨老板为何不给自己加薪,也不去寻找自己的工作为什么得不到老板的赏识,因而产生了职业倦怠,积极性不高,做事欠主动,相互之间推卸责任;协作力太差,团队执行力弱等。

我们可以设身处地想一下,是否可以这样理解,没有挣到钱,一般是自己付出的努力不够;没有得到晋升,也许是自己承担的责任不够。

闻名世界的美国钢铁大王卡耐基说:“有两种人注定一事无成,一种是除非别人要他去做,否则绝不会主动做事的人;另外一种人则是即使别人要他做,他也做不好事情的人。那些不需要别人催促,就会主动去做应该做的事,而且不会半途而废的人必定成功,这种人懂得要求自己多努力一点,多付出一点,而且比别人预期的还要多。”

人生面临多种选择,如果想摆脱困境,变被动为主动,就要修改自己的工作标准。不怕吃亏,不怕吃苦,就得多学习,不断修炼自己,坚定确立不为薪水工作的信念。

一个靠工资吃饭的人,完全抛弃报酬去工作,也不太现实。世界上大多数人都在为薪水而工作,但如果自己能不单纯为薪水工作,就超越了芸芸众生,也就迈出了成功的第一步。

工作中充分挖掘自己的潜能,发挥自己的才干,做正直纯正的事,热爱自己从事的工作,有时候金钱也会尾随而至。

人的能力比金钱重要一万倍。无论从事什么职业,都应该精通它。看起来,公司有很多限制,其实自己才是唯一的限制,就是自己脑海中所设立的那些限制,这也不能做,那也不愿做。自己是最大的敌人。

一个人的思想决定自己的行为。自己的思想自己主宰,自己的命运自己掌握,任何时候不要成为自己心理上的奴隶,要保持高度的工作热情,老板可以控制你的工资,但他无法遮住你的眼睛,捂上你的耳朵,阻止你去思考,去学习。站在老板的立场上去思考和处理问题,增加自身的筹码,实现自身的价值,才是聪明的选择。

这些道理并不深奥,也不是什么人生秘密,理智无法支配情绪,行动才能改变命运。我们需要改变拖拉和逃避的恶习,在一段时间集中精力做一件事,并彻底做好它;让每天多做一点成为自己的习惯;要么不做,要做,就做好它,并追求尽善尽美;要多向老板学习,不要轻视公司,轻视公司就是轻视自己。要深度理解忠诚的真谛和精粹,最好是让自己变得不可替代,让自己在平凡的工作中做出不一样的精彩。

“我的生命我做主”,不要认为只要准时上下班、不迟到、不早退就是尽职尽责了,就可以心安理得地去领工资了;领导给自己一个任务,自己就要想很多办法,不仅能不折不扣地完成,最好还要有创意地做出加分的事来;有时候没有人会告诉自己需要做什么事,这就更要自己主动思考。

有一次,我听到一位年轻人给他妈妈打电话,说是自己的工作很舒服,一天到晚玩的时间很多,钱又不少拿。我想这位年轻人并不聪明,要知道如果工作过分的轻松,说明这个岗位就很危险了,说不定哪一天,这个岗位也许被取消,这只能说明你的茫然,工作缺少智慧、热情、信仰、想象和创造力,是无法获得事业成功的。

如果你能清楚地了解了企业发展的规划和自己的工作职责,你就能预知该做些什么,然后马上行动,不需要老板吩咐,因为不管哪个单位,不管是什么样的领导,都不需要那种仅仅循规蹈矩,缺乏热情和责任感,工作不能自动自发,整天混日子的员工。

“我的生命我做主”,千万不能做错了主。我们不要看不起自己普通的工作。有些人一味追求高薪与职位,在他们看来,只有坐办公室的管理者、大公司白领才称得上是绅士。其实,并不是你想象的那样,别看那些在大公司工作的员工表面上很风光,他们活得也不容易,他们靠自己的努力,拥有渊博的知识,受过专业的训练。他们朝九晚五穿行在写字楼里,看上去有一份令人羡慕的工作,拿一份不菲的薪水,但是他们有的也并不快乐。有时候他们也很孤独,没有时间和精力与人交流,许多人成了大龄青年。他们不喜欢星期一,因为每周总有一大堆任务要压下来;他们迫于工作压力,精神紧张,亚健康的状况令人担忧。

如果一个人轻视自己普通的工作,将它当成低贱的事情,那么他也不会尊敬自己。如果一个人鄙视、厌恶自己的工作,那么他也不可能获得成功。

工作不是生活的代价，也不是无可奈何、不可避免的劳碌，而是创造一番事业的必由之路，也是发展自己人格的工具。尤其对那些刚走向社会的年轻人来说，更需要懂得，每一件事都值得自己去做，而且应该用心地去做。不要小看自己所做的每一件事，即便是最普通的事，也应该全力以赴、尽职尽责地去完成。

“我的生命我做主”，假如把工作当成自己的事业来做，那效果完全不一样。把企业的事当成自己的事，就能像老板一样替企业着想。而不是你给多少钱，我做多少事。

在一家高新技术企业，有一位年轻人学历并不硬，只是职业大专毕业。他从一线工人做起，开始也没有看出他有多强的能力，但他能够严格要求自己，好学上进，从操作工到班组长，从车间主任到部门经理，一步一个脚印地踏实工作。他进步很快，经过十多年的锤炼，当上了公司总经理。

这说明，只要自己能够充分发掘自己的潜力，创造出更高的价值，得到相应回报的可能性就很大。

有些年轻人总感到工作很枯燥，从家里到单位的两点一线中，公路两旁有多少棵树，有多少公共厕所，有多少个垃圾桶，自己都能数得过来，日复一日，年复一年的上班打工，没有什么奔头，但自己又很迷茫，找不到人生的目标。

我们有些工作从表象看也许索然无味，但只要深入其中，也会找到其意义所在。工作不仅是为了满足生存的需要，同时也是实现个人人生价值的需要。一个人总不能无所事事地终老一生，我们可以试着将自己的爱好与所从事的工作结合起来，无论做什么，都要乐在其中，而且要真心热爱自己所做的事。我听了一位精神家园工程师的演讲，她讲的在工作中向快乐出发的故事很感人。是的，上班真的也不算是一件苦差事，工作有时也是一种乐趣，热爱自己的本职工作，热爱别人和为人服务是人生中最有价值的事。通过自己辛勤的工作，就能获取生活的勇气和获得前进的力量。

我们虽然向往童年,但我们已经长大,也许你今天仍然年轻,过不了几年,也就不再年轻。人生不过几十年,过去的已经过去了,即使一直很用力地奔跑,你也追不回来逝去的东西。只有现在,手里握着的才是最真实的,才是真正属于自己的。虽然有美好的未来在那里招手,但未来的路要靠自己走,每一步路,都会留着印记。没有人能陪伴自己走完全程,尤其在路程的后半段,在每个十字路口,我们需要冷静地思考,都要记住,“我的生命我做主”!

(写于 2016 年 3 月 1 日)

做一个有血有肉有思想的人

昨天,我参加了一场《制造企业的品牌建设》的专题讲座学习,自然学到了过去自己不懂的知识,但收获不仅是讲座本身,而是在讲座之余与两位专家的交流。

在全球第一个提出建设首席品牌官的专家,北京大学品牌战略研究所首任所长梁中国,他学的专业并不是传播学,而是毕业于戏剧学院。他对品牌的认知却有着与常人不一样的理解,他的知识结构真的是戏剧性的变化。

推荐梁中国做品牌讲座, 并和他一起前来进行品牌研究交流的,是我的老领导,原是一家中央新闻单位的总编辑,现在是中国商业文化研究会执行会长。他原本学的是土木建筑专业,但他现在是著名词作家,在新闻领域成绩卓著,是一位享受国务院津贴的专家。

与这两位专家交流,我最大的体会,他们不仅知识面宽,关键是有思想的深度。一个人知识的广度和思想的深度不够,必然就缺少了远见。

学什么专业,固然对自己的一生有着重要影响。一个人要想跨专业做事,也必然要付出更大的代价。但原本专业学习的知识对自己影响最深的,就在于自己理解的深度和深度的思考。

许多知识是相通的,相互可以借鉴。跨入新世纪以来,新学科成倍增加,是很有道理的。

与两位专家交流,我看到了自己的不足,比如对品牌问题的思考就很肤浅,想到一两层之后就没有再深入下去了。我也看过一些有关品牌的书,但认识是肤浅的,由于缺少深度思考,结果知识是碎片的,是不成体系的。

我想,一个人看书学习,如果不去深入思考、理解和消化,将它转化成自己的东西,只是一般的了解,那是没有任何用处的,看了也等于白看。

一个人光有知识不够,关键要有思想。有思想的人必然有深度思考。为什么有很多深奥的知识,到了专家嘴里,却是那么的通俗易懂,这是他们深度思考的结果。深度,是触及事物本质的程度,深入理解事物的本质是深,只了解事物表面是浅。

深度思考从某种意义上说,它能够决定人生。当然,人生不是完全由深度思考决定,但至少起到关键性的作用。

深度思考也不是深不可及的,我们每个人通过努力、不断练习也是可以获得这项技能的。深度思考始终是自己的事,跨专业做事,开头也许很难,但时间久了,有了自己的一套方法,知识拓宽的速度也就快了,尤其是经验会越积越多。

我想,这两位专家跨专业很成功,也许是他们平时除了充电学习,还养成了深度思考的习惯,所以才有人生大不同的精彩。

养成了深度思考的习惯,就会有可繁殖的知识量。有人把知识分为两种,一种是不可繁殖的,一种是可繁殖的。深度思考后获得的知识就是可繁殖的。获得了可繁殖的知识,我们就会让自己提高、进步,对世界的认知就会变得更加深刻。

现在这个社会不缺信息,现在人也不缺知识,但一些人昏昏然过日子,人云亦云,缺少自己的思想。我们要做一个有思想的人。但有知识的人不等于有思想,有的人非常博学,但是没有思想,事业也并不成功。

有人说,他有很多观点,很有见地,我从来没有听到过。我想,这不能一概而论,错误的思想也是思想。观点既然是一种判断,当然有可能判断错误。但不管怎么样,我们要学会独立思考,掌握正确的方法去思考问题,让自己的知识繁殖量更多,做一个有血有肉有思想的人。

(写于 2016 年 3 月 13 日)

道理,你在哪里?

一次,我参加一家企业新项目阶段性回顾的采访,这位项目负责人很得意地说,我这个项目照现在的速度发展下去,三年后股票上市没问题。

这句话传到做项目论证的咨询大师的耳朵里,那位大师也异常兴奋,说是从一开始自己就看好这个项目,现在实践证明自己的眼光是很准的。

这位咨询大师确实花了很多工夫, 光咨询报告就做了足足几斤重。

可是,好景不长,没过半年,这个项目撑不下去了,产品跟不上市场的变化,你的产品优势别人都有,而且人家的产品更前卫,更实用,更价廉。

冯仑说,现在社会有一个颇为好玩的现象:满街都是管理书籍,却到处都有破产企业;满书店都是爱情教程,可满大街都是不幸婚史。管理和爱情一样,都清楚又都不清楚;都有道理又都没道理。

我也经常想, 为什么那么多成功的企业家很少是营销学教授出身,而且有许多还是学历很低的。这是什么道理?这个问题我很长时间也找不到答案。

在我们的生活中,现实的东西无所不在,每时每刻都在左右着自己,如何去超脱,如何去摆脱困扰,这是摆在我们面前的不可回避的课题。我们每天都是这样反反复复,找不到现成的答案,只能自己去苦苦探索。那些企业家即使在探索中撞到了墙上,也不叫一声苦,继续前行,活下来才是一种成功。成功者,他们不仅有物质的收获,更是精神上的君主,是真正独立思考的人。

有一家民营企业准备投资5亿元新上一个项目,老板请来了多个行业的顶级专家,坐了一屋子的人做项目论证,专家们从各个领域拿出了足够的数据和理由,几乎一致地劝说不要上这个项目。

一天的会议让大家有些疲惫,这位老板的脸上没有任何表情,在会议总结时说,感谢大家发表了这么多有恩于企业的意见,但我想,企业要想做一件事,会遇上两种险,一是危险,二是风险。对类似有损国家利益、违法的事有危险,就坚决不做;但做企业一点风险不担也不可能。所以这个项目没有危险但有风险,我还是决定上。

项目上马的前5年,一个单子也没有,老板又遭到了非议,但他仍信心满满。去年,他们终于在国际市场上拿下了第一单,项目前景可期。

这位企业家很精明,又肯学习,他的知识面也很宽,他善于把大量的知识经过自己的独立思考去加以吸收,知识和经验结合,创造了学院派无法创造的价值。这大概就是我要寻找的道理。

其实不光是企业家,是领导,我们这些普通人把自己得到的知识和经验综合起来考察,把每一个知识点,每一个经验,联系实际进行比对,就会对知识的理解、对经验的掌握更容易一些。

如果我们对自己知道的事情加以仔细思考,我们就会产生一种强烈的欲望,必须学习新东西。学习之后再经过深思熟虑的东西才能成为自己最管用的真知。平时我们的阅读和学习可以随意,但独立思考却不能随意。

现代人不缺少学习的条件,但人与人的差别很大,因为阅读和思考对人的精神产生不同的影响。可能是天性的不同,导致有的人热爱思考,有的人喜欢阅读。我们每天阅读书籍和接受外部信息,那些外来的思想不断地灌输进自己的头脑,头脑就承受了许多来自外在的压力,一会儿思考这个,一会儿考虑那个,究竟什么是有道理的,什么是没有道理的;什么是今天有道理,但对明天不一定有道理,我们需要动脑筋思考。千万不能自己做了大量的阅读,反而让自己的精神丧失灵敏性,变得比原来更加愚蠢麻木,妨碍自己的进步和成功。

我们阅读别人的思想,如同吃别人的残羹剩饭,或穿陌生人丢弃的旧衣服。阅读只是独自思考的代替物,阅读时,一个人本身的思想是在被别人的思想牵引管束。只有自己本身的根本思想才具有真正的生命力。

当然,独立思考仍需要认真地去读书,在自己每天的思考之外,利用空余时间来阅读是一件快乐的好事。思考不能代替阅读,而阅读,可以借别人的思考为我们提供精神材料,即使与我们自己的思维完全不同,我们也可以从中受益。阅读之后,我们可以把最精妙的思想及时写下来,与别人分享,让大家去找找:道理,你在哪里?

(写于 2016 年 3 月 23 日)

小事与大事

一次,我乘坐的车已经驶过了一座小桥的70%了,对过来的小车非要抢道挤上来,结果两辆车被卡住了。如果遇上脾气差的人可能要与对方的车理论一番,可司机小徐没有,而是看着反光镜,小心翼翼一点一点倒了回去,让对方的车先走。

小徐对我说,我是职业司机,技术可能相对熟练一些,对方也许是个新手,让她一点又何妨。

小徐做的无疑是对的, 在生活中人会经常碰到一些有矛盾的小事,而因为这些小事常常闹得不愉快。对人宽容一些,容忍一些,一些小事也就过去了。相反,咄咄逼人,嘴上虽然赢了,又能怎么样呢,经常嘴不饶人,也可能时间久了,会让人敬而远之。生活中的小事也并不小,退一步,是大度,让一步,是慈悲;让人三分不吃亏,容人三分无损失。

在前行的路上,让我想起有这样一个故事。

一个初春的夜晚,大家已经熟睡,一对年迈的夫妻走进一家旅馆,可是旅馆已经客满。

前台侍者不忍心深夜让这对老人再去找旅馆,就将他们引到一个房间:“也许它不是最好的,但至少你们不用再奔波了。”

老人看到整洁干净的屋子,就愉快地住了下来。

第二天,当他们要结账时,侍者却说:“不用了,因为你们住的是我的房间。祝你们旅途愉快!”

原来,他自己在前台过了一个通宵。老人十分感动地说:“孩子,你是我见到过最好的旅店经营人。你会得到报答的。”侍者笑了笑,送老人出门,转身就忘了这件事。

有一天，他接到一封信，里面有一张去纽约的单程机票，他按信中所示来到一座金碧辉煌的大楼。原来，那个深夜他接待的是一个亿万富翁和他的妻子。富翁为这个侍者买下了一座大酒店，并深信他会经营管理好这个大酒店。

这就是著名的希尔顿饭店和他首任经理的传奇故事。

这说明，生活中的事看起来都是小事，看你怎么做，有时候小事做好了，也会成就大事。

人的一生会面临许多选择，如何正确选择是个很复杂的问题。我们的身边有许多美丽的故事，有各种难分真假的故事，我们需要作出判断。

故事是具体的，道理是抽象的。比如我们不要因小失大，这个道理虽然非常简单，但人在真正作决策的时候，往往会忽视掉。在生活中，有些人会给你一点小恩小惠，有些东西无法量化，因而就存在亏欠他人的感觉，如果对方是有目的的，那还的就不是一点点。所以，我走在路上，对那些送花的、送纸巾的等等总是微笑着离开。我很害怕被传教，被洗脑，尤其是当代社会典型的商业陷阱。如果这些小事做不好，也可能引出自己有麻烦会吃亏的大事。

我认识的一位大学生找工作一连找了好几个单位都不理想，没有办法只好进了一家制造工厂，他先下车间从一线岗位做起，开始觉得还行，后来听同学介绍说，有一家单位不仅工资高，福利还好，于是就跳槽了，结果仍觉得这也不理想，那也不满意，又跳了好几家单位，结果他有点跳不动了，只能回家待业。

其实，那位大学生在学校里成绩还是不错的，也在学生会里担任过干部，想走向社会干一番事业，他也能说会道，但社会不会去相信你说什么，更愿意看你能做什么。每个人在做大事之前，先要脚踏实地把小事情做好，做到极致，超出社会的期待，我想只有这样，赢得做大事的机会才会多一些。

有些事，看上去事情并不大，确让人活得很累。

最近，有朋友很生气地告诉我，他去认真做了一件事，有人当面跟他说,这件事非你莫属,其他人根本没有能力做。听了这话,虽然感到这是溢美之词,但有人赞成总是好事,当时他心里还是蛮舒坦的。

谁知,后脚一转,那位当面赞扬的人跑到领导那儿却说,这件事虽然做得不错,但有隐情,他做好了是为了达到什么目的。转移视线,误导领导。

我对那位生气的朋友说,这样的事我也碰到过,生气也没有用,这个世上,有些人就喜欢玩心眼。

我们这些人,在人群中虽是不起眼,但不去玩心眼总是可以做到的,因为这是做人的底线。

有时候,明明说好的事,就应该信守承诺去做,但有人认为对他不利,就会找出种种让你没法还口的理由推托;有些人明明自己做错了事情,就来个恶人先告状,先跑到领导那里说一通对自己有利的话,甚至装出可怜、装出冤屈,还有的像演员那样流泪让领导同情,逃避自己的责任;有的人真本事没有,脑子里成天琢磨这个琢磨那个,一心想干投机取巧的事,有的事情明明是别人做的,到领导那儿变成全是他的功劳;有的人明明不孝敬老人,他却偏偏在家人和同学的朋友圈里转发怎样孝顺的帖子,让人感觉他是这个世界上最有良心的人;有的人知道亲友可能过一段要用大钱了,他就事先谋划编出故事,说自己要做什么事,现在正在找人借钱,让你想说借钱也开不了口。

做人也没必要这么伪装。我不知道玩心眼的人玩来玩去累不累?有人可能觉得他这么做,别人不知道。其实,很多事是掩耳盗铃,这个世界有多少傻子,把别人当傻子的人自己才是傻子。你的如意算盘一旦被朋友们发现了,自己的损失就大了,信用是人生的最大财富,失去了信用就失去了财富。可有的人不这么想,今天的事就这么做了,到了明天再说。久而久之,越来越多的人会离你而去,最终让自己成为孤家寡人。

玩心眼的人总是希望别人不长心眼,自己的心眼越多越好。不跟玩心眼的人交朋友,似乎成了人们的共识,但遇到具体事情,有些人还是喜欢玩心眼。所以,从这些人嘴里出来的话,不知道哪句话是真,哪句话是假。

人傻一点没关系，我也并不聪明，我想头脑没有必要那么繁杂，有人随意说一句话，发个状态，传张照片，我有时候也会当真的，当然也有上当的。心眼不多的人，也不至于傻。谁对我真好假好，心里还是清楚的。即使一时没有看清，时间一长自然会有正确的答案，时间能告诉自己一切。

一次，有一件事本来跟我一点关系没有，为了撇清关系，原本与此事有关的人却选择放弃早早离开了，找不到其他人，任务落到了我的头上，因为这件事很繁杂，做好了是应该的，做不好责任却很重大。领导布置我去做，我也没办法，只好硬着头皮上，况且我又不熟这方面的业务，只有笨鸟先飞，吃比常人更多的苦，抓紧学习，自己少休息一点。后来事情也完成了，自己也接触到了新的领域，学到了新的知识。我想起这件事，庆幸的不是事情本身的收获，而是让自己看清了一些人，什么人是愿意有难共担的，什么人是愿意真心付出，是可以交朋友的。

玩弄手段的人没有办法做朋友。但要识破玩心眼的人有时也不容易，人总有伪装的一面。会嚎叫的不一定都是狼，披着羊皮的也可能是狐狸。善良的人心眼少而常常被人玩，心眼多的人常常去玩他人。所以，我们可以不对别人玩心眼，但自己也千万不要缺心眼，这个世界有些复杂，长个心眼，多看多想，他们究竟想干什么，让自己少些上当受骗，少受累。

（写于2016年3月27日）

一口吞不了一个饼

一位80后看到他同学这两年变化很快，车子有了，房子也有了，职位也提升了，有点羡慕嫉妒恨，恨自己落伍了。所以他想拼命去奋斗，抓紧混出个人样来。上班时，他急于表现自己，想给领导留个好印象，争取早日当上主管，下班后去做第二职业，利用一切机会多挣钱。他心里很慌乱，有时晚上只睡两三个小时，生活常常搞得兵荒马乱。他苦吃得不少，可看不出有多大的成功，反而让自己陷入了焦虑之中。

这绝不是个案。网上有一项调查，根据对2075个人的调查结果显示，93.3%的受访者感觉当下青年急于成功的心理较为普遍。受访者中，70后占35.0%，80后占47.5%。

据说有一本书，叫做《成功要趁早——教你30岁前如何挣够500万》。这本书似乎在告诉当下青年，要赶紧上名校、赚大钱、抓权力，这样才是成功。

我真的不知道这本书对本来就很浮躁的年轻人能起到什么样的引导作用。

现在有些家长也很浮躁，望子成龙心切，弄得一些刚参加工作的年轻人不敢接家里打来的电话，因为被催得太紧。上学时，家长们催着自己好好读书考大学，考名牌大学，孩子们只好放弃了自己的所有兴趣爱好；大学毕业后，家长们又催着找份体面工作；进入职场，又催着找对象，赶紧结婚；结婚了，赶紧生孩子，国家允许生二胎，第一胎一定要趁早。单位里的压力够大，自己事业刚起步，又要还房贷还车贷，又要顾这顾那，真是有点受不了。

这个时代怎么啦？什么都要快速成功，什么都要万事趁早。

难怪社会学家说，产生“万事趁早”心理的重要原因是“社会转型期,全民大浮躁”。如今的舆论塑造的参照系多有偏颇,成功总是与金钱、权力、名气、地位等因素挂钩。

“一锹挖不了一口井,一口吞不了一个饼。”而现在“十年磨一剑”的道理似乎被人们遗忘了,社会也缺少这样的肯定。但是,我们的年轻人千万不要受到这些影响与暗示,很多事情不可能急于求成,快速获得物质利益与社会地位的想法只是一种天真,而不是本质。

一些年轻人的浮躁,大部分来自于社会的浮躁焦虑之风,还有来自于父辈及同龄人的压力,当然也有自己盲目跟从的价值观。

我们的社会,包括舆论应该从鼓励长远规划的角度去改进,让年轻人能大胆地迈开脚步,踏踏实实地走好每一步,让他们生活不慌乱,不迷茫,每天进步一点点。

我有一位朋友的孩子,大学毕业后从车间主机工做起,在五年时间里,他当了生产线副线长、线长、工艺员、班组长、车间副主任、车间主任、技术部副经理、经理,据说最近又参加了集团后备干部培训,单位作为苗子培养。

这位年轻人走的步子很稳,基础扎实,成长的潜力也大。这种每天都比别人多进步一点点的经验很可贵。多学习一点、多付出一点,只要每天都比别人多一点,长期累积下来,就能创造非凡的成绩,累积出比别人多的成就。

有网友说,如果你的职业是销售业务,只要每天比别人多一张订单,两个月下来就能比别人多很多张订单;如果你是工程师,只要每天晚上比别人多钻研技术一个小时,一个月下来就比别人多了三十小时的专业知识。

人是有惰性的,要每天都比别人进步一点,也不是很容易的,关键不是一天,而是每一天。成功的人永远都是少数,因为他们能坚持每天的努力,比别人进步一点点,将别人甩在后头,时间越长,拉开与别人的差距就越大。

我们每个人的进步,都是在每天逐渐累积的,有时自己也可能没有发现,但自己确实有进步了。人,几乎每天都在变化,只是有的人变得多,有的人变得少,有的人进步得快,有的人进步慢而已。

我也是个急性子,做一件事总希望快点成功,但是结果往往不是自己想象的那样。无论自己想做什么事,无论自己想改变什么,许多事情并不是一口气能改变的。只要自己每天都进步一点点、前进一点点,一年或者几年以后,就会发现自己跟过去完全不一样了,有些甚至会有根本性的变化。

许多顶尖的人士,成长的过程没有多少秘诀,就是每天进步一点点。即使没有办法马上实现自己的目标也没有关系,只要不忘记继续前进,成功总会在那里向自己招手。

这个世界很大,但我们个人却很小,没有必要把一些事情看得那么重,我们也不要为难自己。我们只要每天进步一点点,即使没有大的成功,也就没有虚度时光,即使仍然过着平凡的日子,只要自己努力了,也就没有白来世界一趟。

(写于2016年4月1日)

做自己想成为的那个人

前不久,我参加一个论坛,一位年轻的演讲嘉宾反复地提到马云,说多少年前他就认识马云,去年跟马云讨论过什么问题,最近又和马云吃了一顿饭,等等,听得出来,他是想借助马云来为自己做点广告,当然,我更多地想到,他是想成为马云那样做一个有头脑的人。

在场听讲的人很多,能成为马云那样的人不会很多。网友说,现在给你这个机会,让你穿越回去,遇到正在马路边、满脸苦憋的马云,你打算踹他几脚?

雾满拦江的文章很有意思,他说,啥玩意儿?你肯定会失声尖叫起来:你说是20年前的马云吗?如果我那时遇到了他,铁定天天请他吃大餐,西湖醋鱼生爆鳝,麻辣龙虾水晶鸭,我要让他一天二十四小时吃个不重样,让他哭着抱我说:哥,这世上只有你懂我。这样我就会成为最拉风的中国合伙人,搭上马云这班春天的地铁,驶往快乐的土豪之乡。你多半会这么说,或这么想。

雾满拦江的文章说,但,现实确实会有人,如果在那个时候邂逅马云,非但不会请他吃大餐,而且会照他后屁股猛踹一脚。

这个社会就是这么赤裸裸和现实,大家都只想看结果,过程只能留给自己。

有一次,我很用心去做一件事,花了比常人多几倍的功夫,满以为这件事会得到大家的认可,可换来的却是一大堆的批评,让自己陷入苦恼。

而我的一位朋友就很智慧,他做什么事情,总是默默地去做,做成了也不张扬,有人夸奖他,他也只是淡淡一笑,他更不谈自己为了做成这件事吃了多少苦,吃了多少亏。他常说,你叫那么多的苦又有什么用,别人是不会关注你的做事过程的,关注的是结果。

是的,马云在成功之前,没有人会在乎他在过程中吃过多少苦,受过多少罪。

我的朋友虽然没有像马云那样的成功,但我觉得我要成为他那样的人。一个人做事情,特别是做有难度的事情,一定要战胜自己的软弱,永远不要同情自己,只有对自己进行鞭策和批判,去反省和总结失败的原因,才会把事情做好,做成功。半年多来,我每天清晨写微博、发微信,也是受到这位朋友的启发。网友关注的是我的文章,而不会关注我写文章的辛苦,因为那是没有任何意义的。

自己努力去做一件想做的事情,完全出于自己的选择。人的选择有很多,我们可以选择安逸的生活,也可以选择随波逐流。既然自己选择了努力,那么这条路就注定是孤独的。自己的努力,不是为了外界的赞许,如果出于那样的目的,那自己会感到痛苦和不自由。

如果你想做成一件事,只是为了给别人看,或者获得外来的认同,那么你永远不会有实质性的进步。只有在自己不需要外来的赞许时,才会变得轻松和自在。

每个人的精力是有限的,一辈子不可能做很多成功的事情。不管成功与否,只要我们努力去做,并坚持去做,不半途而废,经常进行阶段性的总结,朝着自己设想的目标,一步一个脚印地前进,不断地改进和完善,自己总是有所收获的。

做自己想成为的那个人,其实不是大人的专利,很多小孩子都有这个愿望。

昨天晚上,几位年轻的朋友一起吃饭聊天,刚上小学一年级的儿子对母亲说,"我长大了,不要像爸爸那么凶。"他妈妈问,"如果你有了孩子,怎么教育呢?"儿子回答说"我会好好说道理。"这件事把我们旁边的人逗乐了,可孩子的爸爸并不高兴,也许给他留下的是深思。

做自己想成为的那个人,每个人都有自己的标准。家长的脾气性格对孩子影响很大,家长脾气急躁的,遇事不冷静,那么孩子就会随自己;家长遇事冷静、有条理,孩子也会学你。看来,要让孩子成为自己将来的那个人,家长的榜样作用尤为重要。

一位90后对我说,我没想过将来成为什么样的人,因为自己过得很孤独,有时候不想见朋友,也不想说话,因为见了曾经无话不谈的朋友现在却不知道该说些什么,点开朋友圈看到他们各种各样的生活,却不知道评论些什么,连曾经的闺蜜现在聊微信也没有几句话。看看人家丰富多彩的生活,越看心里越烦躁,总感到工作的压力那么大,生活又是那么的压抑,有时真想到海边大吼一下,大哭一场。

而另一位90后与我交流时,反复讲到,再奋斗十年二十年,也要成为他表哥那样的人。他表哥现在是一个行业的领军人物,他的团队中有几十号人都是硕士、博士,但他之前也只是一个普普通通出生在农村的孩子,他的成功就是他大学毕业后自己制订的两个五年的人生规划,并一步一步去努力实施。他说,他表哥心目中也有学赶的目标人。

做自己最想成为的那个人,生活酸甜苦辣就是对自己最好的回馈。我们不要讨厌加班,讨厌挤公交,我们要接受现实。

吴晓波说过:“你可以把时间浪费在看戏登山旅游等诸多无聊的美好事物上,这一切的一切都是有“成本”的,而它们的投资期无不是在你的青春阶段。”生活是一场大冒险,要么一无所有,要么倾其所有。“年轻”的含义不在于你多少岁,而是你今年50岁,你相信自己还年轻还能活30年,依然有抗衡一切的信心,在最好的青春做正确的事。

我发现,要向他表哥学习的那位90后是能吃苦的。他说,年轻就是自己的本钱。他认同“人生要敢过瘾,横冲直撞开辟世界,翻天覆地大干一场”的人生观。我想也是,做自己想成为的那个人,就要趁自己年轻的时候,去勇敢挑战,相信自己完全可以拥有将来想要的生活。因为你还年轻,还有失败的资本,还有拼搏的精力和魄力。

(写于2016年4月16日)

不去活给别人看

现在很多人在网上晒幸福,希望得到别人的点赞,这当然没有什么不好。自己开心,别人高兴,这当然是好事。但我们如果过分在意别人的看法,那就没有必要了,因为自己过日子,毕竟也不是活给别人看的。

别人怎么看,我们可以不去管他,每个人不可能完全自我地活着。别人有议论,就让他去议论吧,这些议论不能成自己生活的风向标。如果我们老是记得别人的议论,这是没有主见、不自信的表现,也会让自己感到身心疲惫。几百年前,意大利作家但丁说过这样一句话:“走自己的路,让别人说去吧。”我们不去活给别人看。我们不去想别人怎么看,也不要在意别人怎么说,只要自己活得开心,比什么都重要。

不去活给别人看,做一个棒棒的普通人也很好。

我自己几斤几两我最清楚,我这辈子就是一个普通人。所以,我会常常思考我们普通人的事情。

在我的身边,他们也有许多是普通人,但他们做出来的事情并不普通。特别在生活中,我常常遇到一些难以解决的难题,有时想了几天都理不出头绪,被一些心灵手巧的人三下五除二,似乎不费多大力气就给解决了。所以,我对这些很棒的普通人格外地尊敬。

当然,普通人,有当个牛人、高人、神人的梦想,也没有什么错,但实在当不了,也不要给自己增烦恼。

我们要承认自己是个普通人,要承认这一点,也需要勇气。当然,光承认也不行,要看到我们自己的差距,承认到自己的不足与平凡,然后自己能做的事情尽可能做到最好,做最棒的普通人。

其实,人与人之间的差异不在技艺上,而在智慧上。在爱默生看来，就智慧而言，普通人与天才之间的距离并不遥远，而普通人与天才之间却隔着一条鸿沟。我想这条鸿沟也可能就是思维上的差距。我们这些普通人自己的思维局限，可能受到自己整个成长环境的极大限制，整个思维的广度和深度不够，所以自己也常常有无比的渺小感。如果自己天地很大，见识很广，学问很深，看问题的方式和角度就大不一样了。估计经常用宇宙的视野看自己，自己眼里的世界也就不一样了。

人总要面对现实去生活，我们普通人所有的努力，一开始的目的，不过是为了让自己有个理想一点的生活。自己的一切奋斗，也是让自己不辜负自己的人生。在平凡中，能做一个很棒的普通人，也算是人生的一件乐事。

把自己活给别人看，就要勇于做第二个自己。

人的想象力是很丰富的，谁都不满足做现在的自己，都有一种脱离旧辙的欲望。住在这个现实的世界里，人总是有梦想另一个世界的能力，都希望变成另一种人物，因为每个人都有着自己的梦想。

但是，人的生命是有限的，想在短时间内改变自己很难，我们必须作出选择。我们不妨想想老鹰复活的故事。老鹰可以有 70 年的生命，但是到 40 岁时，他会变得非常苍老，它有两种选择，一是等着死去，二是经过一个艰难痛苦的过程，重新复活。复活的话，它只有自己拔去自己的羽毛，打磨掉自己的喙与爪，然后孤独地在山崖处等待新的羽毛、喙与爪的长出，然后就可以重新继续迎风而上，翱翔天空，重新获得 30 年的寿命。

作为人要蜕变自己，蜕变自己的行为、自己的观念、自己的追求，然后做一个全新的自己，就要彻底走出那个糟糕的自己，那个糟糕的生活。

在每一次蜕变中，我们要舍得抛弃一些东西，换上全新的脑袋，不断学习新的东西，追求新的目标，踏踏实实地再出发，去争取更有价值的东西。

昨天，我去与多年未见的朋友见面，我发现他完全成了另一个自己，这些年，他毅然割舍了原有的业务，在新的领域闯出了一条新路，这得益于这些年来他的再学习能力，他不仅成了一个新领域的专家，他的思维方式和习惯也完全变了。

有一个很热门的说法：一件事情，如果你坚持22天以上，就变成了习惯。

有些人也相信这个理论，但只有三分钟的热度，有人也曾给自己提出一个要求，必须坚持“22天习惯养成”，但还是没有坚持下来。有人说，如果能坚持90天，那肯定能成，有的人90天下来是改变了不少，而再朝下坚持大打折扣，有的仍是原来的老样子。所以，要想成为另一个自己，必须拥有顽强的毅力。因为人的习惯势力是很顽固的，不是说变就能变的。

人的职场，就是自己的微人生。如果自己在8小时内也处理不好各种问题，八小时之外你的思维方式、做事方法和人生态度也不会有太大的变化，可能依旧是一个原来的自己，那就很难蜕变自己。

有的人一心想做第二个自己，总是去选择跳槽，认为环境变了，自己自然会变。可是，一次一次的离开，看上去也有一次次不同的理由，但没有找到自己深层次的原因，看到的都是别人的错，自己又不愿意承担问题，遇到问题，总是采取躲闪的态度。再多的跳槽，也成全不了你能成为第二个自己。你总在那里等一个合适的机会，但是机会也不会找一个只想改变环境不想改变自己的人。

（写于2016年4月20日）

我能干什么

昨天，与一位取得双硕士学位的海归交流，很有启发。他是一位90后，服务的是一家国家级的金融平台。他告诉我，单位里百分之六七十的人都是海归，平均年龄只有28岁，都是高学历。对他们来说，学历已不是问题，收入也不是问题，高薪的岗位有的是，关键是自己有没有能力。能不能有好的收入，不要去问老板，而是要问自己，我能干什么。

这位年轻人的一席谈，印证了网上流传很火的一个帖子：学历就像一张火车票，博士是软卧，研究生是软座，本科是硬座，专科的民办的是站票！火车到站，都下车找工作，才发现老板并不太关心你是怎么来的，只关心你会干什么。

一位成功人士在演讲时说，他拥有包括哈佛在内众多名校的荣誉学位，现在工作的一部分，是在全球各大知名高校演讲，但其实他的学历不过是高中毕业。

在他看来，能走到今天这一步，给自己帮助最大的是自己曾付出的努力、犯过的错误和不断爬起来重振斗志的毅力。

他说，他相信教育的价值，这点毋庸置疑。了解他的人也都知道，他喜欢学习。但在他上学那会儿，他所处的教育体制并不能带给他自己想要的东西，所以他创立了自己的企业，后来取得了巨大的成就。那时他决定离开学校，为自己提供“高等教育”。

当然，时代不同了，对年轻人来说，今天，学历还是很重要的“进门证”。

现在单位招聘，一般都有学历要求，有的还规定，不仅有学历要求，还要求招聘名牌大学毕业生。清华、北大毕业的，是占有优势，“985”学校出来的也比普通大学的要优先。平均来说，从好学校出来的人,会拥有更高的能力,高学历的人一般智商更高,名牌大学的人可能也有更广的人脉资源。当然,十个手指也有长短,同样来自名牌大学,人与人的差异也是很大的。

学历是一张名片,其实,很多职位非名牌高校的人也是完全可以胜任的,但因为有些单位作了硬性规定,让一部分有能力的人失去了资格去做,被一道门槛硬是挡在了门外。有一位专科生说,要是没有这道门槛,给我一个机会,我一定不会输给名牌高校的人。

小扎、比尔盖茨这些大佬更是坐实了这个说法,辍学创业却坐拥商业帝国,旗下更是无数名校高学历人才为他们打工。很多人才也不是通过名校和学历检验出来的,像李世石、丁俊晖或者周星驰,他们可能没有拥有过名校的文凭,也无法通过国内高考的检验,却是某一领域的天才。

所以,有学历和有能力不是完全可以划等号的。学历是进门证,进了门,关键要看能力,要经常问自己,我能做什么。

年轻人参加工作以后,买房买车压力很大,自然十分重视自己的薪水。但在信息社会里,各方面的节奏都很快,钱的流通速度也很快,让人躺着挣钱的机会没有了。未来的钱也不是粗糙的知识结构能够接触到的。我们这些老年人不要说赚钱,在智能化的时代,有的连怎么生活也变得不会了,生活也需要充电。年轻人更不用说了,怎样把一个传统的行业连接新技术做出新花样,这肯定是赚钱的,但需要有独特的思考问题和学习新知识的基本能力。能掌握更复杂事物的运行规律,才能赚到比别人多的钱。

现在,有些80后90后,确实很厉害,他们的做事风格也很特别,他们总喜欢用与众不同的眼光看待事物,他不喜欢墨守成规,也不愿安于现状。我们可以赞美他们,也可以质疑他们,但千万不要漠视他们,更不要认为他们嘴上没毛,做事不牢。人老要服输。因为未来的世界属于他们,他们能够改变这个世界,也能推动人类的进步。

但有少数年轻人脑子里成天转的只是收入,却不愿多付出,他只知道自己的收入只有人家的几分之一,却没有想到自己每天只干8小时，而有的人每天付出的是12个小时甚至是18个小时。收入高的人常常是礼拜六保证不休息，礼拜天休息不保证。我们要平心而论想一想，自己收入低，但自己一天到晚干了些什么，能够给单位带来什么样的效益，自己干的活儿别人能不能干，自己的价值在哪里，把这些基本的问题想清楚了，也许会怨言少了，干好今天的动力也会变强。

有人拿高薪，也不是一开始就有的。拿高薪的人，别人想跳槽，他们却不想，他们认准了埋下头来，扑下身子干。他们会想：哪个公司都有问题，哪个公司都有优点；领导给自己压任务，他们会看到这是机会，而不是领导在为难自己，自己一定要好好把握，多做可以多学；公司管理中出现问题，他们不去抱怨和埋怨公司，而是在想：自己有没有能力去尝试改变；自己工作取得了成绩，他们不把功劳朝自己身上拉，而是感谢单位给的平台，感谢同事的配合与支持；能为公司创造了利润，是自己有存在的价值，但不要主动去伸手，因为老板也是聪明人；工作中碰到了问题，不会大呼小叫，而是冷静的思考，提出解决问题的办法。这样的人叫老板不喜欢又怎么可能？

这样的人拿高薪不可能让人不服气。因为这些人是能始终跟着公司一起成长的人，对公司的前景始终看好，在公司不断的探索中能够找到自己的位置，为了公司新的目标而不断学习新东西，他们的抗压能力特别强，而且又有耐性，又不计较个人得失，能够顾全大局，他们是一批雄心博大、德才兼备、有奉献的人。

在一家企业里，同时进单位的一位大专生的报酬超过了另一位本科生，这位本科生很苦闷，怎么也想不通，甚至怀疑自己的书白读了。

那位专科生，从一开始就找到了与本科生的差距，他暗暗地下决心，长话短话不说了，自己能做的就是缩小差距。他没有因为自己是专科生而泄气，追求的是哪个层次都要争做最好，结果，单位里许多技术难点，都能在这位专科生手上化解，为公司赢得了增值的效益。而那位本科生只是理论上懂一点，对新设备、新技术钻研也不够，动手能力也不强，两人的收入自然拉开了差距。

一位老总说："学历智能代表一个人的静态能力，而学习才是一个人的动态、可用的能力。”15 年前，我就听说，上海一家企业要花 100 万元年薪去招聘一名高级技师，而这名技师没有高学历，因为他有超强的能力。有了真技能也会好过高学历。在这个万众创新的时代，年轻人不缺平台，真正有能力的人单位也给得起高薪。

能力，能力，人最重要的还是能力，说什么都没有用，我能做什么才是第一位的。

（写于 2016 年 4 月 20 日）

人有点好奇心也好

最近,我看到这样一则广告,颇有感触。

一家好奇心研究所招聘这样的人才:有不止浮于表面的好奇心,喜欢问“这是什么?”“这到底是什么?”“哎呀妈呀这有点棒啊这是怎么回事?”;有趣,但绝对不是抖机灵和强行搞笑;不必“文笔优美”,但逻辑清晰,能把一件事说得足够明白;不犬儒,不文艺腔,不持续性热泪盈眶;能够研制每日投票,可以把它们看成好玩版本的消费者调查,还会把调查结果写成轻松有趣的调查报告。招聘广告的结尾写道:如果你是一个偏爱一本正经胡说八道的朋友,这里也有你发挥才能的空间。

看来,有好奇心的人同样有市场。

有的人从小就养成了好奇心。李开复的创新思维很发达,在互联网领域创造了价值,他从小就养成了好奇心。他妈妈说,你吃了口香糖,不要举着手碰到头发上,弄不好,会把头发拉下来。他想是真的吗?他吃了口香糖,就偏偏把它放在头发上,结果撕下了一大块头发。又有一次,他妈妈说,你不要把铅笔放在嘴里,因为铅是有毒的。他又想真的有毒吗?他把一根铅笔芯全部吃下去了。学校老师让他妈妈把他送到医院灌肠,他妈妈说,这下你相信了吧,铅中毒严重的真的会死的。他说,我当时很好奇,只是想证明大人说的话是不是真的。

小孩都会有好奇心,他们总是要问为什么?所以才有了《十万个为什么》的书籍,这套书反复修改,连续出版,整整影响了好几代人。

我的侄孙女也是个有好奇心的孩子,上幼儿园时,她就认识好多字,看了好多书,我跟她交流时,她总是不断地提问,问这问那,问无数个为什么,直问到我回答不上来。这时候,我们千万不要去扫他们的兴,不要说你哪来这么多的为什么。他们有一种对知识的渴望。

我想，有些人从小就很机灵，想要小孩成为一个善于言谈的人，大人总是有办法的。在孩童时期善于交际、讨人喜欢，是有潜质的人。但一个小孩善于推理，有时候要比一个会说话讨人喜欢的孩子更令人感到愉快。

我们大人要能满足儿童的好奇心，去认真回答他们提出的各种问题，又不去乱回答，乱回答会误导孩子。要正确回答孩子的为什么，自己就得不断学习。现在的孩子营养好长得聪明，接受知识的渠道又宽，他们提出的许多为什么，平时如果少学习的就会碰到尴尬。自己学习多了，才能在能够理解的范围内让孩子们的问题得到满意的回答，培养他们的判断力，并且鼓励他们不断提问。当他们的推理有了点滴的进步，我们就要为他们鼓掌。他们的想法也许是幼稚的，甚至是不对的，有些推理是不当的，我们也不要讥笑他们，而应和颜悦色地帮助纠正。

大人与孩子交流多了，也会从孩子身上学到许多东西，也会让自己的好奇心变得多起来。满足孩子的好奇心，可以让孩子了解世界的秘密，同时也会让自己找回被遗忘了的童趣，让自己的生活充满欢乐。

人上了年纪，由于种种心理落差，往往失去好奇心，一旦失去对生活的激情，做什么事都提不起兴趣，长此下去，一年 365 天，好像只过了日复一日同样的一天，似乎每一天也没有什么差别，这样会加速老去。

退休以后往往会失去生活的重心，不知道要干什么，通常以看电视、听广播来打发时间，偶尔出去买买菜、散散步。时间久了，就会觉得生活是那么的乏味。

有些老年人，对网络、智能手机等不感兴趣，也不去关注，不想学习；有的老人每天只去熟悉的菜市场、公园活动，要是这些地点倒闭或被拆迁，就没有新的活动去处，会感到失落；也有的老人抱着多少年前的知识，经常拿来教训子女，对自己的落伍全然不知。与外界接触少，自己的知识点又不多，自然就少了好奇心，少了生活的激情，因而常常让自己陷入闷闷不乐、胡思乱想。

老年人如果有一颗好奇心，生活态度就会发生转变。保持了好奇心，就会有越来越多的社交关系。我在公园里，经常看到一堆老人在那闲聊，他们倒不是聊家长里短，而是聊各种有趣的事，大家很开心，今天来了，明天还会来。聊那些段子的人，他们的思维很活跃，是好奇心激发了他们的思维。美国梅奥诊所的一项研究表明，保持思维的活跃对预防老年痴呆非常有帮助。

现在的老年人不愁吃不愁穿，愁的就是身体机能的变化。有好奇心，也能帮助应对焦虑情绪，好奇也会使老人把更多的注意力放在探索有趣的事物上。

老年人在退休后对生活保持一颗好奇心，就多一份心情去探索生活的快乐，也增添一份对生活的动力。

人老了，就要有从头来过的心理准备，许多新鲜事物自己不懂，去请教孩子们，没有什么好丢人的，不懂就是不懂。我也常常这样，经常去问上小学的孩子怎么玩智能手机的问题。

我很喜欢与年轻人在一起。年轻人充满好奇心，与他们多聊聊天，开展互相帮助，大家都有收获，我给他们分享一些生活的经验，他们活跃的思维也常常对自己启发很大，带动很大。

人的好奇心，适应各个年龄段。年轻人的好奇心当然更为重要。

一位从海外留学回来的硕士生告诉我，和他一起去的几位同学，开始成绩还算不错，但后来就发现差距大了，毕业以后，发现最会考试的人并不是最优秀的人，与国外同学的差距就在于自己缺少了个性、自由、想象力、勇气和好奇心。

人有了好奇心，就有一种驱动力，会让自己不断地探索，得到更多的信息，信息多了，也会不断适应变化的环境。

当然，好奇心也不仅仅是探索的欲望，我们在感到生活乏味时，有时好奇心就是解决方案，因为自己有了新的发现和尝试，经历了自己过去没有经历过的事情，特别是把一件新的事情做成了，整个人都会变得很愉悦。我们不要把这个世界看作理所当然，因为有很多乐趣等待你去发现。人有一点好奇心，才好！

（写于2016年4月23日）

硬着头皮做,也是一种选择

有一位朋友创业十多年了,似乎进展不大,家人和一些朋友都劝他放弃另谋出路,而他却坚持走下去,从去年下半年开始出现了转机,终于赢得了一片新的市场,用他的话说,这个市场是他硬着头皮撑下来的。

硬着头皮朝前走,有时也是一种选择。这位朋友没有去选择逃避,也没有去听那些善意的劝告:“人没必要活得这么累啊”,“干嘛非得跟自己过不去啊”,他不甘心去做那些理直气壮平庸的事,认准的事就不怕挫折,敢于挑战自己,付出了比常人更多的汗水和泪水。

硬着头皮朝前走,有时似乎缺少人性,不被周围的人所理解,甚至遭到讽刺和反对,只有当事情做成功了,人们才会把话反过来说,什么“我知道你做事不容易啊”,“我当初也像你一样坚持到现在就好了”。甘于平庸的人,也一定说出许多理由,但硬着头皮做事,有时却说不出多少道理。

人来到这个世界,谁都会喜欢安逸,谁都不愿意做牛马,可是有些事情不是凭自己是否愿意决定的。有时自己选择做这个,选择做那个,选来选去,偏偏没有自己中意的,时间也白白过去了,什么事也没有做成。有些事情是自己喜欢做的,也是自己擅长的,做起来也不会感受到太大压力,当然也不会很辛苦,但长期下去,自己学到的东西并不多,长进也不大。倒是那些自己不情愿也不擅长的事情,硬着头皮做下去,才会让自己经受苦难和忍耐, 学到更多的知识和积累更多的经验,让自己人生的阅历丰富起来,懂得更多的世间事、人间情,成就自己不一样的人生。

冰心曾在诗中写道:“成功的花,人们只惊羡她现时的明艳。然而当初她的芽儿，浸透了奋斗的泪泉。”

我的那位朋友坚持了十多年，勇敢地挑战自己，硬着头皮去做自己想做的事情，收获的不仅仅是市场的转机，而且是他人生的进步。

在人生的道路上，不可能每天都是聚会和热闹，有时我们会孤单一人，但自己又必须朝前走，必须面对孤独和挫折。自己有了坚持下去的决心，才有资格说自己是硬着头皮撑下来的。

硬着头皮朝前走，也不是为了证明给别人看，而是证明自己是一个什么样性格的人。有了这种品格，做什么事都不会害怕，在生活里总是站得住脚的人。

人在没有可选择的时候，往往会感觉到困惑和迷茫，这时候如果只有一个选择，那就只能硬着头皮去做，选择去做了，有时反而也没那么的纠结。

80后小王中专毕业去应聘，他虽然能说会道，但单位招聘销售必须具有本科文凭，他只好选择到生产一线当操作工。他在车工、钳工的岗位上做了8年，成了车间的老师傅，最近被评为高级技师，薪水比在办公室做一般管理的初中同学高出了许多。小王说，那是没有办法的办法，人在没有选择的时候，只能硬着头皮朝前走，走下去了，也感觉很好。

清华大学副校长施一公曾说过：“有些人在遇到困惑和迷茫的时候，总是认为我要先把迷茫解决、把所有问题想清楚了才能走下一步，这样我很不认可。我认可一点：不要给自己理由！当你觉得兴趣不足、没有坚定信心、家里出了事情、需要克服心理阴影、面对痛苦往前走的时候，不论家庭、个人生活、兴趣爱好等方面出现什么状况，你都应该全力以赴，应该处理好自己的生活，往前走。不要给自己理由。因为你一旦掉队了以后，你的心态会改变，很难把心态纠正过来。”

人生中，一般都会遇到犹豫和徘徊的情况，迷茫的时候，不要迷失方向，不要太理想化，多一点现实；站在十字路口时，要懂得选择，遇到难走的路，也不要东张西望，不如选择硬着头皮朝前走。

硬着头皮朝前走，比正常情况下走是要辛苦许多，人生苦短，人来到这个世界,是注定要吃苦的。眼前辛苦一点,也是为了长远少受痛苦。有些年轻人很聪明,也有知识有思路,但真正做起事来,因为缺少吃苦的思想准备,本来很好的创意却往往做不下去,用他们的话说,别的什么都好说,就是因为太苦了!

司马光原先也是个贪玩贪睡的孩子,为此他没少受先生的责罚和同伴的嘲笑,在先生的谆谆教诲下,他决心改掉贪睡的坏毛病。为了早早起床,他睡觉前喝了满满一肚子水,结果早上没有被憋醒,却尿了床,于是聪明的司马光用圆木头作了一个警枕,早上一翻身,头滑落在床板上,自然惊醒。从此他天天硬着头皮早早地起床读书,坚持不懈,终于成为了一个学识渊博的大文豪,写出了《资治通鉴》。

人生都是苦的,硬着头皮向前走的人,才懂得自己的选择和自己努力想要的结果,因为他们不去选择容易的那条路,所以才会拥有自己的生活和一切。

(写于 2016 年 5 月 12 日)

让未来发生

“让未来发生”,这是一个鲜活的主题,5 月的最后一天下午,我应邀来到了复兴中路 1380 号,上海交响乐团音乐厅,多么现代的建筑,这里正在举办第一财经技术与创新大会。

在这里,偶遇智能社交机器人:他们以嘉宾身份和你畅谈古今,他们也能“大白”通晓你的心!

在这里,能结识到九类智慧伙伴:企业家、科学家、创业者、投资人、政策制定者、专家学者、意见领袖、金融家、媒体人……

在这里,从影片上见证了七次震撼发生:发现最顶尖的技术、洞察最前沿的趋势、挖掘最闪亮的公司、展示最酷炫的产品、体验最智能的生活、促成最精准的投资、体现最独特的价值……

这一切,让我逐步明白了大会主题确定的意义,“让未来发生”。其实,创新者与创业者,从本质上来说,是一批相信未来、并且让未来发生的人。

人们说互联网是最大的未来,大会推出了一系列人工智能、机器人技术、认知技术、虚拟现实和增强现实、基因技术等。这些新技术正在超越互联网, 展示出更新的未来。

互联网的好处毋庸置疑,但对我们这些上了年纪的人生活也许增添了困难。在海量信息面前,如何将互联网真正当成学习工具和有效获取资讯的平台,我们连学龄前儿童都不如,唯一的办法只能老老实实慢慢地学习,一下子吃不下那么多,只能耐着性子学一点是一点,学不懂技术,学一点道理和简单的使用方法也好。所好,很多的互联网技术是方便傻瓜的。

日常生活中,年轻人主要用互联网科研、工作、与人交流。这种学习和工作方式,也会启发自己思考和模仿。

从工业时代迈入互联网时代,吃文字饭的人能干什么?一位文人说得好,这个时代就是中华文化复兴的时代,这就需要文人以严谨的态度、慈悲的心态、敬畏的心情去审视我们的传统文化,以文道循善的态度去宣扬我们的文化。我想,同时我们要宣扬这个时代的创造,在人类文明的进步中,许多伟大的创造正在出现。我们要去拥抱这个时代。

我们不能阻止未来发生,让未来发生已经向我们大步走来。这是我在大会的现场与你的分享。

(写于 2016 年 5 月 31 日)

后 记

前几年,我写微博原创集结出版后,有作家朋友建议我用散文和杂文的形式写长微博,尝试后感觉很好,跳出了原来每篇140字的束缚,写我最熟悉的事,写我最想说的话。

我写散文、杂文的基调是“三平”,平常、平凡、平实。

写平常事。说的是那些人们生活中看得见摸得着的事。每个人生活中都有许许多多的故事,想写,每天都有得写。人生就像旅游,平时看到的许多景和物,遇到的一些看起来似乎不起眼的平常小事,但总有一些感觉和想法,我把这些或喜欢、或忧伤、或遗憾、或激动的感受表达出来,微友们也和自己产生共鸣,进行互动,给生活增添了乐趣。

写平凡事。我自己是一个很平凡的人,最熟悉的当然是经历过的或者遇到的凡人凡事。亲自接触过了,自己就会产生情感,或有这样那样的感受。我的文章要表达的所见所闻、所思所感,内容都是真实的生活凡事,写的是普通人的真情实感,这样去走进读者心里,不让读者有高大上的距离感,读者会感同身受,许多网友给我反馈,鼓励我继续这样去写。

平实地写。我写了许多自己生活和工作过地方的事,将时代和自己熟悉的人和事联系在一起,这种表达情感的方法是朴实无华的,真实可信的。情感的表达不需要用词藻堆砌出来,也不需要去给人灌看似有境界但缺少操作性的“心灵鸡汤”,而是通过人们生活中熟悉的朴素的语言去表达,在抒发情感时,实事求是,不随意夸大。有些网友给我回帖说,看了这些文章,感觉是在和我们喝茶聊天,有一种值得信任的坦诚与客观,这让我暗暗地窃喜。

上了年纪,爱回忆过去,这是人性的体现。这些年来,我很容易忘事，但我出生的上世纪五十年代的一些生活小事，却经常清晰地展现在自己的眼前。我想这些小事是珍贵的，因为我的灵魂还在。历史随着车辙的渐渐远去而慢慢淡去了痕迹，唯有自己的灵魂能够巧妙地穿越沉重的历史和媚俗烦扰的时代。尤其是一些触及自己幼小心灵的事，怎么也挥之不去，因而我愿意写下来。从五十年代开始一直到目前，去穿越时代，许多酸甜苦辣，都是自己人生积累的宝贵财富。自己虽然只是这个世界的过客，但每个时代，都是一段畸恋。回忆过去，写下离别的脚步，是为了追寻时代的进步。我写下这一篇篇短文，虽然不能完全体现自己时代的全部色彩和气息，有的或许不能为后人所理解，但留下这些片断，也许能被一些与本人同气相通的人所接受。

把自己的心摆进去写，是我对自己的写作要求。文章其实是跟更多人交往的一个途径，作者坦露心胸，才能有人愿意与自己交往。文章中我常常讲到自己，我愿意将心比心，善解人意去写。自己又不是完人，把自己的经验教训讲出来，与人分享，也是人生的一大乐事。现在的年轻人有才能，有抱负，我采访了上百位80后、90后、00后，从他们身上学到了不少，但也发现一部分年轻人十分焦灼、浮躁、畏缩、迷茫，缺乏好奇心，没有明确的目标。文章与他们对话，我也试着站在年轻人的角度想他们的感觉，撞击他们的心灵。有年轻人跟我微信互动说，被文章一次又一次电到了。这让我感悟到，文章的水平高低是一回事，但写作只要捧出了自己一颗真诚的心，开展人与人的灵魂对话，心与心的距离就会变小。

我的写作除了读者的鼓励和家人的支持，本书的出版还得到了许多朋友和同仁的帮助，知名词作家、中国商业文化研究会执行会长王作言帮助审读并给予指导，我的老朋友、浦东新闻工作者协会副秘书长钱明对书稿进行了认真的梳理和校正。

在此，感谢你们陪我一起走过。

作　者

2016年6月